Verflixt & zugepflanzt

Victoria Witzmann lebte nach dem Studium an der Akademie der bildenden Künste lange in der Schweiz, Italien und Spanien. Seit 1979 arbeitet sie als Journalistin, zuerst bei einer Tageszeitung, dann bei einer großen Frauenzeitschrift, später als Drehbuchautorin. »Verflixt & zugepflanzt« ist ihr erster Kriminalroman.

VICTORIA WITZMANN

Verflixt & zugepflanzt

KRIMINALROMAN

emons:

Bibliografische Information der Deutschen Nationalbibliothek
Die Deutsche Nationalbibliothek verzeichnet diese Publikation in der Deutschen Nationalbibliografie; detaillierte bibliografische Daten sind im Internet über http://dnb.d-nb.de abrufbar.

FSC www.fsc.org
MIX
Papier aus verantwortungsvollen Quellen
FSC® C083411

Umschlagmotiv: U. Hausen
Umschlaggestaltung: Tobias Doetsch
Gestaltung Innenteil: César Satz & Grafik GmbH, Köln
Lektorat: Lothar Strüh
Druck und Bindung: CPI – Clausen & Bosse, Leck
Printed in Germany 2014
ISBN 978-3-95451-436-6
Originalausgabe

Unser Newsletter informiert Sie
regelmäßig über Neues von emons:
Kostenlos bestellen unter
www.emons-verlag.de

Dieser Roman wurde vermittelt durch die
Verlagsagentur Lianne Kolf, München.

Der Glaube, es gäbe nur eine Wirklichkeit,
ist die gefährlichste Selbsttäuschung.

Paul Watzlawick,
berühmter österreichisch-amerikanischer
Philosoph und Psychotherapeut

Der Mann mit dem Fahrrad kam morgens gegen vier. Wie jede Nacht. Um diese Uhrzeit konnte er einigermaßen sicher sein, dass ihn niemand sah. So viel Scham hatte er noch.

Schwankend schob er sein Rad, das unter der Last zahlloser Plastikbeutel fast verschwand, bis zur Toreinfahrt.

Ehe er in den Hof des griechischen Restaurants einbog, drehte er sich um. Zum ersten Mal seit mehr als zwei Jahren hatte er das Gefühl, dass ihn jemand beobachtete. Aber die Straße war menschenleer.

Als er das Fahrrad an die rückwärtige Hauswand lehnte und umständlich seinen fleckigen Trenchcoat öffnete, um eine gefaltete Plastiktüte aus der Innentasche zu ziehen, dachte er wieder, dass er beobachtet wurde. Er fühlte sich unbehaglich und zögerte. Aber die Lust war zu groß.

Augenblicke später gellte durch das elegante Münchner Villenviertel Harlaching ein Schrei, der die Menschen in ihren Betten hochfahren ließ. Jemand rief die Polizei.

Der Beobachter, der sich hinter einem Mauervorsprung im Hof des Lokals versteckt hatte, lächelte zufrieden. Er ging ohne Eile um das Gebäude herum und stieg auf der Straße in einen schwarzen Porsche, der fünfzig Meter vor der Hofeinfahrt des Lokals abgestellt war.

Bevor der Streifenwagen der Polizei in die Hofeinfahrt bog, war der Porsche schon den Berg hinunter in Richtung Tierpark gerast, sein Motor nicht mehr zu hören.

»Ganz schön ramponiert, der Bursche«, sagte der Passauer Polizeiobermeister Mehler und schnalzte mit der Zunge. Dabei berührte er mit der Fußspitze die Wasserleiche, die soeben von Polizeitauchern aus dem Donaukanal geborgen worden war.

Was einigermaßen untertrieben war, denn die Leiche hatte keinen Kopf mehr, und Hände und Füße fehlten ebenfalls.

»Was haben sie denn mit dem armen Teufel gemacht?«, fuhr Mehler fort und schüttelte verständnislos den Kopf.

»Da informiert man sich doch zuvor, ehe man sich so zurichten lässt. Wer will schon so aussehen? Als Leiche, meine ich. Also ich persönlich würde mir eine andere Art von Mord aussuchen.«

Sein Scherz kam nicht an.

Schräg hinter sich hörte er ein Würgen.

Er drehte sich um.

Kriminalmeisterin Annemarie Wimmerer hatte die Dienstmütze abgenommen und übergab sich in die Wiese.

»Jetzt haben wir zwei seit Januar schon zwei Leichen rausgezogen. Sie könnten sich langsam dran gewöhnen.«

Polizeiobermeister Mehler betrachtete die Tätowierung auf der Schulter des Toten genauer. »Osteuropa, Russland, würde ich aus dem Bauch heraus sagen. Höherer Rang.«

Er kratzte sich am Kinn. »Aber wenn die in München uns nicht bald mehr Geld geben, dann schmeißen wir die Typen wieder rein in den Fluss. Die Passauer können schließlich nicht für jede dahergeschwommene Leiche aufkommen. Und uns kürzen sie das Weihnachtsgeld. Nein, Bursche, nicht mit mir!«

Er hatte sich in Rage geredet. So relativ allein, nur mit der armen Wimmerer hinter sich, hielt er eine seiner ganz großen, aufrührerischen Ansprachen. Sie entschädigten ihn für vieles, denn auf dem Revier war der graugesichtige Mann praktisch unsichtbar, er agierte nach dem Motto »Ich mach die Augen zu, dann bin ich nicht da«.

So hielt er es auch zu Hause. Weshalb er nicht merken musste, dass seine Frau ein Ding mit seinem Chef laufen hatte.

Aber das wusste die kleine Wimmerer ja nicht. Zumindest dachte das Polizeiobermeister Mehler.

»… und dann wollte er seine Tagesration aus dem Abfallcontainer rausziehen. Der Grieche, dem das Lokal gehört, mag ihn; Herr Beckmann hat ihm vor einiger Zeit ein paar juristische Tipps gegeben. Er war doch Notar, bevor er … na ja.«

Annabelle lachte verlegen. »Deshalb legt der Wirt ihm immer eine Portion vom übrig gebliebenen Fleisch in einem Beutel oben auf den Tagesmüll drauf.«

Elly Heimroth, Seniorchefin der feinen Detektivagentur Heimroth, Winter & de Groot, die im nicht minder feinen und teuren Stadtteil Bogenhausen residierte, kniff die Augen halb zu und musterte ihre Juniorpartnerin Annabelle Winter einen Augenblick lang streng.

»Ich werde über deine Neigung zu Obdachlosen nicht weiter diskutieren. Wenn du privat mit ihnen rumhängen willst, bitte. Aber es ist fast Mittag. Myers und Co. haben deinen Abschlussbericht schon zum zweiten Mal angemahnt.«

»Elly, schäm dich. Wir haben die Diebstähle in den Loose-Werken in Rekordzeit aufgeklärt. Mit Hilfe von genau diesem Obdachlosen, erinnerst du dich? Er hat für mich observiert. Kostenlos, möchte ich nebenbei bemerken.«

Einen Augenblick lang arbeitete es in Elly Heimroth, dann seufzte sie schwer. »Sture Eselin. Okay, erzähl weiter.«

»Statt der üblichen Lammreste zog Herr Beckmann eine menschliche Hand aus der Tüte. Die zweite Hand war auch drin. Und die Füße. Aber die hat die Polizei dann gefunden.«

»Ekelhaft«, sagte Elly, »sei still. Wo ist der arme Mann jetzt?«

»Auf der Grünwalder Polizeiinspektion. Von da hat er mich anrufen lassen.«

Elly Heimroth rollte mit den Augen. »Wir können von Glück sagen, dass dein übervolles Herz ihn nicht gleich hierher eingeladen hat.«

»Lach nicht. Das wollte ich. Aber Kriminalrat Lehner verhört ihn. Merkwürdig, dass der Leiter der Mordkommission angesaust kommt, wenn ein paar Leichenteile gefunden werden. Sehr merkwürdig, findet ihr nicht?«

»Sag noch einmal, wie der Kriminalbeamte hieß.«

»Lehner. Hast du Watte in den Ohren, Alex?«

Annabelle Winter war gereizt, der Morgen hatte sehr früh begonnen.

»Ich verstehe. Haben die bösen Polizisten dir keinen Kaffee gegeben? Warte, ich hole dir einen.«

Alex de Groot, der Exphilosoph, begnadete Rechercheur und dritte Teilhaber der Detektivagentur, stand auf und verließ den Raum.

»Ich habe ein komisches Gefühl, Elly. Irgendetwas kommt auf uns zu«, sagte Annabelle leise.

»Ach, du mit deinen Gefühlen.« Elly rollte enerviert mit den Augen.

»Du wirst noch an mich denken.«

***

Die Sechzehn-Uhr-Klientin erschien auf die Sekunde pünktlich. Als hätte sie hinter der Tür gewartet. Was kein so abwegiger Gedanke war, wie sich später herausstellen sollte.

Annabelle hatte versucht, den Termin auf Alex abzuschieben. Sie wollte zur Isarbrücke fahren und nach Herrn Beckmann sehen. Aber wenn es um seine Dienstagnachmittagsmeditationsgruppe ging, kannte Alex kein Erbarmen. Dass er gelogen hatte und gerade hundert Meter weiter auf der gegenüberliegenden Straßenseite in einem Mietauto das Haus der Agentur beobachtete, sollte Annabelle erst sehr viel später erfahren.

Auch Elly hatte abgewinkt und sich eilig verabschiedet. Zum Flughafen, um Buenos Aires abzuholen. So nannten sie Ellys Lebensgefährten, den sie noch nie zu Gesicht bekommen hatten.

Annabelle hoffte, die Klientin würde keine von der Sorte sein, die erst ihre ganze Lebensgeschichte und die der verstorbenen Großmutter erzählen muss, ehe sie damit rausrückt, dass sie den fremdgehenden Ehemann überwachen lassen will.

Solche Termine dauerten gelegentlich vier Stunden, und wenn es ganz hart kam, rief die Klientin am nächsten Tag an, um den Auftrag zu stornieren, weil der Besuch bei den Privatdetektiven eine Therapiestunde kostenfrei ersetzt hatte und es keinen Bedarf mehr für Überwachung gab. Hatten sie alles schon gehabt.

Die Vier-Uhr-nachmittags-Klientin war ein anderes Kaliber. Als Annabelle die Tür öffnete und sie vor sich stehen sah, war ihr, als werde ein hartes Brett mit voller Wucht gegen ihre Brust geschleudert. Für den Bruchteil eines Augenblicks blieb ihr die Luft weg. Sie wich zurück. Selten in ihrem vierunddreißigjährigen Leben war sie einem Menschen mit derart verheerender Ausstrahlung begegnet. Genau genommen überhaupt noch nie.

Die Frau schien es nicht zu bemerken. Sie habe eine Verabredung mit der Chefin, sagte sie knapp und trat unaufgefordert ein, eine gepflegte Endvierzigerin, ein bisschen zu mollig und zu blond, vielleicht auch eine Spur zu stark geschminkt.

Warum fiel Annabelle beim Anblick der Frau der Streifenbeamte ein, der ihr im vergangenen Jahr von dem süditalienischen Pizzabäcker erzählt hatte? Kaum zum Aushalten sei es gewesen, hatte der Streifenbeamte gesagt, er habe den Mann im Streifenwagen in die U-Haft begleiten müssen. Tote seien um den Mann herum gewesen, lauter Tote, er habe es genau gespürt. Wie sich später herausgestellt habe, sei der Mann ein steckbrieflich gesuchter Mafiakiller gewesen.

Die neue Klientin, die ihren Unmut darüber, dass die Chefin selbst nicht da war, deutlich zeigte, wollte allerdings nur den Diebstahl von vier Buchsbaumbären aufgeklärt haben, sagte sie, als sie im Besprechungsraum saßen. Und zupfte unterhalb des vollen Busens an ihrem rosafarbenen Kaschmirpullover.

»Von was?«, fragte Annabelle verblüfft.

»Von Buchsbaumbüschen, in Bärenform geschnitten«, wiederholte die Klientin gereizt. Was noch skurriler klang, als es ohnehin war, denn sie sprach die schwierigen Buchsbaum-Worte mit starkem russischem Akzent. Dabei durchbohrte sie Annabelle mit unnatürlich eisblauen Augen.

»Buchsbaumbären, aha«, sagte Annabelle, weil ihr sonst nichts einfiel.

»Sie wissen, dass unsere Agentur auf Wirtschaftskriminalität spezialisiert ist?«, schob sie vorsichtshalber nach.

Was nicht einmal zur Hälfte stimmte, denn das trockene tägliche Brot verdienten die drei Detektive durch Überwachung von Ehepartnern und das Aufspüren von in diesem Zusammenhang vorsorglich beiseitegeschafften Geldern. Aber Wirtschaftskriminalität klang immer gut und rechtfertigte ein höheres Honorar.

Frau Kehlmann, so nannte sich die Klientin, zuckte die Schultern, kramte in ihrer großen Tasche aus himbeerfarbenem Krokodilsleder und warf eine dicke Rolle Geldscheine auf den Tisch, alles Fünfhundert-Euro-Scheine, wie es schien.

»Reicht das fürs Erste?«

Annabelle warf einen Blick darauf, entfernte das Gummiband, das die Scheine zusammenhielt, und zwang sich, sie zu zählen. Um ein Haar hätte sie durch die Zähne gepfiffen.

So gleichmütig es eben ging angesichts der Summe, nickte sie. »Das ist in Ordnung. Aber eigentlich wäre das ein Fall für die Polizei. Warum haben Sie den Diebstahl nicht gemeldet?«

Frau Kehlmann zögerte.

»Ich, ehm, Sie wissen wohl nicht, was zwei Meter große Buchsbaumbären kosten?«

»Nein«, sagte Annabelle, »keine Ahnung.«

»Wenn ich der Polizei erzähle, dass aus unserem Garten in drei Monaten vier Buchsbaumbären im Wert von hundertsechzigtausend Euro gestohlen worden sind, steht es morgen in der Zeitung. Das geht nicht.«

Annabelle verstand nichts mehr. Verzweifelt suchte sie nach einer annähernd intelligenten Bemerkung. Irgendeiner.

Sie räusperte sich. »Ich habe noch nie gehört, dass Buchsbaumbüsche derartig viel Geld kosten. Handelt es sich um eine spezielle Sorte?«

Es war die falsche Bemerkung.

Verächtlich fragte Frau Kehlmann zurück: »Wie oft haben Sie schon zwei Meter hohe Buchsbaumbären gesehen?«

Annabelle musste zugeben, dass sie noch nie so große Buchsbaumbären gesehen hatte, nicht einmal halb so große.

»Eben«, sagte Frau Kehlmann. »Die Büsche müssen mindestens fünfzig Jahre alt sein, damit man sie zu zwei Meter hohen Bären schneiden kann. Es sind sehr kostbare Pflanzen.«

»Und warum dürfte der Diebstahl nicht in der Zeitung stehen?«

Sichtlich genervt sagte die neue Klientin: »Mein Mann macht

Import-Export-Geschäfte. Wir bevorzugen diskrete Ermittlungen.«

Noch ehe Annabelle der Klientin mitteilen konnte, dass sie jetzt verstanden hatte, seufzte diese noch genervter und gereizter und erzählte dann die ganze Geschichte.

Die Buchsbaumbären waren ausgegraben worden. Nachts. Zweimal im Abstand von vier Monaten. Niemand hatte etwas gesehen. Es gab keine Zeugen. Die zwei Meter hohen Bären waren spurlos verschwunden.

»Das erste Bärenpaar war nach zwei Wochen weg. Weil mein Mann sich so aufgeregt hat, habe ich neue besorgen lassen.«

»Und wo haben Sie die gekauft?«

»Wir haben in Grünwald einen Landschaftsarchitekten. Durch ihn bin ich überhaupt erst auf die Bären gekommen.«

Sie stockte, so als wollte sie etwas Wichtiges hinzufügen, und fuhr fort:

»Er hat es geschafft, mir die weltweit letzten Buchsbaumbären dieser Größe zu besorgen. Die haben dann von November bis April gehalten. Jetzt sind sie auch weg.«

Frau Kehlmanns weit geöffnete blaue Augen waren jetzt ausdruckslos, als wären sie aus Glas.

Etwas stimmte nicht an dieser Geschichte. Die Büsche interessieren sie überhaupt nicht, dachte Annabelle. Warum machte sie solches Aufhebens darum?

»Wie, sagten Sie, heißt der Gartenarchitekt, der Ihnen die Bären verkauft hat?«

Wirklich angenehm schien es Frau Kehlmann nicht, den Namen zu nennen.

»Strux. Edmund von Strux.«

»Was hat er zu dem Diebstahl gesagt?«

»Er war entsetzt. Vom zweiten Diebstahl«, Frau Kehlmann senkte den Kopf und zupfte eine unsichtbare Fluse von ihrem rosa Pullover, »von dem weiß er noch gar nicht. Ist ja erst einen Monat her. Ich habe Herrn von Strux seitdem nicht gesehen. Er ist, glaube ich, verreist.«

Sie hielt den Kopf weiter gesenkt und vermied es so, Annabelle in die Augen zu sehen.

»Wir werden mit ihm sprechen.«

»Ja, aber er ist nicht da.«

»Wir werden ihn auftreiben, seien Sie unbesorgt.«

Carlotta Kehlmann wirkte alles andere als beruhigt und hielt eisern den Blick gesenkt.

Annabelle wartete. Es gab noch etwas. Das war offensichtlich.

Endlich hob Carlotta Kehlmann den Kopf und sagte mit veränderter Stimme, die nicht mehr gereizt, vielmehr schrill klang: »Ich muss Ihnen noch etwas sagen.«

Annabelle hob fragend die Augenbrauen.

Die Ehefrau des Import-Export-Kaufmanns atmete jetzt schneller.

»Ich glaube, dass mein Mann schon ein paarmal versucht hat, mich aus dem Weg zu räumen.«

»Warum sollte er …?«

Wie ging man mit einer solchen Beschuldigung um? Einfühlsam? Sachlich? Scherzhaft?

In Annabelles Kopf rotierten die Gedanken. Warum war Elly nicht da? Sie hatte dreißig Jahre Erfahrung. Sie hätte gewusst, wie mit der Situation umzugehen war. Aber Elly war eben nicht da. Alex hätte seine mangelnde Erfahrung mit Mordanschuldigungen männlich souverän überspielen können. Aber Alex war auch nicht da.

Sie, Annabelle, hatte keine Trumpfkarte, die sie ausspielen konnte. Sie, die Novizin im Gewerbe, musste ganz allein eine reiche Ehefrau bei Laune halten, die sich ihr fades Luxusleben mit angeblichen Mordanschlägen würzte.

Mit einer gereizten Klapperschlange Scherze zu treiben, konnte nicht komplizierter sein. Das Wichtigste war: nur nichts Falsches sagen. Nur den Batzen Geld nicht gefährden.

»Frau Kehlmann, wenn Sie sich ernsthaft bedroht fühlen, sollten Sie vielleicht …«

»Nein, kommt nicht in Frage. Was wollen Sie immer mit der Polizei? Ich gehe nicht zur Polizei. Zwei Lebensmittelvergiftungen und eine klemmende Saunatür. Die lachen mich doch aus.«

»Gibt es einen Grund, warum Ihr Mann Sie … oder ist das mehr so ein instinktiver Verdacht von Ihnen?«

Annabelle ächzte innerlich. Sie hoffte, dass ihr nicht anzusehen war, wie hilflos sie sich fühlte.

Gleichzeitig schien ihr, als beobachte Carlotta Kehlmann ihre Reaktion.

»Das muss Sie im Augenblick nicht interessieren. Ich will nur, dass Sie Bescheid wissen. Finden Sie die Büsche, und wenn ich dann noch lebe …«

»Hören Sie …«

Doch Carlotta Kehlmann zupfte stumm am Saum ihres rosafarbenen Pullovers und stand auf.

»Finden Sie die Büsche«, sagte sie düster.

Dann rauschte sie ab, die Frau des Import-Export-Kaufmanns. Annabelle blieb zurück mit einer viel zu hohen Anzahlung und hatte zum zweiten Mal an diesem Tag das durchdringende Gefühl, dass es noch Ärger geben würde.

Sie rannte zum Fenster und riss es auf. Das Bedürfnis nach frischer Luft war übermächtig.

***

Alex de Groots Handy war ausgeschaltet. Immer noch. Wahrscheinlich segelte er auf einem Meditationswölkchen durch die Galaxien seiner Seele.

Es war kalt im Büro. Elly, der das ganze Haus gehörte, weigerte sich, im Mai die Heizung anzuwerfen. Annabelle nieste, fluchte und setzte sich an ihren Computer.

Im Internet gab es keinen Gartenarchitekten Edmund von Strux. Eigenartig. Jeder kleine Vorstadtgärtner hatte seine eigene Website. Nicht dieser. Unter »Floristen in München« war er auch nicht verzeichnet.

Dass er nicht im Telefonbuch stand, verstand sich fast von selbst. Frau Kehlmann hatte ihr seine Adresse nicht genannt, und sie hatte versäumt, danach zu fragen. Unprofessionell und peinlich.

Früh am Morgen würde sie die Straßen Grünwalds abfahren müssen.

Die ganze Geschichte war so faul wie eine matschige Melone. Sie stank. Aber sie war gut bezahlt. Zu gut.

Wieder nieste sie. Es war zu spät, die Gärtnerinnung anzurufen. Ein Landschaftsgärtner stampfte sich in der Regel nicht selbst aus dem Boden. Irgendwo war er ausgebildet worden. Irgendjemand musste ihn kennen. Wenn es mit rechten Dingen zuging.

Annabelle nieste sechsmal hintereinander, dann schaltete sie den Computer aus. Elly fror nie. Aber sie wog auch fast das Dreifache.

Eine Wärmflasche. Das war es, was ihre Seele jetzt brauchte, eine Wärmflasche, heißen Ingwertee und Kekse. Und den Briefwechsel zwischen George Bernhard Shaw und seiner Geliebten, Sarah Campbell. Wieder nieste sie. Bloß keine Erkältung jetzt.

***

»Du musst sofort zu Kiki fahren. Deinem Bruder ist etwas zugestoßen!«

»Ach Mutter, was soll denn schon wieder passiert sein?«

»Ich weiß es nicht. Er antwortet nicht.«

Mit einem schweren Seufzer hielt Annabelle den Hörer ein Stück vom Ohr entfernt. Sie hatte den Mund voll Zahnpasta.

Am anderen Ende der Leitung jammerte ihre Mutter: »Ich halte das nicht aus. Mein Kind, mein Sohn! Tu etwas. Fahr hin. Rette ihn. Nebenbei: Du klingst nicht gut.«

»Mutter, hör auf, ich stehe halb nackt im Badezimmer und putze mir die Zähne.«

Notdürftig spülte Annabelle den Mund aus. »Ich habe mich wahrscheinlich erkältet und bin eigentlich schon im Bett. Wie kommst du nur immer auf die Idee, dass Kiki etwas zugestoßen sein könnte?«

»Ich versuche seit zwei Stunden, ihn zu erreichen. In der Klinik ist er auch nicht.«

»Vielleicht schläft er schon. Er könnte Vierundzwanzig-Stunden-Dienst gehabt haben. Denk doch mal nach. Warum sollte meinem Bruder etwas passiert sein?«

»Weil ich eine mystische Beziehung zu meinem Sohn habe. Dich werde ich nie verstehen. Vielleicht bist du mir zu ähnlich.«

Trotz ihres Ärgers musste Annabelle laut lachen. »Ich dir ähnlich? Mutter, du delirierst.«

Miranda Winter schnaubte hörbar. »Unterbrich mich nicht. Eine promovierte Kunsthistorikerin, die erst bei einer Frauenzeitschrift arbeitet und dann Privatdetektivin wird. Ich schäme mich.«

»Ich bin der Einsparungskrise zum Opfer gefallen. Also bitte, sei kein Sozialsnob, Mutter.«

»Du hast recht. Das nehme ich zurück. Aber du musst zu Kiki fahren und nachsehen, was mit ihm ist.«

»Nein, das werde ich nicht tun. Mach es selbst.«

»Ich kann nicht weg. Ich erwarte Besuch.«

»Was, jetzt noch? Wer besucht dich nach elf Uhr abends?«

»Ein wieder aktivierter Freund, du bist ihm schon früher begegnet.«

»Bei allem Respekt, Mutter, du bist siebenundsechzig Jahre alt. Auch wenn du jünger aussiehst – du kannst doch deine Liebhaber nicht wechseln wie eine Zwanzigjährige.«

»Und warum bitte nicht?«

Durch die Leitung hörte Annabelle ihre Mutter empört mit der Zunge schnalzen. Niemand schnalzte aus Zorn laut mit der Zunge. Nur ihre Mutter.

»Kein Neid, Tochter, kein Neid.«

»Du bist total verrückt.«

Miranda Winter, die attraktive, genialische und egozentrische Malerin, kicherte leise.

»Ach, da kommt er ja.«

»Wer?«

»Da kommt Kiki. Ich lege auf. Dein Bruder ist da. Gute Nacht, Tochter.«

***

Der Tankwart an der Grünwalderstraße hatte zufällig Zeit für ein Schwätzchen. Die Frühtanker auf dem Weg zur Arbeit waren schon abgefertigt, die Hausfrauen auf dem Weg zur Shoppingtour noch nicht unterwegs. Annabelle fragte ihn, ob er den Landschaftsarchitekten Edmund von Strux kenne.

Er musterte die Kundin scharf, überlegte kurz und meinte dann, nur damit sie es wisse, dieser neue angebliche Gartenarchitekt, »der kümmert sich mehr um die Damen als ums Grünzeug. Eh ich's vergesse, um die Herren kümmert er sich auch, hört man.«

Etwas zu heftig knallte er das Wechselgeld auf die Theke. Dabei grinste er Annabelle an.

»Haben Sie auch einen Garten?«, fragte er.

Sie antwortete nicht. »Ist dieser Gartenarchitekt neu in Grünwald?«, fragte sie stattdessen.

»Wie man's nimmt«, murrte der Tankwart, »so ein Lackaffe. Vor vier Monaten ist er hier aufgetaucht. Und jetzt fragen alle nach ihm, weil er weg ist. Eine einzige Luftnummer, der Mann.«

Als sie den Laden verließ, rief er laut hinter ihr her: »Ich heiße Hubert und kann es auch ganz gut.« Sein Gelächter hörte sie noch durch die geschlossene Glastür.

Der Parkweg war eine kleine Sackgasse, an deren Ende sich ein geschwungenes Holztor befand. Dahinter stand in einiger Entfernung ein Gewächshaus, das so neu aussah, dass man meinen konnte, es sei erst letzte Woche errichtet worden.

Annabelle parkte vor dem Tor und drückte auf eine seitliche Klinke. Das Tor war nicht abgeschlossen. Ein Kiesweg führte vorbei an dem Glashaus zu einem ursprünglich strengen Betonflachbau aus den frühen Sechzigern. Mit tannengrünen Fensterläden und Blumenkästen war er bäuerlich ländlich herausgeputzt worden.

Annabelle blieb stehen. Mechanisch hielt sie ihr Handy in Brusthöhe und machte ein Foto. Oft lieferten die Aufnahmen Details, die dem Auge entgangen waren.

Nieselregen fiel. Kalter Morgenwind pfiff. Plötzlich hörte sie erregte Stimmen.

Die Tür des Glashauses wurde aufgerissen, und eine junge Frau in Bluejeans und knappem T-Shirt stürzte heraus. Leichenblass und so aufgebracht, dass sie Annabelle nicht einmal wahrnahm, rannte sie auf das Haus zu und verschwand um die Ecke. Sie hatte auch nicht bemerkt, dass Annabelle ihr Handy auf den Eingang des Glashauses gerichtet hielt.

Annabelle folgte ihr zur Haustür. Sie drückte auf die Messingklingel neben der Tür. Irgendwo im Innern erklang ein fader Ton.

Annabelle trat einen Meter zurück und hielt das Handy bereit. Bis auf den Wind in den Baumkronen war alles ruhig und still. Und doch war Annabelle mit einem Mal unfähig, auch nur einen Finger zu bewegen.

Sie kannte das Gefühl. Sie hatte es bisher dreimal gehabt in ihrem Leben.

Ein Knacken hinter ihr ließ sie zusammenfahren. Der Wind schlug einen Ast gegen den Zaun. Mist, dachte sie, ich bin wie Kiki. Genauso abgedreht.

Kiki, ihr Bruder, der Mediziner, hatte die Schwermut des Vaters geerbt und galt als latent suizidgefährdet – das verfluchte Erbe, das sie beide nicht loswurden. Kiki würde sich vielleicht auch umbringen. Und sie selbst?

»Nein«, sagte Annabelle laut, »ich nicht.«

Sie klingelte ein weiteres Mal.

»Du hast keine Angst«, sagte sie – und blickte kurz darauf in das abweisende Gesicht der jungen Frau, die Minuten zuvor aus dem Glashaus gestürzt war. Sie hatte sich umgezogen. Statt der Bluejeans trug sie nun hautenge cognacgelbe Röhrenhosen aus Wildleder und einen kamelhaarfarbenen Pullover der obersten Luxusklasse, wie Annabelle sofort sah.

»Ich möchte zu Herrn von Strux.«

Die junge Frau, deren Gesicht von langen blassblonden Haaren eingerahmt war, musterte Annabelle abschätzig: »Nicht da«, sagte sie unfreundlich.

»Wann wird er zurückerwartet?«

»Weiß nicht.«

»Aber heute kommt er doch noch nach Hause?«

»Weiß nicht.«

»Ist er auf Reisen?«

»Vielleicht.«

»Aha«, sagte Annabelle freundlich, »und wer sind Sie?«

»Was wollen Sie?«, sagte die junge Frau mit dem blassen Gesicht böse. Sie hatte einen schweren östlichen Akzent.

Annabelle griff in ihre Tasche und zog eine ihrer neutralen Visitenkarten heraus, auf denen nur ihr Name stand.

»Ich habe von einer Freundin gehört, dass Herr von Strux so schöne Gartenkompositionen macht …« Annabelle schwieg einen Augenblick und hielt der jungen Frau die Visitenkarte entgegen, »ich möchte …«

Irgendetwas Verkehrtes hatte sie gesagt. Die Augen der jungen Frau verengten sich zu bösen Schlitzen. Rasch fuhr Annabelle fort: »Arbeiten Sie hier?«

Die junge Frau schwieg, warf einen Blick auf die Visitenkarte und steckte sie in ihre Hosentasche.

Im Haus schrillte ein Telefon.

»Muss …«, sagte sie hastig und schlug Annabelle die Tür vor der Nase zu.

Auch gut, dachte Annabelle, ich komme wieder. Sie trat ein paar Meter zurück in den Schatten der Büsche, die hinter den Bäumen das Grundstück begrenzten, um einen Überblick über die Front des Hauses zu erhalten. Schräg hinter ihr gab es ein kratzendes Geräusch. Ihr Herz tat einen unkontrollierten Satz.

Im nächsten Moment sprang ein riesiger roter Kater vom Ast einer Rotbuche und landete mit einem gedämpften Plopp auf einem Rasenstück am Zaun. Gemächlich trottete er in Richtung Kiesweg zur Haustür.

Dann waren plötzlich Schritte zu hören. Eilige Schritte. Ein blasser, schmaler Mann in ausgebeulten grauen Hosen und einem abgewetzten graugrünen Pullover rannte noch schneller als die Frau zuvor und mit verzerrtem Gesicht in Richtung Wohnhaus. Er musste aus dem Glashaus gekommen sein. Annabelle fotografierte ihn.

Die Tür des Hauses öffnete sich, der blasse Mann verschwand darin, und die Tür schloss sich wieder.

Annabelle grub in ihrer Umhängetasche nach dem Asthmaspray.

***

»Sie brauchen schon wieder Ihren Spray? Nehmen Sie ihn nicht etwas zu oft?«

Über den Rand seiner randlosen Brille hinweg sah der Arzt seine Patientin besorgt an.

Annabelle presste ihren Rücken gegen die Stuhllehne und verschränkte die Arme vor der Brust.

»Wehren Sie nicht immer gleich ab« sagte der Arzt, »viele Menschen mit Asthma lassen sich heutzutage zusätzlich psychotherapeutisch behandeln.«

Annabelle blickte ihn an und zwinkerte. »Bitte, Dr. Kahle, geben Sie es auf. Ich bin eine störrische Ziege.«

Der Arzt trommelte einen ungeduldigen Marsch auf der Tischplatte. »Machen Sie sich nur lustig über mich. Es stört mich fast gar nicht.«

»Ja«, sagte Annabelle, »und jetzt das Rezept für meinen Asthmaspray. Vielleicht auch noch eine klitzekleine Vitamincocktail-Infusion?«

Dr. Kahle seufzte. »Sie sind ein harter Brocken, wissen Sie!«

»Der Mann von dieser Frau Kehlmann hat angerufen. Er legt großen Wert darauf, dass die Buchsbaumgeschichte aufgeklärt wird.«

Annabelle versuchte während des Telefonierens mit einer Hand aus der engen Parklücke vor Dr. Kahles Praxis herauszusteuern.

»Ich weiß zwar nicht, warum wir Buchsbäume suchen sollen«, fuhr Elly Heimroth fort, »aber die Anzahlung der Frau ist beachtlich. Was machst du da eigentlich?«

»Ich parke aus.«

»Wo bist du?«

»In Grünwald«, log Annabelle, »ich wollte den Buchsbaumgärtner sprechen. Er war nicht da.« Elly brauchte nicht zu wissen, dass sie sich schon wieder ein neues Rezept für ihren Spray geholt hatte.

»Gut, dann bist du ja in der Nähe. Fahr gleich bei den Kehlmanns vorbei. Frau Weber, die Haushälterin, wartet auf dich. Sie wird dir die Pflanzlöcher zeigen, du kannst mit ihr reden. Sie ist instruiert.«

Ellys Stimme klang, als wäre da noch etwas.

»Und?«, fragte Annabelle.

»Ach nichts. Du machst das schon. Ich dachte nur … wir brauchen …«

Sie schwieg. Verlegen, wie es schien.

Annabelle lachte lautlos auf. Dass ihre Partnerin nach fünfunddreißig Jahren Berufserfahrung als Privatdetektivin immer noch die gleichen Versagensängste und Befürchtungen hatte wie sie selbst, tat ihr gut.

»Ich weiß, was du denkst. Aber sei nicht nervös, keine Sekunde vergesse ich, wie nötig wir das Geld brauchen.« Sie schwieg einen Augenblick und lächelte. »Ich verpatze den Fall nicht, Elly. Wir kriegen raus, was da los ist«, sagte Annabelle, »ich fahre sofort hin.«

***

»Ich habe Sie schon vor einer halben Stunde erwartet. Sie hätten anrufen können, man hat schließlich zu tun.«

Eine weibliche Stimme mit Ostakzent klirrte durch die Sprechanlage. Dann wurde der Türöffner betätigt, und das schwere Eisentor sprang auf. Vor Annabelle öffnete sich ein parkähnliches Grundstück, das, soweit sie sehen konnte, vor allem aus Rasen bestand. Kurz geschorenem, nacktem Rasen. Irgendwo weit hinten drückten sich zwei Buchen an eine Mauer.

Der Weg zu der zweistöckigen Villa im neoklassizistischen Stil war mit feinstem weißem Kies bestreut, dessen Farbe mit dem Anstrich des Hauses harmonierte. Hier war geklotzt und nicht gespart worden.

In der offenen Eingangstür stand eine mollige Person im mittelblauen Popelinekleid der besseren Hausangestellten. Ihre weiße Schürze war frisch gestärkt, die graublonde Löckchenfront über ihrer Stirn ebenfalls. Ihre Backen waren von einem Übermaß an Rouge hektisch gefärbt.

Mit berufsmäßig falschem Lächeln säuselte sie zur Begrüßung: »Ich bin Frau Weber, die Haushälterin. Dass Sie so spät kommen, bringt leider alles durcheinander. Aber den Garten alleine anschauen, das finde ich nicht in Ordnung. Ich komme mit. Darf ich bitte Ihren Ausweis sehen?«

So ganz klar war Annabelle nicht, warum sie die Stelle, an der die Buchsbaumbären gestanden hatten, nicht alleine besichtigen sollte. Doch Widerworte schienen ihr nicht angebracht. Stattdessen lobte sie scheinheilig die Vorsicht, sich den Ausweis zeigen zu lassen, und versicherte, dass sie Frau Webers Bedenken in jeder Hinsicht teilte.

Die so Gelobte taute auf.

»Ach, das war ja so ein Unglück mit den Buchsbaumbären. Hier entlang, wenn ich bitten darf.«

Sie wies Annabelle einen schmalen Kiespfad hinter das Haus, wo sich dem Blick eine noch größere kahle Rasenfläche bot. Allerdings befand sich in einiger Entfernung ein schmiedeeiserner Teepavillon, der dem Katalog einer teuren englischen Firma entsprungen sein musste. Nie genutzt, was man ihm ansah, machte er einen wenig geliebten Eindruck. Rechts und links des Pavillons klafften zwei große Löcher in der Erde, sie hatten die Größe von kleineren Gruben.

Annabelle drehte sich um und sah durch eine riesige Glasfront hindurch in einen großen, minimalistisch eingerichteten Wohnraum.

»Aha, von dort aus konnte man also die Bären immer sehen.«

Frau Weber war vertieft in die jüngste traurige Erinnerung. »Sie hat ja so geweint, die arme Frau Kehlmann, als sie von der kurzen Reise zurückkamen und die Bären weg waren.«

»Und Sie? Wo waren Sie?«

»Wenn die Herrschaften nicht da sind, fahre ich immer zu meinem Sohn nach Moosach.«

»Und wer passt auf das Haus auf?«

»Die Hausbesitzer in unserer Straße zahlen zusammen einen Hausmeister. Der kümmert sich, wenn einer wegfährt. Das macht er sehr gut, der Herr Milic.«

»Wie oft kommt er vorbei?«

»Morgens und abends. Er schaltet abends die Alarmanlagen ein, macht das Licht an, lässt die Jalousien runter und prüft, ob alles sonst in Ordnung ist.«

»Das heißt, die Diebe sind nachts gekommen. War denn das Tor offen?«

»Das ist ein Rätsel. Das Tor war geschlossen und das Schloss unverletzt. Ganz komisch.«

»War Herr Kehlmann auch so traurig über den Verlust?«

Frau Weber schnaubte, und in ihrer Stimme lag Missbilligung. »Ach, er hat sich gar nicht gekümmert. Erst am Abend ist er furchtbar wütend geworden und hat beim Essen seine Frau angeschrien, dass er den Kerl anzeigen wird und hinter Gitter bringen.«

»Wusste Herr Kehlmann denn, wer die Bären gestohlen hat?«

»Ja«, sagte Frau Weber eifrig, »das dachte ich anfangs auch. Aber am nächsten Tag war er ganz lieb und hat seiner Frau gesagt, dass sie sich keine Sorgen machen soll und dass es doch nur Buchsbaumbären sind. Da hat sie dann wieder angefangen zu weinen. Manchmal weiß man wirklich nicht, was man von den Leuten halten soll.«

Verlegen strich Frau Weber ihre Schürze glatt. Sie hatte zu viel geredet, das wurde ihr soeben bewusst.

Annabelle merkte es und sagte schnell: »Sie haben vor dem Diebstahl wohl nichts bemerkt von irgendwelchen ungewöhnlichen Aktivitäten auf der Straße oder sonst in der Nähe?«

Gemeinsam gingen sie über den Rasen zurück. Frau Weber schwieg. Plötzlich blieb sie stehen und scharrte mit dem Fuß im Gras. Schwieg aber weiter.

Endlich hob sie den Kopf und sah Annabelle direkt an. »Ich werde hier im Haus sehr anständig behandelt. Wenn ich alles sagen würde, was ich gesehen und gehört habe, wäre ich schon längst arbeitslos.«

»Kennen Sie Herrn von Strux, den Landschaftsgärtner?«

»Haben Sie ihn kennengelernt?«

»Er ist leider verreist«, sagte Annabelle, »ich habe bisher nur mit einer jungen Frau gesprochen, die dort im Haus zu wohnen scheint und sehr zugeknöpft ist.«

»Pah«, sagte Frau Weber, stemmte die Hände in die feisten Hüften und spie das Wort förmlich aus: »Die! Das ist seine Frau.«

»Was meinen Sie mit ›die‹?«

»Nichts. Ich weiß nur, was die Leute so reden.«

In sanftem Ton fragte Annabelle: »Und was reden die Leute?«

»Na ja, der Bruder von ihr, der neuerdings da ist, das kommt einem schon alles recht komisch vor. Und die Gärtnerei, haben Sie schon einmal eine Gärtnerei ohne Pflanzen gesehen? Aber die Leute in Grünwald sind verrückt nach dem Typen.«

»Herrn von Strux? Haben Sie ihn einmal gesehen?«

»Einmal?« Frau Weber kicherte böse, »der hat eine Zeit lang ja fast hier gewohnt. War jeden Tag da. Ein sehr gut aussehender Mann, muss man sagen. Aber nicht mein Fall, zu schön irgendwie. Immer braun gebrannt und das Gesicht eingecremt. Manchmal habe ich gedacht, der malt sich auch die Augenbrauen an und tuscht die Wimpern.«

»Kommt er immer noch?«

Mit einer wegwerfenden Handbewegung tat Frau Weber den Gärtner ab. »Als die zweiten Bären in der Erde waren – weg. Puff und weg.«

Frau Weber schnippte mit zwei Fingern, es gab ein klackendes Geräusch. »Der Mann ist verschwunden. Hat eben seine Geschäfte gemacht und fertig. Sein Handy funktionierte auch nicht mehr. Die arme Frau Kehlmann war so traurig, hat direkt zwei Kilo abgenommen vor lauter Kummer.«

Sie sah sich um, als lauerte in der Luft über der leeren Rasenfläche ein Spion, und senkte die Stimme. »Ich persönlich glaube ja nicht, dass der wirklich ein Gärtner ist.«

»Wie kommen Sie darauf?«

»Mein Verstorbener, der hat ursprünglich auf Gärtner gelernt, bevor er umgeschult hat auf Büroreinigung. Daher weiß ich ein bisschen was über den Beruf. Wetten möchte ich, dass dieser Herr Baron einen anderen Beruf hat. Wenn überhaupt einen, Sie verstehen?«

In übler Nachrede war diese Frau Weber nicht schlecht, fand Annabelle. Erst hatte sie angedeutet, dass Frau Kehlmann etwas mit ihm gehabt hatte. Und dann ließ sie durchblicken, dass er sein Geld vielleicht überhaupt horizontal verdiente. Sportliche Anerkennung, dachte Annabelle, bei dir muss man auf der Hut sein.

Wieder schwieg die Haushälterin einen Augenblick lang, ehe sie nachdenklich sagte: »Sie bringen einen aber auch zum Plaudern. So viel habe ich in zwölf Jahren nicht über die Herrschaften geredet.«

»Wer wohnt eigentlich links und rechts von den Kehlmanns?«, lenkte Annabelle ab. »Nette Leute?«

Wieder stieß Frau Weber ihr verächtliches »Pah« aus. »Da drüben«, sie schwenkte mit dem Kopf nach links, ohne dass die Löckchen sich bewegten, »da wohnen die Eigners. Sind nie da. Haben Häuser überall. Sogar in Afrika. Hat mir Herr Milic erzählt.«

Täuschte sich Annabelle, oder wurde Frau Weber gerade rot?

»Milic. Ist das der Hausmeister? Woher kommt der Name?«

Jetzt gab es keinen Zweifel mehr. Frau Weber wurde noch röter.

»Herr Milic kommt aus Kroatien. Aber er hat schon länger einen deutschen Pass und ist ein sauberer und gewissenhafter Mann, der seine Pflichten sehr ernst nimmt. Da könnte sich mancher deutsche Hausmeister eine Scheibe abschneiden, sage ich.«

Fast atemlos hatte die Haushälterin ihre Brandrede vorgebracht. Ihr Busen unter dem blauen Popelinkleid wogte erregt.

»Die Sache mit den Bären hat ihn sehr belastet. Er ist immer noch nicht darüber hinweg. Dabei konnte er doch nichts dafür.«

»Und rechts? Wer wohnt da?«

Offenbar froh, das heikle Thema des Herrn Milic verlassen zu können, lachte Frau Weber silbern auf. Ein wenig Hohn mischte sich in das Gezwitscher.

»Da wohnt die Frau Cornelius. Ganz allein in dem Riesenhaus. Der Mann ist vor vier Jahren gestorben. Was er gemacht hat, weiß niemand, sie ist jedenfalls eine sehr reiche Witwe, das sagen alle, und sie sucht Anschluss, wenn Sie wissen, was ich meine. Buchstäblich überall, man glaubt es kaum.«

Sie stockte, sichtlich unsicher, ob sie fortfahren sollte. Doch die Versuchung war zu groß.

»Herr Milic hat mir erzählt, dass ein Cousin von ihm, der Tiefkühlkost ins Haus liefert, von der Frau fast vergewaltigt worden ist. Angeblich hat sie auch den Installateur nur kommen lassen, damit sie …«

Frau Weber seufzte zufrieden. »Na ja, eine ganz Mannstolle eben.«

Nachdenklich ließ Annabelle ihre Augen in Richtung der rechten Grundstücksmauer wandern. »Hat sie es bei Herrn Kehlmann auch versucht?«

Es war, als hätte sie eine Tür zugeschlagen. Plötzlich war es vorbei mit der Vertraulichkeit, und Frau Weber tat, als hätte sie die letzte Frage nicht gehört. Stattdessen schwieg sie feindselig.

»Wissen Sie, wo ich Frau Kehlmann heute Mittag erreichen kann?«

Fast körperlich spürte Annabelle, wie Frau Weber sich versteifte.

»Ich muss wieder ins Haus«, sagte sie barsch.

Schweigend ging sie neben Annabelle bis zum Gartentor.

»Eine letzte Frage: Wem gehört der gelbe Audi hier vor dem Tor?« Annabelle lächelte Frau Weber freundlich an.

»Frau Kehlmann hat ihn mir geschenkt, als sie sich den größeren Audi gekauft hat«, sagte die Haushälterin widerstrebend und faltete die Patschhände über der Schürze.

Sie nickte kurz und ging dann mit schnellen Schritten zurück zur Villa.

***

Annabelle sah ihr nach und spürte, dass Frau Weber nicht einfach gerne tratschte. Der Typ war sie nicht. Sie verfolgte mit ihren Indiskretionen ein bestimmtes Ziel. Nur welches? Und sie wusste viel mehr, als sie preisgegeben hatte. Herauszufinden, was sie aus welchen Gründen verschwiegen hatte, würde den Fall der verschwundenen Buchsbäume möglicherweise ein gutes Stück vorwärtsbringen.

Kurz dachte Annabelle daran, Elly anzurufen, um mit ihr ins Zentrum Sushis essen zu gehen. Es gab da einen Japaner in einer Seitenstraße der Maximilianstraße. Mittags waren seine Sushis billiger als abends. Sie könnte Elly einladen. Sie hatte Lust dazu.

Nein, wenn sie schon mal hier war, sollte sie auch gleich der reichen Witwe nebenan einen kleinen Besuch abstatten. Möglich war es ja, dass sie Beobachtungen in der Nachbarschaft gemacht hatte.

***

Annabelle ließ ihr Auto stehen und ging, nachdem die Mauer des Kehlmann'schen Grundstücks geendet hatte, an einer dichten Eibenhecke entlang, die mindestens ebenso gut vor neugierigen Blicken schützte wie die Mauer der Nachbarn.

Totenstille Straßen, hohe Mauern, dichte Hecken – der chinesische Friedhof in Manila, den sie vor Jahren besucht hatte, als sie noch in Lohn und Brot bei der Zeitschrift gewesen war, schien ihr jetzt in der Erinnerung wie die kleinere Ausgabe des Villenviertels Grünwald. Auch dort elegante Häuser mit Gärten und Mauern darum. Alles drei Nummern kleiner, aber immerhin. An hohen Feiertagen brachten die Angehörigen der Toten Essen und Getränke und schmausten je nach Wetter im Haus oder im Garten davor, sozusagen als Gäste der Toten. Die Straßen der Totenstadt waren an den übrigen Tagen still, sehr still. Wie die Straßen Grünwalds.

Das Grundstück der Witwe Cornelius machte einen für die Gegend auffallend nachlässigen Eindruck. Büsche, Wildblumen und Sträucher waren zufällig gebündelt und wieder auseinandergewachsen. Ein feiner Duft von frühem Jasmin schwebte in der Luft.

Die schmiedeeiserne Gartenpforte stand halb offen. Annabelle näherte sich gerade über grob knirschenden Kies dem Haus, als das entsetzliche Gefühl ein weiteres Mal in ihr aufstieg. Annabelle schüttelte den Kopf über sich selbst und beschleunigte ihre Schritte.

Das Haus war wesentlich älter als die Kehlmann-Villa, ein typischer Siebziger-Jahre-Bau für Reiche, die sich nicht darum zu kümmern brauchten, dass der ganze erste Stock dunkel war. Das Walmdach, das in den Sechzigern und Siebzigern des 20. Jahrhunderts in Grünwald zu den unverzichtbaren Statussymbolen gehört hatte, reichte fast bis zum Erdgeschoss hinab.

Wie das Gartentor stand auch die Haustür halb offen. Annabelle klingelte, und eine laute Glockentonfolge erschallte. Doch niemand erschien. Sie klingelte ein zweites, vergebliches Mal. Die Luft, die ihr aus dem Haus entgegenschlug, war so aufgeladen mit negativer Energie, dass sie wie gelähmt stehen blieb.

Als das Handy klingelte, fuhr sie vor Schreck zusammen. Es dauerte einen Augenblick, ehe sie sich gefasst hatte.

***

»Geh gefälligst ein bisschen schneller dran.«

Elly Heimroth war ein ungeduldiger Mensch. Sie verabscheute es, wenn Menschen, mit denen sie telefonieren wollte, nicht sofort in der Leitung waren. Doch nur Annabelle gegenüber erlaubte sie sich, diese Schwäche offen zu zeigen. Alex zum Beispiel hielt Elly für gelassen wie einen buddhistischen Mönch. Zumindest sagte er das. Aber wer wusste schon, was die Menschen dachten, wenn sie etwas sagten? Vor allem Alex.

Jedenfalls hatte Elly es in diesem Augenblick eilig. »Herr Kehlmann hat schon wieder angerufen. Er möchte, dass wir zu ihm kommen. In sein Büro. Jetzt sofort. Wir treffen uns vor dem Haus, Valentin-Linhof-Straße 16, das ist kurz vor der Messe Riem.«

Ehe Annabelle antworten konnte, war die Verbindung unterbrochen.

Sie zwang sich, ruhig und langsam umzukehren, dem Haus ihren Rücken zuzuwenden, zurück auf die Straße zu gehen und das kurze Stück zu ihrem Auto nicht zu rennen. Was war los mit dem Haus dieser Frau Cornelius? Was geschah dort? Was war los mit ihr selbst?

Annabelle atmete schwer. Eine nette, simpel gestrickte Frau zu sein ohne seltsame Ahnungen und Gefühle – wie schön und einfach wäre das Leben.

Wieder schnaufte sie. Nahte etwa ein übler kleiner Anfall von Selbstmitleid?

»Scheiße, nein!«, sagte Annabelle und stieg ins Auto.

***

Das Kehlmann'sche Büro befand sich in einem von vier Würfelbauten mit goldbraun verspiegelter Glasfassade in einem schicken Gewerbegebiet nahe der Münchner Messe. Am Empfang in der durch vier Stockwerke reichenden Halle, deren Wände mit Sandstein verkleidet waren, saß eine sonnenbankgebräunte Mittdreißigerin, die unwillig den Blick von einer Klatschillustrierten hob. Gelangweilt musterte sie die Besucher. Im Zeitlupentempo betätigte sie die hausinterne Telefonanlage und sprach mit schleppender Stimme in den Hörer, es seien zwei Damen da, die behaupteten, einen Termin mit Herrn Kehlmann zu haben.

Sie lauschte, legte den Hörer auf und hob sichtbar lustlos den Arm. Eine lasche Hand mit langen blutroten Fingernägeln wies in eine Richtung.

»Da drüben ist der Aufzug. Vierter Stock. Sie werden abgeholt.«

Kurz darauf standen sie Eugen Kehlmann in seinem Büro gegenüber.

Annabelle wusste nicht, wen sie sich als Ehemann von Carlotta Kehlmann vorgestellt hatte. Sie hatte auch keine Vorstellung vom Arbeitsumfeld eines reichen Import-Export-Kaufmanns. Dass Kehlmanns Sekretärin oder Assistentin, die sie am Aufzug erwartete, kaum über zwanzig war und in ihren schwarzen Hotpants, den Netzstrümpfen auf den strammen Beinen und den hochhackigen Schnürstiefelchen nicht dem herkömmlichen Bild einer effizienten Büromitarbeiterin entsprach, schien Herrn Kehlmann nicht zu stören.

Er war klein, ein auffallend muskulöser Mann mit breiten Schultern, seine Frau musste ihn um mindestens eine Kopflänge überragen. Vielleicht um größer zu erscheinen, wippte er, offensichtlich gewohnheitsmäßig, beinahe ununterbrochen auf die Zehenspitzen und wieder zurück.

Die Weste von Eugen Kehlmanns Anzug aus feinem grauem Tuch spannte über der Brust um jene Winzigkeit, die offen ließ, ob er an Gewicht zugelegt oder dem Schneider die Anweisung gegeben hatte, seinen panzerschrankartigen Oberkörper zur Geltung zu bringen.

Sein Gesicht wirkte unbewegt, wie das eines sowjetischen

Apparatschiks aus der Ära des Kalten Krieges. Später dachte Annabelle daran, wie nahe sie mit dieser flüchtigen Beobachtung einem Teil der Wahrheit gekommen war. Die Muskeln von Eugen Kehlmanns Gesicht schienen gelähmt, so stark wurden sie kontrolliert. Sie verrieten nichts, weil sie nichts verraten sollten. Nur kleine, helle Augen huschten wachsam hin und her.

Alles in allem ein Mann, der nichts dem Zufall überließ.

Ohne Umschweife kam er zum Thema und wandte sich dabei ausschließlich an Elly, sie war die Chefin, also die adäquate Gesprächspartnerin für ihn. Annabelle existierte nicht.

»Meine Frau war gestern bei Ihnen wegen der verschwundenen Büsche?« Eugen Kehlmann wollte vielleicht eine Feststellung machen. Doch tatsächlich fragte er. Warum?

Elly nickte. »Ja, sie will die Bären unbedingt zurückhaben.«

Eugen Kehlmanns Gesicht verzog sich zu einem dünnen Lächeln. Noch immer standen sie. Elly blickte angelegentlich zu dem modernen Ledersofa an der Wand, der Fabrikant geriet für den Bruchteil eines Augenblicks aus der Fassung.

»Entschuldigen Sie, bitte, nehmen Sie Platz. Kaffee, Wasser?«

Elly schüttelte den Kopf.

Eugen J. Kehlmann räusperte sich, ehe er sich selbst auf einen der Designersessel setzte.

»Ich habe Sie gebeten zu kommen, weil ich mir Sorgen mache. Meine Frau ist heute Nacht verschwunden.«

Elly blickte versonnen auf das monochrom blaue Gemälde hinter Kehlmanns Schreibtisch. »Yves Klein?«

»Wie bitte?« Kehlmann war sichtlich irritiert.

»Das Bild dort«, sagte Elly sanft.

Eugen Kehlmann drehte halb den Kopf.

»Ach so, ja.« Er beugte sich vor, seine Stimme wurde eindringlich.

»Es ist natürlich zu früh, die Polizei einzuschalten, ich will auch keine Pferde scheu machen. Aber meine Frau muss gestern spätabends noch das Haus verlassen haben, ihr Bett war heute Morgen unberührt. Kein Zettel, kein Anruf, nichts. Sie ist verschwunden. Der Haushälterin habe ich gesagt, dass meine Frau bei einer Freundin übernachtet hat.«

»Haben Sie nachgesehen, ob Ihre Frau Toilettenartikel mitgenommen hat?«

Kehlmann schüttelte den Kopf. »Ja, habe ich. Nichts, auch ihre Medikamente sind alle da.«

»Was für Medikamente sind das?«

»Hormone, glaube ich. Gegen die Wechseljahre.« Eugen Kehlmanns Stimme hatte einen geringschätzigen Beiklang, »sie will unbedingt jung bleiben.«

»Das heißt, wir stellen die Ermittlungen, was die Buchsbaumbüsche anbelangt, zurück und konzentrieren uns auf die Suche nach Ihrer Frau.« Elly hatte sich tief in den schwarzledernen Bauhaus-Sessel zurückgelehnt. Ihre massige Gestalt ließ den zierlichen Sessel bis auf die Chromarmlehnen völlig unter ihr verschwinden. »Sind Sie sicher, dass Sie nicht mit der Suche bis heute Abend oder morgen früh warten wollen? Vielleicht klärt sich alles ganz harmlos auf.«

Die Züge des Fabrikanten waren undurchdringlich. »Ich kenne meine Frau. So etwas ist noch nie vorgekommen.«

»Vielleicht wollte Ihre Frau Sie nicht wecken und hat tatsächlich kurz entschlossen bei der Freundin übernachtet.«

»Meine Frau hat keine Freundinnen.« Eugen Kehlmann stieß den Satz hervor, als spucke er eine Kröte aus.

Elly sah ihn fragend an.

Zum ersten Mal, seit sie das Büro betreten hatten, zeigte der Geschäftsmann so etwas wie den Anflug einer Gefühlsregung. Er fuhr sich mit der Hand über das Gesicht.

»Ich wusste, dass das Kartenhaus irgendwann zusammenstürzen würde. Wir haben, wenn Sie so wollen, auf einem Drahtseil gelebt. Mit den Diebstählen hat es angefangen. Und jetzt das.«

Elly blickte ihn nicht an. Sie studierte angelegentlich das monochrom blaue Yves-Klein-Gemälde. »Was meinen Sie damit? Wenn wir Ihnen helfen sollen, müssen Sie mit uns Klartext reden.«

»Ich weiß nicht, wer hinter uns her ist, und ich weiß nicht, warum. Aber ich bin mir sicher.«

Er lügt, schoss es Annabelle durch den Kopf, er weiß genau, wer ihm an den Kragen will. Warum sagt er es nicht?

Unter Eugen Kehlmanns rechtem Auge fing ein Muskel an zu zucken. Alle drei schwiegen. Endlos, wie es Annabelle schien.

Mit dem Finger fuhr sich der Fabrikant in den Kragen und lockerte ihn. »Unsere Ehe ist nicht wie andere. Wir haben ein Arrangement. Jeder geht seine eigenen Wege.« Hastig goss er sich aus der Wasserkaraffe, die auf dem Glastisch stand, ein Glas voll und leerte es in einem Zug. »Wie gesagt, irgendjemand will uns vernichten.«

»Wie kommen Sie auf diese Idee?«

Wieder lachte Eugen Kehlmann freudlos auf. »Ich weiß, dass meine Frau denkt, dass ich sie umbringen will. Bestimmt hat sie versucht, Sie da hineinzuziehen. Das ist ganz natürlich. Sie hat Angst. Es sind Sachen vorgefallen, die sie sich nicht erklären kann. Ich mir übrigens auch nicht.«

»Todesangst ist kein gutes Gefühl, Herr Kehlmann.«

Der Fabrikant starrte Elly einen Augenblick lang mit ausdruckslosen Augen an.

»Sie sagen es. Das Beste daran ist, auch bei mir hat es Vorkommnisse gegeben, die mehr als eigenartig sind. Ich habe meiner Frau nur nichts davon erzählt, um sie nicht noch mehr zu beunruhigen.«

Elly richtete sich steil auf. »Was für Vorkommnisse?«

»Ein Jagdgewehr, das ich reinigen wollte, war plötzlich geladen.«

»Sie halten es für ausgeschlossen, dass Sie nur abgelenkt waren, als Sie das Gewehr wegsperrten?«, fragte Annabelle.

»Meine liebe Frau … jetzt habe ich in der Aufregung Ihren Namen vergessen.«

»Winter heiße ich«, sagte sie.

»Ja, Frau Winter, das ist schon deshalb unmöglich, weil ich immer doppelt überprüfe, ob auch alle Kammern leer sind, ehe ich den Schrank abschließe.«

»Hat jemand den Schrank aufgebrochen?«

»Nein, das ist das Unheimliche daran. Der Schrank war abgeschlossen, ganz normal, ebenso die Schublade, in der die Patronen aufbewahrt werden. Alles wie immer.«

Eugen Kehlmann war unter seiner glatten Fassade nervös. Er

sprang auf und ging auf und ab. Annabelle sah, dass er bei jedem Schritt seine Knie durchdrückte, bis die Beine leicht bebten.

»Ich frage Sie,. Wie ist das möglich? Oder die Sache mit den Erdbeeren. Ich bin allergisch gegen Erdbeeren. Wenn ich eine essen würde, müsste ich ersticken. Abends in meiner Milch, die ich vor dem Schlafengehen trinke, lagen zwei Erdbeeren. Und dann die Bremsen von meinem Auto, die plötzlich blockierten, es gibt da so einiges, sage ich Ihnen. Sehr unerfreulich.«

Annabelle und Elly sahen sich an.

Elly räusperte sich. »Das ist viel, was Sie uns hier berichten.«

»Ich weiß«, sagte der Fabrikant, »deshalb bitte ich Sie, finden Sie meine Frau, ich muss sie unter Kontrolle halten. Die Buchsbaumbüsche sind mir, da bin ich ehrlich, völlig gleichgültig. Wenn Sie irgendetwas über die Diebstähle herausfinden können, umso besser. Wichtig ist im Augenblick, dass Sie tätig werden und verhindern, dass mir etwas zustößt.«

»Das sagt Ihre Frau von sich selbst auch.«

»Äh, ja, genau. Darum geht es. Wir sind beide …« Er ließ den Rest des Satzes unausgesprochen.

Eugen Kehlmann ging zum Schreibtisch und holte aus einer Schublade einen dicken Packen Scheine. Ehe Elly protestieren konnte, hatte er ihr den Packen schon in die Hand gedrückt.

»Sie kümmern sich«, sagte er. Es klang wie eine Drohung.

***

Annabelle saß an ihrem Schreibtisch und ließ ihre Gedanken wandern.

Die Vermutung, dass Frau Kehlmann eine Affäre mit dem ominösen Gartenarchitekten begonnen hatte und der Ehemann sich auch deshalb der Dienste einer Privatdetektei bedienen wollte, war verführerisch. Aber sie stimmte nicht. Nur fand Annabelle nicht heraus, wo sich der Denkfehler verbarg.

Durch die angelehnte Tür hörte sie Alex telefonieren, dann seine Schritte. Er steckte den Kopf durch die Tür und lächelte sie an.

»Frau Kehlmann hat gerade angerufen. Es tut ihr leid, dass

sie den Mittagstermin nicht absagen konnte. Aber sie hatte ihr Handy mit unserer Nummer nicht dabei.«

»Was für einen Mittagstermin? Ich weiß von nichts.«

»Ihr Meerschweinchen hatte nachts einen Kollaps und ist vor einer Stunde in der Tierklinik gestorben. Frau Kehlmann hat sofort eine Obduktion machen lassen. Jetzt ist sie zu Hause und duscht.« Alex blickte auf die Kringel, die Annabelle auf ihren Notizblock gemalt hatte. »Sehr hübsch. Das Meerschweinchen wurde vergiftet. Die Frau ist völlig fertig. Hat gesagt, dass ihr Mann sich jetzt sogar an ihrem Meerschweinchen vergriffen hat. Sie wird um halb sechs hier sein.«

Zu verblüfft, um ein Wort zu sagen, starrte Annabelle ihren Kollegen an.

»Fass dich, du siehst gerade nicht sehr intelligent aus, wenn ich mir die Bemerkung erlauben darf«, sagte Alex und grinste. »Wahrscheinlich ist das Meerschweinchen an Herzverfettung gestorben, das tun viele.«

»Woher weißt du, woran Meerschweinchen sterben?«

»Weil ich als Kind Meerschweinchen gezüchtet und verkauft habe. Im Übrigen war das ein Witz. Wenn das Tier erwiesenermaßen vergiftet wurde, dann ist das sehr eigenartig. Wer tut so etwas? Und vor allem: warum?«

Er ging zur Tür und drehte sich um. »Der Fall dieses Ehepaares ist seltsam. Nichts passt zusammen.«

Ehe Annabelle antworten konnte, fügte er hinzu: »Wie wäre es, wenn du nach der Kehlmann-Besprechung mit mir essen gingest? Es gibt da einen neuen Franzosen in der Tegernseer Landstraße.«

Annabelle räusperte sich. »Du weißt doch, dass ich nicht mit dir essen gehen will. Nie. Einfach nie. Weil wir zusammen arbeiten und es dabei belassen sollten.«

»Du machst einen Fehler, sage ich dir. Ich bin privat hinreißend.«

»Als Arbeitskollege bist du unübertroffen. Das will ich nicht gefährden. Sag, du hast dich nicht verhört? Frau Kehlmann hat tatsächlich von ihrem Meerschweinchen gesprochen?«

Alex nickte. »Sie war, wie gesagt, ziemlich durch den Wind.«

»Wir müssen Herrn Kehlmann Bescheid geben.«

»Schon passiert. Er hat selbst angerufen, kurz nachdem ihr bei ihm wart. Er weiß Bescheid. Zum Meerschweinchen hat er übrigens ziemlich laut geschwiegen. Kein Wort. Vielleicht denkt er, dass seine Frau das Meerschweinchen selbst vergiftet hat, um ihn zu ärgern.«

»Sei nicht zynisch«, sagte Annabelle. »Weiß Elly, dass Frau Kehlmann nachher kommt?«

Alex zog die Augenbrauen hoch. »Für wen hältst du mich? Für den Trottel vom Dienst?«

Seidig lächelte Annabelle ihn an. »Nein, mein Philosoph, du bist kein Trottel, nur manchmal sehr vertrottelt.«

★★★

Frau Kehlmanns Haare waren frisch frisiert, das Make-up makellos, ihr lindgrünes Kostüm aus teurem Bouciéstoff saß perfekt und schmeichelte ihr. Dennoch war Carlotta Kehlmann anzusehen, dass es ihr nicht gut ging. Die geschwollenen Augen sprachen eine eigene Sprache. Und wieder kam mit ihr eine Aura des Grauens in den Raum.

»Ich habe Fotos von den Buchsbäumen dabei«, sagte sie zu Elly und zog einen Packen Aufnahmen aus der Tasche.

Sie seufzte auffällig und blickte dabei auf Elly, die, ganz vertieft in die Aufnahmen, beiläufig fragte: »Wie sind Sie eigentlich auf die Idee gekommen, so große Buchsbaumfiguren aufzustellen?«

Carlotta Kehlmanns Gesicht nahm einen wachsamen Ausdruck an. Die Frage lag auf der Hand, und sie hatte sie offenbar erwartet. Sie spulte ihre Erklärung ab wie eine mechanische Puppe: »Edmund, das heißt Herr von Strux, veranstaltete im Spätsommer letztes Jahr einen Opening-Cocktail, als er in Grünwald anfing. Und da lagen überall Bilder aus von Gärten mit Buchsbaumfiguren. Ich war sofort begeistert.«

Während sie sprach, sah Annabelle, dass sie Elly weiter beobachtete. Wollte sie feststellen, ob ihre Geschichte überzeugte?

»Haben auch andere Leute Buchsbaumfiguren bestellt?«, fragte Elly freundlich. Es ging jetzt darum, die Klientin, die sehr offensichtlich versuchte, ihnen Lügen aufzutischen, in Sicherheit zu wiegen.

»Ich weiß nicht«, sagte Carlotta Kehlmann vage, »ich glaube, nicht.« Sie dachte einen Augenblick lang nach und fügte dann hinzu, »obwohl natürlich der Preis bei den Leuten hier in Grünwald nicht ausschlaggebend ist. Sie haben nur kein Gefühl für das Außergewöhnliche.«

Wieder versuchte sie deutlich, Ellys Reaktion abzuschätzen.

Doch Elly strahlte Frau Kehlmann gewinnend an und sagte: »Herr von Strux hat keine Webseite im Internet. Er steht auch nicht im Telefonbuch. Wissen Sie zufällig, warum?«

Auch diese Frage schien Carlotta Kehlmann erwartet zu haben. »Er will kein Massengeschäft. Er sagt, seine Kundschaft ist so exklusiv, dass eine Webseite eher schaden als nützen würde. Er lehnt sogenannte Web-Laufkundschaft ab, die natürlich übers Internet kommen würde.«

Ein kurzer Blick, ob Elly die Antwort geschluckt hatte – aber die Seniorchefin der Detektivagentur Heimroth, Winter & de Groot ließ sich nicht so leicht in die Karten sehen.

»Ah ja«, sagte Elly ohne den geringsten ironischen Unterton, »das ist verständlich. Bei so eleganter Klientel.«

Dennoch war sie nicht zufrieden mit dem Verlauf der Unterredung, die Ehefrau des Import-Export-Kaufmanns. Das konnte Annabelle an ihrem Gesicht ablesen, das einen verdrossenen Ausdruck annahm. Hatte man sich gerade für ein sündhaft hohes Honorar über sie lustig gemacht, oder …?

Annabelle würde sich bei ihr melden, sobald es Neuigkeiten oder Fragen gab. Carlotta Kehlmann suchte erneut Ellys Blick. Doch die wehrte kalt ab: »Frau Winter kümmert sich um Sie.«

Frau Kehlmann schluckte und verabschiedete sich mit kühlem Händedruck von Elly – Annabelle übersah sie geflissentlich.

»Interessant ist schon, dass sie sich gegenseitig des versuchten Mordes beschuldigen. Feine Verhältnisse, kann ich nur sagen. Wollen sie beide vorsorgen für die eventuelle Scheidung? Es geht doch sicher um Geld.«

Elly schüttelte angewidert den Kopf. »Nicht, dass es je anders gewesen wäre, aber zurzeit fällt mir die Ich-Gesellschaft, in der wir leben, schon besonders auf die Nerven. Was soll's, lass uns an die Arbeit gehen.«

***

Jemand war noch früher aufgestanden. Annabelle hatte unruhig geschlafen, kalt geschwitzt und um fünf schließlich geduscht. Die Träume, durch die ihr geschiedener Mann Rick auch nach fünf Jahren noch geisterte, machten ihr schwer zu schaffen. Dabei behandelte er sie in den Träumen nicht einmal schlecht. Jedenfalls nicht so schlecht wie während ihrer kurzen Ehe, er schlug sie nicht und drohte auch nicht mit Selbstmord, wenn er nicht sofort seinen Willen bekam.

Im frühen Morgenregen hatte sie ihre angeschlagene Seele auf einem langen Spaziergang durch Schwabing nach Bogenhausen zur Agentur gelüftet.

Jetzt wunderte sie sich, dass um sieben Uhr morgens Kaffeeduft durch den großen Vorraum zog, der Empfang und Sekretariat in einem war.

Alex stand in der winzigen Teeküche am Ende des Flures mit dem Rücken zu Annabelle, elegant in leichtem Tweed wie immer, und rührte in seinem Kaffeebecher.

Annabelle war verblüfft. »Guten Morgen. Was tust du hier? Um diese Zeit?«

»Ja«, sagte Alex, ohne sich umzudrehen, »guten Morgen, das Gleiche könnte ich dich fragen. Du bist früh dran.« Er fuhr fort, in seinem Becher zu rühren. »Aber es trifft sich gut. Wir müssen reden.«

Diffuse Panik stieg in Annabelle auf.

»Bitte! Erst Kaffee, dann reden. Mir geht es nicht besonders.«

Er drehte sich um und lächelte sie an. Für den Bruchteil einer Sekunde hob sich ihr Magen, so als befände sie sich im freien Fall aus dem sechsten Stock.

Sein Lächeln war geradezu sonnig.

Ihr Mund wurde trocken. Sie senkte den Blick.

Alex, der an diesem Morgen eine seiner schönsten französischen Krawatten trug und überhaupt aussah, als wolle er die

Sitzung eines Poloclubs eröffnen, verlor für einen Augenblick den Faden. »Ich meine … wir sollten …« Er stockte.

Annabelle fühlte sonderbare Hitze aufsteigen. »Was meinst du mit ›ich meine‹? Was sollten wir?«

Ihre Stimme war heiser geworden, und sie verfluchte sich innerlich dafür. Weiter hinten klappte die Eingangstür.

»Elly kommt«, sagte Alex in verändertem Ton, »wir reden später.«

»Kinder, ich muss zum Friseur. Mittags bin ich wieder da.« Ellys Stimme klang frisch und beschwingt. Die Tür fiel ins Schloss, dann klapperten Absätze durch das Treppenhaus.

Annabelle grinste.

Alex blickte sie ernst an. »Ich habe eine schlechte Nachricht für dich. Du wolltest doch immer einen richtigen Kriminalfall. Jetzt haben wir ihn. Nicht sehr angenehm. Dein Lehner von der Mordkommission hat gerade angerufen.«

»Du großer Gott«, stöhnte Annabelle, »ruft der jetzt schon im Morgengrauen an, um mit mir essen zu gehen?«

Wieder lächelte Alex. »Sosehr es mir widerstrebt, deiner Gewissheit, dass jeder Mann mit dir essen gehen will, einen Dämpfer zu versetzen …« Er machte eine lustvolle Kunstpause. »In diesem Fall geht es um einen vermutlichen Suizid. Du bist gestern kurz nach dem angenommenen Todeszeitpunkt am Haus der Toten gesehen worden.«

»Das ist nicht dein Ernst. Von wem sprichst du? Ist Frau Kehlmann ermordet worden?«

»Nein. Diese rote Jacke steht dir ausgezeichnet.« Er griff zart den Ärmel ihrer Jacke. »Babykaschmir, würde ich sagen. Doppelfädig. Sehr teuer.«

Annabelle wich zurück.

Alex schnalzte mit der Zunge. »Du solltest nicht so viel Geld in Boutiquen lassen. Das kann in unsicheren Zeiten wie diesen sehr gefährlich sein.«

»Alex!«, fauchte Annabelle ihn an. »Das ist nicht witzig. Wer ist die Selbstmörderin? Was habe ich damit zu tun?«

»Eine Frau Cornelius in Grünwald. Du bist auf dem Grundstück gesehen worden.«

Das Entsetzen, das ihren Rücken entlangkroch. Ihr wild schlagender Puls, die fehlende Luft zum Atmen, der kalte Schweiß im Nacken. Die offene Haustür. In dem Haus war kein Selbstmord geschehen, sondern ein Mord, sie hatte es gespürt.

»Ist dir nicht gut?« Behutsam fasste Alex sie um die Schultern. »Ich wollte dich nicht kränken. Das mit der Jacke und den Männern war ein dummer Scherz. Verzeih.«

Er drückte sie an sich und hielt sie fest. Er war gut zwanzig Zentimeter größer als sie. Annabelle fühlte, wie tröstlich es war, an seine Brust gelehnt zu stehen und zu wissen, dass er für sie da war. Zumindest in diesem Augenblick.

»Ach Alex«, murmelte sie in sein Jackett hinein, das ganz fein nach Rasierwasser roch, »ich habe gestern …«

Wieder klingelte das Telefon.

»Ich muss ran«, sagte Alex und löste die Umarmung. Der Augenblick, etwas Unausgesprochenes auszusprechen, war vorüber.

***

»Schau, Mädchen, so geht das. Merk es dir, schon haben wir die Bescheinigung. Der Iwan ist unter der Erde. Kein Aufwand, kein Ärger, keine Zusatzkosten.«

»Welcher Iwan?«, fragte Kriminalmeisterin Annemarie Wimmerer, deren Schreibtisch an den von Polizeiobermeister Mehler stieß.

Mit der saloppen Ausdrucksweise des altgedienten Polizisten tat sie sich schwer, insbesondere wenn es um Leichen ging.

»Der Typ von vorvorgestern. Weißt nicht mehr? Wo dir doch auf der Wiese schlecht wurde. Weg ist er, und seine Ruhe hat er auch. Ist doch gut, oder?«

»Würde es Ihnen etwas ausmachen, mich zu siezen?«, sagte die Kriminalmeisterin Wimmer spitz und lief dabei purpurfarben an.

Polizeiobermeister Mehler antwortete nicht. Er lehnte sich zurück, blickte vor sich auf den Schreibtisch, wo die gerade eingetroffene amtliche Freigabe zur Bestattung der Wasserleiche lag.

Plötzlich beschlichen ihn Zweifel. Vielleicht hätte er in seinem

Bericht über den Mann doch ausführlicher über die Tätowierungen auf der Brust und den Oberarmen …

Ach was, dachte er, wer schreit schon nach einem aus dem Osten? Niemand, sagte er sich, gar niemand, die haben sowieso viel zu viele arme Leute. Aus, fertig.

Aber das nagende Gefühl, ein wichtiges Detail weggelassen zu haben, wollte nicht weichen.

Polizeiobermeister Mehler seufzte.

»Ich gehe jetzt Brotzeit machen. Sie bleiben hier«, sagte er mit Betonung auf dem »Sie«.

***

Zwei Funkstreifenwagen mit eingeschaltetem Blaulicht, ein Sanitätswagen, ein Leichenwagen und zwei silbergraue Mittelklassefahrzeuge blockierten die Straße unmittelbar vor dem Haus der Witwe Cornelius. Annabelle hatte gerade schräg gegenüber der Kehlmann-Villa geparkt, als ihr aus dem Cornelius-Grundstück Kriminalrat Manfred Lehner entgegenkam.

»Immer noch die hustende Rostlaube«, rief er ihr entgegen. »Kaum zu glauben. Aber praktisch. Man erkennt und hört Sie schon von Weitem. Ich wollte Sie eigentlich nicht hier, sondern im Präsidium sprechen.«

»Dachte ich mir. Deshalb bin ich gleich losgefahren, als mein Kollege mir sagte, dass Sie angerufen haben.«

Manfred Lehner lächelte. »Und immer derselbe Dickkopf. Wirklich schade, dass Sie nicht weiter für Zeitschriften schreiben. So eine gute Kolumnistin und schmeißt ihr Talent an eine Detektivagentur weg. Schämen sollten Sie sich.«

»Sagt meine Mutter auch. Und die ist ziemlich verrückt. Aber höre ich recht? Sie lesen Frauenzeitschriften?«

Lehner hatte Annabelle erreicht und drückte ihr die Hand. »Schön, Sie zu sehen. Ja sicher lese ich die auch. Sehr informativ.«

Zusammen betraten sie den Garten von Sonja Cornelius. Mehrere Beamte in Ganzkörperschutzanzügen, mit Handschuhen und sterilen Hauben über den Schuhen, suchten den Boden um das Haus ab.

»Jetzt zertrampeln sie die schönen Blumen«, sagte Annabella, »ich kann es nicht sehen, mir tut das weh.«

Lehner sah sie von der Seite an. Er sagte nichts. Aber Annabelle spürte, dass er eine Bemerkung unterdrückte.

Er war ein hagerer, dunkelhaariger Mittvierziger, dem der immer gleiche graue Flanellanzug wie ein Lappen um den Körper schlotterte. Die Hosenbeine waren an den Knien ausgebeult, die Bügelfalten hatten sich vor Jahren verabschiedet, und die Taschen des Jacketts schienen sein gesamtes Büromaterial zu enthalten.

Kriminalrat Lehner galt als der beste Mann, den die Münchner Polizei hatte, geduldig, nachdenklich, scheinbar mitfühlend weich, doch knallhart in der Sache. Man hatte an höchster Stelle lange gepokert und ihn mit einer streng unter Verschluss gehaltenen Gehaltserhöhung und einer ebenso unter Verschluss gehaltenen Begründung vor einem halben Jahr von Nürnberg nach München gelockt.

Er hatte einen scharfen analytischen Verstand und war kaltblütig bis zur Selbstgefährdung, wenn es sein musste.

»Sie waren gestern an der Haustür. Was wollten Sie da?«

In seiner höflichen Stimme klirrte ein kalter Ton.

»Woher wissen Sie, dass ich da war?«

»Herr Milic, der Hausmeister, der fast alle Häuser hier betreut, hat zufällig gestern Mittag beobachtet, wie Sie das Grundstück betraten. Da er sich wunderte, dass das Gartentor aufstand, hat er genauer hingesehen.«

»Dann muss er auch gesehen haben, dass ich unverrichteter Dinge weggegangen bin, weil niemand auf mein Klingeln reagiert hat.«

»Den genauen Todeszeitpunkt habe ich noch nicht. Also was wollten Sie da?«

»Ich wollte eine Auskunft.«

»Worüber?«

»Schauen Sie, wir haben eine Schweigepflicht unseren Klienten gegenüber. Ich bearbeite gerade einen Fall und wollte Frau Cornelius dazu ein, zwei harmlose Fragen stellen.«

Sie waren vor der Haustür stehen geblieben. Lehners chronisch schlecht gelaunter Mitarbeiter, Hauptkommissar Wohlgemuth, drängte sich wortlos und vorwurfsvoll an ihnen vorbei und verschwand im Haus.

Annabelle sah in das wilde Durcheinander von blühenden Bäumen, späten Tulpen, früher Rhododendronpracht und ersten Wildblumen. Die Hälfte der Pflanzen war von den Beamten der Spurensuche schon niedergetreten. Ansonsten bot das Grundstück, das am Vortag auf Annabelle einen Eindruck von vergangenen Freuden und gegenwärtiger Einsamkeit vermittelt hatte, jetzt die Kulisse für emsige Geschäftigkeit. Was den Pflanzen anscheinend, soweit sie noch lebten, nicht übel zu gefallen schien.

»Moment«, rief Annabelle, »hier versucht eine Mutter, ihre Kinder zu retten.«

Im Dickicht einer nahen Buschgruppe erklang das verzweifelte Klopfgezeter einer Amsel.

Mit drei Sätzen war Annabelle bei den Büschen. Ein grauer Kater sprang ihr aufgeschreckt entgegen und war auch schon über den Zaun zu den Nachbarn verschwunden.

»Sie sind wohl nicht ganz bei Trost, gnädige Frau.« Lehner war hinter Annabelle hergehetzt und stand nun aufgebracht vor ihr. »Sie wissen genau, dass Sie nicht durch Tatorte trampeln dürfen. Vielleicht haben Sie jetzt wichtiges Beweismaterial zerstört.«

»Aber unschuldiges Amselleben gerettet«, entgegnete Annabelle ungerührt, »in diesem Viertel gibt es verdammt viele Katzen. Wieso sprechen Sie übrigens von einem Tatort? Ich dachte, die Frau hat sich umgebracht. Stimmt das nicht?«

Pfui, dachte sie, ich heuchle, weiß doch eh schon alles.

»Die Fragen stelle ich, wenn es recht ist«, sagte Lehner.

»Nicht beleidigt sein bitte.« Annabelle strich sich eine widerborstig gelockte Strähne aus der Stirn und bedachte den Kriminalbeamten mit einem seidigen Blick. »Das vertrage ich nicht.«

»Noch einmal: Warum waren Sie gestern hier und sind an der Haustür umgekehrt?«

Annabelle lachte laut auf. »Ich behaupte ja immer, da, wo niemand ist, lauern die schärfsten Augen. Herr Milic scheint die seinen überall zu haben.«

»Dafür wird er bezahlt. Also antworten Sie bitte.«

»Machen wir einen Handel. Ich sage Ihnen detailliert, warum

ich Frau Cornelius sprechen wollte, wenn Sie mir sagen, wo die Frau sich umgebracht hat, wann und womit.«

Der Kriminalbeamte seufzte. »Sie hat der Himmel als verschärfte Strafe geschaffen. So gesehen doch geeignet für die Detektivlaufbahn. Also gut, meinetwegen. Sie fangen an.«

Annabelle erzählte ihm von den verschwundenen Buchsbaumskulpturen und sagte dann: »Irgendjemand muss doch etwas gesehen haben. Nun Sie.«

Lehner sah sie prüfend an. »Sie verschweigen mir etwas. Aber ich kriege es heraus, und dann bekommen Sie schweren Ärger, das ist Ihnen hoffentlich klar.« Er hatte leise, fast flüsternd gesprochen, denn sie waren wieder an der Haustür, wo mehrere Beamte auf den Chef warteten. »Sie kennen meinen engsten Mitarbeiter, Hauptkommissar Wohlgemuth?«

Er machte eine auffordernde Handbewegung. Widerstrebend nickte der Angesprochene, der gerade aus dem Haus trat. Dabei wirkte der blasse, unscheinbare Mann in seinem beigegrauen Anzug, der den offensichtlichen Missmut seines Trägers in geradezu unheimlicher Weise unterstrich, als wäre er lieber im Inneren des Hauses geblieben.

»Jetzt kenne ich ihn«, sagte Annabelle und lächelte Wohlgemuth an. Der deutete mürrisch ein Nicken an und wandte sich ab.

Annabelle wunderte sich über sein feindseliges Verhalten und entschied, dass er ihr nicht sympathisch war.

»Sie sind dran«, wiederholte Annabelle halblaut.

»In Gottes Namen, kommen Sie mit. Aber Sie fassen nichts an, und Sie entfernen sich nicht von meiner Seite, verstanden?« Er machte eine winzige Pause, bevor er grinste. »Das wäre mir sowieso das Liebste.«

Annabelle stand noch in der offenen Tür. »Wer hat die Tote gefunden?«

»Der Fensterputzer. Heute Morgen. Er kommt alle vier bis sechs Wochen, immer gegen halb sieben Uhr morgens, seit vielen Jahren, er putzt die Fenster im ganzen Viertel und fängt traditionell bei Sonja Cornelius an. Er hat Schlüssel für die Haustür.«

Sie traten ins Haus. Es schien vor Jahrzehnten eingerichtet

und dann so belassen worden zu sein. In der Eingangshalle mit altdeutschen Gemälden an den beige marmorierten Wänden hing von der Decke ein protziger, goldgestromter Muranoglas-Lüster. Eine breite Flügeltür öffnete sich in einen Raum, in dem schwere Eichenmöbel dominierten, große mit burgunderfarbenem Samt bezogene Sofas, eine geschnitzte Bücherwand mit eingelassener Hausbar und dem obligatorischen Fernseher – für den Wohnraum des Ehepaares Cornelius hatte ein ganzer Eichenwald sein Leben lassen müssen.

»War es hier?«

»Nein«, sagte Lehner, »oben, in ihrem Schlafzimmer. Sie hat sich neben der Balkontür an einem Dübelhaken erhängt.«

Sie traten zurück in die Halle.

In diesem Augenblick versuchten zwei Träger einen schwarzen Plastiksarg mit der Leiche die eng geschwungene Treppe mit dem schwarzgold gestrichenen Schmiedeeisengeländer hinunterzuschaffen, ohne den Sarg hochkant nehmen zu müssen. Ein hoffnungsloses Unterfangen. Schwitzend und mit steinernen Mienen trugen sie ihre Fracht schließlich doch in senkrechter Position ins Erdgeschoss.

»Schade«, sagte Annabelle, »ich hätte sie gerne wenigstens einmal gesehen, diese Frau Cornelius.«

»Das können Sie haben«, sagte Lehner.

Er bedeutete den Trägern, den Sarg auf den Boden zu stellen und zu öffnen.

Es war, als ob Annabelle mit nassem Finger in eine ungesicherte Steckdose fasste. Wie ein elektrischer Blitz durchfuhr sie der Schreck und lähmte sie für einen Augenblick. Das Gesicht der toten Frau im nachtblauen Pyjama war das Gesicht einer fremden Frau in der U-Bahn, bei deren Anblick sie vor zwei Jahren unerklärliches Grauen gepackt hatte. Die dunkelhaarige Frau war ihr unauslöschlich im Gedächtnis geblieben, weil sie damals Ursache für einen ihrer schlimmsten Asthmaanfälle gewesen war.

Nun lag sie tot vor ihr im Sarg, ein Ende des grünen Schals, den sie sich in den Mund gestopft hatte, damit die Zunge nicht heraushängen konnte, lag lächerlich drapiert auf ihrer Brust. Die durch den Vorgang des Hängens hervorquellenden Augen waren ihr vom Arzt geschlossen worden. Der Ausdruck ihres Gesichts war fast gleichgültig, weder friedlich noch erschrocken, eher so, als habe sie das, was ihr passiert war, seit Langem geplant.

Im Leben war sie eine hübsche Frau gewesen, mit ebenmäßigen Zügen, in ihren Fünfzigern vielleicht, schlank, mit gebräunter Gesichtshaut. Wahrscheinlich hatte sie viel Zeit im Garten verbracht. Kein Wunder, dass sie noch Lust und Freude am anderen Geschlecht gehabt hatte. Und diese Frau hatte sich angeblich das Leben genommen?

Ich muss aufpassen bei meinen Interpretationen, dachte Annabelle. Eine Sekunde lang war sie versucht, Lehner von ihren seltsamen Ahnungen zu erzählen. Dann war der Moment der Schwäche vorüber.

»Sind Kinder da?«

»Wissen wir noch nicht«, sagte er unfreundlich und ließ den Sarg wieder schließen.

***

Annabelle lehnte sich an den Kotflügel ihres Skoda und überlegte, wie sie an die Adresse des Hausmeisters Milic kommen sollte, ohne die Haushälterin der Kehlmanns nochmals zu konsultieren. Ihr Mund war vollkommen ausgetrocknet, die Knie weich. Mit zitternden Fingern zog sie das Handy aus der Jackentasche. Ehe sie eine Nummer drücken konnte, schnarrte es.

»Annabelle, du musst sofort ins Büro kommen. Sofort.«

»Was ist los?«

»Elly geht es schlecht. Komm schnell.«

Der Schlüssel klemmte. Warum konnte niemand das verdammte Schloss reparieren? Fluchend stocherte sie im Schlüsselloch. Warum hörte Alex sie nicht? Er hörte doch sonst alles. Endlich griff der Schlüssel.

»Alex«, rief sie in den Flur.

Der Kollege antwortete nicht.

»Alex« schrie Annabelle, plötzlich panisch, »Alex!«

In diesem Augenblick hörte sie Schritte im Treppenhaus und

sah ihn die Treppe herunterkommen. Sein Gesicht war weiß wie die Wand.

»Sie lebt. Aber es war knapp. Verdammt knapp. Dr. Dresen ist bei ihr.«

»Was ist passiert?«

»Ich weiß es nicht. Kreislaufkollaps. Herzanfall. Ich weiß es nicht.«

»Was?« Annabelle stotterte. »Aber es ging ihr doch gut. Sie ist zum Friseur gegangen. Wir haben gestern noch …«

Halt suchend griff sie nach der Lehne eines Besucherstuhls vor dem Empfangstresen.

»Komm mit, sie schläft jetzt.«

»Aber warum?«, flüsterte Annabelle. »Meinst du, sie hat versucht …?«

Alex' Stimme klang angespannt: »Ich weiß es nicht.«

Zusammen stiegen sie in den ersten Stock, wo sich Elly Heimroths Privatwohnung befand. Sie lag seitlich auf ihrem Bett, noch weißer im Gesicht als Alex. Sie hatte die Augen geschlossen. Fast sah die voluminöse Frau zart aus, in ihrem dunkelgrünen Hängerkleid, das sie immer noch trug. An ihren Arm war eine Infusion angeschlossen. Dr. Dresen saß auf dem Bettrand und beobachtete die fallenden Tropfen.

Er nickte Annabelle zu. »Die dumme Person! Mit der Frau ist man wirklich gestraft. Alles wegen einem Kerl. So gescheit im Beruf und so verblödet im Privatleben. Erlebt man ja öfter. Aber hier tut es mir weh. Ich mag sie, die Irre.«

Dr. Dresen war ein Mann in den Sechzigern, klein, drahtig, mit wachen grauen Augen, denen nichts entging. Er kannte Elly länger als irgendjemand, vielleicht hatten sie im Sandkasten zusammen gespielt. Annabelle hatte den Verdacht, dass er die explosive, energiegeladene und schwierige Elly seit damals liebte. Wahrscheinlich hatte er Elly seine Liebe nie gestanden. Es hätte gepasst. Hinter seiner forschen Arztfassade vermutete Annabelle seit Langem eine schüchterne Seele, die Angst hatte, verletzt zu werden.

»Damit wir uns recht verstehen: Wir sprechen hier von einem Kreislaufzusammenbruch. Die Sprachregelung lautet schwerer

Kreislaufzusammenbruch aufgrund von zu strenger Diät.« Der Arzt blickte von Alex zu Annabelle. Er klang selbst ungewohnt streng: »Sie macht ja immer diese unsinnigen Diäten, die sowieso nicht helfen. Haltet euch daran und verplappert euch nicht. Keine vielsagenden Blicke oder unbedachten Äußerungen.« Er hielt einen Augenblick inne. »Ach ja, das noch: Wenn ihr klug seid und macht, was ich sage, ist sie in zwei Tagen wieder voll da. Und besser als vorher. Das ist auch so ein Erfahrungswert.«

Alex räusperte sich. »Und was genau sollen wir während der zwei Tage machen?«

»Aufpassen! Vor allem aufpassen! Wir lassen sie schlafen. Sie wird ungefähr vierundzwanzig Stunden schlafen. In etwa einer Stunde ist die Infusion durch. Ihr zieht den Schlauch ab, lasst aber die Nadel für später im Arm. Ich habe sie gerade gelegt, heute bekommt sie noch drei weitere Infusionen, spätabends gebe ich ihr die letzte für die Nacht. Dass ihr bei ihr wachen müsst, versteht sich von selbst. Noch Fragen?«

So sah die Lage aus. Alex übernahm die erste Wachschicht. Gegen Abend bestellte Annabelle bei einem Japaner Sushi für zwei, und am Fußende von Ellys Bett, das von einem geradezu imperialen Baldachin überwölbt war, aßen sie schweigend die handlichen Röllchen. Hin und wieder begegneten sich ihre Blicke. Beide wurden rot, sahen sofort in eine andere Richtung und aßen insgesamt aus reiner Verlegenheit viel zu viel.

Elly schlief und schlief dem Leben entgegen. Ihr Schlafzimmer war das gemütlichste, das Annabelle je betreten hatte. Viele Bilder, viele Bücher, schöne Teppiche, ein herrlicher Vorhang aus dicker, gefütterter Damastseide in lieblichem Frühlingsgrün – Annabelle hatte sich immer davor gescheut, Ellys Wohnung zu betreten, die direkt über der Agentur lag. Nicht, dass sie Geschmacklosigkeiten erwartet hätte. Aber eine gewisse Scheu, die Wohnung könne eine Seite von Ellys Wesen offenbaren, die besser privat bliebe, hatte sie immer davon abgehalten, Elly bei sich zu Hause zu besuchen. Die Sorge war überflüssig. Ellys Wohnung atmete Wärme, Unabhängigkeit und Sinn für Schönheit.

Alex bestand darauf, die Nachtwache zu übernehmen. Annabelle protestierte halbherzig, fuhr dann aber doch nach Hause und fiel sofort ins Bett.

Als sie morgens um acht leise an Ellys Wohnung klopfte, erhielt sie keine Antwort. Doch aus dem Büro im Erdgeschoss drang der Duft von frischem Kaffee.

Alex saß taufrisch und rasiert an seinem Schreibtisch und telefonierte. Mit zwei Fingern hielt er Annabelle den Wohnungsschlüssel entgegen und lächelte sie an.

»Lass das«, sagte sie lautlos, »sieh mich nicht so an«, und ging nach oben, um bei Elly zu wachen.

Später – Elly war aufgewacht, hatte in kleinen Schlucken eine von Alex herbeigezauberte Gemüsebrühe getrunken und sich erneut zum Schlafen zur Seite gelegt – nickte Annabelle im Sessel ein und träumte von Booten, die in hohem Tempo über einen See schossen und so hohe Bugwellen verursachten, dass sie nicht aus dem Kahn aussteigen konnte, den sie gerade verlassen wollte.

»Auch Gemüsebrühe?«, fragte ein Ruderer. Verwirrt blickte sie sich um. »Aber ich muss doch meine hochhackigen Schuhe anziehen«, sagte sie, »sonst kann ich nicht in das Haus dort.«

»Hallo, hier ist der Suppendienst! Du schläfst ja wie ein Braunbär im Winter.«

Sie schreckte auf. Vor ihr stand Alex mit einem dampfenden Becher. »Trink«, sagte er, »das tut gut.«

***

Eine Stunde später, auf dem Weg zum Hausmeister Milic, blieb Annabelle die Luft so gründlich weg, dass sie anhalten und zweimal den Spray einatmen musste. Es war ein kleines Wunder, dass sie es geschafft hatte, den Anfall hinauszuschieben. Alex brauchte nicht so genau wissen, wie virulent ihr Asthma gerade war.

Tief durchatmend fuhr sie weiter.

Zvolko Milic hatte eine eigene Website mit Adresse und Foto. Es zeigte einen Mann mit kurzen eingefetteten Locken, der gewaltige Mengen von Muskeln unter einem knapp sitzenden T-Shirt spielen ließ und dessen angewinkeltes rechtes Bein auf dem Motor eines Rasenmähers ruhte, als handle es sich um einen erlegten Tiger. Kein Wunder, dass die Damen begierig auf seine Dienste waren.

Seine Adresse befand sich in Harlaching, kaum zehn Autominuten von seinem Wirkungsfeld um die Ecke der großen Grünwalder Straße in einem billigen, aber peinlich sauberen Mietshaus mit acht Parteien.

Der Hausmeister Milic wohnte im zweiten Stock und öffnete auf Annabelles Klingeln sofort. Er stand in einem hellgrauen Trainingsanzug in der Tür und musterte Annabelle misstrauisch. Hinter ihm in der Wohnung randalierte ein Fernseher.

»Sie sind doch die Frau, die bei Frau Cornelius war. Ich erkenne Sie. Aber ich sage nichts anderes, Sie waren da, und ich habe Sie gesehen. Was wollen Sie von mir?«

Es kostete Annabelle einige Minuten intensiven Beruhigens an der Wohnungstür, bis er ihr glaubte, dass sie im Auftrag von Frau Kehlmann in ganz anderer Angelegenheit gekommen war. Später gelangte sie zu dem Schluss, dass er gegen einen gewissen Betrag auch durchaus bereit gewesen wäre, seine Aussage bei der Polizei zu ändern.

Widerstrebend ließ er sie ein. Ein enger, nackter Flur, ein kleines, mit Nippes vollgestopftes Wohnzimmer, das dominiert wurde von einem riesigen Flachbildfernseher, über dessen Schirm ein Fußballteam tobte – Herr Milic schaltete den Apparat sichtlich ungern aus.

»Aha«, sagte Annabelle, »Sie haben Sky abonniert.«

Peinlich berührt über den Hinweis raunzte Herr Milic, dass er sich ja sonst nichts gönne. Was sie denn nun von ihm wolle. »Ich habe nicht ewig Zeit.«

»Natürlich, Sie sind ein viel beschäftigter Mann mit einer verantwortungsvollen Aufgabe.«

Annabelle wurde fast schlecht von ihrem eigenen Gesäusel. Aber es tat seine Wirkung. Herr Milic bot ihr Platz an. Die schweren Polstersessel erinnerten sie an das Mobiliar in der Cornelius-Villa. Annabelle sagte es.

»Sie hat mir die Couchgarnitur geschenkt«, sagte Zvolko Milic unfreundlich, »das Zeug stand bei ihr im Keller. Es war von ihrem Mann aus seinem Arbeitszimmer.«

»Nachts sind Sie wohl nie unterwegs?«

»Mein Arbeitstag hat sechzehn bis achtzehn Stunden, irgendwann muss ich auch schlafen«, bellte Herr Milic. Aus schmalen Augen beobachtete er jede Regung in Annabelles Gesicht.

»Dann haben Sie nichts bemerkt in den Tagen, bevor die Buchsbaumbären vom Kehlmann'schen Grundstück geraubt wurden?«

Der Hausmeister hatte sich nicht gesetzt. Breitbeinig, mit vorgeschobenem Becken stand er vor Annabelle, und sie bemerkte, dass er unter seiner dünnen grauen Baumwoll-Trainingshose offensichtlich keinen Slip trug. Sein Geschlechtsteil zeichnete sich mehr als deutlich ab. Herausfordernd fixierte er sie.

Annabelle stand wieder auf. So also betrieb Herr Milic in den Grünwalder Villen, wo viele einsame Frauen und Haushälterinnen nach Abwechslung gierten, sein Geschäft.

»Nein, habe nichts gesehen«, lautete seine kurze Antwort, die offenließ, ob er log. Was Annabelle jedoch annahm. Zvolko Milic war mit allen Wassern gewaschen.

»Die Kehlmanns waren ja verreist«, sagte Annabelle betont verbindlich.

»Verreist nicht direkt«, sagte Herr Milic, »eineinhalb Tage waren sie weg. Mittags los, am nächsten Abend waren sie schon wieder da. Was passiert ist, haben sie erst am nächsten Morgen gesehen, weil es schon dunkel war. Aber was kann ich dazu, wenn nachts Einbrecher kommen? Dann sollen sie eben einen Nachtwächter anstellen. Ich bin kein Nachtwächter, das kann ich nicht auch noch machen.«

Zvolko Milic redete sich in Rage. Immer noch stand er breitbeinig vor Annabelle, hatte die muskulösen Arme vor der Brust verschränkt und schwenkte sein Becken vor und zurück.

»War's das?«, fragte er barsch.

»Eine letzte Frage: Wie kam es eigentlich, dass Sie mich vorgestern im Garten von Frau Cornelius gesehen haben?«

Zum ersten Mal schien der Hausmeister unsicher zu werden. Er stoppte seine Beckenbewegungen, steckte die Hände in die Taschen der Hose, sein Blick wurde starr.

»Ich habe zu tun gehabt. Im Garten gegenüber. Und als die

Polizei gestern früh um sieben anrauschte, bin ich hin, um zu fragen, was los ist.«

»Vor sieben Uhr früh haben Sie dort im Garten gearbeitet?«

»Ich bin Frühaufsteher. Außerdem mögen meine Kunden es lieber, wenn der Garten zum Frühstück schon in Ordnung ist.«

Er sprach auf einmal anders. Über den frechen Grundton hatte sich eine gewisse Unterwürfigkeit gelegt.

»Wem gehört das Haus gegenüber?«

»Na, dem Strux. Sagt jedenfalls Frau Weber. Sie wissen wohl überhaupt nichts, was?«

»Ich dachte, er wohnt in dem Haus, das in seiner Gärtnerei steht.«

»Da hat er letztes Jahr gewohnt, jetzt lebt da die Frau, die er geheiratet hat, mit ihrem Bruder. Na ja, sie sagen, dass es der Bruder ist, was weiß ich? Geht mich auch nichts an.«

»Und warum wohnt der Mann nicht mit seiner Frau zusammen?«

Der Hausmeister musterte Annabelle mit einem langen Blick von Kopf bis Fuß. Unverschämt, wie sie fand, aber sie brauchte sein Wissen.

»Der Herr Baron«, das Wort betonte er hämisch, »hat gern Abwechslung, verstehen Sie? Nein, verstehen Sie nicht. Ich sag's deutlicher: Er treibt's gern bunt. Na?«

Annabelles Miene schien er zu entnehmen, dass sie auch diesen Hinweis nicht verstanden hatte.

»Alles okay? Ich habe jetzt keine Zeit mehr«, sagte Zvolko Milic grob und drängte Annabelle zur Wohnungstür.

»Sie waren übrigens vorgestern nicht auf dem Grundstück auf der anderen Straßenseite, Sie waren direkt im Garten von Frau Cornelius«, sagte Annabelle kühl, als sie ins Treppenhaus trat, »deshalb haben Sie mich so genau gesehen.«

Das grobe Gesicht des Hausmeisters Zvolko Milic gefror zu einer Maske. Wortlos knallte er die Tür hinter ihr zu.

***

Vor der Cornelius-Villa herrschte immer noch ein Kommen und Gehen wie im Bienenstock. Die Polizei hatte die Absperrung am Beginn der Straße noch nicht aufgehoben.

Annabelles Handy auf dem Beifahrersitz schnarrte. Ohne auf die Nummer zu achten, die auf dem Display erschien, nahm sie das Gespräch entgegen

Es war Miranda Winter. »Man könnte meinen, ich wär kinderlos. Du hast dich seit gestern, nein vorgestern, überhaupt nicht mehr gemeldet.«

Ihre Stimme war klagend, vorwurfsvoll.

Annabelles Magen krampfte sich zusammen. »Mutter, ich bin bei der Arbeit. Was gibt's?«

»Herzchen, was ist mit deiner Stimme los? Du klingst so erstickt. Ich wollte dich nur darüber informieren, dass ich mich mit Professor Hadermann versöhnt habe.«

»Na großartig. Ist das der Spezialist für Inka-Kunst, der aussieht wie eine riesige Natter, oder ist es der Börsenguru mit der Tonsur?«

Miranda Winter schlug einen jammernden Ton an: »So interessierst du dich für das Leben deiner Mutter. Den Kunstmenschen habe ich schon im Januar abgeschafft. Das müsstest du eigentlich wissen. Und Heiko Hadermann lehrt an der Universität Bochum Kriminalistik. Wir hatten uns vorletzten Winter getrennt. Du könntest dir allmählich merken, wer in meinem Leben wichtig ist. Heiko ist ein großartiger Liebhaber, sehr phantasievoll. Du bist ihm auch schon begegnet. Aber das liegt länger zurück. Er und ich haben uns, warte mal, ich glaube, insgesamt bisher viermal getrennt.«

»Dass er ein toller Liebhaber ist, hast du von dem Schraubenfabrikanten auch gesagt.«

»Bring mich nicht durcheinander. Das ist alles Monate her und war auch nur eine Übergangslösung.«

»Sag mal, Mutter, ich muss dich noch einmal fragen: Es stimmt doch, dass du im August siebenundsechzig wirst?«

»Na und? Hast du noch nichts von der Generation der Altersverweigerer gehört? Den Menschen, die mit sechzig erst so richtig anfangen zu leben? Ich tue eben, was mir gefällt. Alt genug bin ich ja, wie du immer wieder so charmant bemerkst.«

»Und ich soll mir diese Typen alle merken? Ich kenne sie ja noch nicht einmal wirklich.«

»Deshalb rufe ich doch an. Heiko möchte dich näher kennenlernen. Er will uns zum Essen ausführen.«

»Um mir das mitzuteilen, rufst du mich mitten in der Arbeitszeit an?«

»Gib nicht so an. Du kannst dir die Arbeit einteilen, wie du willst. Du bist eine kleine Spießerin, deshalb muss ich dir meine Liebhaber vorführen. Sonst drehst du durch, mir kannst du nichts vormachen.«

Womit die Malerin Miranda Winter, verrückt und ichbezogen, aber nicht dumm, in allen Punkten den Nagel auf den Kopf getroffen hatte.

***

»Was machen Sie denn immer noch hier?«

Annabelle war an der Absperrung vorbei zur Villa von Edmund von Strux geschlendert. Lehner kam ihr aus dem Cornelius-Grundstück über die Straße entgegen. Er sah blass und angestrengt aus.

»Dasselbe könnte ich Sie fragen.«

»Liebe Frau Winter, wir haben einen etwas rätselhaften Selbstmord, wir müssen die Nachbarn befragen.«

»Ach, auf einmal ist der Selbstmord rätselhaft? Interessant. Da würde ich an Ihrer Stelle mit Frau Kehlmann anfangen. Die hat sicher viel zu erzählen über Frau Cornelius.«

»Weiß ich, weiß ich, die beiden Damen hatten anscheinend denselben Liebhaber, diesen fleißigen Gärtner.«

»Hat Ihnen das der aufmerksame Hausmeister erzählt?«

»Bei aller Sympathie für Sie, das geht Sie einen feuchten Kehricht an.« Brüsk drehte er sich um und kehrte zurück auf das Grundstück der toten Witwe.

Annabelle starrte ihm nach und dachte, dass er noch nie so grob mit ihr gesprochen hatte. Was einen Grund haben musste, der mit dem Hausmeister zu tun hatte. Gelegentlich brauchten Menschen kein Wort zu sagen, um eine interessante Aussage zu machen.

Die Strux-Villa war ein für wohlhabende Bauherren errichtetes Gebäude mit Doppelgarage zur Straße hin, Sonnenterrasse im ersten Stock und niedriger Buschallee vom Gartentor zur Haustür.

Lorbeer-, keine Buchsbaumbüsche, das war bemerkenswert für einen Landschaftsgärtner, der sich auf teuren Buchsbaum spezialisiert hatte.

Annabelle ging um das Haus herum. Der Garten war erstaunlich klein und erstaunlich ungepflegt, die Rollos aller Fenster waren heruntergelassen, und überhaupt machte das Anwesen einen verlassenen Eindruck. Und hier wollte Herr Milic Gartenarbeit gemacht haben?

Nur um sicherzugehen, klingelte Annabelle. Zu ihrer Verblüffung hörte sie schlurfende Schritte, eine untersetzte Frau in einer dunkelgrauen Kittelschürze und mit Kopftuch öffnete die Tür einen Spalt und sah Annabelle fragend an.

»Ist Herr von Strux zu Hause?«

Die Frau schüttelte den Kopf. »Nix Mann.«

»Was meinen Sie?«

»Haus verkaufen. Ich putzen.«

»Wohin ist Herr von Strux gezogen?«

»Nix wissen. Ich ALTA-Firma.«

»Wo ist das Büro von ALTA?«

»Ich putzen.«

Die Tür wurde geschlossen. Annabelle ging langsam zur Straße zurück. Sollte sie Frau Kehlmann von dieser neuen Entwicklung berichten? Nein, sie würde nichts sagen.

***

»Elly will dich sprechen. Du sollst herkommen.«

Die Fähigkeit von Alex, seine Stimme am Telefon mit auf die jeweilige Situation fein abgestimmtem Dringlichkeitsvibrato zu unterlegen, war sensationell.

»Ich dachte, sie schläft.«

»Ist aufgewacht und telefoniert in der Welt herum.«

»Okay, habe ich noch Zeit, eine Immobilienfirma aufzusuchen?«

»Nein. Komm sofort. Ich küsse dir die Hände. Bis gleich.«

»Was hast du gesagt?« Annabelle stieg unnötige Hitze ins Gesicht.

Alex am anderen Ende der Leitung lachte leise. »Ich? Gar nichts.«

***

»Hilf mir, die verdammten Kissen zu richten, sie fallen dauernd runter, ich hänge hier ja wie ein gestrandeter Karpfen. Ich schaffe es nicht alleine.«

Annabelle hatte sich eine Reihe schonender und unverfänglicher Sätze zur Begrüßung überlegt. Doch ehe sie den Mund aufmachen konnte, fuhr Elly Heimroth ihr bereits in die Parade. »Dein Krankenbesuchsgetue kannst du dir getrost sparen.«

Sie saß, von einer Reihe in der Tat unmittelbar vom Abrutschen bedrohter Kissen gestützt, in ihrem Himmelbett, blass, augenscheinlich um mindestens zwei Kilo leichter und bärbeißig wie eh und je.

Wortlos stopfte Annabelle die Kissen in absturzsichere Position hinter Ellys Rücken und setzte sich dann auf das kleine gelbe Sofa gegenüber dem Bett.

»Du brauchst mich nicht zu behandeln, als hätte mich irgendeine Krankheit befallen. Ich habe die Tabletten verwechselt. Wird mir nicht noch einmal passieren. Mehr reden wir nicht darüber.«

Während sie sprach, wich sie Annabelles Blick aus. »Ich bin noch schwach, glotz mich nicht so an.« Sie fingerte an der Knopfleiste ihres Pyjamaoberteils. »Es gibt etwas Interessantes, um das du dich kümmern musst. Herr Kehlmann hat angerufen und noch einmal dringend um Besuch gebeten. Irgendetwas scheint vorgefallen zu sein. Ich habe ihm gesagt, dass du dich meldest.«

»Büro oder zu Hause?«

»Dieses Mal zu Hause.«

»Hat Alex dir von dem, ich zitiere Lehner, ›rätselhaften Selbstmord‹ erzählt?«

Elly Heimroth nickte. »Das hängt alles zusammen, du wirst sehen.«

»Das glaubst du also auch?«

»Natürlich. Unser Buchsbaumfall und der komische Selbstmord gehören zusammen. Das ist noch nicht das Ende. Es gibt Geschichten hinter diesen Geschichten. Wir kennen sie bloß noch nicht.«

»Meinst du?«

Elly Heimroth setzte sich so abrupt auf, dass die Hälfte ihrer Rückenstützenkissen wieder seitlich zu Boden fielen. »Tu nicht so unschuldig. Das kann ich nicht leiden. Du hast wieder deine komischen Gefühle und Asthmaanfälle gehabt. Wahrscheinlich mehr als ein Mal. Und du hast sie nie ohne Grund. Also bitte, erzähl mir nicht, da wär nichts.«

Annabelle war geschockt. »Woher weißt du …?«

Elly Heimroth blickte ihre Juniorpartnerin lange und liebevoll an. »Denkst du, ich bin blind? Du bist nicht die Einzige, die genau beobachtet.«

Einen Stock tiefer stellte Annabelle fest, dass die Eingangstür zum Büro abgeschlossen war. Auf der Straße wandte sie sich noch einmal um, ehe sie ins Auto stieg. Seriös und unauffällig blickte ihr das Reihenhaus entgegen. Warum hatte Alex nicht auf sie gewartet?

Die Enttäuschung verursachte einen kleinen Stich in der Magengegend. Sie rief Kehlmann an und meldete sich für den frühen Abend an.

***

Die ALTA-Immobilien GmbH residierte in einer Jugendstilvilla im besseren Teil einer zergliederten Ausfallstraße, dort, wo schon kleinere Vorgärten und hier und da ein Baum zu finden waren.

Eine teuer blondierte Schönheit musterte Annabelle von Kopf bis Fuß, stufte sie als geschäftlich nicht lohnend ein und fragte dann gelangweilt: »Zu wem möchten Sie?«

Annabelle blickte an der Blondine vorbei an die Wand hinter ihr. Das hatte Rick ihr am Beginn ihrer Ehe beigebracht. An den

Menschen haarscharf vorbeizusehen und gleichzeitig unangreifbar höflich zu sein.

»Ich interessiere mich für ein Haus in der Kopernikusstraße. Wer kann mich bei Ihnen näher informieren?«

»Ja gewiss. Das Haus in der Kopernikusstraße. Unser Herr Werner wird Ihnen … wenn Sie einen Augenblick …«, stammelte die Blondine und verschwand trippelnd hinter einer Tür.

Annabelle stand in der runden Halle, deren altes Grätenparkett honigfarben glänzte, und dachte, dass Menschen doch verdammt einfach zu beeindrucken waren – vorausgesetzt, man stellte es richtig an.

Herr Werner, ein stark nach Rasierwasser duftender Enddreißiger mit modischer Gelfrisur, erschien persönlich, um die Interessentin in Empfang zu nehmen. »Wer hat Ihnen die Information über das Haus in der Kopernikusstraße gegeben?«, fragte er betont beiläufig, nachdem er Annabelle in sein Büro komplimentiert und sie auf einen unbequemen Designerstuhl genötigt hatte.

»Ihre Putzfrau.«

»Bitte?«

»Ich habe mir das Haus von außen angesehen und geklingelt, weil ich Herrn von Strux sprechen wollte. Ihre Putzfrau hat aufgemacht.«

»Wer ist Herr von Strux?«

Annabelle lachte. »Der Besitzer natürlich.«

Der Immobilienmakler starrte sie einen Augenblick lang an. Dann stand er wortlos auf, ging zu seinem Schreibtisch und kehrte mit einer dünnen Mappe zurück. »Inhaber des Objektes in der Kopernikusstraße in Grünwald ist die Global Elite Investment Inc.«

»Eine englische Firma?«

»Nein.«

»Wo ist die Firma dann beheimatet?«

»Ich bin nicht befugt, Ihnen darüber Auskunft zu geben.«

Der aufdringlich duftende Herr Werner mit dem leeren Gesicht machte sich wichtig, dachte Annabelle, sonst nichts.

»Ja natürlich, ich verstehe Sie«, sagte sie und lächelte verständnisvoll. »Wann hat diese Gesellschaft das Haus gekauft?«

»Warten Sie.« Herr Werner blätterte in seinen Unterlagen. »Da haben wir es. Vergangenes Jahr. Im Mai.«

»Warum verkaufen sie es wieder?«

»Wir fragen unsere Kunden nicht aus.«

Streng sagte Annabelle: »Sie werden aber verstehen, dass ich wissen muss, ob mit dem Haus etwas nicht in Ordnung ist. Wer ein Objekt nach einem Jahr schon wieder verkauft, war vielleicht nicht zufrieden.«

Ein Seufzer entfuhr Herrn Werner. »Der Kunde war sehr zufrieden. Aber er will sich mehr nach Südeuropa hin orientieren.«

»Was soll das Haus kosten?«

Annabelles Handy läutete. Nach einem kurzen Blick auf das Display nahm sie das Gespräch an. »Ja?«

Sie lauschte, verabschiedete sich kurz und beendete die Verbindung.

»Sie sollten das Haus schnell verkaufen.«

Annabelle sah Herrn Werner frontal in die Augen, die der modische Immobilienverkäufer ausweichend niederschlug.

»Machen Sie sich um uns keine Sorgen.«

Er bemühte sich angestrengt, seine Frechheit zurückzugewinnen.

»Es war nur eine kleine Anregung«, sagte Annabelle und lächelte gewinnend. »Direkt gegenüber hat nämlich gestern eine Frau in ihrem Haus Selbstmord begangen. Angeblich. Die Kripo ermittelt.«

Herr Werner hob das Kinn. »Ja«, sagte er, »es kann schnell gehen.«

Annabelle war nicht fertig. »Wie ich gehört habe, hat man im Müll des griechischen Lokals drei Straßen weiter vor zwei Nächten menschliche Arme und Füße gefunden.«

Jetzt bekam Herrn Werners blasse Gesichtsfarbe einen Graustich. Er gab sich große Mühe, Haltung zu bewahren. »Die Frau«, stammelte er, »die tote Frau, heißt die Cornelius?«

»Warum fragen Sie? Kannten Sie Frau Cornelius?«

»Sie war unsere hiesige Kontaktperson zur Global Elite Investment Inc. Wir haben mit ihr verhandelt und auch gesprochen.«

»Sind Sie ihr persönlich begegnet?«

»Warum fragen Sie?« Herrn Werners Schreckbetäubung ließ nach, Misstrauen trat an ihre Stelle. »Sind Sie von der Polizei?«

»Nein«, sagte Annabelle, »aber die wird Sie wahrscheinlich bald kontaktieren.«

***

Eugen Kehlmann öffnete Annabelle selbst die Tür. »Ich hoffe doch, Sie bleiben zum Essen.«

Kehlmann ging voraus ins braun und schwarz möblierte Esszimmer. Über einer Ebenholzanrichte aus den Dreißigern hing eine große schwarz-weiße Arbeit von Eduardo Chillida, düstere, leidenschaftliche Tuschehiebe auf Papier.

»Sonderbar für ein Esszimmer«, sagte Annabelle, »den Platz für dieses Bild würde man eher in einer Bibliothek oder einer Halle vermuten.«

Ihr Gastgeber schwieg einen Augenblick. Dann runzelte er missbilligend die Stirn. »Sehen Sie, deswegen hängt es ja hier. Ich will hier nichts, was meinen Essgenuss auch noch erhöht.«

Annabelle fühlte ein wachsendes Unbehagen und wusste nicht, warum.

Alles war auf unerklärliche Weise bedrohlich, der deutsch sprechende Hausherr aus dem Osten, die Haushälterin aus Moosach mit dem osteuropäischen Akzent und der geheimnisvolle kleine braune Lederbeutel neben Kehlmanns Teller, den er jedes Mal, wenn er sich den Mund abwischte, mit der Hand verdeckte, um ihn dann rasch wieder unter der Serviette verschwinden zu lassen. Annabelle war nicht entgangen, dass die Haushälterin den Beutel jedes Mal, wenn sie vorlegte, mit den Augen schier versengte.

»Haben Sie schon etwas herausgefunden?«

Frau Weber hatte sich zurückgezogen, sie saßen bei Jasmintee und gefüllten Kokosbällchen am Tisch.

Eugen Kehlmann zündete sich eine Zigarre an. Er lehnte sich zurück, dann sah er Annabelle unter halb geschlossenen Lidern fragend an.

Annabelle erwiderte seinen Blick und schwieg.

Der Fabrikant erhob sich. »Auch einen Cognac?«

Annabelle mochte eigentlich keinen, aber sie nickte.

Eugen Kehlmann schenkte an einem Beistelltisch reichlich Cognac in zwei Schwenker und kehrte mit ihnen zum Esstisch zurück.

Annabelle nahm einen kleinen Schluck und war erstaunt, wie samtig er schmeckte.

Scheinbar versunken in den Duft hielt Kehlmann den Kopf lange schweigend über das Glas gesenkt. Endlich sagte er: »Also?«

»Wenn Sie erlauben, werde ich mit einer Gegenfrage …«

Er unterbrach sie. »Ich …«, er stockte, dann fuhr er fort: »Ich mache mir große Sorgen um Edmund von Strux. Wir wissen nicht, wo er ist und warum er nichts von sich hören lässt.«

Während der Fabrikant sprach, vermied er es, Annabelle anzusehen.

»Entschuldigen Sie, wenn ich indiskret bin, aber glauben Sie mir, es geht nicht anders. Haben Sie gelegentlich spezielle Beziehungen zu Männern?«

Wie von der Tarantel gestochen fuhr Eugen Kehlmann auf. Krachend fiel sein Stuhl nach hinten. »Was erlauben Sie sich …«, presste er zwischen zusammengebissenen Zähnen hervor.

Langsam, fast schwerfällig richtete er den Stuhl auf und sank darauf nieder. Seine Gesichtsfarbe war nicht mehr rot, sondern grau.

Wieder wartete Annabelle. Eugen Kehlmann würde reden. Es konnte sich nur noch um Sekunden handeln. Wahrscheinlich hatte er noch nie über seine Homosexualität gesprochen.

»Es hat in meinem Leben bisher nur einen Mann gegeben.«

»Sie sind sich in einer Schwulenbar begegnet, wie ich vermute.«

Eugen Kehlmann zuckte zusammen und war fraglos kurz davor zu explodieren. Doch er fasste sich.

»Das ist richtig. Allerdings ist es nie mit irgendjemandem zu irgendetwas gekommen. Bis ich ihn traf. Ich habe mich Hals über Kopf verliebt.«

»Und dann stellte sich heraus, dass er ein Landschaftsarchitekt war?«

Mit der Hand fuhr sich Kehlmann über das Gesicht, als wolle er einen Schatten wegwischen.

»Frau Weber sagt, er sei hier eine Zeit lang ein und aus gegangen.«

Eugen Kehlmann stand auf, um sich nochmals Cognac nachzuschenken. Sein Gang war jetzt nicht mehr sehr sicher. Er vergoss ein paar Tropfen und wischte mit dem Ärmel seines Kaschmirpullovers die polierte Oberfläche des Beistelltischchens ab.

Ein Pedant, dachte Annabelle, sogar im Zustand beginnender Trunkenheit wischt er noch Tische ab.

Dieses Mal setzte er sich nicht mehr. »Worauf wollen Sie hinaus?«

Annabelle nahm einen Schluck aus ihrem Glas. Warm und geschmeidig floss der Cognac ihre Kehle hinab.

»Herr von Strux ist verschwunden. Seit drei Wochen nicht mehr aufgetaucht. Die Polizei interessiert sich seit gestern für ihn. Er wird für eine Zeugenaussage gesucht.«

»Vielleicht macht er Urlaub …«

Eugen Kehlmanns Bemühen, sich seine Erschütterung nicht anmerken zu lassen, war pathetisch. Die Hand, mit der er sich wieder über das Gesicht fahren wollte, zitterte so stark, dass er sie in der Bewegung stoppte und in seiner Hosentasche verschwinden ließ.

»Sie wissen, dass Ihre Nachbarin tot aufgefunden wurde? Sie vertrat die Besitzer des Hauses hier schräg gegenüber, in dem Herr von Strux anscheinend kurze Zeit wohnte.«

Mühsam fasste sich Kehlmann. Der kleine, muskulöse Mann stand steif aufgerichtet neben seinem großen schwarz lackierten Esstisch, sichtlich bestrebt, Autorität auszustrahlen.

»Da sehen Sie, was für einen Blödsinn man Ihnen erzählt hat. Das Haus gehört Edmund von Strux. Er hat es gekauft.«

Annabelle schüttelte den Kopf. »Das Haus gehört einer Gesellschaft, die vor Kurzem eine Maklerfirma mit dem Verkauf beauftragt hat.«

Halt suchend umklammerten beide Hände des Fabrikanten die Tischkante.

Hoffentlich weint er nicht, dachte Annabelle, was mache ich dann?

»Mit wem verkehrte er sonst? Bitte denken Sie nach.«

»Weder kann noch will ich mir einen Skandal leisten. Deshalb möchte ich nicht …« Er stockte. »Ich hatte Edmund dreihunderttausend als Anzahlung für den Hauskauf vorgestreckt.« Mitten im Satz brach seine Stimme, er flüsterte: »Ich kann es nicht glauben. Frau … jetzt habe ich Ihren Namen schon wieder vergessen, Frau …«

»Winter«, sagte Annabelle.

»Finden Sie ihn, Frau Winter, finden Sie ihn. Es wird sich herausstellen, dass das alles ein entsetzlicher Irrtum ist, ein Missverständnis, Sie werden sehen.«

»Sollen wir die Suche nach den Buchsbäumen zurückstellen?«

Für einen Augenblick sah Kehlmann Annabelle verständnislos an. »Buchsbäume?«, echote er. Dann hatte er sich gefasst. »Meine Frau legt großen Wert auf die Wiederbeschaffung der Buchsbaumfiguren.«

Wusste Frau Kehlmann von den besonderen Neigungen ihres Mannes? Oder waren sie ihr egal?

Von der Beantwortung dieser Frage hing möglicherweise Eugen Kehlmanns Leben ab.

***

Als Annabelle wenig später durch das Gartentor auf die Straße trat, sah sie fünfzig Meter weiter einen Streifenwagen vor dem Grundstück der toten Frau Cornelius Wache halten.

Sie sah auf die Uhr. Halb elf. Regendunst hing in der Straße, das frische Grün der Bäume duftete. Sie atmete tief durch. Die Polizisten vorne in ihrem Streifenwagen schienen zu schlafen. Oder hörten Fußball im Radio. Nicht die kleinste Bewegung war in ihrem Fahrzeug zu erkennen. Die Stille des Viertels wurde für einen Augenblick nicht einmal vom Bellen eines Hundes unterbrochen.

Das Geräusch eines sich in hohem Tempo nähernden Autos hatte etwas Drohendes. So als ob sich eine Katastrophe ankündigte. Ohne zu überlegen, sprang Annabelle in ihren Skoda. Elly und Alex hatten sie oft beschimpft, weil sie ihr Auto nie abschloss. Jetzt war sie froh, so rasch in Deckung gehen zu können.

Im Rückspiegel sah Annabelle, dass ein Cabrio der obersten Luxusklasse scharf vor dem Anwesen der Eigners bremste.

Sonderbar, dachte sie, die sind doch angeblich verreist. In diesem Augenblick meldete sich ihr Handy irgendwo aus den Tiefen der Handtasche. Sie fluchte und wühlte nervös in der Tasche, die sie auf den Beifahrersitz gestellt hatte. Den schmalen Mann, der auf dem Beifahrersitz des Sportwagens gesessen hatte, sah sie erst, als er schon ausgestiegen war und die Tür langsam und fast geräuschlos zudrückte. Er drehte sich um und ging die Straße zurück, die der Wagen gekommen war.

Langsam fuhr das Cabrio wieder an und bog dann in die Auffahrt der Kehlmann-Villa. Jetzt erkannte Annabelle im Schein der Straßenbeleuchtung, dass die Frau, die in dem metallgrünen Audi einen Arm aus dem Fenster hielt, um die elektronische Garagenöffnung zu bedienen, Carlotta Kehlmann war.

Wieder schnarrte das Handy, das jetzt auf der Mittelkonsole lag. Annabelle ignorierte es. Sie starrte in die Nacht. Wo hatte sie den Mann, der ausgestiegen war, schon mal gesehen? Es wollte ihr nicht einfallen.

Bis sie ihren Skoda gewendet hatte, verging Zeit. Und als sie endlich die Straße hinunterfuhr, war der Mann verschwunden. Annabelle kurvte durch das dunkle Viertel, bog in jede kleine Seitenstraße ein und fand sich plötzlich vor dem Tor der Gärtnerei, die im Dunkeln lag. Ein Schauer lief über ihren Rücken.

Mit einem Mal fiel ihr es ihr ein: Die Ehefrau des falschen Herrn von Strux hatte sich lautstark mit ihm im Glashaus gestritten, als Annabelle die Gärtnerei besucht hatte. Der Mann war eine kleine Weile nach der jungen Frau wütend aus dem Glashaus gerannt und im Wohnhaus verschwunden. Er war es, der soeben aus Carlotta Kehlmanns Auto gestiegen war – der angebliche oder tatsächliche Bruder der Frau von Strux. Was zum Teufel hatte Carlotta Kehlmann mit ihm zu schaffen?

***

Das Handy tobte. Es war Alex: »Kannst du noch einmal ins Büro kommen? Wir haben interessanten Besuch hier und noch interessantere Neuigkeiten.«

»Jetzt, kurz vor elf?«

»Ja, meine kleine Spießerin.«

Während Annabelle durch den spärlicher werdenden Verkehr in Richtung Bogenhausen fuhr, dachte sie, dass man ihr gerade zum zweiten Mal innerhalb von zwei Tagen Spießigkeit vorgeworfen hatte. Sie würde ihn fragen, was er damit in Wirklichkeit sagen wollte.

Wieder klingelte ihr Handy. »Was ist denn noch?«

Doch es war nicht Alex. Die Stimme von Carlotta Kehlmann klang leise und gehetzt. »Ich habe Sie gesehen, das heißt Ihr Auto. Fahren Sie noch einmal an meiner Garage vorbei. Vor der Garagentür liegt ein kleiner brauner Lederbeutel, in dem ein Handy ist. Nehmen Sie ihn an sich. Beeilen Sie sich.«

»Was ist mit dem Handy?«, fragte Annabelle.

»Ich sage es Ihnen morgen. Wir treffen uns um elf im Zentrum, im Café Kreutzkamp.«

Ehe Annabelle etwas sagen konnte, war die Verbindung unterbrochen.

Fluchend drehte sie und raste zurück. Am Beginn der Kopernikusstraße drosselte sie die Geschwindigkeit. Schließlich sollten die Beamten in dem Streifenwagen vor der Corneliusvilla nicht auf sie aufmerksam werden.

Langsam rollte Annabelle vor die Kehlmann-Villa, stieg aus, ging zur Garagentür und entdeckte den braunen Lederbeutel, der so geschickt seitlich neben der Tür platziert war, dass er auf Anhieb nicht zu sehen war.

Als sie wieder anfahren wollte, klopfte es an die Seitenscheibe des Beifahrersitzes. Vor Schreck würgte sie den Motor ab. Hauptkommissar Wohlgemuth grinste durch die Scheibe und sagte etwas.

Fluchend kurbelte Annabelle das Fenster auf.

»Was haben Sie hier gesucht?«

Annabelle war so wütend, dass sie kaum sprechen konnte. »Was soll das?«

»Sie befinden sich im Umkreis eines Tatortes. Also, was haben Sie gesucht?«

»Nichts, meine Klientin hat mich telefonisch erst herbestellt und dann wieder abbestellt.« Annabelle lächelte den Kriminalbeamten an. »Seien Sie froh, dass Sie Ihr Brot nicht in der freien Wirtschaft verdienen müssen.«

Wohlgemuth zögerte. Einen Augenblick zu lang.

»Schönen Abend noch«, sagte Annabelle und fuhr an. Sie schwitzte. Im Rückspiegel sah sie, dass Wohlgemuth den Boden vor der Garage mit einer Taschenlampe inspizierte.

***

Stimmen einer offenbar angeregten Unterhaltung drangen aus Ellys Büro.

Annabelle wunderte sich, denn die Seniorchefin stand auf dem Standpunkt, dass Schreibarbeit und Computer- beziehungsweise Telefonrecherche bis spätestens neunzehn Uhr erledigt sein mussten. Wenn nicht, waren Faulheit, Dummheit oder beides im Spiel.

Auf Ellys Schreibtisch stand eine geöffnete Champagnerflasche der Marke Heidsick. Umgekippt auf dem Boden neben den Schreibtisch lag eine offensichtlich bereits geleerte Flasche. Elly, weit zurückgelehnt in ihrem weißen Schreibtisch-Ledersessel, lachte gerade laut, Alex grinste breit, und die dritte Person hob ihr Glas an den Mund.

»Mutter, was tust du hier?«

Miranda Winter, zurechtgemacht wie für eine Zigeunerhochzeit, in fließenden Rot-, Türkis- und Sonnengelbtönen, umhängt von mehreren goldenen Ketten, die ihr bis über die Taille reichten, und mit bunten Ohrgehängen, drehte sich nach ihrer Tochter um. Der Moment ihrer Unsicherheit währte nur den Bruchteil einer Sekunde.

»Mein liebes Kind«, sagte sie schleppend, »wie ich sehe, arbeitest du tatsächlich.« Ihr leicht schwankender Blick umfasste Elly und Alex. »Ich stelle wieder einmal mit Entzücken fest, dass deine Kollegen sich über Besuch freuen, es war für mich eine so wunderbare Überraschung.« Sie machte eine winzige Pause, um mit Tremolo in der Stimme fortzufahren, »und ich war erleichtert, zu hören, dass mein Kind, meine einzige Tochter, sich nach wie vor so gut macht.«

Annabelle holte tief Luft, ließ sie langsam ausströmen und sagte dann so ruhig sie konnte: »Das hast du schön gesagt, Mutter. Du bist bezecht. Was bitte hat dich abends um elf in unsere Agentur geführt?«

Sie stand immer noch nahe der Tür, wie um sich den Fluchtweg frei zu halten.

»Oh«, sagte Miranda Winter und bauschte mit der Hand lässig ihr ohnehin wildes Lockendurcheinander neu auf, »ich bin schon um sieben gekommen.«

Ein Alptraum. Ihre Mutter hatte sich seit sieben Uhr abends die Zeit in der Agentur vertrieben und mit Sicherheit eine Indiskretion nach der anderen begangen.

Als hätte sie ihre Gedanken gelesen, kicherte Miranda Winter leise. »Du irrst. Ich habe nichts ausgeplaudert.«

»Deine Mutter hat Herrn Kehlmann zwei Bilder verkauft.« Alex schien zu fühlen, dass sich zwischen Mutter und Tochter eine explosive Spannung aufbaute.

Sprachlos blickte Annabelle Elly an. Die hob die Augenbrauen und zuckte kaum merklich mit den Schultern.

»Ist das wahr?« Annabelles Stimme war heiser.

»Ich kam eigentlich hierher, um meine Schulden bei dir zu bezahlen. Es war mir nie so klar, dass du mit einem Mitglied aus der berühmten De-Groot-Dynastie zusammenarbeitest. Das ist ja fabelhaft.«

»Wovon redest du?«

»Lass dir das von deinem Kollegen erzählen.«

»Die Schulden«, fuhr Alex dazwischen, »die Schulden.« Miranda Winters Exkurs zu seiner Familie war ihm sichtlich unangenehm.

»Ach ja, die Schulden.«

Aus ihrem Stoffbeutel, den Miranda in unzähligen Farbtönen passend zur jeweiligen Gewandung besaß, dieses Mal war er rotgrün gewürfelt, zog sie einen Umschlag.

»Sollten wir das nicht in meinem Büro erledigen?«, sagte Annabelle.

»Nein, jeder darf sehen, wie gewissenhaft ich Schulden bei meiner Tochter abtrage.« Mit großer Geste griff sie in den braunen Papierumschlag und reichte Annabelle ein Bündel Scheine.

Elly holte die Pralinétüte aus der zweiten Schublade, Alex blätterte angelegentlich in einem Aktenheft, das herumlag.

»Das sind aber nur achtzehnhundert. Ich hatte dir zweitausend geborgt.« Annabelle zählte die Scheine ein zweites Mal. »Achtzehnhundert.«

»Es ist ziemlich unfein, in Gegenwart Unbeteiligter Geld zu zählen«, sagte Miranda Winter unwirsch. Energisch zog sie die Verschlusskordel ihres Beutels zu. »Sei doch zufrieden, dass ich dir überhaupt so viel gebracht habe.«

»Wie kommst du an Herrn Kehlmann? Wieso hat er zwei Bilder von dir gekauft?«

Annabelle war klar, dass ihre Mutter die restlichen zweihundert nicht herausrücken würde.

»Warum fragst du? Was geht dich der Mann überhaupt an? Er war in der Galerie. Die Bilder haben ihm gefallen. Ein reicher Mann, der die Künstlerin kennenlernen wollte. Eine sehr interessante Bekanntschaft für mich.«

»Worüber habt ihr gesprochen?«

»Ach, ich habe ihm nur von deinem aufregenden Beruf erzählt. Er war enorm interessiert.«

Elly und Annabelle tauschten Blicke.

»Schließlich kann ich nicht leugnen, dass du meine Tochter bist. Auch wenn die Versuchung manchmal groß ist.«

Miranda Winter lächelte spitz und schenkte sich ohne zu fragen aus der Flasche nach. Sie wirkte plötzlich verstimmt.

Elly prostete ihr zu. »Sie können stolz sein auf Ihre schöne und gescheite Tochter.«

»So? Na, ich weiß nicht …«

»Wann war Herr Kehlmann in der Galerie?«

»Vor vier Tagen. Und gestern habe ich ihn auf einen Drink getroffen. Der Mann hat von Kunst keinen blassen Schimmer. Aber er ist lernbegierig. Was soll die Frage?«

Elly setzte sich aus ihrer halb liegenden Position in ihrem Sessel auf. Es war Zeit, ernsthaft einzugreifen. »Unsere Agentur bearbeitet für Herrn Kehlmann ein Projekt. Wir sind auf strenge Diskretion angewiesen. Ich denke, Sie verstehen …«

***

Endlich war Miranda gegangen. Annabelle atmete auf. Elly erhob sich, goss den Rest des Champagners aus der Flasche in ihr Glas und starrte nachdenklich auf den Ausstellungskatalog, den Annabelles Mutter mitgebracht hatte. »Sie ist eine sehr gute Malerin. Das hast du nie erzählt.«

»Unser Verhältnis ist angespannt«, erwiderte Annabelle und trank einen Schluck aus Alex' Glas.

»Irgendein Ende des Fadens hatten wir schon in den Händen und haben es wieder fallen lassen«, sagte Elly, »ich weiß, dass in dem verdammten Buchsbaumfall alles mit allem zusammenhängt.«

Sie kniff die Augen zusammen, als könne sie in Annabelles Zügen die Lösung des Rätsels finden.

Alex fischte über den Schreibtisch hinweg nach einem Champagnertrüffel aus der Cellophantüte. »Dein Lehner hat übrigens ziemlich spät angerufen. Es wundert mich, dass du ihm deine Handynummer nicht gegeben hast, er würde dir sicher jede Stunde eine SMS schicken.«

Er sah Annabelle prüfend an.

»Lass den Unsinn«, sagte Elly, »was wollte er?«

»Mir sagt er doch nicht, was er Annabelle erzählen will. Aber dein Einverständnis vorausgesetzt, habe ich ihm jetzt deine Handynummer gegeben. Er hat versprochen, dich erst morgen anzurufen.«

Annabelle stöhnte leise: »Warum hast du das getan? Du kannst dir doch denken, dass ich ihm meine Handynummer nicht geben will.«

»Eifersucht«, sagte Alex schlicht und schob Papiere auf Ellys Schreibtisch hin und her, »ich koche so vor Eifersucht, dass ich ihn dir in die Arme treibe.«

»Lass meine Papiere zufrieden«, raunzte Elly.

»Schwachkopf«, sagte Annabelle und musste lachen, obwohl sie spürte, dass er es ernst meinte.

***

Wieder war Alex schon da, als Annabelle am nächsten Morgen kurz nach acht die Bürotür öffnete. Sie hatte schlecht geschlafen und noch schlechter geträumt.

Der Geruch von frisch gebrühtem Kaffee stieg ihr verheißungsvoll in die Nase. Sie lächelte. Kurz darauf saß Alex mit seinem Kaffeebecher auf der Kante von Annabelles Schreibtisch und sah ihr zu, wie sie versuchte, Carlotta Kehlmann zu erreichen.

»Glaubst du, Frau Kehlmann hatte was mit diesem Strux?«, fragte Annabelle, während sie das Handy weglegte, »sie hat das Ding schon wieder ausgeschaltet. Wozu ist ein Handy da, wenn man es nie anmacht?«

»Schimpf nicht. Sei froh, dass unsere Auftraggeberin nicht mault, weil wir immer noch nicht wissen, wo ihre Bären sind.«

»Dazu müssten wir erst einmal Herrn von Strux befragen können. Aber der ist verreist und hat wiederum sein Handy nicht dabei.«

»Woher weißt du das?«

»Seine Frau hat es mir gesagt.«

»Wähl die Nummer trotzdem.«

»Geht nicht.«

»Warum? Vielleicht wollte sie nur nicht, dass du ihn anrufst.«

»Ich habe die Nummer nicht.«

»Wie?«

Annabelle senkte den Kopf. »Sag es bitte Elly nicht. Ich habe versäumt, danach zu fragen.«

»Oh, mein Gott.« Alex grinste breit. »Das kostet dich ein Abendessen. Heute. Sonst gehe ich rauf zu Elly, störe sie beim Zähneputzen und verpetze dich. Sie wird das nicht witzig finden.«

***

»Eugen Kehlmann übernehme ab sofort ich.« Elly saß nicht, sie thronte seit zehn Minuten hinter ihrem Schreibtisch, autoritärer denn je, aber auch jene gut zwei Kilo leichter. Dies war weniger an ihrer Figur zu erkennen, die wie üblich in ein zeltartiges Gewand aus dicker Rohseide gehüllt war, als an ihrem Gesicht, das entschieden filigraner erschien.

Ihre Stimme hatte den gewohnten Generalston, als sie das Ergebnis der Buchsbaum-Recherchen zusammenfasste: »Nichts haben wir bisher erreicht. Das geht so nicht weiter. Diese Buchsbäume haben sich doch nicht in Luft aufgelöst. Wir müssen unbedingt …«

Das Telefon klingelte. Elly meldete sich und hörte konzentriert zu. Während des Telefonierens fixierte sie Annabelle. »Ja, natürlich, kein Problem«, sagte sie und fixierte Annabelle weiter. »Das lässt sich machen. In einer Stunde.«

Endlich war das Telefonat zu Ende. »Kinder, der Fall wird immer verworrener. Das war dein Lehner. Er hat diesen Hausmeister Milic gecheckt. Treffer. Der hat in Gelsenkirchen vier Jahre wegen bewaffneten Raubüberfalls gesessen. Lehner möchte, dass Annabelle gleich bei ihm vorbeikommt. Er hat Fragen zum Cornelius-Tod.«

»Um Annabelle zu treffen, ist ihm kein fingierter Selbstmord zu schade«, sagte Alex und stand auf. »Ich muss an meinen Schreibtisch.«

»Nein, musst du nicht«, bellte Elly. »Hiergeblieben, ich brauche dich noch.«

Zu Annabelle gewandt sagte sie: »Was ist? Beeil dich, Lehner erwartet dich. Und schmink dir vorher die Lippen, du siehst heute Morgen zum Erbarmen blass aus.«

»Du musst gerade reden«, murrte Annabelle und verließ Ellys Büro, um sich für Lehner hübsch zu machen.

***

»Bitte schauen Sie sich die Fotos genau an. Im Gegensatz zu Ihnen habe ich die Frau von Herrn von Strux nie gesehen. Deshalb brauche ich Ihre Hilfe.« Manfred Lehner lächelte Annabelle an und rückte den Besucherstuhl neben den seinen. »Können Sie so sehen?«

»Ja. Kann ich. Aber Frau Weber, die Haushälterin der Kehlmanns, Sie wissen, die Nachbarn von Frau Cornelius, kannte Frau von Strux, soweit ich weiß, auch.«

»Ja«, sagte Lehner kühl, »mag sein. In diesem Fall hier verfolgt so jeder seine Interessen. Da sind Sie mir noch am liebsten.«

»Das klingt, als wollten Sie eigentlich sagen, dass Sie schätzen, wie unbedarft ich bin. Was eine Beleidigung wäre.«

Lehner lächelte kaum merklich. »Warum sind Sie eigentlich immer so unsicher? Das brauchen Sie doch gar nicht. Was für einen Eindruck hatten Sie von Frau von Strux?«

»Misstrauisch und angespannt«, sagte Annabelle. »Warum interessieren Sie sich überhaupt für sie? Sie ist doch nur die Frau eines Landschaftsgärtners.«

Lehner ging nicht darauf ein. »So, jetzt ist die Kartei offen. Lassen Sie sich Zeit.«

Die Gesichter in der digitalen Kartei waren nummeriert. Bei Nummer sechsundsiebzig stockte Annabelle. »Das ist sie. Das ist Frau von Strux.«

Manfred Lehner, der an einem anderen Computer saß, lehnte sich zu Annabelle herüber und blickte auf den Bildschirm. »Ich wusste es doch.«

Die Bildunterschrift besagte, dass es sich um die ukrainische Prostituierte Oksana Tschorna handelte, die fünf Jahre zuvor bei einer Razzia in einem Bordell im Rheinhessischen festgenommen und wenig später nach Kiew abgeschoben worden war.

»Aber sie hat geheiratet und heißt jetzt von Strux«, sagte Annabelle und wünschte, sie hätte geschwiegen.

Lehner sah sie scharf an. »Da ich Sie mag, schenke ich Ihnen die Recherche, die Sie längst hätten selbst machen müssen, und verrate Ihnen ein Geheimnis.« Mit einer eleganten Drehung um die eigene Achse wandte sich Lehner zu einem Seitenregal, in dem eine Kaffeemaschine stand. »Sie auch?«

Annabelle nickte betäubt. »Viel Milch, viel Zucker bitte.«

Der Kriminalbeamte stellte den gefüllten Kaffeebecher vor sie hin und setzte sich wieder an seinen Schreibtisch. »Laut Adelsregister sind die Freiherrn von Strux mit Gottlieb von Strux erloschen. Er starb achtzehnhundertachtundfünfzig als Letzter der Familie im Alter von vierundachtzig Jahren in Weimar. Es gibt keine Struxe mehr.«

»Und Edmund von Strux?«

»Ein Schwindler. Dummerweise ist er verschwunden. Jetzt verschwindet die Ukrainerin. Die Gärtnerei ist die ganze Nacht observiert worden. Nichts.«

»Vielleicht sollten Sie die Immobilienfirma ALTA kontaktieren. Sonja Cornelius trat dort als Bevollmächtigte einer Firma namens Global Elite Investment Company auf. Die nämlich hat letztes Jahr das Haus gegenüber von Frau Cornelius' eigenem Grundstück gekauft. Vielleicht ist die Firma ukrainisch. Könnte doch sein.«

»Sieh an, sieh an«, sagte Kriminalrat Manfred Lehner und wippte mit seinem Stuhl vor und zurück, »so weit waren wir noch gar nicht. Respekt, Frau Kollegin. Wie kommen Sie auf diese Verbindung?« Er grinste Annabelle frech an.

»Weil der Nachbar von Frau Cornelius, Eugen Kehlmann, Herrn von Strux dreihunderttausend gegeben hat, um ebendieses Haus zu kaufen. So viel zum Thema eigene Recherchen. Ich gehe jetzt.«

Lehner stand auf, ging um den Schreibtisch herum und sagte ernst: »Hören Sie nicht zu, wenn ich spöttisch werde. Wir wollen uns gegenseitig helfen. Einverstanden?«

Annabelle nickte und versuchte gleichzeitig, seinem forschenden Blick auszuweichen.

»Es wäre auch hilfreich, wenn Sie mir nicht mehr als unbedingt notwendig verschweigen würden«, sagte Lehner und streckte ihr die Hand hin. »Und seien Sie vorsichtig. Sie haben keine Ahnung, wie gefährlich die Leute sind, mit denen Sie gerade zu tun haben. Bis bald, Frau Detektivin.«

***

Es regnete schon wieder. In der Münchner Innenstadt drängten sich die Schirme, die Pfingstferien hatten begonnen, und halb

Europa schien sich auf dem Marienplatz versammelt zu haben, um den Elf-Uhr-Tanz der Moriskenfiguren im Rathausturm zu sehen.

Annabelle eilte die Abkürzung am Dom vorbei durch Hintergassen und Hausdurchgänge zum Café Kreutzkamp in der Maffeistraße. Die Sitzung bei Kriminalrat Lehner hatte länger gedauert als erwartet.

Doch sie hetzte sich vergebens ab. Ihre Auftraggeberin war noch nicht im Café, und sie erschien auch nicht. Wieder einmal. Nach zwei Portionen heißer Schokolade mit Schlagsahne hatte Annabelle das Gefühl, ihren Magen mit Uhu zugeklebt zu haben. Gereizt rief sie im Büro an: »Mir ist schlecht, und Frau Kehlmann ist nicht erschienen. Was denkt die sich eigentlich?«

»Sie denkt gar nichts. Sie ist noch in der Notaufnahme vom Krankenhaus rechts der Isar. Sagt, dass jemand versucht hat, sie vor die Straßenbahn zu stoßen.«

Annabelles Puls fing an zu rasen. »Ist sie schwer verletzt?«

Alex beruhigte sie: »Unsere Auftraggeberin ist gegen die Seitenwand vom vorderen Wagen geflogen und dann gestürzt. Eine Sekunde früher und sie wäre von der Straßenbahn platt gemacht worden. Die Ambulanz hat sie mit Prellungen und aufgeschürftem Bein in die Notaufnahme gebracht. Vor drei Minuten hat sie sich gemeldet. Immerhin.«

Alex de Groot war hörbar beeindruckt.

Annabelle blickte durch die Scheibe des Cafés auf das geschäftige Treiben draußen auf der Maffeistraße. »Wie kommt es nur, dass ich so gar kein Mitgefühl mit der Dame habe? Was ist da los?«

Am anderen Ende der Leitung schwieg Alex, ehe er vorsichtig aussprach, was er dachte: »Vielleicht magst du Frauen generell nicht?«

»Kann sein«, sagte Annabelle kurz, »ich werde darüber nachdenken.«

***

»Mach den Mund zu, du siehst nicht sehr intelligent aus mit offenem Mund.«

Elly stand mit Alex am Empfang, auf dem Tresen eine große geöffnete Cellophantüte mit Pralinés. Es musste sich um mindestens ein Kilo handeln. Beide kauten.

»Steh nicht wie eine Salzsäule da, die Dinger sind köstlich. Nimm eins«, sagte Elly und streckte Annabelle die Tüte entgegen.

Den Schlüssel für das Eingangsschloss noch in der Hand, stotterte Annabelle: »Ich … wolltest du nicht … du hast doch immer …«

»Ja, genau. Keine Schokolade, keine süßen Sachen und so weiter. Ab heute gibt es eine neue Diät. Ich esse nur noch, was mir schmeckt. Nimm einen von den Champagnertrüffeln, sie sind aus der Schweiz und einsame Qualität.«

Annabelle hatte sich gefasst und trat näher.

Alex grinste. »Dieses neue Kleid von Elly ist auch von einsamer Qualität.«

Erst jetzt sah Annabelle die schwere Seide, die in Schwingungen um Ellys frühbarocke Formen wogte. Eine Sinfonie in Mintgrün.

»Donnerwetter, das sieht ja fabelhaft aus. Wo hast du das Kleid her?«

»Frage mich nicht, sonst muss ich stottern wie du. Und das ist unelegant. Es hat ein Vermögen gekostet. Damit ihr es gleich wisst, ich habe es mir auch in Senfgelb machen lassen.« Elly suchte mit Bedacht einen weiteren Trüffel aus der Tüte und stellte sie dann zurück auf den Tresen. »Welchen Eindruck hattest du von der Kehlmann-Villa?« Sie kaute, schluckte und betrachtete die Pralinétüte mit einer Zärtlichkeit, die Annabelle nicht an ihr kannte.

»Herr Kehlmann sagt, jemand will ihn umbringen. Die Frage ist, warum und in welchem Milieu dieser Jemand, wenn es ihn überhaupt gibt, zu suchen wäre.«

Annabelle lachte trocken auf. »Er weiß genau, wer hinter ihm her ist. Warum er es uns nicht sagt, ist freilich rätselhaft.«

Nach kurzem Zögern griff Elly erneut in die Tüte. »Red nicht um den Brei herum. Er ist schwul, unser Herr Kehlmann.«

»Er hatte bisher aber nur einen Lover«, merkte Annabelle an, »gib mir die Tüte, die Biester schmecken verboten gut. Von wem hast du sie?«

Elly wurde verlegen. »Jemand hat sie mir schicken lassen. Jemand, der Grund hat, etwas gutzumachen.«

»Derjenige, der versucht hat, Kehlmann umzubringen, muss sein Haus gut kennen.«

Elly seufzte: »Und wenn es sein Geliebter war? Mit Kehlmann nochmals über dieses heikle Thema zu reden, wird nicht ganz einfach sein.«

Dabei sah sie Annabelle vielsagend an.

»Nein, vergiss es. Ich rede nicht noch einmal mit ihm. Auf keinen Fall. Hast du nicht großmundig erklärt, dass du ab sofort Eugen Kehlmann übernimmst? Bitte, er ist deiner.«

»Sei nicht so radikal. Von uns beiden bist du die viel Einfühlsamere und Sensitivere. Ich bin zu direkt und grob.«

Elly hielt Annabelle die Tüte vor die Nase und knisterte mit dem Cellophan. »Komm schon, tu deiner alten Partnerin den Gefallen.«

»Nein«, sagte Annabelle und wich einen Schritt zurück, »ich will nicht. Das kommt nicht in Frage.«

»Okay.« Der schmeichelnde Ton in Ellys Stimme verschwand. »Wie du willst. Er wird uns den Auftrag entziehen, und wir können den Laden hier dichtmachen. Aber du bist deinen Prinzipien treu geblieben. Bravo.«

Alex, der bis dahin geschwiegen hatte, lachte leise auf. »Meine Schönen! Wie herrlich ihr euch aufregt! Annabelle redet mit Kehlmann, klar macht sie das. Du hast recht, Elly. Für delikate Gespräche bist du ungeeignet.« Er zwinkerte Annabelle zu. »Deswegen lieben wir Elly doch. Weil sie so sensibel ist wie ein Eimer kalter Kleister.«

»Erpressung nenne ich das«, sagte Annabelle, »gemeine Erpressung.«

***

»Die haben mich in der Klinik gefragt, ob ich gesehen habe, wer mich gestoßen hat. So ein Blödsinn. Dann hätte ich doch ausweichen können.«

Die Lippen von Frau Kehlmann bebten. Von sich selbst tief

ergriffen, angelte sie aus dem Ärmel ihrer gelben Strickjacke ein rosa Batisttaschentuch und betupfte ihre trockenen Augen. Die Augen von Alex ruhten derweil liebevoll und bewundernd zugleich auf dem Gesicht der Klientin, die sich tatsächlich zu beruhigen schien.

Sie saßen in Carlotta Kehlmanns Arbeitszimmer, wie sie es nannte. In der Tat handelte es sich mehr um ein vorwiegend in Rosa und Cremefarben gehaltenes Boudoir mit zwei weichen englischen Sofas, die mit cremefarbenen und rosa Blütenstoffen bezogen waren, sowie einem cremefarben gestrichenen Damenschreibtisch vor einem der Fenster und einem riesigen Ankleidespiegel, den ein rosettengeschmückter Schleiflackrahmen in Cremefarben schmückte. Die üppigen Vorhänge vor den hohen Fenstern waren von rosa Kordeln gebündelt und aus schwerer rosa Seide.

Annabelle beobachtete Alex. Er saugt sich förmlich an ihr fest, dachte sie und stand auf. »Mein Kollege wird noch einige Fragen an Sie haben.«

An der Tür drehte sich Annabelle noch einmal um. »Haben Sie zufällig ein Foto von Herrn von Strux? Nur, damit ich mir ein Bild machen kann. Wäre doch möglich, dass bei der Pflanzung der Buchsbäume fotografiert wurde …« Annabelle beendete den Satz nicht.

Mit schnellem Griff zog Frau Kehlmann aus einer Schublade des Schreibtisches eine Brieftasche und aus der Brieftasche ein Foto. »Ja, das wurde an dem Tag gemacht, als die Bären in die Erde kamen.« Sie schluckte und vertiefte sich in die Betrachtung des Fotos.

»Könnte ich mir das Foto für einen Tag ausleihen?«

Frau Kehlmann zögerte.

»Sie bekommen es garantiert zurück.«

Widerstrebend nickte Carlotta Kehlmann. »Aber machen Sie keinen Fettfleck drauf. Es ist die einzige Aufnahme, die ich habe.«

Einem Impuls folgend, fragte Annabelle: »Haben Sie selbst die Aufnahme gemacht?«

Frau Kehlmann lachte verlegen. »Ja. Er wollte unter keinen Umständen fotografiert werden. Ich habe dann das Handy genommen, damit er es nicht merkt.«

Erst jetzt sah Annabelle, dass die vollen Lippen der Frau mehr Botox als Natur waren.

***

Annabelle hatte Nein gesagt, aber es war ein weiches Nein gewesen, das eine Zusage war, und so ging sie schließlich mit Alex essen. Es war ja so, dass er sie genau genommen bis gestern noch nie so ausdrücklich gefragt hatte. Was seltsam war angesichts ihrer engen Zusammenarbeit. Aber so war es. Und eigentlich wollte sie auch nur wissen, wohin einer wie er sie ausführen würde.

Irgendwie hatte sie es geahnt. Sie schmolz förmlich dahin. Es war ein kleines, nicht zu feines französisches Restaurant mit weit auseinanderstehenden Tischen, sodass man sich in Ruhe unterhalten konnte, ohne auf die Gäste an den Nebentischen Rücksicht nehmen zu müssen. Die Vorvorspeise war köstlich, der Aperitif auch, und Annabelle dachte, dass sie dumm war, nicht häufiger elegant essen zu gehen. Vielleicht sogar mit Alex, ihrem Kollegen, der ein Mysterium aus seinem Leben machte. Ich kriege es heraus, dachte sie und hob ihr Campariglas.

Alex sah sie nachdenklich an.

Gegen neun, sie waren mit dem Salat gerade fertig und warteten auf den Fisch, rief Carlotta Kehlmann an. Ob Annabelle schon etwas über den Verbleib von Edmund von Strux herausgefunden habe.

»Wir brauchen noch seine Handynummer. Seine Frau ist nun leider auch verschwunden.«

Am anderen Ende der Leitung trat Stille ein. »Sind Sie noch da, Frau Kehlmann?«

»Ja, ich denke gerade nach. Er hat ja drei Handynummern. Wollen Sie alle drei?«

»Wenn es möglich ist.«

»Haben sich jetzt Zeugen gemeldet, die gesehen haben, was mir an der Straßenbahn passiert ist?«

Annabelle stockte innerlich. Klang Frau Kehlmanns Stimme lauernd? So als hoffe sie, dass man nichts herausfinden werde?

Frau Kehlmann fuhr fort: »Und keine Spur von meinen Bären?«

»Wir sind dicht dran, Frau Kehlmann, ganz dicht dran.«

Annabelle schrieb die Handynummern auf und lächelte Alex an. »Du kannst mich nicht mehr erpressen. Ich werde hier und jetzt den angeblichen Herrn von Strux anrufen.«

Zwei Minuten später ließ sie das Handy in ihre Handtasche fallen. »Zwei Nummern sind nicht vergeben. Die dritte antwortet nicht. Das heißt, Moment, warte, bei der dritten ist der Akku leer und nicht nachgeladen.«

Alex war ernst geworden. »Versuch doch, seine ukrainische Frau jetzt anzurufen. Irgendetwas ist hier im Busch, das mir gar nicht gefällt.«

Annabelle wurde rot. »Die Nummer habe ich immer noch nicht.«

»Aber ich«, sagte Alex und zog sein eigenes Handy aus der Jackentasche. Er suchte, drückte eine Nummer und reichte Annabelle das Handy.

Niemand antwortete. Annabelle sah Alex fragend an. »Und nun?«

»Du lässt deinen Charme spielen. Morgen früh aktivierst du wieder deinen Lehner. Er soll im Computer anhand des Fotos nach dem falschen Strux suchen.«

Der Fisch wurde serviert, für einige Minuten aßen sie schweigend.

»Du hast mir nie genau erzählt, wie es kam, dass du quasi von einem Tag auf den anderen deine Karriere an der Uni aufgegeben hast. Irgendjemand hat mir neulich erzählt, du wärst die große Hoffnung der philosophischen Fakultät gewesen.«

»Meine Güte, warum willst du das ausgerechnet jetzt wissen? Diese alten Geschichten. Manche Gegenwart ist besser dran ohne Vergangenheit.«

»Für einen Philosophen ist das eine bemerkenswert platte Bemerkung. Es gibt keine Gegenwart ohne Vergangenheit.«

»Was willst du in Wirklichkeit wissen?« Alex hatte sein Besteck auf den Teller gelegt und beugte sich vor.

»Ich kenne dich eigentlich gar nicht. Wir arbeiten zusammen. Und ich weiß fast nichts von dir.«

»Du weißt mehr, als du denkst. Du müsstest dir nur die Mühe machen nachzudenken. Aber vielleicht willst du das gar nicht. In dem Fall wäre es schädlich, wenn ich dir zusätzliche Fakten liefere.«

Unter Alex' prüfendem Blick senkte Annabelle die Augen. »Schädlich für wen?«

»Für uns beide, mein Schatz«, sagte Alex leise und sah Annabelle versonnen an. »Du bist sehr hübsch heute Abend. Du bist immer hübsch. Aber heute Abend leuchten deine Augen wie graue Diamanten. Willst du mich heiraten? Dann erzähle ich dir nach der Hochzeit, warum ich als Privatdetektiv arbeite.«

Annabelle lachte so laut auf, dass irritierte Blicke von den anderen Tischen herüberflogen. »Findest du es fair, dich so über mich lustig zu machen?«

»Ich mache mich nicht lustig, du bist nur ein bisschen spießig, das ist alles.«

»Danke«, sagte Annabelle und wurde zu ihrem Ärger rot, »spießig scheint deine Lieblingsbezeichnung für mich zu sein. Du bist ein verdammter Geheimniskrämer.«

»Sei froh, dass ich kein Schwätzer bin.«

Annabelle überlegte und kam zu dem Schluss, dass ihr hier und jetzt ein Schwätzer sehr viel lieber gewesen wäre. Sie seufzte lautlos. Nur sich nicht in komplizierten Gefühlskisten verlieren. Nicht noch einmal. Nicht sie.

***

Es war nach Mitternacht, als Annabelle ihre Wohnungstür aufschloss. Sie hatte einen Schwips und war komplett durcheinander. Alex hatte sie zum Abschied auf die Lippen geküsst, nicht irgendwohin auf die Wange. Kurz nur und ganz leicht, aber doch immerhin. Es war die Andeutung eines echten Kusses gewesen. Er hatte gut geschmeckt. Unerwartet gut. Köstlich geradezu.

Annabelle blieb in der offenen Tür stehen. Jemand hatte gerade angerufen, und sie hörte den Schluss der Botschaft auf dem Anrufbeantworter: »Ruf mich sofort zurück. Auch mitten in der

Nacht, es ist wahnsinnig wichtig, dass du anrufst, hörst du? Hier spricht deine verzweifelte Mutter.«

War sie eben noch beschwipst gewesen und vergnügt? Mit einem Fluch kickte sie die Schuhe von den Füßen, schloss die Tür hinter sich und wählte die Nummer ihrer Mutter. »Ach Mutter, was ist denn schon wieder?«

»Du sollst nicht in leidendem Ton mit mir sprechen. Ich brauche ganz schnell neues Geld. Zweitausend Euro. Morgen ist der letzte Termin, um die Jahresabrechnung der Nebenkosten an die Hausverwaltung zu zahlen. Das hatte ich vergessen.« Sie unterbrach sich: »Schweig nicht so vorwurfsvoll. Das ertrage ich nicht. Du musst mir das Geld morgen früh bringen oder bringen lassen, das ist egal. Ich brauche es bis zwölf. Es war ein Fehler, dir das andere Geld zurückzugeben. Jetzt habe ich nichts mehr. Du musst mir helfen.« Miranda Winters Stimme hatte einen gehetzten Ton, der keinen Zweifel ließ. Sie würde nicht lockerlassen.

Annabelle holte Luft. Sie zwang sich, langsam und regelmäßig zu atmen, ehe sie ihrer Mutter antwortete: »Du bist Vaters Haupterbin. Auf der Bank hast du einen Riesenhaufen Geld.«

»Du weißt, es ist fest angelegt. Wenn ich verkaufe, verliere ich enorm. Niemand mit Verstand verkauft in diesen Monaten. Also bitte, sei so gut und gib mir, worum ich dich bitte.«

»Nein, Mutter. Letzten Monat habe ich dir schon zweitausend gegeben. Du hast mir nur achtzehnhundert zurückgezahlt. Ich bin nicht dein Goldesel. Verkauf ein paar Aktien und lass mich in Frieden. Ich arbeite hart.«

Am anderen Ende der Leitung entstand eine Pause. »Kind, hattest du einen schlechten Abend? Jetzt Aktien zu verkaufen wäre Wahnsinn. Ich schwöre dir, du bekommst das Geld zurück. Außerdem: Irgendwann erbt ihr sowieso alles.«

Ihre eigene Mutter als geizig zu bezeichnen, widerstrebte Annabelle im tiefsten Inneren. Und irgendwie hatte Miranda Winter ja recht. In einer wirtschaftlichen Depression Aktien zu verkaufen, war keine gute Idee.

Annabelle seufzte.

»Okay, du kannst das Geld morgen früh im Büro abholen.«

Wortlos legte ihre Mutter auf.

Was dachte sich ihre Mutter eigentlich? Gar nichts wahrscheinlich. Sie war, wie sie war.

***

»Können Sie mir auf die Schnelle zwei Abzüge machen lassen?«

Zweieinhalb Stunden lang hatte Annabelle die Polizeikartei schon durchforstet. Ohne Erfolg. Der Mann, der sich Edmund von Strux nannte, war nicht dabei.

Hauptkommissar Wohlgemuth war mit dem Foto verschwunden und legte nun schweigend drei Abzüge neben den Computer, beobachtete Annabelle ein paar Sekunden, wie sie von Bild zu Bild klickte, dann sagte er düster: »Sie könnten das Foto auch einscannen, das Programm durchsucht die Kartei selbstständig.«

In Gedanken bewunderte sie Kriminalrat Lehners ausgeglichenes Wesen. Er arbeitete täglich mit dem übellaunigen Wohlgemuth zusammen und hatte noch keinen Nervenzusammenbruch erlitten.

Jetzt nur nicht raunzen. *Warum haben Sie das nicht gleich gesagt, anstatt mich hier zwei Stunden lang wie eine Idiotin sitzen zu lassen?* Nicht gereizt werden, um Himmels willen nicht gereizt werden.

»Danke. Sie sind ein Schatz, könnten Sie das für mich machen? Ich kenne mich mit Ihrer Software nicht aus.« Annabelle strahlte ihn an.

Kommissar Wohlgemuth murmelte etwas Unverständliches, das unwillig klang, und machte sich ans Werk. Zehn Minuten später war klar, dass das Gesicht von Edmund von Strux nicht aktenkundig war.

»Sie haben doch sicher auch in der Stricherkartei nachgeschaut«, fragte Wohlgemuth in einem Ton, der Annabelle klarmachen sollte, dass sie selbst für einfache Recherchen wie diese zu dumm war.

Dass ausgerechnet in diesem Augenblick ihr Handy klingelte und es ausgerechnet ihr Schützling, der obdachlose Herr Beckmann, war, der ihr aufgeregt eine Mitteilung zu machen hatte, war ungünstig, denn Herrn Beckmann abzuwimmeln, hieß, ihn zu kränken. Und das wollte Annabelle nicht. Sie hatte ihn auf schräge Art lieb gewonnen. Er hatte einen feinen Charakter.

»Reicht es, wenn ich um halb sieben an der üblichen Stelle bin?«

Herr Beckmann war einverstanden. Aufatmend unterbrach sie die Verbindung.

Sie brauchte den muffigen Hauptkommissar, dessen Rücken ihr deutlich signalisierte, was er von Außenstehenden hielt, die ihn für sich arbeiten ließen, während sie selbst telefonierten. Er war ekelhaft, aber sie brauchte ihn, dringend sogar, denn auch die Stricherkartei war gesondert geschützt, kein Außenstehender konnte sie öffnen.

Doch die Hoffnung, den falschen Freiherrn unter kriminell gewordenen Homosexuellen zu finden, zerschlug sich. Er hatte sich offensichtlich noch nie strafbar gemacht.

»Das kann doch nicht sein«, sagte Annabelle laut.

»Doch«, murrte Wohlgemuth, »wenn er sich im Ausland strafbar gemacht hat, wird es komplizierter. Polen hilft uns, die Ukraine gelegentlich, aber nicht immer. Russland ist ganz schwierig. So gesehen …« Den Rest des Satzes ließ er im Dunkeln.

***

»Den? Ja klar kenne ich den. Das ist doch der Eddy. Der war schon oft da. Aber jetzt, wo Sie fragen, fällt mir ein, dass er schon seit Wochen nicht mehr gekommen ist. Wird ihm doch nichts passiert sein?«

Ein Volltreffer. Herr von Strux verkehrte als Eddy in der Schwulenbar »Charly's«.

Der dicke, kahl geschorene Wirt, der einen ausladend geschwungenen oberbayerischen Schnauzbart trug und einen Ring im rechten Ohrläppchen, wedelte mit der Hand, sodass Annabelle den Brillanten an seinem kleinen Finger kaum übersehen konnte. »Sind Sie von der Polizei? Oder wie? Was, Sie schulden ihm Geld? Nein wirklich!« Er kicherte belustigt. »Warum rufen Sie ihn nicht an? Oder gehen zu ihm nach Hause?«

Doch er kannte die Adresse von Eddy angeblich nicht. Annabelles Begründung, warum sie Eddy treffen wollte, war zu durchsichtig. Der Wirt stemmte seine Hände in die Taschen seiner bayerischen Lederbundhosen und fixierte sie mit halb zugekniffenen Augen. »Sie sind nicht vielleicht die Ehefrau von einem von Eddys Freunden? Besser, Sie machen sich vom Acker. Und zwar flott. Meine Gäste haben ein Recht auf Diskretion, verstanden?«

Drohend kam er näher. Die ersten Abendgäste, draußen war es noch hell, blickten neugierig auf.

»Falls Eddy doch noch auftaucht, geben Sie ihm bitte meine Karte.« Annabelle reichte ihm eine der Karten, auf denen nur ihr Name und ihre Handynummer standen. Widerstrebend nahm der Wirt sie und legte sie auf die Bar.

So würdevoll es unter den Augen von einem halben Dutzend Männern ging, die sich fragten, was zum Teufel eine Frau in dieser Kneipe wollte, trat Annabelle den Rückzug an.

Eddy also. Das nächste Mal würde Alex sich in Bewegung setzen müssen, um die Kneipen abzusuchen.

***

Wenn Herr Beckmann eine Verabredung hatte, dann war er auf die Minute pünktlich. Und Gleiches erwartete er von seinen Gesprächspartnern. Egal, wer sie waren. Dieses Relikt aus seinem früheren Leben als prominenter Notar war ihm geblieben. Er hielt eisern daran fest, was ihm im Gefängnis, wo er drei Jahre wegen Beihilfe zur Geldwäsche und Steuerbetrug absaß, den Beinamen »die Stoppuhr« eingetragen hatte.

Der Spitzname war ihm geblieben. Auch unter der Wittelsbacher Brücke bei den Kumpels, die ihn wegen seiner absoluten Verlässlichkeit und Diskretion schätzten und, wenn irgend möglich, auch die Sache mit der Pünktlichkeit hinkriegten. Sie respektierten die »Stoppuhr«. Schwere Schicksale hatten sie alle, die unter der Brücke lebten. Doch nur bei wenigen war der Sturz so tief gewesen. Von einem Leben auf der gesellschaftlichen und finanziellen Überholspur war er auf dem Umweg über das Gefängnis direkt unter die Steinbogen der Münchener Wittelsbacher

Brücke geknallt. Noch während des Prozesses hatte sich seine Frau scheiden lassen, und sein Vermögen war bis auf den letzten Cent eingezogen worden.

Als er das Gefängnis verließ, war er ohne Bleibe, ohne Geld und, er wunderte sich kaum noch, ohne Freunde. Aus Klaus-Jürgen Beckmann wurde ein Säufer und Tippelbruder, der bald alle Tricks kannte, wie man an frische Kleidung, kostenlose Duschen und Nahrungsmittel kam. So wie eben die Fleischbeschaffung morgens um vier bei dem Griechen an der Grenze von Harlaching zu Grünwald. Mit dem Inhalt des Beutels, den er jede Nacht aus der Mülltonne holte, konnte er vier bis fünf Kumpel, die nicht so findig waren, mit durchfüttern.

Annabelle schob ihm gelegentlich kleine Überwachungsaufträge zu – vorausgesetzt, sie erreichte ihn über den Zeitschriftenkiosk an der Brücke. Er erledigte die jeweiligen Aufgaben trotz seines immensen Alkoholkonsums präzise und zuverlässig.

Annabelle kam eine Minute zu früh. Herr Beckmann wartete schon. Sie würden hinuntergehen. Es roch nicht gut unter der Brücke. Aber ein Spaziergang kam nicht in Frage, da es regnete.

»Ich möchte Sie um einen Gefallen bitten. Als ich vorgestern Nacht zum Griechen ging, um das Fleisch zu holen …«, Herr Beckmann stockte, die Erinnerung an seinen grausigen Fund überwältigte ihn für einen Augenblick, »da parkte ein Stück vor der Einfahrt auf der Straße ein schwarzer Porsche, den ich in der Gegend noch nie gesehen habe.« Er machte eine Pause, wie um das Erlebte nochmals Revue passieren zu lassen. »Ich habe vor einer Woche in Grünwald an der Tankstelle, wo ich immer im Abfallbehälter nach Pfandflaschen suche, einen Klienten von früher gesehen. Damals hatte er einen Porsche.«

Die Erinnerung übermannte Herrn Beckmann. Unter seiner Dreckschicht schwitzte er. »Ein schlimmer Mensch. Ukrainer. Ein Killertyp. Schreckt vor nichts zurück. Ich weiß nicht, ob er mich erkannt hat.« Wieder stockte er. »Ich kenne alle Autos, die nachts in der Nähe des Griechen parken. Der Porsche war neu in der Straße.« Seine Stimme schwankte beträchtlich, als er erklärte: »Der Mann mit dem Porsche hat mich damals bei der Polizei angeschwärzt.«

»Warum?«, fragte Annabelle. Sie kannte seine Geschichte, aber anscheinend nicht jedes Detail.

»Ich, ich …« Herr Beckmann hatte Mühe weiterzusprechen. Endlich brach es aus ihm heraus: »Ich habe ein bisschen was vom Geld des Klienten abgezweigt. Die ganzen Transaktionen waren ja sowieso illegal.«

»Wie viel?«, fragte Annabelle.

»Zweihunderttausend.«

»Aber Herr Beckmann!«, entfuhr es Annabelle. »So viel?«

Der Obdachlose seufzte: »Es hätte sich ja sonst gar nicht gelohnt.«

Bei sich fand Annabelle, dass Herr Beckmann zu Recht ins Gefängnis gewandert war. Betrug war Betrug. »Haben Sie das Geld zurückerstattet?«

»Musste ich ja«, antwortete Herr Beckmann. »Mein Klient hatte die kleine Abzweigung entdeckt. Aber ihm reichte es nicht, dass er das Geld wiederhatte. Er wollte sich an mir rächen. Das weiß ich.«

Er zog die Schultern hoch. Die Bewegung löste eine Wolke übler Gerüche aus, die von ihm zu Annabelle schwebte und sie leise erschauern ließ.

»Ich kann nicht mehr zum Griechen. Das ist vorbei. Ich wüsste nur so gerne, wem der Porsche gehört. Könnten Sie das für mich herausfinden? Es ist ein Achtundneunziger-Modell.«

»Glauben Sie, dass der Porsche etwas mit Ihrem Fund zu tun hatte?«

Herr Beckmann kratzte sich am Stoppelkinn. »Ich hatte doch die ganze Zeit das Gefühl, dass mich jemand beobachtet, als ich zu dem Abfallcontainer ging. Würden Sie gelegentlich spätabends da vorbeifahren und prüfen, ob ein Porsche dort parkt?« Flehend sah er Annabelle an.

»Klar«, sagte sie, »mache ich.« Innerlich seufzte sie. Nachts durch Harlaching fahren und nach einem geparkten schwarzen Porsche Ausschau halten. Im Auftrag eines Obdachlosen. Großartig.

»Wenn der Porsche nicht mehr da ist, dann hat der Ukrainer die Sachen im Müllcontainer extra für mich platziert. Damit ich den Mund halte. Als Warnung sozusagen.« Herr Beckmann hustete unterdrückt. »Als ob ich irgendjemanden auf der Welt verraten würde. Pah!« Er spuckte auf den Boden. »Ich muss jetzt weiter.«

Schlurfend entfernte er sich die Stufen hinauf in Richtung Straße. Annabelle sah ihm staunend nach. Ein unabhängiger Geist, ihr Herr Beckmann, nur dass er offensichtlich von mehreren Seiten tragisch verkannt wurde.

***

Wenn das so weiterging, würde sie irgendwann im Polizeipräsidium ihren eigenen Kaffeebecher deponieren. Kriminalrat Lehner hatte dringend um ihren Besuch gebeten.

»Könnte er das sein?« Lehner beugte sich über Annabelles Schulter, sie fühlte, dass er ihren Duft einsog. Nicht, dass es hörbar gewesen wäre, aber sein Kopf streifte so nah an dem ihrem vorbei, dass sich ihre Wangen beinahe berührten.

»Schauen Sie genau hin.« Lehners Stimme war ein wenig atemlos, ein wenig rau. »Ich verändere jetzt die Haare, die Zähne, die Augenbrauen und gebe ihm einen Schnauzbart.« Er drückte Tasten, schob Elemente hin und her, und dann schrie Annabelle fast auf:

»Das ist der Bruder der Ukrainerin. Ja genau, gestern spätabends hab ich ihn aus dem Auto von Frau Kehlmann steigen sehen.«

Lehner richtete sich auf. »Wir kommen der Sache näher.«

»Ob ich wohl wieder von Ihrem grauenhaften Kaffee haben könnte? Wer ist der Mann?«

Lehner blickte nachdenklich auf den Bildschirm. »Er ist mir gestern von den Kollegen aus Kiew gemailt worden. Ich hatte um Hilfe gebeten. Eine Eingebung. Wegen der ukrainischen Nutte. Dachte, ihr angeblicher Bruder könnte vielleicht auch aus dem Milieu sein. Bingo. Ist tatsächlich verwandt mit ihr. Ein Cousin. Der Typ ist brandgefährlich. Mord, Erpressung, schwere Körperverletzung, er wird seit zwei Jahren gesucht. Sie vermuten ihn in Deutschland. Er heißt Mischa Beliajew.«

Das Verlangen nach Kaffee war so drängend geworden, dass Annabelle aufstand, um sich selbst zu bedienen.

»Ach, Ihr Morgen-Dope, bin schon dabei«, sagte Lehner, ging zum Seitenregal und schenkte aus der Kanne der Maschine eine entfernt nach Kaffee riechende schwarze Brühe in zwei Becher.

Misstrauisch verfolgte Annabelle den Vorgang. »Ist das Zeug eigentlich noch warm?«

Erstaunt fasste Lehner die Kanne an und murmelte dann etwas verlegen: »Leicht warm. Ist bekömmlicher, wenn man ihn nicht so heiß trinkt.«

»Viel …«, wollte Annabelle rufen, aber er unterbrach sie: »Ich weiß, viel Milch, viel Zucker.«

Gemeinsam starrten sie erneut auf das veränderte Gesicht des ukrainischen Verbrechers.

»Er sieht so schmächtig und durchsichtig aus«, sagte Annabelle. »Könnte der wirklich die Buchsbäume der Frau Kehlmann ausgegraben haben?«

»Warten wir es ab«, sagte Manfred Lehner und beugte sich nochmals vor, sein Kopf nahe dem ihren, so als wäre er kurzsichtig und könnte anders das Bild auf dem Schirm nicht sehen.

»Den falschen Herrn von Strux haben Ihr Kommissar Wohlgemuth und ich gestern leider nicht gefunden in den diversen Karteien«, sagte Annabelle und rutschte unauffällig an die äußerste Kante ihres Stuhles.

Lehner schien den Hinweis verstanden zu haben. Er nahm einen tiefen Schluck aus seinem Kaffeebecher und setzte sich auf den Stuhl neben sie. »Die Kollegen in Kiew aber. Ich habe ihnen sein Foto geschickt. Er ist auch Ukrainer und heißt Borys Subkow.«

»Das kann nicht sein«, sagte Annabelle und verschluckte sich am lauwarmen Kaffee.

»Warum nicht, gnädige Frau? Ich liefere Ihnen gerade eine weitere kostenlose Recherche, die eigentlich Ihre feine Detektivagentur machen sollte.«

»Reden Sie nicht so geschwollen daher«, sagte Annabelle, »wenn einer als Herr von Strux auftreten will, muss er zumindest vollkommen akzentfrei Deutsch sprechen.«

»Es gibt viele Ukrainer, die ausgezeichnet Deutsch sprechen. Der Kollege aus Kiew ist so einer. Wenn ich nicht wüsste, dass er Ukrainer ist, würde ich denken, er stammt aus Hannover.«

»Demnach muss dieser Subkow ein Strafregister haben. Sonst wäre er wohl nicht in der Kartei.«

Lehner lächelte Annabelle an. »Ihr Kombinationsvermögen ist bewundernswert.«

»Wenn Sie so weitermachen, fange ich an, Sie zu hassen«, sagte Annabelle leise, »ich habe diese Ironie nicht verdient.«

»Seien Sie nicht so empfindlich, gnädige Frau.«

Lehner ging zu dem kleinen Waschbecken neben der Tür, goss den Inhalt seines Bechers hinein und schenkte sich frischen alten Kaffee aus der Kanne daneben nach. »Der Tag, an dem hier ordentlicher Kaffee gemacht wird, wird wahrscheinlich der Tag nach meiner Pensionierung sein.«

»Und wenn Sie sich eine eigene Kaffeemaschine für Ihr Büro besorgen würden, ich meine, eine richtig gute?«

»Kann ich mir nicht leisten. Außerdem: Von allen Seiten würden sie zusammenströmen, die Kollegen, um bei mir Kaffee zu holen. Nein, nein, lieber diese braune Brühe. Ist das kleinere Übel.«

Dass Manfred Lehner sie verehrte, merkte Annabelle. Aber dass er nicht nur eine bequeme Informationsquelle war, die sie mit einem Lächeln zum Sprudeln bringen konnte, sondern auch ein Mann, fiel ihr jetzt zum ersten Mal auf. Was hatte die Entdeckung ausgelöst? Der schlechte Kaffee?

Ich spinne, dachte sie.

»Hören Sie mir eigentlich zu?«, drang Lehners Stimme zu ihr durch.

»Ja, klar, der Menschenauflauf«, stotterte Annabelle.

Lehner sah sie prüfend an. »Ich war schon weiter und habe Ihnen gerade erklärt, dass unser Subkow alias Strux ein hochinteressanter Typ ist. Vater Chemiker, unter dubiosen Umständen in der Nähe von Kiew verunglückt. Mutter baltische Adlige, stirbt kurz nach dem Vater, unser Typ ist zwölf, kommt ins Heim, reißt aus, mit vierzehn Stricher in Moskau. Ab da nur noch im kriminellen Milieu unterwegs.«

»Was tut so einer als Herr von Strux und angeblicher Landschaftsarchitekt in München-Grünwald? Ihr Mord und meine Buchsbaumdiebstähle – so wirklich klar wird mir die Sache nicht.«

Lehner wiegte den Kopf. »Steinchen auf Steinchen, irgendwann wird ein Haus draus. Würden Sie gerne ein eigenes Haus haben?«

»Warum fragen Sie?«

»Nur so. Ich habe gerade eins von meiner Großtante geerbt.«

Annabelle lachte so laut, dass die Tür vom Nebenzimmer aufging und Kommissar Wohlgemuth seinen Kopf ins Zimmer steckte. »Alles in Ordnung?«

»Darf ich Sie etwas Privates fragen?«, sagte Annabelle und fügte, als sie Lehners freudig erwartungsvollen Blick sah, eilig hinzu: »Es geht um meine Mutter.«

Die Augen des Kriminalbeamten bewölkten sich. »Natürlich«, sagte er lustlos.

»Kennen Sie einen Kriminologen namens Professor Hadermann?«

»Machen Sie Witze?« Lehner rührte heftig in seinem Kaffeebecher. Etwas von der braunen Brühe spritzte heraus und hinterließ einen Fleck auf seinem Hemd.

Annabelle kämpfte kurz mit sich, ob sie ihn darauf hinweisen sollte, beschloss jedoch, es nicht zu tun. Lehner hatte den Spritzer bestimmt auch gesehen. Er ignorierte ihn.

»Fragen stellen Sie! Das ist so, als würden Sie einen Mönch fragen, ob er den Papst kennt.«

»Ach was! Ist er so bekannt?«

»Der berühmteste Kriminologe Europas. Weiß alles. Kennt alle Hintergründe, alle Tricks, alles. Netter Mann außerdem. Was hat das mit Ihrer Mutter zu tun?«

»Er ist ihr derzeitiger Liebhaber.«

Lehner war so verblüfft, dass sein Becher kurz vor seinem Mund bremste und dort stehen blieb, etwa auf Höhe seines Kinns.

Annabelle lachte. »Ja, ich musste mich auch daran gewöhnen, dass meine Mutter zu den Altersverweigerern gehört.«

»Zu den was?«

»Zu der Generation, die sich weigert, alt zu werden. Meine Mutter ist sehr aktiv. Und sehr attraktiv.«

Lehner nahm einen Schluck aus seinem Kaffeebecher, verzog angewidert den Mund und schüttelte dann den Kopf.

»Was für eine Familie!«, sagte er schwach, und es war nicht klar, ob er das anerkennend oder abwertend meinte.

***

Der rechte Fuß von Kriminalmeisterin Annemarie Wimmerer war eingeschlafen. Sie versuchte, ihn nach Möglichkeit nicht zu bewegen.

Polizeiobermeister Mehler war irgendwo im Haus unterwegs. Das Telefon auf seinem Schreibtisch schrillte und schrillte.

Um den Hörer abzuheben, musste Kriminalmeisterin Wimmerer aufstehen und sich über ihren eigenen Schreibtisch zu seinem beugen, was sehr unangenehm war, weil der eingeschlafene Fuß teuflisch kribbelte und in ihrem Kopf riesige Murmeln durcheinandergeworfen wurden.

»Wimmerer«, ächzte sie mit schmerzverzerrtem Gesicht. Ihr Kater war noch schlimmer, als sie ohnehin schon wusste.

Eine Minute später saß sie mit heißen Ohren wieder an ihrem Schreibtisch und durchforstete hektisch die Protokolle der letzten Wochen.

Wenn nur der Kopf nicht so gehämmert hätte. Wie ein Pressluftbohrer. Ihr neuer Freund, ein Elektrogroßhändler aus Mühldorf, hatte sie in ein asiatisches Lokal geführt und mit wer weiß wie vielen Mai-Tai-Cocktails abgefüllt. Er hatte schon gewusst, warum, der Schlawiner.

Kriminalmeisterin Wimmerer, die sich in ihrem vierundzwanzigjährigen Leben noch kein einziges Mal mit Selbstzweifeln aufgehalten hatte, sah sich unversehens in einen Strudel von genau solchen Zweifeln gestürzt. Ob der Kater einen gewichtigen Teil dazu beitrug oder nur als Mollton die Stimmung begleitete, war unerheblich. Das Gefühl, das sie an diesem Morgen auszuhalten hatte, war jedenfalls ekelhaft. Ganz ekelhaft.

Soeben hatte die Münchner Kripo die Obduktionsberichte der

Wasserleichen des Monats angefordert. Nur von den männlichen. Als ob da Dutzende gewesen wären. Sie hatten zwischen Mitte April und Mitte Mai nur eine Leiche gehabt, den Kerl eben, bei dem ihr so schlecht geworden war. Den Typen, von dem Polizeiobermeister Mehler gesagt hatte, er sei aus Osteuropa.

Vielleicht hätte sie ihrem Vorgesetzten nicht ganz so abgrundtiefe Verachtung entgegenbringen sollen, sich ein bisschen mehr in den Fall vertiefen. Denn ein Fall war es. Das zeigte sich jetzt. Die Kuh von der Münchener Kripo war richtig zickig gewesen. Was? Eventuell kein vorliegender Obduktionsbericht? Höre sie richtig? Das könne doch wohl nicht sein.

Vor Schreck vergaß Annemarie Wimmerer ihren eingeschlafenen Fuß. Oh Gott, wo war bloß der Bericht? Ein dürftiger Bericht war es mit Sicherheit, sie hatte ihn nicht einmal gesehen. Mehler musste ihn irgendwo abgelegt haben. Insgeheim ging Frau Wimmerer davon aus, dass es einen richtigen großen Obduktionsbericht nicht gab. Mehler hatte doch gesagt, dass man sich das sparen könne. Schöne Bescherung!

In diesem Augenblick kehrte ihr Vorgesetzter von seiner Spritztour durch die Zimmer seiner Kollegen zurück, relativ aufgeräumt, denn der Kollege, der im Vorstand des Taubenzüchtervereins war, hatte ihm von einer heißen neuen Rasse erzählt und versprochen, sie ihm am Samstag auf dem Vereinsgelände vorzuführen. Der Kollege hatte sich auf einer Ausstellung in Deggendorf gleich ein Pärchen von den kostbaren Tieren geleistet. Ein Heidengeld hatte er hinlegen müssen, aber es würde sich amortisieren, weil die Viecher eben so unglaublich schlau waren und als Brieftauben das Beste, was er in zwei Jahrzehnten erlebt hatte. Außerdem schön wie Spitzenweiber.

Mehler, ganz im Taubenfieber, pfiff vor sich hin, sah dann die blasse Wimmerer mit aufgerissenen Augen vor sich stehen und fragte leutselig: »Na, Frau Kollegin, wird uns doch nicht wieder schlecht werden?«

Annemarie Wimmerer überhörte die Bosheit und krächzte: »München will den Obduktionsbericht von der letzten Wasserleiche.«

»Ja und? Ist doch ganz normal. Nur noch nicht fertig. Die

brauchen immer so lange in der Rechtsmedizin. Vielleicht machen die Brotzeit auf den Leichen, was weiß ich?«

»Ich dachte, Sie haben gar keinen …«

Polizeiobermeister Mehler schlenderte an seiner jungen Kollegin vorbei zu seinem Schreibtisch, ließ sich breitbeinig auf seinem quietschenden Drehstuhl nieder, der schon vor dreißig Jahren hätte ausgemustert werden müssen, weil ihn auch ein halber Liter Öl nicht von durchdringendem Quietschen abbringen konnte. Umständlich kramte er seine Brille aus der Brusttasche seines grünen Polizeihemdes und putzte die Gläser mit einem Hemdzipfel, den er zu diesem Zweck aus der Hose gezogen hatte.

»Sie glauben auch alles, stimmt's?«, sagte er trocken und setzte die Brille auf. »Also ehrlich, glauben Sie wirklich, dass wir hier eine angeschwemmte Leiche so einfach mir nichts, dir nichts verbuddeln?«

Kriminalmeisterin Annemarie Wimmerer, deren Kopfschmerzen ihren Schädel anscheinend gerade zum Bersten bringen wollten, starrte Mehler mit rot umränderten Augen entgeistert an. »Ich, ich, … aber Sie haben doch gesagt …«

»Und so was will Karriere bei der Kripo machen.« Mehler schüttelte düster den Kopf. »Wer in München will denn den Obduktionsbericht?«

Der Kollegin Wimmerer wurde heiß. »Ähmm … das war eine Frau.«

»Ich sehe schon, mit Ihnen ist heute nichts los. Geben Sie mir die Telefonnummer. Ich rufe sie an.«

»Sie hat gesagt, sie ruft wieder an.«

Polizeiobermeister Mehler musterte sie schweigend mit ernstem Gesicht. Plötzlich verzog er den Mund zu einem breiten Grinsen. »Ist er nett? Was zum Heiraten? Wäre vielleicht eine gescheitere Lösung für Sie als die Kripolaufbahn, oder?«

***

Elly Heimroth war schon wieder beim Friseur gewesen. Ihre feuerroten Locken ringelten sich stark gekürzt um den Kopf und gaben ihr das Aussehen eines durchtriebenen Barockengels, was

Unbeteiligte zu der irrigen Annahme hätte verleiten können, sie wäre oder hätte ein umgängliches Wesen.

»Wir müssen Frau Kehlmann über ihren geliebten Landschaftsgärtner Strux aufklären. Herrn Kehlmann übrigens auch.« Sie zupfte ein Löckchen, das sich vorwitzig in ihre rechte Ohrmuschel gestohlen hatte, ins Freie und hob belehrend den Zeigefinger. »Du wirst sehen, Strux hat die Büsche zurückgeklaut, die er der verliebten Frau Kehlmann für teures Geld beschafft hatte. Und dass er vom Ehemann ein Darlehen über dreihunderttausend für einen Hauskauf bekommen hat, den er nie tätigte – Hut ab! Ein echter Typ, unser Strux/Subkow.«

Annabelle reichte Elly über den Schreibtisch einen Bogen, auf dem Kiew Lebenslauf und Strafregister des Borys Subkow gefaxt hatte.

»Lehner ist gut vernetzt, kann man nicht anders sagen.« Anerkennend schnaubte Elly, während sie das Papier las. »Unsere Frau Kehlmann würde zusammenbrechen«, sagte sie trocken und ließ das Fax sinken, »wenn sie das hier lesen würde. Wird sie aber nicht.«

»Ganz zu schweigen vom Gatten. Der liebt den Typen. Ich würde ihn ja zu gerne einmal erleben, diesen Tausendsassa, der allen Sand in die Augen gestreut hat. Wo er wohl hin ist?« Nachdenklich kaute Annabelle auf einem Stückchen Haut, das sich neben dem Nagelbett ihres rechten Daumens halb gelöst hatte.

»Lass das. Diese ewige Kauerei an deinen Fingern macht mich wahnsinnig.« Angewidert knallte Elly das Fax auf ihren Schreibtisch. »Damit wir uns verstehen: Keinen Ton werden wir dem Ehepaar sagen. Wir suchen Herrn von Strux und die Büsche. Vielleicht noch denjenigen, der angeblich versucht, Kehlmann umzubringen. Wenn du mich fragst, den gibt es gar nicht. Mehr tun wir nicht.«

Es war höchste Zeit, dass der geheimnisvolle Schenker der großen Pralinétüte wieder auftauchte und seine Lebensgefährtin beruhigte. Ellys schlechte Laune würde erst ein Ende haben, wenn sie ihn am Flughafen in die Arme schloss. Annabelle seufzte tief. Dann sagte sie ruhig: »Schalt einen Gang runter, Elly. Sonst geh ich aus dieser Tür hinaus und komme nicht zurück.«

Einen Augenblick lang starrte Elly ihre Juniorpartnerin wütend an. Dann schloss sie die Augen, verharrte so mehrere Sekunden, öffnete sie wieder und seufzte ihrerseits: »Meine Güte, nimm nicht alles so ernst, was ich sage.«

Als Annabelle schwieg, fügte sie hinzu: »Gut, ich bitte um Entschuldigung. Ich bin nicht im Gleichgewicht, Alex und du habt euch rührend um mich gekümmert, als ich ... na ja. Etwas mehr Beherrschung würde mir nicht schaden.«

So ausführlich hatte sich Elly noch nie entschuldigt. Es war genug.

Mit einem Satz sprang Annabelle auf, war mit zwei Schritten um den Schreibtisch herum und platzierte einen knallenden Kuss auf Ellys Wange. »Mein liebes Supermonster, warum willst du den Kehlmanns nicht reinen Wein einschenken? Sie müssen doch wissen, was für ein Kerl ihr Herr von Strux ist.«

»Sobald sie erfahren, was für einem Verbrecher sie aufgesessen sind, machen sie einen Rückzieher und nehmen den Auftrag zurück. Das rieche ich. Wir können uns das noch nicht leisten.«

***

Nachdenklich fuhr Annabelle mit spuckendem und stotterndem Auspuff nach Grünwald. Der Skoda hustete, als pfeife er auf dem letzten Loch. Was er wahrscheinlich sogar tat. Sie würde ihn vermissen, wenn er den Geist aufgab. Er war ihr erstes eigenes Auto gewesen, und sie fuhr ihn das fünfzehnte Jahr. Aber auch geliebte Autos sterben. Begütigend klopfte sie auf das Lenkrad, dessen Bespannung sich auch schon wieder löste, obwohl sie erst vorletzte Woche die Kunstlederstreifen mit Isolierband neu verklebt hatte. »Halte durch, mein Lieber, sei so gut, ein neues Auto ist nicht drin.«

Der Auspuff beruhigte sich. Annabelle dachte an die vermeintliche Frau von Strux, die eine Prostituierte war, und an den vermuteten Bruder, der ein gesuchter Mörder war. Die falsche Gärtnerei ließ sie nicht los. Der Schlüssel für die ganze sonderbare Geschichte, die eigentlich keine war und doch bereits ein Mordopfer gefordert hatte, war dort zu finden. Nur wo dort? Und wie sah der Schlüssel überhaupt aus? Der Tod von Sonja Cornelius hatte mit den Ukrainern zu tun, die ihrerseits vermutlich mit den Buchsbäumen zu tun hatten.

Frau Kehlmann wiederum hatte vom Herrn von Strux, der keiner war, Buchsbaumfiguren im Wert von beinahe zweihunderttausend Euro gekauft. Und wahrscheinlich hatte sie an den gestohlenen Büschen ebenso wenig Interesse wie ihr Ehemann. Es ging allen nur um den abhandengekommenen Mann. Er war es, der gefunden werden sollte, nicht die Büsche.

Carlotta Kehlmann trauerte. Eugen Kehlmann trauerte auch. Und dazwischen befand sich die Leiche der Sonja Cornelius, die für eine ominöse, vermutlich ukrainische Gesellschaft eine Villa gekauft hatte. Herr von Strux hatte sich von Herrn Kehlmann viel Geld geben lassen, um diese Villa zu kaufen. Ohne es aber je zu tun. Hatte er damit seinerseits die kostbaren Büsche bezahlt, die er später wieder ausgrub? Oder war er insgeheim Partner von Frau Cornelius gewesen? Auffallend viele Menschen dunkler Herkunft bevölkerten mit einem Mal die schmale Kopernikusstraße in Grünwald.

Ohne es zu bemerken, war Annabelle bereits an der Gärtnerei angelangt. Das Wetter, das morgens noch einen strahlenden Maitag versprochen hatte, war am frühen Nachmittag gekippt, der Himmel seit Stunden grau bezogen, zwei erste Regentropfen klebten auf der Windschutzscheibe.

Annabelle wollte nicht aussteigen. Durch den Zaun hindurch war rechter Hand das Glashaus, linker Hand das Wohngebäude zu sehen. Die Gebäude wirkten von Mal zu Mal unbewohnter, kalt und abweisend, obwohl es erst Tage her war, dass die junge Ukrainerin Annabelle die Tür vor der Nase zugeschlagen hatte.

Sie hätte aussteigen müssen, durch die Gartenpforte zum Haus gehen und untersuchen, ob jemand da war. Fahrig suchte sie in der Tasche auf dem Beifahrersitz nach dem Spray.

Ich kann nicht, dachte Annabelle, ich kann nicht, ich kann nicht, hier sind überall schlechte Energien, so grauenhafte, dass ich nicht aus dem Auto aussteigen kann. Einmal Spray einatmen reichte nicht. Sie hielt das Gerät ein zweites Mal an den Mund und zog den Dampf tief ein wie eine Süchtige ihren Stoff.

Langsam beruhigten sich die Bronchien. Probehalber öffnete sie die Wagentür. Kühle Spätnachmittagsluft gemischt mit dem Duft blühender Büsche erzählte von spätem Frühjahr und friedlichem Pflanzenwachstum im beginnenden Regen.

Das Handy auf der Mittelkonsole schnarrte.

»Du vergisst doch nicht, dass wir um acht mit Heiko Hadermann in der Osteria verabredet sind?« Miranda Winters Stimme klang, was selten genug vorkam, ruhig und sachlich.

»Wie bitte?«

Annabelle war so verblüfft, dass sie vergaß, Luft zu holen. »Davon weiß ich gar nichts.«

»Kind, das habe ich dir doch gestern ausführlich erzählt. Heiko ist gerade gelandet und auf dem Weg zu mir. Also bis um acht. Und zieh dich hübsch an. Das Auge isst mit, wie du weißt.«

Die Verbindung brach ab.

Es war halb fünf, und Annabelle sah keinen Grund mehr, auszusteigen und sich dem Grauen der Gärtnerei auszusetzen. Sie musste nach Hause, die Haare waschen und sich vorbereiten auf das Treffen mit dem Lover ihrer Mutter. Sie musste den Saum ihres Crepe-de-Chine-Complets mit Paketband kleben, wenn schon nicht nähen, nein, nähen kam nicht in Frage, sie hatte eine zu tief sitzende Abneigung gegen diese Tätigkeit. Vorher musste sie beim Schuster vorbeifahren und ihre sandfarbenen Sandaletten abholen. Das alles war unumgänglich, und deshalb konnte sie sich nicht um die unheimliche Gärtnerei kümmern. Genau, so war es.

Wieder meldete sich das Handy. »Du musst nicht reingehen, wenn du dich dabei schlecht fühlst. Lass es.«

Elly lachte leise. »Du wunderst dich, dass ich das weiß. Du willst nicht auf das Grundstück, weil du Angst vor dem nächsten Asthmaanfall hast. Wir brauchen die Gärtnerei im Augenblick nicht. Fahr …«

»Bleib dran, Elly«, rief Annabelle, »ich nehme dich mit zum Haus, wir sehen uns zusammen an, was da los ist.«

Sie sprang aus dem Auto, den Hörer am Ohr. »Bist du noch dran, Elly? Ich gehe jetzt durch das Tor und auf das Haus zu.«

Ihr Herz klopfte zum Zerspringen. Doch sie ging unvermindert rasch den Kiesweg entlang. »Warte, Elly, ich muss noch einmal den Spray bemühen.« Mit der Linken holte sie den Spray aus der Tasche, streifte die Kappe ab und nahm einen weiteren Zug.

»Keine Eile, nimm dir Zeit«, sagte Elly.

Annabelle war am Haus angelangt und bog um die Ecke zum Eingang. Im nächsten Moment stutzte sie. Der viereckige Pflanztrog mit dem Orangenbäumchen, der bei ihrem letzten Besuch plötzlich neben der Haustür gestanden hatte, war einen Meter weiter geschoben worden und stand nun unter einem Fenster. Erde befand sich noch darin, aber kein Orangenbäumchen mehr.

Ein Schauer lief Annabelle den Rücken herunter.

»Elly, bleib dran. Ich klingle jetzt.«

Doch die Klingel blieb stumm. Nichts war zu hören. Kein Summton, kein Schrillen, nichts. Jemand musste sie abgestellt haben.

Ein Geräusch hinter Annabelle ließ sie zusammenfahren. Mit einem kleinen Aufschrei drehte sie sich um.

»Was ist?«, tönte Ellys besorgte Stimme aus dem Handy.

»Der verdammte rote Kater ist vom Baum gesprungen. Er hat mich schon einmal erschreckt. Hier scheint niemand zu sein. Das heißt, warte, ich sehe nach, ob die Haustür abgeschlossen ist.«

Sie war versperrt. Annabelle trat den Rückzug an, das Handy mit Elly in der Leitung fest ans Ohr gedrückt. Das Gefühl, dass jemand, den sie nicht sehen konnte, seine Augen in ihren Rücken bohrte, wollte jedoch nicht weichen.

»Kannst du noch einen Blick in das Glashaus werfen, oder ist es dir zu viel?«

Annabelle war schon fast am Zaun, kehrte aber pflichtschuldig um und näherte sich dem Glashaus. Plötzlich wurde das Entsetzen, das sie beim Betreten des Grundstückes erfasst hatte, so stark, dass sie stehen bleiben musste.

»Elly, hier ist etwas Schreckliches im Gange. Ich komme nicht bis zum Glashaus. Es geht nicht.«

»In Ordnung. Fahr nach Hause und mach dich hübsch für den Kriminologen.«

Annabelle rannte jetzt fast. Sie hastete durch das Tor, öffnete die Wagentür und rutschte auf den Sitz. »Woher weißt du …?«

»Deine Mutter hat hier angerufen. Auf ihre Art hängt sie sehr an dir. Ich weiß jetzt alles über Professor Hadermann. Er könnte uns irgendwann nützlich sein. Also sei nett zu ihm.«

***

»Du, da liegt was.« Es war kurz vor siebzehn Uhr. Auf dem moosgrünen Boden neben dem schmalen Fahrweg im Ebersberger Forst, dreißig Kilometer vor München, befand sich ein heller Fleck.

Der Forstarbeiter Armin Hellwig aus Sachsen-Anhalt hatte auf dem Beifahrersitz vor sich hin gedöst, der Motor des Traktors tuckerte gleichmäßig. Plötzlich kippte sein Kopf mitsamt dem Oberkörper zur Seite, er verlor beinahe das Gleichgewicht und riss sich gerade noch hoch. Sie waren in ein tiefes Schlagloch gerumpelt.

»Hättest mich festhalten können«, sagte er vorwurfsvoll zu seinem Kollegen Sepp am Steuer.

Er erwartete keine Antwort. Um sich wach zu halten, sie hatten schließlich seit sieben Uhr früh Holz geschlagen, blickte er angestrengt durch das Gestrüpp neben dem Weg in den Wald hinein, so als läge dort die Lösung für seine ständige Müdigkeit. Denn nachts arbeitete er als Kellner in der Diskothek »Take five« nahe Ebersberg. Aber was sollte er machen mit drei Kindern und einer arbeitslosen Frau in Erfurt?

Als er den gelben Stoff sah, dachte er, ein Liebespaar habe vielleicht eine Jacke dort vergessen. Er könnte sie nehmen, waschen und dann seiner Ingrid schicken.

»Halt an, ich schau nach, was das ist«, sagte er und sprang vom Traktor.

»Jeden Mist lassen die Leute liegen«, schimpfte sein Kollege, zog die Handbremse an und kaute missmutig auf dem Zigarillostummel, den er im Mundwinkel trug, seit er aufgehört hatte zu rauchen.

Armin Hellwig lief in den Wald auf ein gelbes Stück Stoff zu, das in einiger Entfernung zwischen Zweigen und Unterholz hervorlugte. Kurz davor blieb er wie angewurzelt stehen.

»Komm schon«, rief der Kollege vom Traktor aus, »ist Feierabend.«

Der andere gab keine Antwort. Er rührte sich nicht vom Fleck, winkte nur schwach mit dem Arm.

Fluchend schaltete Sepp Moser den Motor ab und sprang widerwillig vom Traktor. »Du hast Nerven, noch mal machst du das nicht mit mir, verstehst du? Ihr Ostler spinnt doch alle.« Murrend und vor sich hin schimpfend stapfte er auf das Gebüsch zu, vor dem der Kollege stand.

»Jetzt steh doch nicht so blöd …«, begann er eine neue Schimpfarie. Aber in diesem Augenblick sah er, was Armin Hellwig zur Salzsäule hatte erstarren lassen.

Der von Weitem gelb scheinende Stoff gehörte nicht zu einer Jacke, sondern einer cognacgelben Wildlederhose. Eine junge Frau trug sie. Bäuchlings lag sie da, halb verdeckt von den tief hängenden Zweigen eines Busches, den Kopf grotesk verrenkt, ihre weit geöffneten Augen starrten die beiden Waldarbeiter an. Die eingetrocknete Blutspur einer großen Schramme lief quer über ihre Stirn.

»Die ist hin«, sagte Sepp Moser rau, und dabei fiel ihm vor Schreck der Zigarillostummel aus dem Mundwinkel.

***

Die Zeiten, als Annabelle sich neben ihrer schönen und schillernden Mutter gefühlt hatte wie eine unterernährte Maus, lagen zurück. Seit Kurzem erst, aber sie waren überwunden. Annabelle wusste selbst nicht genau, wie sie es geschafft hatte, sich aus dem Schatten der übermächtigen Boheme-Mutter zu befreien. Es war geschehen. Nicht von einem Tag auf den anderen. Doch irgendwann stellte sie fest, dass sie mit einem Mal keine Angst mehr hatte, keinen Neid und kein Gefühl von Minderwertigkeit.

Sie war anders als ihre Mutter. Nicht mehr und nicht weniger. Miranda Winter begriff und akzeptierte. Ein neues Kapitel in der komplizierten Mutter-Tochter-Beziehung wurde aufgeschlagen. Dass sie hinreißend aussah in ihrem zartgelben Hauch von einem Flatterkleid, das über einer weiten Hose aus dem gleichen Stoff wehte, wusste Annabelle selbst. Schließlich hatte sie den Sinn für Formen und Farben von ihrer Mutter geerbt.

In Miranda Winters Blick mischten sich Genugtuung über ihre hübsche Tochter mit einer Prise Argwohn, ob genau diese Tochter ihr an diesem Abend den Rang als bestaussehende Frau im Restaurant streitig machen könnte.

Sie schien entschieden zu haben, dass das unmöglich war. Professor Hadermann, ein großer sportlich schlanker Mann von Ende sechzig, folgte denn auch jeder Regung, jeder Bewegung seiner Geliebten mit Hingabe. Der Ausdruck seiner braunen Samtaugen ließ offen, ob er ständig an das Eine dachte oder dies nur sein Trick war, um Menschen zu verunsichern. Miranda Winter schnurrte wie eine Katze.

Hatte Annabelle sich vorher gefragt, was sie mit dem Lover ihrer Mutter reden sollte, so erschien ihr diese Sorge bald unbegründet. Heiko Hadermann erwies sich als gewiefter Plauderer. Es wurde viel gelacht, während sie aßen. Annabelle dachte, dass es unter Umständen ein Fehler gewesen war, sich hartnäckig gegen die Bekanntschaft der Freunde ihrer Mutter zu sträuben, und dass ihre Mutter offensichtlich eine Spezialbegabung hatte, attraktive und interessante Männer an sich zu binden.

Das Essen war hervorragend, wie nicht anders zu erwarten in einem der teuersten italienischen Restaurants von München, jeder Gang ein Gedicht, das Kaninchen in Rotweinjus ein Höhepunkt südlicher Kochkunst, und erst als die kleinen Extrakarten für die Bestellung des Desserts gereicht wurden, strahlte Miranda ihren Geliebten an und sagte: »Meine Tochter braucht vielleicht deine Hilfe.«

Professor Hadermann sah Annabelle einen Augenblick lang ernst an und meinte dann leichthin: »Ich habe mich schon gefragt, wann wir darauf zu sprechen kommen. Ihre Mutter hat mir in groben Zügen geschildert, woran Sie gerade arbeiten.«

Entsetzt blickte Annabelle ihre Mutter an. »Woher weißt du …?«

Miranda Winter klimperte kokett mit den Lidern. »Kriminologie und alles, was damit zusammenhängt, hat mich immer schon interessiert.«

»Du scherzt«, sagte Annabelle, »sag mir sofort, woher du weißt, woran wir arbeiten.«

»Herrgott, Kind, du verstehst auch keinen noch so kleinen Scherz. Deine Elly hat es mir erzählt. Schließlich gehöre ich mehr oder weniger, das heißt eher mehr, zur Familie. Ich will wissen, in welche Gefahr sich meine einzige Tochter begibt.« Bittend wandte sie sich an Professor Hadermann: »Sag du ihr, worauf sich die drei da gerade eingelassen haben.«

Weich strich der Blick des Kriminologen über das Gesicht seiner Geliebten. Dann wandte er sich, fast widerstrebend, an Annabelle. »Seien Sie sehr vorsichtig.«

Sie sah ihn fragend an. »Was meinen Sie damit?«

Professor Hadermann zog mit dem Fingernagel langsam eine kleine, scharfe Linie auf dem weißen Tischtuch. »Wenn ich recht verstanden habe, sind in Ihren Fall russische und ukrainische Kriminelle verwickelt. Das sind mitunter ungemein gefährliche Zeitgenossen. Ein Menschenleben gilt manch einem von denen nichts.«

Annabelle zuckte gleichgültig mit den Schultern.

»Dass wir gestohlene Buchsbaumbüsche wiederbeschaffen sollen, ist ein lächerlicher Vorwand, so viel ist mir klar. In Wahrheit suchen unsere Auftraggeber einen Mann. Sie wollen nur nicht, dass wir das merken. Bitte schön, sie bezahlen uns fürstlich für die Suche.«

»Nehmen Sie die Sache nicht auf die leichte Schulter. Ich vermute Geldwäsche dahinter. Passen Sie auf sich auf und besprechen Sie nichts Wichtiges über Handy.«

»Hmmh«, sagte Annabelle, »was empfehlen Sie?«

»Wachsamkeit«, sagte Professor Hadermann mit überraschender Härte in seiner Stimme, »unbedingte Wachsamkeit. Sie haben es vermutlich mit professionellen Killern zu tun.«

Es war, als wäre ein Stichwort gefallen. Annabelles Handy klingelte. Miranda Winter runzelte die Stirn. Auf dem Display sah Annabelle, dass Lehner in der Leitung war.

Annabelle bat um Entschuldigung und ging vor die Restauranttür. »Was gibt es so spät am Abend?«, fragte sie ungehalten.

»Ich dachte, es würde Sie interessieren. Ihre falsche Frau von

Strux, Oksana Tscherna, ja, die ukrainische Nutte, ist heute Nachmittag im Ebersberger Forst gefunden worden. Man hat sie zusammengeschlagen und ihr dann das Genick gebrochen. Wir haben sie gerade identifiziert.«

Lehner sprach gepresst. Er war am Fundort gewesen. Die Spurensuche hatte die Arbeit noch nicht beendet.

Sofort dachte Annabelle an die Ermahnung von Professor Hadermann. »Wissen Sie was, ich komme auf einen Sprung ins Präsidium. Einverstanden?«

Verwundert murmelte Lehner etwas, das klang wie »Wenn Sie wollen« oder »Wenn Sie meinen«.

»Ich bin dabei, Ihren Rat zu beherzigen«, sagte Annabelle zu Professor Hadermann, als sie zurück am Tisch war, »ich muss ins Polizeipräsidium. Die Informationen, die ich bekommen kann, will ich nicht über Handy laufen lassen.«

Sie griff nach ihrer Tasche, die über der Stuhllehne hing. »Ich werde gleich lossausen. Verzeiht, wenn ich ungemütlich bin. Aber das hier geht vor.«

Der Professor strahlte sie an. »Kluge Frau«, sagte er, »ganz die Mutter.«

Annabelle dachte, dass sie nichts dagegen hätte, wenn er ihre Mutter heiraten würde. Aber Miranda ließ sich nicht einfangen. Von niemandem. Leider.

»Nein, ich verzeihe nicht. Warte doch wenigstens, bis dein Nachtisch kommt«, sagte Miranda Winter, die Störungen verabscheute – es sei denn, sie verursachte sie selbst. Ungehalten spielte sie mit dem Stiel ihres leeren Weinglases.

Während Annabelle zur Garderobe eilte, hörte sie ihre Mutter noch gereizt klagen: »Gibt es hier eigentlich irgendjemanden, der Wein nachschenkt?«

***

Draußen war es kühl, fast kalt. Die dünne Jacke über dem Crepe-de-Chine-Complet wärmte kaum.

Annabelle beschleunigte ihre Schritte, das Auto war eine Straße weiter geparkt. Sie wollte eben anfangen zu laufen, als sie auf der anderen Straßenseite Eugen Kehlmann sah, der jemandem aus seinem Wagen half.

Im Schutz eines schweren Geländewagens blieb sie stehen. Unbeobachtet verfolgte sie die Szene. Die Art und Weise, wie der Geschäftsmann sich beugte und der Person die Hand reichte, die dabei war auszusteigen, legte den Schluss nahe, dass es sich nicht um seine eigene Frau handelte. Er war zu höflich, zu bemüht, geradezu beflissen. Vielleicht war ja der falsche Herr von Strux wieder aufgetaucht, dachte Annabelle und wusste gleichzeitig, dass es sich um eine Frau handeln musste.

Und in der Tat: Aus dem silbergrauen Jaguar stieg, langsam und gelassen, als wäre sie Fahrten in teuren Limousinen gewohnt, Kehlmanns Haushälterin, Frau Weber, in einem eleganten eierschalfarbenen Kostüm. Die dralle Person war gestylt vom perfekt frisierten Kopf bis zu den hochhackigen Stilettos in Eierschalfarbe. Ohne Hast hängte sich Frau Weber bei Eugen Kehlmann ein, und so spazierten sie, offensichtlich geübt in Gleichschritt, dem Lokal entgegen, aus dem Annabelle gerade gekommen war.

Lautlos pfiff Annabelle durch die Zähne. Der schwule Eugen Kehlmann und seine Haushälterin – war sie seine Vertraute, oder war er bisexuell und …

Sie biss sich auf die Unterlippe. Der Fall wurde immer undurchsichtiger. Aber auf das Bankkonto der Agentur Heimroth Winter & de Groot hatte Elly gerade viel Kehlmann-Geld eingezahlt. Was ging es sie an, wie und mit wem Herr Kehlmann seine Mußestunden verbrachte?

Es mochte moralisch anfechtbar sein, dass sie bisher nicht energischer nach den Buchsbaumbüschen gefahndet hatten. Die Behauptung von Eugen Kehlmann, man trachte ihm nach dem Leben, hatte weder Elly noch sie selbst überzeugt. Doch warum Eugen Kehlmann einer von ihm selbst bezahlten Detektei eine derartig drastische Lüge auftischen sollte, war ebenso rätselhaft wie die angeblichen Mordanschläge auf Carlotta Kehlmann.

***

Lehner sah grau und überanstrengt aus. Das kalte Neonlicht in seinem Büro vertiefte die furchengleichen Falten in seinem hageren Gesicht. Mit einer müden Bewegung lud er Annabelle ein, sich von der lauwarmen Kaffeebrühe zu nehmen. Seine vor Erschöpfung noch tiefer als sonst in den Höhlen liegenden Augen folgten Annabelle in ihrem zartgelben Flattergewand, als wäre sie ein Geschöpf aus einer anderen Galaxis.

»Warum wollten Sie herkommen? Was Sie wissen dürfen, hätte ich Ihnen auch am Telefon sagen können.« Er lächelte schwach. »Aber natürlich freue ich mich, dass Sie hier sind.«

»Ich möchte nicht abgehört werden.«

»Dann telefonieren Sie so wenig wie möglich.«

Annabelle setzte sich auf einen harten Stuhl, der vermutlich für Verhöre bereitstand. »Deswegen bin ich hier. Weiß man schon, wann die Frau umgebracht wurde?«

Lehner ließ sich seinerseits auf seinen Schreibtischstuhl fallen. »Als die Forstarbeiter sie am späten Nachmittag fanden, war sie ungefähr zwischen zwölf und sechzehn Stunden tot.«

Er nahm einen Schluck aus seinem Kaffeebecher und verzog wie immer den Mund.

»Haben Sie die Nachbarn von Frau Cornelius eigentlich schon alle überprüft?«, fragte Annabelle und versuchte dabei, so uninteressiert wie möglich zu klingen.

Ein trockenes Auflachen war die Antwort. »Gnädige Frau, Sie haben sich doch nicht nachts ins Polizeipräsidium aufgemacht, um ganz allgemein über streng vertrauliche polizeiinterne Ermittlungen zu plaudern.« Lehner stand auf, ging um den Schreibtisch und baute sich vor Annabelle auf. »Also, worum geht's?«

Hatte sie nicht ihr Anliegen beiläufig, unauffällig zur Sprache bringen wollen? Jetzt war es dafür zu spät.

Sie räusperte sich. Dann, nach einem Augenblick, schüttelte sie heftig den Kopf. Die Locken, die ihr bis auf die Schulter fielen, wippten erschrocken. »Ach, nichts. Nur so eine Idee. Ich dachte, Ihr Polizeicomputer …«

»Machen Sie es nicht so kompliziert. Wen soll ich nachschauen? Dass Frauen immer so umständlich sein müssen.« Lehner ging zum Computer, setzte sich und sagte: »Also?«

»Weber. Die Haushälterin von den Kehlmanns, den Nachbarn von Frau Cornelius. Gibt es etwas über sie?«

»Vorname?«

Annabelle wurde heiß. »Weiß ich nicht.«

Lehner schüttelte den Kopf. »Gut, dass Sie mich haben.« Wortlos hämmerte er mit zwei Fingern auf die Tasten. Er wartete, hämmerte erneut und wartete ein weiteres Mal. »Aha«, sagte er, dann »Interessant« und »So was!«.

»Und? Existiert eine Akte über sie?« Annabelle konnte es kaum aushalten vor Spannung. »Sagen Sie schon.«

Ohne den Blick vom Bildschirm zu heben, sagte Lehner: »Woher wussten Sie, dass die Dame Ukrainerin ist?«

Sollte sie zugeben, dass sie gar nichts wusste, sondern nur so ein komisches Gefühl hatte, seit sie Kehlmann und Frau Weber auf der Straße gesehen hatte?

»Noch eine Ukrainerin«, murmelte Lehner, »das ist nicht gut. Da spitzt sich etwas zu.« Er tippte weiter in seinen Computer. »Wie lange, sagen Sie, arbeitet diese Frau Weber, sie heißt übrigens Anna mit Vornamen, schon bei den Kehlmanns?«

»Zwölf Jahre«, sagte Annabelle.

Sie merkte, wie ihr die Luft wegzubleiben drohte.

Lehner lachte leise. »Nehmen Sie elfdreiviertel weg.«

Der Spray war in der Tasche, und die stand auf dem Boden neben ihrem Stuhl. So als suchte sie etwas Wichtiges, beugte sich Annabelle herunter und kramte in der Tasche herum.

»Wenn Sie Ihren Spray brauchen, sollten Sie das nicht unter dem Stuhl tun«, hörte sie Lehners Stimme.

Abrupt richtete sie sich auf. »Wovon sprechen Sie?«

Lehner saß nicht mehr am Computer. Er stand vor ihr.

»Wenn der Oberkörper gebeugt ist, kann der Spray nicht ausreichend inhaliert werden.«

Annabelle war sprachlos. »Woher wissen Sie …?«

Lehner hatte sich umgedreht und war wieder auf dem Weg zu seinem Computer. »Meine Mutter ist Asthmatikerin«, sagte Lehner kurz und setzte sich vor seinen Bildschirm. »Zurück zu Ihrer Frau Weber. Da haben Sie eine Entdeckung gemacht. Die Frau gibt's gar nicht.«

Annabelle hatte inhaliert und fühlte sich befreit und gestärkt zugleich. »Das heißt, sie arbeitet schwarz bei den Kehlmanns.«

»So ist es. Nur bei uns ist sie eingetragen. Mit drei verschiedenen Namen übrigens. Den Namen Weber hat sie schon einmal eingesetzt. Vor drei Jahren in Bonn. Da hatte sie vier Nutten laufen. Eine von ihnen war ihre Tochter.«

»Sie hat aber doch einen Sohn in Moosach.«

»Es gibt keinen Sohn in Moosach.«

Annabelle schluckte. Der Kriminalrat wurde ihr allmählich unheimlich. Er spürte und sah alles viel zu schnell. »Sie kannten schon vorher die Geschichte über Frau Weber. Sie haben nur so getan, als suchten Sie im Computer nach ihr.«

»Sie werden lachen, aber ich habe tatsächlich nach ihr gesucht. Allerdings im Zusammenhang mit einer Angelegenheit, die ich Ihnen nicht anvertrauen kann. Noch nicht.« Lehner lächelte Annabelle freundlich an.

»Sie machen sich über mich lustig, dass die Schwarte kracht.«

»Keineswegs, ich habe Ihnen vielmehr einen Haufen Informationen gegeben, die nicht für die Öffentlichkeit bestimmt sind. Sie haben bekommen, was Sie wollten.«

Er hatte recht. Annabelle schämte sich. »Danke«, sagte sie leise. »Übrigens, Herr Kehlmann ist heute Abend mit Frau Weber zum Essen in ein sehr teures Restaurant gefahren.«

»Das weiß ich schon«, sagte Lehner, »ich wusste auch, dass Sie es wissen.« Erneut nahm er einen Schluck Kaffee und verzog wieder angeekelt den Mund.

»Hätten Sie mir die Information verschwiegen, wäre unsere kleine Kooperation beendet gewesen.«

Mit einem tiefen Seufzer stand er auf, ging zum Fenster und goss den restlichen Inhalt seines Bechers auf die Erde der kleinen Zimmerpalme auf dem Fensterbrett. Ohne sich umzudrehen, sagte er: »Ich sage es Ihnen noch einmal: Seien Sie auf der Hut, Sie stochern gerade in einem Hornissennest herum. Das mögen die nicht. Die Hornissen.«

***

Es war fast halb eins, als Annabelle das Polizeipräsidium verließ. Obwohl sie immer mal wieder dort gewesen war, fiel ihr erst jetzt das energetische Kraftfeld zwischen der hohen Seitenmauer der Sankt-Michaels-Kirche auf der gegenüberliegenden Straßenseite und dem Stück Schmiedeeisenzaun mit den martialischen Speerspitzen vor dem Eingang des Präsidiums auf. Vielleicht hatte zu Beginn des 20. Jahrhunderts, als das Polizeipräsidium gebaut wurde, das Geld nicht für einen ganzen Schmiedeeisenzaun gereicht, er endete bald an einer niedrigeren, doch erbarmungslosen Steinmauer.

Innerlich musste sie schmunzeln. Solche Empfindungen, laut geäußert, brachten Elly an den Rand des Wahnsinns. Sie solle sich nicht um das energetische Spannungsfeld zwischen einer Kirchenmauer und einem Zaun kümmern, sondern ihren Fall zum Abschluss bringen, würde sie sagen und die Augen gepeinigt verdrehen.

Aber da irrte Elly eben. Energetische Ausstrahlungen konnten viel erzählen. Man musste sie nur zulassen.

Gut gelaunt schlenderte Annabelle vorbei an den für zivile Einsatzfahrzeuge reservierten Parkplätzen zur Ecke, hinter der ihr Auto stand. Unterschiedliche Fabrikate waren vertreten, vom glänzenden Superschlitten bis zur schäbigen Rostlaube. An ihren Autos jedenfalls konnten die Zivilfahnder nicht erkannt werden.

Die kleine Straße war zu dieser Nachtzeit menschenleer, auch tagsüber wurde sie von Passanten kaum frequentiert, obwohl sie eine bequeme Querverbindung vom Promenadenplatz zur Kaufingerstraße, der Haupteinkaufsmeile Münchens, darstellte. Aber zwischen der Polizei links und der Kirche rechts zu laufen schien kaum einem Fußgänger zu behagen.

Hinter sich hörte Annabelle gedämpfte Schritte aus Richtung der Kaufingerstraße. Sie drehte sich nicht um und hatte auch keine Angst, sie befand sich ja noch im Dunstkreis des Polizeipräsidiums, wenn auch auf der anderen Straßenseite. Warum ging ihr trotzdem schon wieder die Luft aus? Verdammtes Asthma. Sie fröstelte. Die gelbe Kaschmirjacke lag im Auto. Nur einen kurzen Spraystoß, und alles würde wieder im Lot sein. Sie blieb stehen, beugte den Kopf, um den Spray aus der Umhängetasche zu ziehen.

Ein donnernder Schmerz, der dumpf und scharf zugleich war, ließ ihren Kopf fast zerspringen. Dann war nichts mehr.

Jemand schien zu ihr zu sprechen, viel zu leise, viel zu weit weg. Reden Sie doch lauter, wollte sie sagen, doch sie konnte nicht. Der Kopf schmerzte höllisch. Sie versuchte ihn zu bewegen. Sie lag irgendwo. Endlich spürte sie: Die Unterlage war hart. Pflaster. Sie lag bäuchlings auf dem Pflaster eines Gehweges.

»Ist Ihnen schlecht geworden? Sind Sie hingefallen?«

Kriminalrat Lehners Mitarbeiter, der chronisch übellaunige Kommissar Wohlgemuth, kniete neben ihr und starrte durch seine randlose Brille in ihr Gesicht. Seine Frage war so hilflos dämlich, dass Annabelle trotz der Kopfschmerzen lächeln musste.

»Jaja, ich habe mich nur kurz hingelegt«, flüsterte sie und war froh, dass ihr Gehirn noch zu funktionieren schien.

Beleidigt richtete Wohlgemuth sich auf. »So sollten Sie nicht mit mir reden. Sie machen sich über mich lustig.«

Annabelle versuchte erneut den Kopf zu heben. Dieses Mal gelang es. »Helfen Sie mir hoch, bitte«, sagte sie und stieß einen Jammerlaut aus.

Wohlgemuth fasste sie mit beiden Händen unter den Achseln und zog sie überraschend gekonnt hoch. »Stehen müssen Sie aber alleine«, sagte er mürrisch. »Soll ich einen Arzt rufen?«

Annabelle schüttelte den Kopf, was keine gute Idee war. Die Bewegung hatte die Wirkung eines Sackes scharfkantiger Steine, die gegen ihr Schmerzzentrum knallten. Sie schrie auf. Schmerzgepeinigt klammerte sie sich an Wohlgemuths Arm. Nur allmählich lichtete sich der Schleier vor ihren Augen, und das Schwindelgefühl begann zu weichen.

Ihr Blick fiel auf das Pflaster.

»Sehen Sie meine Tasche?«

Wohlgemuths prüfender Blick suchte den Gehweg ab. »Nein, da liegt nichts. Hatten Sie eine bei sich?«

Annabelle versuchte ruhig zu bleiben. »Nein. Ich frage grundsätzlich nach meiner Tasche, wenn ich sie zu Hause gelassen habe.«

»Wenn Sie weiter so mit mir reden, dann können Sie gleich schauen, wo Sie bleiben, verstanden? Dann geh ich nämlich.«

Nicht, dass Kommissar Wohlgemuth wütend geworden wäre, aber seine schlechte Laune hatte hörbar zugenommen.

»Dann sind Sie wegen unterlassener Hilfeleistung dran.«

»Wieso?«

»Weil ich überfallen worden bin, Sie Held. Haben Sie das immer noch nicht gemerkt?«

Kommissar Wohlgemuth sah Annabelle mit einem langen, traurigen Blick durch seine dicken Brillengläser an. »Schauen Sie, ich bin heute nicht so besonders gut drauf. Tut mir leid.«

Das war mehr, als Annabelle von ihm erwarten konnte. Ihr Ärger verflog auf der Stelle.

»Ist ja gut. Von wo sind Sie gekommen? Aus dem Präsidium?«

Der Kommissar schüttelte den Kopf. »Von zu Hause.«

Ungeduldig fragte Annabelle: »Aus welcher Richtung?«

»Von da.« Er machte eine Kopfbewegung nach hinten.

»Haben Sie jemanden gesehen? Jemanden, der von hier kam?«

»Nein, tut mir leid. Da kann ich Ihnen nicht helfen.« Sein Bedauern klang echt.

Annabelle seufzte. »Seien Sie so lieb und rufen Sie mir ein Taxi. Mein Auto steht da um die Ecke auf einem Zahlparkplatz, da sollte man einen Zettel an die Scheibe klemmen, dass ich es morgen abhole.«

»Ja, aber ich muss den Vorfall melden. Ein Überfall betrifft die Sicherheit der Allgemeinheit.«

»Bitte«, sagte Annabelle, »lassen Sie es, seien Sie ein Schatz.«

Der Kriminalbeamte kämpfte mit sich. Endlich sagte er: »Sie wissen, dass ich das nicht kann. Es ist gegen die Vorschriften.«

»Sind doch nur Sie und ich hier auf der Straße. Niemand sieht uns. Bitte.«

Wohlgemuth seufzte. »Wohl ist mir dabei nicht, das sage ich Ihnen.«

***

Das Auto war weg.

Als Annabelle am Morgen mit dem Taxi zu der Stelle fuhr, wo sie es abgestellt hatte, sah sie, dass dort ein anderer Wagen eingeparkt war. Verwirrt blickte sie um sich. Hatte der Schlag auf den Kopf ihr Gedächtnis doch beschädigt?

Ein Kurzbesuch bei Dr. Kahle war beruhigend gewesen, die Wahrscheinlichkeit einer Gehirnerschütterung mangels fehlender Symptome so gut wie auszuschließen. Außer einer beachtlichen Beule am Hinterkopf schien kein weiterer Schaden entstanden zu sein.

Nach einer viertelstündigen Suche rund um den Block gab sie auf. Der alte Skoda war verschwunden. Und Kommissar Wohlgemuth nicht im Büro.

»Warum wollen Sie ihn sprechen?«, fragte Kriminalrat Lehner – etwas zu scharf, wie Annabelle fand. Wohlgemuths Telefon war anscheinend auf ihn umgestellt.

»Ach«, sagte Annabelle leichthin, »nichts Wichtiges. Ich wollte ihn nur etwas fragen.«

»Kann ich Ihnen vielleicht helfen?«

»Wie ich sagte, es ist nicht so wichtig. Ich rufe später noch einmal an. Wir sprechen uns.«

Eilig wollte sie das Telefonat beenden, doch Lehner entließ sie nicht.

»Wie geht es Ihrem Kopf?« Seine Stimme war eisig. »Da Sie einen Schädel aus Granit haben, ist wahrscheinlich außer einer Beule nichts weiter passiert. Aber was soll die Geheimniskrämerei? Ich erfahre es ja doch.«

Nach diesen Worten unterbrach er die Verbindung.

Annabelle fluchte leise. Ihr war heiß geworden. Wohlgemuth hatte gepetzt, Lehner war beleidigt, und sie selbst wusste immer noch nicht, warum sie den Überfall verschweigen und mit niemandem darüber reden wollte.

Etwas rumorte in ihrem malträtierten Hinterkopf, ein winziges Detail, die Ahnung eines Hinweises, wer die Person gewesen sein könnte, die ihr den Schlag versetzt hatte. Was war es gewesen? Hatte sie etwas gesehen, ehe sie bewusstlos zu Boden gegangen war? Etwas gehört?

Gedankenverloren drückte sie die Schnellwahltaste des Handys.

Alex war sofort in der Leitung. »Wo bist du?«

Zehn Minuten später hielt sein Auto vor dem Polizeipräsidium. Annabelle stieg ein, und Alex musterte sie von der Seite. »Ein bisschen grün um die Nase sehen Sie aus, gnädige Frau. Im Hinblick auf die schönen Kinder, die Sie und ich zusammen haben werden, sollten Sie besser auf Ihre Gesundheit achten.«

»Hör auf, Alex, mir ist nicht nach Scherzen zumute. Was kann sich hinter dem Diebstahl eines Schrottautos verbergen?«

Alex de Groot steuerte seinen Wagen, eine für seine Position unangemessen luxuriöse BMW-Limousine, durch den Innenstadtverkehr.

Lange schwieg er. Schließlich sagte er: »Du solltest vielleicht wirklich schnellstens Hausfrau und Mutter werden. Wie gesagt, ich biete dir einen geschmeidigen Umstieg an.«

Annabelle starrte durch die Windschutzscheibe geradeaus auf die Ampel, vor der sie zum Stehen gekommen waren. Plötzlich schrie sie leise auf: »Ich hab's. Jetzt weiß ich es. Nicht zu fassen. Doch, doch. Es war der Geruch.«

Die Ampel schaltete auf Grün, Alex fuhr ein Stück weiter und hielt dann am Straßenrand. Erst dann drehte er sich zu ihr um.

»Der Überfall hat dich verwirrt. Ganz ruhig, Annabelle. Das geht vorüber. Mach dir keine Sorgen.«

Verblüfft riss Annabelle die Augen auf. »Woher weißt du …?«

»Wohlgemuth«, sagte Alex knapp, »er hat heute sehr früh in der Agentur angerufen. Das Auto war gestern Abend schon nicht mehr da, deshalb konnte er keinen Zettel für die Parkaufsicht hinterlassen.«

»Und dann hat er dir von dem Überfall erzählt.«

»Ja, das hat er.«

»Für einen Kriminalbeamten scheint er mir verdammt gesprächig«, sagte Annabelle, »aber es stört mich nicht mehr. Ich weiß jetzt, wonach ich gesucht habe.«

»Wenn du dich ein bisschen klarer ausdrücken könntest …«

Alex fuhr wieder an, sie glitten in die mittlere Spur.

»Kehlmann. Der Mann, der mich niedergeschlagen hat, benutzt ein Rasierwasser oder Eau de Toilette, das nach Lavendel riecht.«

Alex schwieg.

»Ich hab es gerochen, unmittelbar bevor ich den Schlag bekam. Jetzt ist es mir wieder eingefallen.«

»Ist dir klar, dass du unseren Auftraggeber gerade beschuldigst, dich überfallen und bewusstlos geschlagen zu haben?«

Annabelle versuchte, den Kopf zu schütteln. Sie stöhnte auf. »Nein, Kehlmann kann es nicht gewesen sein. Ich hab ihn doch mit Frau Weber ins Restaurant gehen sehen.«

Alex wechselte von der mittleren auf die rechte Spur.

Der Kopfschmerz wurde noch stärker. Annabelle kramte in der großen Tasche nach einer der Schmerzkapseln, die Dr. Kahle ihr mitgegeben hatte.

»Alex, ich muss das Schloss meiner Wohnungstür auswechseln lassen. In der Tasche, die verschwunden ist, war mein Schlüsselbund. Ich bin heute Nacht mit dem Reserveschlüssel der Hausmeisterin in die Wohnung gekommen.«

»Schon geschehen.« Alex blickte auf seine Armbanduhr. »Um diese Uhrzeit müsstest du schon ein neues Schloss haben. Ich kenne da so ein paar Leute, die mir einen Gefallen schulden.«

Mit Schwung beugte sich Annabelle zu Alex und gab ihm einen Kuss auf die Wange. »Du denkst ja mit, du Engel.«

»Werde nicht unverschämt. Sonst erzähle ich dir nicht, was ich noch in Erfahrung gebracht habe.«

»Sag, bitte. Ich werde nie wieder ironische Bemerkungen machen.«

»Das ist zwar schade, aber gut. Das Ehepaar Kehlmann ist vor vier Monaten hier in München aus dem Nichts aufgetaucht.«

»Was heißt ›aus dem Nichts‹?«

»Niemand weiß, woher sie kamen. Er hat die Villa von einem pleitegegangenen Konzertagenten gekauft. Möbliert.«

»Da stimmt ja überhaupt nichts, hör mal. Die Haushälterin heißt auch nicht Weber. Sie ist Ukrainerin und hatte vor Jahren einen Prostituiertenring in Bonn.«

Alex lachte trocken auf und rollte durch die Unterführung am Oskar-von-Miller-Ring auf die Prinzregentenstraße: »Er heißt auch nicht Kehlmann, sondern Kovalenko. Und sein Vorname ist nicht Eugen, sondern Jewgenji.«

»Das klingt verdammt russisch. Woher weißt du das alles? Hast du dich mit Lehner zusammengetan?«

»Liebe Frau Winter, geschiedene Sharp und zukünftige Frau de Groot, ich werde den Teufel tun, mich bei deinen Verehrern anzubiedern. Ich habe meine eigenen Quellen, bitte schön.«

Annabelle schwieg perplex und musterte Alex verstohlen von der Seite. Ein gutes Profil hat er ja, dachte sie plötzlich, und dabei durchfuhr sie ein unerklärlicher Hitzestoß. Ihr Kollege und Agenturpartner überraschte sie immer wieder aufs Neue. Sein Hauptarbeitsgebiet in der Agentur waren die finanzielle Abwicklung aller Vorgänge und die Erledigung des Schriftkrams. Eine Aufgabe, die er so unauffällig und effizient erledigte, dass Elly und Annabelle manchmal Gefahr liefen zu glauben, das Büro bringe sich ohne menschliches Zutun auf den jeweils letzten Stand. Es gab keine Pannen, keine Versäumnisse, keine Verzögerungen. Alex de Groot war da und schmiss den Laden.

Doch gelegentlich bezog er Informationen, die selbst Elly, seit dreißig Jahren im Geschäft und mit allen detektivischen Wassern gewaschen, nicht beibringen konnte. Über welche Kontakte verfügte er?

Annabelle starrte gedankenverloren durch die Windschutzscheibe. Deshalb sah sie zu spät, dass ein schwarzer Porsche von der linken Spur mit Vollgas plötzlich nach rechts auf ihre Bahn ausscherte und direkt vor ihnen abbremste. Ein schwerer Unfall schien unausweichlich.

Doch mit einem irrwitzigen Ausweich- und Bremsmanöver gelang es Alex, geistesgegenwärtig die Gewalt über das Steuer zu behalten und nicht in einen Lastwagen zu knallen, der rechts von ihm fuhr. Worauf der Porsche sofort beschleunigte, mit röhrendem Motor zurück auf die linke Spur schwenkte und auch schon verschwunden war.

»Schau dir das an«, rief Annabelle heiser, »ein Irrer, ein Wahnsinniger.«

»Hast du dir seine Nummer gemerkt?«, fragte Alex gepresst.

»Nein, natürlich nicht, es ging alles viel zu schnell.«

»Macht nichts, ich vermute eh, dass es ein Mietwagen war.«

»Wie kommst du darauf?«

»Weil das Kennzeichen auf dem Nummernschild eine westfälische Stadt ist, in der viele Mietwagen registriert sind.«

»Wir sollten ihn anzeigen!«

Alex lachte trocken auf. »Das halte ich für sinnlos und auch wenig zweckdienlich.«

»Was also?« Eine leichte Gereiztheit konnte Annabelle nicht kaschieren.

»Wir haben noch nicht viel unternommen in der Buchsbaumgeschichte. Fast nichts. Trotzdem müssen wir auf etwas gestoßen sein, das für Unruhe sorgt. Unser Porsche kam nicht von ungefähr. Ich denke, er hatte einen Auftrag.«

»Uns umzubringen?«

»Vielleicht, vielleicht auch nicht. Uns aus dem Verkehr zu ziehen, jedenfalls sicher. Nur war der Gute ein Stümper.«

»Ein Stümper?«

»Der Typ ist wahrscheinlich ein Profiverbrecher, ein Profirennfahrer ist er nicht, eher ein plumper Dilettant.«

Er nahm den Mund etwas sehr voll, ihr Kollege, fand Annabelle. Sie schwieg vorwurfsvoll.

»Ich weiß, was du jetzt denkst. Aber glaub mir, ich kenne mich aus. Bin selbst Rennen gefahren.«

Wer war Alex? Ein Philosoph, der Autorennen fuhr, streng geheime polizeiliche Untersuchungsergebnisse aus dem Ärmel zaubern konnte und offensichtlich Erfahrung mit der Unterwelt hatte? Annabelle seufzte lautlos, dann durchfuhr es sie wie ein Blitz. Schwarzer Porsche.

Herr Beckmann hatte von einem schwarzen Porsche gesprochen. Sie würde die Information für sich behalten, so lange, bis sie recherchiert hatte, ob nachts immer ein Porsche in der Straße in Harlaching stand. Wenn nicht …

***

»Es gibt keine gestohlenen Buchsbaumfiguren.«

Elly lehnte entspannt in ihrem weißen Chefsessel und balancierte einen Bleistift auf dem ausgestreckten Zeigefinger der linken Hand.

»Wie meinst du das?« Annabelle sah Elly prüfend an und war sich nicht sicher, ob Elly ihr auf indirekte Art bedeuten wollte, dass sie in der Buchsbaumgeschichte bisher versagt hatte. Was in der Tat nicht ganz von der Hand zu weisen war.

»So, wie ich es sage. Es hat nie einen Diebstahl gegeben. Das heißt, es gab einen, vor einem Jahr in Lugano.« Elly ließ den Bleistift mit Salto auf den Tisch fallen und setzte sich gerade auf. »Wir sind mächtig an der Nase herumgeführt worden.«

»Wie bitte?«

»Ich habe vor einer halben Stunde mit einem der größten Zwischenhändler in Europa für Landschaftsarchitekten und Gärtner gesprochen. Sein Spezialgebiet sind teure bis kostbare Buchsbaumfiguren. Er sitzt im Schwäbischen.« Ellys Ton war süffisant, doch ohne den geringsten Vorwurf. Was die Angelegenheit nicht besser machte.

»Ja und?«

»Dem Händler sind vor zwei Wochen die verschwundenen Bären telefonisch angeboten worden.«

»Von den Dieben wahrscheinlich.«

»Nein. Von Eugen Kehlmann. Dass seine Buchsbaumbären von diesem Gärtner in Lugano gestohlen worden waren, wusste er offensichtlich nicht. Als der Händler ihn darauf ansprach, hängte er ein.«

»Was? Das kann nicht sein. Warum sollte er uns für teures Geld engagieren, seine Buchsbaumfiguren zu suchen, wenn er sie dann selbst ausbuddelt? Das ergibt keinen Sinn.«

»Doch. Er hat den Diebstahl in seinem Garten inszeniert, damit wir seinen Edmund von Strux für ihn finden. Ich bin ganz sicher. Aber er will genau das unbedingt vor uns geheim halten. Deshalb der Umweg über die Buchsbäume.«

Annabelle griff abwesend nach einem der Champagnertrüffel, die aus der Tüte auf dem Schreibtisch quollen. »Du weißt, dass ich gestern Nacht überfallen worden bin? Wer immer es war, er roch wie Kehlmann. Ein sehr markantes Rasierwasser. Und vorhin im Auto mit Alex hat ein Porsche versucht, uns in einen Unfall zu drängen. Elly, was geht hier vor sich?«

»Schätzchen, wir werden es erfahren. Ich schlage vor, wir statten dem lieben Herrn Kehlmann einen unangemeldeten Besuch in seinem Büro ab.«

***

»Kehlmann? Nie gehört. Gibt's hier nicht.«

Am Empfang in dem elegant verspiegelten Bürogebäude nahe der Messe München saß eine schwarzhaarige Schönheit und feilte gelangweilt an einem ochsenblutfarbenen Fingernagel.

»Hat Ihre Kollegin heute frei?«, fragte Elly in neutralem Ton.

»Welche Kollegin? Ich bin hier alleine.«

»War hier nicht eine blonde Dame?«

»Nein«, sagte die Schwarzhaarige und musterte Elly mit einem verächtlichen Blick.

»Wir wollen zu Herrn Kehlmann. Wenn Sie uns anmelden möchten …«

»Hab ich doch gesagt, den gibt's hier nicht.«

»Gute Frau«, Elly wurde langsam ungeduldig, »wir waren vor drei Tagen hier. Herr Kehlmann hat seine Firma im vierten Stock. Also bitte!«

Die Empfangsdame wurde nun auch ungehalten. »Der vierte Stock steht seit einem halben Jahr leer. Unvermietet. Erzählen Sie mir also nichts von Firmen im vierten Stock.« Energisch zog sie die Feile an ihrem Daumennagel hin und her.

»Vielleicht habe ich mich geirrt«, sagte Elly sanft. »Vielleicht meinte ich den dritten Stock.«

»Der dritte, der zweite und der erste Stock stehen auch leer.«

Gebannt starrte Annabelle auf den Daumennagel der Schwarzhaarigen. Er wurde soeben zu einem schiefen Dreieck gefeilt. »Ach«, sagte sie mitfühlend, »ich verstehe. Das muss hart für Sie sein, in einem leeren Bürogebäude die Stellung zu halten.« Mit einer Handbewegung schob sie einen zusammengerollten Fünfzig-Euro-Schein so, dass er über den Tresen direkt vor die Finger der Empfangsdame rollte.

Die begriff sofort. Blitzschnell kontrollierte sie, ob Elly die Transaktion gesehen hatte. Doch Elly hatte sich soeben umgedreht und stöhnte die Sandsteinwand der Halle an. Die

Schwarzhaarige beugte sich wichtigtuerisch vor und raunte: »Ich darf es eigentlich nicht sagen, aber da war am Montag eine Filmfirma, die haben das Büro im vierten Stock für einen Film gemietet.

»Warum dürfen Sie das nicht erzählen?« Annabelles Stimme war einschmeichelnd wie das Schnurren einer Katze.

»Mein Chef sagt, dann vermietet sich die Etage schlechter. Seriöse Leute mögen so was nicht.« Sie zuckte die Achseln. »Schon komisch. Aber ist ja nicht meine Sache.«

Mit einem Auge sah Annabelle, dass Elly sich auf die beiden Aufzüge zubewegte. Sie beugte sich weit über den Tresen. »Seit wann machen Sie diesen Job hier schon? Kommen viele Mietinteressenten?«

Es war deutlich zu sehen, dass der Schwarzhaarigen der Kopf vor so vielen Fragen schwirrte. Sie begutachtete ihren malträtierten Daumennagel, stieß ein erschrockenes »Oje, jetzt ist er hin« aus und senkte den Kopf. »Zurzeit ist es schlecht in München mit den Bürovermietungen. Ich sitz jetzt hier seit drei Monaten. Gemietet hat keiner.«

Elly war verschwunden. Auf der Leuchtanzeige des linken Aufzuges zeigte ein roter Pfeil nach oben.

Die Schwarzhaarige wurde zunehmend vertraulicher. »Ich sag Ihnen, wenn ich mal wohin muss, dann ist überhaupt niemand in der Halle. Das Klo ist ziemlich weit weg.« Sie kicherte: »Wo ist eigentlich Ihre Freundin? Gerade war sie doch noch da.«

Annabelle senkte ihre Stimme zu einem Flüstern. »Am Montag, als Sie nicht hier waren – haben Sie selbst für eine Vertretung gesorgt, oder war Ihnen die Filmfirma behilflich?«

Das Kichern der Empfangsdame brach abrupt ab. Einen Augenblick herrschte absolute Stille. Dann zog Annabelle aus ihrer Tasche langsam einen Hundert-Euro-Schein, rollte ihn und schubste ihn wie zuvor die fünfzig Euro vom Tresen auf die Seite der Schwarzhaarigen.

Das Schweigen hielt an.

»Man hat Ihnen Geld gegeben, damit Sie ein paar Stunden verschwinden, stimmt's?« Annabelle beugte sich noch weiter über den Tresen. »Ich verpfeife Sie nicht. Keine Angst.«

Mit einem abschätzigen Blick in Annabelles Richtung begann die Schwarzhaarige zu jammern: »Ich bin alleinerziehend, die Schule von meinem Sohn ist sehr teuer, ich habe nur Schulden, verstehen Sie?«

»Na klar«, sagte Annabelle kalt, »deshalb haben Sie auch eine Gucci-Tasche für zweitausend Euro und einen Vierkaräter am Finger.«

»Ist ja gut, die Schule von meinem Sohn kostet wirklich viel.«

»Wie viel haben die Ihnen gezahlt?«

»Tausend, wenn ich den ganzen Tag wegbleibe. Früh am Morgen, als ich gekommen bin, wartete schon diese Frau von der Filmfirma. Ich sollte sofort gehen und erst abends kurz vor dem Wachdienst wieder da sein.«

»Wissen Sie, warum?«

»Sie meinte, es würde in der Halle gedreht werden. Eine Schauspielerin sollte am Empfang …« Die Schwarzhaarige unterbrach sich und fragte argwöhnisch: »Warum wollen Sie das alles wissen? Sie sind doch hoffentlich nicht von der Polizei.«

»Was wäre so schlimm daran?«, fragte Annabelle und lächelte die Empfangsdame aufmunternd an. »Nein, wir sind nicht von der Polizei. Ich suche nur einen von den Schauspielern, die am Dienstag hier waren. Er schuldet meiner Partnerin und mir viel Geld.«

»Wie sah er denn aus?« Die Schwarzhaarige schob ihr Gesicht nahe an das von Annabelle. »Ich wollte nämlich doch wissen, was hier los ist. Bin ein Stück gefahren und dann mit Vollgas wieder zurück. Vom Auto aus habe ich den Eingang beobachtet.« Sie zögerte einen Augenblick, schnaufte deutlich hörbar, als wäre es nun auch schon egal, und fuhr dann fort: »So gegen zehn kam ein Jaguar angefahren, und ein älterer Mann stieg aus. Er ging rein, zum Aufzug.«

»Und?«, fragte Annabelle, »was weiter?«

»Nichts. Der Mann sah seriös aus. Da war ich beruhigt und bin wieder weg. Wollte nicht riskieren, meine tausend Euro zu verlieren.«

»War er groß, klein, dick, dünn? Wie sah der Mann aus?« Annabelle gab sich Mühe, nicht ungeduldig zu wirken.

»Eher klein und breit. Aber nicht dick. Ganz kurze graue Haare. Ist das der Mann, den Sie suchen?«

Als Annabelle nicht reagierte, lehnte sich die Schwarzhaarige zurück. Die Nagelfeile wurde wieder in energische Bewegung gesetzt.

»Eine letzte Frage: Wer ist Ihr Chef?«

Mit einem Ruck richtete sich die Schwarzhaarige steil auf. »Sie haben mir versprochen, mich nicht zu verraten.«

»Ich verspreche, Ihr Chef erfährt nichts von mir. Aber wie heißt er?«

»Werner«, sagte die Schwarzhaarige düster.

»Und die Firma heißt ALTA-Immobilien, richtig?«

***

Es hatte angefangen zu regnen. Der Scheibenwischer kratzte über die Windschutzscheibe und verschmierte den Ölfilm darauf zu einer Art Milchglasbeschichtung.

»Warst du im Büro von Kehlmann?«

»Es gibt kein Büro Kehlmann. Die Schilderleiste im Aufzug ist abmontiert. Der vierte Stock ist tatsächlich leer, komplett leer.«

»Keine Möbel? Kein Yves-Klein-Bild?«

»Nichts. Alles weg.«

Hinter ihnen wurde wütend gehupt.

Annabelle drehte den Kopf und zeigte dem Autofahrer hinter ihnen den Vogel.

»Du weißt, dass es teuer wird, wenn der dich wegen Beleidigung anzeigt.«

Ellys riskantes und rücksichtsloses Einfädelmanöver in die Stadtautobahn war noch nicht beendet. Ohne den Rückspiegel zu konsultieren, wechselte sie die Spur. Wieder wurde gehupt. Dieses Mal hielt Annabelle ihre Augen eisern geradeaus.

»Entspann dich«, sagte Elly, »du musst mehr essen, das stärkt deine Nerven.«

»Nur interessehalber: Bist du je mit einem entspannten Beifahrer unterwegs gewesen?«

Elly antwortete nicht. Mit hundert Stundenkilometern brauste sie über den Max-Weber-Platz, vorbei am Maximilianeum, die scharfen Kurven hinab zum Landtag. Der schwere Audi hielt sich gut auf dem Kopfsteinpflaster, schlingerte nicht. Noch nicht. Annabelle schloss die Augen und schickte ein Stoßgebet zum Himmel.

»Verdammt«, sagte Elly, »jetzt bin ich zu weit gefahren.« Mit einem Seitenblick auf Annabelle raunzte sie: »Spar dir den Kommentar!« Sie bremste abrupt, wendete mitten auf der Isarbrücke und raste den Berg zum Maximilianeum wieder hinauf.

»Sei so lieb und halte einen Augenblick.«

»Wozu?«, fragte Elly und brüllte im gleichen Atemzug. »Mann, willst du Wurzeln schlagen auf der linken Spur?« Sie gab Gas und schoss rechts an einem Lieferwagen vorbei.

»Halt an, bitte.«

Hundert Meter weiter hielt Elly tatsächlich. »Was ist denn?«

»Ich habe keine Lust, in deinem Auto zu Tode zu kommen. Und auch noch den Mund halten zu müssen. Ich nehme ein Taxi.« Annabelle sprach ruhig und langsam.

Elly seufzte schwer. »Entschuldige, es ist schrecklich mit mir. Bleib sitzen. Ich fahre ab jetzt langsam, ich schwöre.«

***

Der Regen war stärker geworden. Vor dem Cornelius-Grundstück stand kein Streifenwagen mehr. Das Gartentor war mit einem rot-weißen Klebeband der Polizei versiegelt.

»Ich weiß, was du denkst«, sagte Annabelle, »laut der ominösen Haushälterin der noch ominöseren Kehlmanns hatte auch Frau Cornelius ein Ding laufen mit dem famosen Herrn von Strux. Vielleicht hat die Kripo das eine oder andere Detail übersehen, das uns zu dem Buchsbaum-Räuber führt. Wir sollten einen Blick ins Haus werfen.«

»Das wollte ich auch gerade vorschlagen.«

Elly fuhr im Schritttempo durch die Straße bis zu einer Stelle, wo ein üppiger Weißdornbusch vor einer verlassenen Baustelle die ideale Deckung für das Auto bot. »Hast du einen Schirm?«

Annabelle schüttelte den Kopf.

»Mist, meine Haare kräuseln sich bei Nässe wie verrückt. Los, gehen wir.«

Elly stieg aus und stürmte los. Annabelle wunderte sich, wie leer die Straße war. Aber das waren sie ja alle, die Straßen Grünwalds. Gelegentlich eine schwere Limousine, mehr tat sich nicht. Was gut war, weil der Frieden der Villen nicht gestört wurde. Und was schlecht war, weil man in der künstlichen Stille verrückt werden konnte vor lauter Ruhe.

Bis sie am Grundstück anlangten, waren sie durch und durch nass.

»Wie kommen wir da rein?«, fragte Elly und rüttelte an der verschlossenen Gartenpforte. Sie atmete schwer. So schnell war sie seit Jahren nicht mehr ausgeschritten.

»Warte.« Annabelle griff in ihre Tasche und zog ein Schweizer Taschenmesser heraus. Sie klappte eine der Klingen heraus und beugte sich zu dem Schloss. Elly beobachtete die Straße. Niemand war zu sehen.

»Offen«, sagte Annabelle und strich sich eine triefende Strähne aus der Stirn.

»Wieso kannst du so etwas?«, fragte Elly, »gehört das zum Ausbildungsprogramm von Zeitschriftenredakteurinnen?« Sie wartete keine Antwort ab, sondern löste behutsam den Klebestreifen vom Holz des Torpfostens. Zwei weitere Handgriffe und sie waren auf dem Grundstück.

In dem Durcheinander von Wildblumen und ungeschnittenem Gras dufteten die üppigen Blütentrauben eines Fliederbaumes in den Regen hinein, so frühlingsfroh, als wäre nie etwas geschehen.

»Kannst du die Haustür auch knacken?«

Vor lauter Respekt klang die autoritäre Stimme von Elly, der Frau, die jeden und jede herumkommandieren musste, beinahe unterwürfig.

Annabelle nickte. »Das Problem ist das Siegel. Wie kriegen wir es hin, dass es unversehrt bleibt?«

»Darum kümmere ich mich. Habe ich schon ein paarmal gemacht.«

Drei Minuten später standen sie in der Halle.

»Ich kann nicht vergessen, wie die Frau im Sarg lag. So als hätte sie geduldig erwartet, dass man sie tötet.« Annabelle sprach leise, mehr zu sich selbst als zu Elly. »Ein Mensch, der sich erhängt, weiß in der Regel, dass er gleich tot sein wird, meinst du nicht?«

Elly war hörbar ärgerlich. »Du redest schrecklichen Unsinn.«

Mit zwei Schritten war Annabelle an der Treppe.

»Komm, wir müssen hinauf.«

Sie begann die Stufen emporzusteigen.

»Das auch noch. Du redest wirr, ich habe nasse Füße, und jetzt muss ich auch noch Treppen steigen. Das ist nicht mein Tag«, fluchte Elly, »morgen bleibe ich im Büro.« Doch gehorsam folgte sie Annabelle, die zielsicher auf eine geschlossene Tür zusteuerte. »Hier muss es sein. Ich fühle es.«

Sie öffnete die Tür.

Wie angewurzelt blieben die beiden Frauen auf der Schwelle stehen. Jemand hatte den Raum, ein Schlafzimmer, komplett verwüstet.

Die Matratze des Bettes lehnte, aus dem Rahmen gerissen und aufgeschnitten, am Fußende des Bettgestells, einzelne Stuhlbeine und -teile lagen kreuz und quer vor der Balkontür und in den Falten des champagnerfarbenen Satinvorhangs. Ein Schrank war von der Wand abgerückt und die Seitenwände aufgehackt worden. Die Schubladen der Kommode neben der Tür türmten sich, umgedreht und zersplittert, mitten auf dem Teppich. Die Inhalte der Schubladen, Kosmetika, Medikamente, Unterwäsche, bildeten ein wildes Durcheinander. Die Scherben eines Spiegels knirschten unter Annabelles Schuhen. Überall lagen einzelne Kleidungsstücke, einige von ihnen sichtbar zerfetzt.

»Das hier dürfte wohl kein Werk der offiziellen Spurensucher sein«, sagte Elly trocken. Sie hatte sich noch keinen Zentimeter von der Türschwelle gerührt.

Nach Luft schnappend stand Annabelle mit dem Rücken zum Zimmer vor der Balkontür. Hektisch zog sie den Dampfstoß ihres Asthmasprays ein. Dann drehte sie sich um.

»Das war kein Selbstmord. Die Frau wurde in diesem Raum ermordet. Ich weiß es.«

»Weiter«, sagte Elly und verzog das Gesicht, als habe sie auf eine Zitrone gebissen. Ihr sarkastischer Ton war verletzend und sollte es auch sein. »Ich liebe übersinnliche Eingebungen.«

Annabelles Augen verengten sich. Ihre Stimme war wieder leise und unnatürlich ruhig. »Was soll das, willst du mich beleidigen?«

»Ein bisschen überspannt bist du«, sagte Elly, »das ist alles. Aber lass uns nicht streiten. Hier ist nichts mehr zu holen. Besichtigen wir lieber den Rest des Hauses.«

»Nein.« Annabelle zog den Vorhang zur Seite und deutete auf ein Loch in der Wand. »Lehner hat gesagt, sie hätte sich an einem Dübelhaken aufgehängt. Hier muss der Haken gewesen sein. Er ist weg.«

Sie blickte sich um. »Hier ist kein großes Bild, für das ein großer Haken notwendig wäre. Hier ist überhaupt kein Bild. Und warum sollte ein Bild halb hinter dem Vorhang hängen?«

Elly starrte sie wortlos an.

»Ich sag es dir. Frau Cornelius hat von dem Haken nichts gewusst. Der Mörder hat ihn vorbereitet.«

Mit dem Fuß kickte Annabelle ein Stuhlbein beiseite.

»Hast du dich nicht gewundert, dass der Lehner sofort hier war? In aller Herrgottsfrüh? Der Kriminalrat kommt zu einem gewöhnlichen Suizid angerast?« Sie schüttelte den Kopf. »Dass uns das nicht sofort aufgefallen ist! Ich wette, er wusste, noch bevor er herkam, dass hier kein Selbstmord stattgefunden hat.«

So als suche sie Halt, drückte Elly ihren rechten Arm gegen den Türpfosten. »Du bist mir manchmal unheimlich, Kleine.«

Annabelle schob die Partnerin zur Seite. »Besser, wenn wir aufpassen. Ich möchte nicht überrascht werden.«

Sie machte drei Schritte aus dem Zimmer, beugte sich im Treppenhaus über das schmiedeeiserne Geländer und blickte hinunter in die Halle, wo eine dunkelgraue Sporttasche an einer Wand stand.

Elly ging auf eine geschlossene Tür zu. »Verschlossen. Sollen wir sie aufmachen?« Sie schritt weiter zur nächsten. »Auch zu. Sag mal, wer hat hier denn alle Zimmer abgeschlossen?«

»Uninteressant.« Annabelle war bereits die halbe Treppe hinabgestiegen, »wir finden hier nichts mehr.« Unten blieb sie stehen und musterte die Sporttasche. »Haben wir die vorhin übersehen?«

Annabelle lief ein Schauer über den Rücken. Was, wenn jemand die Tasche platziert hatte, während sie oben waren?

»Komm«, rief sie Elly zu, die langsam ihre Pfunde über die Stufen abwärtsbewegte, »wir sehen nach, was drin ist.«

Einen Augenblick später schrien beide Frauen auf. In der Tasche lag, mit transparenter Plastikfolie abgedeckt, ein haariger Männerarm ohne Hand.

»Gott, ist das widerlich. Ruf deinen Lehner an.« Elly war zurückgewichen und hielt sich die Hand vor den Mund. »Kann es sein, dass das riecht?« Sie rannte zur Haustür.

»Vorsicht! Nicht rauslaufen!«, rief Annabelle und hielt sie am Ärmel fest. »Willst du, dass uns jemand aus dem versiegelten Haus kommen sieht und die Polizei holt?«

Kriminalrat Dr. Manfred Lehner enthielt sich am Telefon jeden Kommentars. Knappe fünfzehn Minuten später trat er durch die angelehnte Haustür, stutzte und lachte dann laut auf. Elly und Annabelle saßen auf der untersten Treppenstufe, hielten sich Papiertaschentücher vor die Nasen und blickten ihm schuldbewusst entgegen.

»Zwei Missetäter, die Strafe verdient haben und fieberhaft überlegen, was sie tun könnten, damit die Sache glimpflich abläuft. Stimmt's?«

Elly nickte stumm und deutete auf die Tasche, deren Reißverschluss sie wieder zugezogen hatten.

Lehner öffnete die Tasche und pfiff durch die Zähne. Dann sagte er ernst: »Sie beide erzählen niemandem, absolut niemandem, dass Sie hier eingebrochen sind. Sie waren heute nicht in diesem Haus, verstanden?«

Annabelle zögerte einen Augenblick, ehe sie ihm voll ins Gesicht sah. »Sie wissen, dass Frau Cornelius sich nicht selbst …«

Lehner fiel ihr ins Wort: »Was immer Sie mutmaßen, sprechen Sie mit keinem Menschen darüber. Mit keinem Menschen«, wiederholte er und sah Annabelle beschwörend an. »Sie haben keine Ahnung, in was Sie da hineingestolpert sind. Ein unbedachtes Wort kann Sie das Leben kosten.«

Sie gingen mit ihm nach draußen. Den Hinweis auf das verwüstete Schlafzimmer nahm er anscheinend uninteressiert zur Kenntnis. Er rief Wohlgemuth an und die Spurensicherung. Annabelle und Elly winkten ihm zu und verließen das Grundstück.

***

»Sollen wir …?«, fragte Annabelle.

»Natürlich. Wir haben ja nicht versprochen, jede Aktivität einzustellen.«

Der Regen war in Nieselregen übergegangen. Kurz bevor sie am Gartentor der Kehlmann-Villa anlangten, blickte Annabelle über die Schulter zurück, doch von Lehner war nichts mehr zu sehen. Er schien wieder im Haus verschwunden zu sein.

Elly klingelte. Niemand machte auf. Nach dem vierten Versuch sagte Elly: »Wir rufen ihn an.«

Kehlmanns Handy war ausgeschaltet.

Annabelle blickte die Straße hinunter. »Sonderbar. Das gelbe Auto der Haushälterin ist nirgends zu sehen.«

»Und jetzt?«

»Seine Frau. Los.«

Doch Carlotta Kehlmanns Handy war tot. Elly sah Annabelle fragend an.

»Vielleicht hat sie es zertreten und in den Müll geschmissen.«

Annabelle machte ein paar Schritte auf die Garage zu. Unvermittelt drehte sie sich zur Straße. Elly brauchte nicht zu sehen, dass sie schon wieder keine Luft bekam und den Spray brauchte. Ihr Herz hatte zu rasen begonnen. Der altbekannte Ablauf. Sie seufzte lautlos und verstaute den Spray in der Jackentasche.

»Was hast du?« Elly klang ungeduldig und ärgerlich. »Sollen wir hier ewig stehen? Es regnet.«

Annabelle trat zu dem kleinen Betonpfosten vor der Garageneinfahrt, zog ihr Taschenmesser aus der Tasche und hantierte am Schloss des Türöffners.

»Du wirst doch nicht …«

»Warum nicht? Wenn wir schon hier sind.«

»Gottlob ein älteres Modell«, sagte sie, als sich das Garagentor hob, »die neueren öffnet man mit Chipkarte, das ist komplizierter.«

»Da steht doch ein gelbes Auto«, sagte Elly vorwurfsvoll, »was willst du denn?«

Die Doppelgarage war makellos weiß gestrichen und bis auf das eine Auto leer. Annabelle starrte auf den Wagen.

Mit schnellem Schritt wollte die Ältere an Annabelle vorbei in die Garage eilen.

Doch Annabelle hielt sie am Ärmel fest. »Geh nicht rein.«

Dass sie im Nieselregen standen, spielte für Elly mit einem Mal keine Rolle mehr. Nur ihr Zorn zählte. »Du sagst mir jetzt sofort, was mit dir los ist. Dieser Asthmaanfall, ich will es wissen. Warum soll ich nicht reingehen?«

»Wenn wir zurück sind, erzähle ich dir etwas«, versprach Annabelle leise. Dabei blickte sie unverwandt auf den gelben Audi.

»Bleib, wo du bist«, sagte sie, bevor sie selbst in die Garage ging. Sie warf einen Blick durch die Scheibe der Fahrerseite und kehrte zu Elly zurück.

»Wir müssen Lehner Bescheid geben.«

»Wieso, verflixt noch mal? Was hast du gesehen?«

Wieder wollte Elly in die Garage stürmen. Wieder hielt Annabelle sie fest. »Tu es nicht.«

Im Auto saß im eierschalenfarbenen Kostüm die Haushälterin Weber mit durchgeschnittener Kehle.

***

Kriminalrat Dr. Manfred Lehner stand kurz vor einem Tobsuchtsanfall. »Mussten Sie das Garagenschloss aufbrechen?«, presste er zwischen zusammengebissenen Zähnen böse hervor.

»Wir haben uns Sorgen gemacht, weil unsere Klienten irgendwie verschwunden sind.« Annabelle sah Lehner flehend an. »Und ich hatte so ein Gefühl, wissen Sie.«

»Nein, weiß ich nicht«, schnauzte er, »das hier ist Ihr zweiter Einbruch. Das kann Sie teuer kommen.«

Das Geräusch eines leisen Aufpralls unterbrach den Wortwechsel.

Elly hatte sich unbemerkt an ihnen vorbei in die Garage geschlichen und war nach einem Blick in den gelben Audi zwischen Garagenwand und Auto ohnmächtig zu Boden gesunken.

»Habe ich dir nicht gesagt, du sollst draußen bleiben?«, schimpfte Annabelle, während sie Elly ein mit ihrem teuren Parfüm getränktes Taschentuch unter die Nase hielt.

»Nimm das Zeug weg, du bringst mich ja um mit dem Gestank.«

Elly wuchtete sich, von Lehner und Annabelle gezogen und gestützt, langsam an der Wand hoch und schüttelte den Kopf.

»Du weißt doch, dass ich kein Blut sehen kann«, sagte sie vorwurfsvoll.

Die kleine Szene hatte den Nebeneffekt, dass Lehner seinen Zorn vergaß. »Gehen Sie immer so burschikos miteinander um?«

»Nein«, zischte Elly und klopfte sich die Rückseite ihres bis eben noch prachtvollen Kleides ab in dem vergeblichen Versuch, die Melange aus Regen und Garagenstaub zu entfernen, »normalerweise …«

»Wir befinden uns in einer Ausnahmesituation«, unterbrach Annabelle sie eilig. Wenn Elly jetzt zickig wurde, dann konnte ihre Lage sehr unerquicklich werden.

»Soso«, sagte Lehner. Womit geklärt war, dass er ihnen nichts nachtrug.

»Ihrethalben muss ich übrigens gleich lügen, meine Damen, ist Ihnen das klar?«

Eine sich nähernde Polizeisirene verstummte. Sekunden später hielten zwei Streifenwagen vor der Cornelius-Villa. Wohlgemuth sprang überraschend behände aus dem ersten Streifenwagen. Lehner winkte ihn heran, worauf sich Wohlgemuth, der bereits die Klinke des Cornelius-Gartentores ergriffen hatte, widerstrebend und erheblich langsamer, wie es den Anschein hatte, zu ihnen in Bewegung setzte.

»Ich habe so eine Ahnung gehabt«, sagte Lehner mit einer kurzen Kopfbewegung in Richtung des gelben Autos zu Wohlgemuth und vermied es, Annabelle anzusehen. »Die Haushälterin liegt dadrin. Die Damen sind zufällig dazugekommen.«

Auch Annabelle wich jeder Möglichkeit eines Blickkontaktes aus, indem sie stur die Straße hinunterstarrte.

»Sie haben doch Kontakt zu dem Ehepaar Kehlmann. Wo kann ich Herrn Kehlmann am schnellsten erreichen?«, fragte Lehner Elly, deren grünliche Gesichtsfarbe verriet, dass sie durch die Menge des Blutes in dem gelben Auto immer noch mitgenommen war.

»Ich fürchte, das wird schwierig«, sagte Annabelle schnell.

»Und warum, wenn ich fragen darf?« Kriminalrat Lehners Zorn war erneut aufgeflammt, selbst seine ausgebeulten Hosen schienen sich empört zu blähen. »Ich rate Ihnen dringend, die Wahrheit zu sagen, sonst …«

Er bemerkte, dass Wohlgemuth neben ihm stand und mit spürbarem Behagen zuhörte, wie der unbequemen Frau Winter die Leviten gelesen wurden. Aufgebracht fuhr er ihn an: »Zum Rumstehen habe ich Sie nicht gerufen.«

»Und was soll ich tun?«, fragte Wohlgemuth beleidigt.

»Zum Beispiel die Spurensicherung holen!« Lehner platzte fast.

Wohlgemuth trat beiseite und telefonierte.

Lehner holte tief Atem. »Also, wo finde ich Kehlmann?«

»Sieht so aus, als wär er verschwunden. Sein Büro im Messepark Riem ist ausgeräumt, niemand hat dort je von ihm gehört. Und sein Handy ist ausgeschaltet.«

»Und warum erfahre ich das erst jetzt?«

Jetzt wurde Annabelle wütend. »Warum hätten wir Sie informieren sollen?«

»Ganz einfach. Weil wir«, er senkte die Stimme zu einem Flüstern, das Wohlgemuth nicht hören konnte, »eine Vereinbarung auf Gegenseitigkeit getroffen haben. Das Problem ist: Sie halten sich nicht dran.«

»Was für eine Vereinbarung?« Elly Heimroth schnappte zu wie ein Krokodil. »Ich habe ein Recht zu erfahren …«

»Ist gut, Elly, du wirst gleich alles erfahren.« Annabelle lächelte Kriminalrat Lehner so intensiv an, dass sie fürchtete, er würde sie wegen versuchter Bestechung anzeigen. Aber sie brauchten ihn dringend, ohne ihn war kein legales Hineinkommen in die Villa, ein dritter Einbruch wäre zu gefährlich.

»Ein neuer Deal«, sagte sie beschwörend, »ich sage Ihnen alles, was wir über Kehlmann und sein Büro wissen, und Sie lassen uns mit hinein in die Villa. Sie gehen doch hinein?«

Einen Augenblick zögerte Lehner. Dann sagte er: »Sie sind ein ziemlicher Teufelsbraten. Meinethalben. Aber zuerst liefern Sie.«

***

Sie hatten es beide geahnt. Als einer der Polizeispezialisten die Haustür aufbrach, verursachte das Geräusch des Metallbohrers ein schwach hallendes Geräusch. Das Haus war leer. Leer bis hin zu den kahlen Wänden.

Kein Vorhang, kein Bilderhaken, keine von Möbelstücken hinterlassenen Umrisse, nichts deutete darauf hin, dass das Haus vor zwei Tagen noch bewohnt gewesen war. Es roch intensiv nach Farbe. Alle Zimmer waren frisch gestrichen.

Lehner schritt wortlos von Raum zu Raum. Elly murmelte etwas, das sich wie »Sieh einer an« anhörte. Annabelle dachte an das rosa Schlafzimmer von Carlotta Kehlmann und fragte sich, ob sie noch am Leben war. Trotz der stickigen Luft im Haus – alle Fenster waren geschlossen – fröstelte sie.

»Hier ist professionelle Spurenbeseitigung betrieben worden«, sagte Lehner schließlich, als sie wieder an der Haustür angelangt waren. »Unwahrscheinlich, dass wir noch etwas Brauchbares finden.« Er seufzte tief.

Annabelle versuchte ihn aufzumuntern: »Vielleicht hat der Hausmeister Milic Beobachtungen angestellt. Er schnüffelt doch gerne in der Gegend herum.«

Wie von der Tarantel gestochen, fuhr Lehner herum. »Was wollen Sie damit sagen?«

»Nichts Besonderes«, beeilte sich Annabelle ihn zu beruhigen, »ich dachte nur …«

»Gehen Sie jetzt«, sagte Lehner schroff und hielt die Tür weit auf. »Wir haben zu arbeiten …«

***

Eine blasse Sonne war dabei, sich durch den Nieselregen zu kämpfen. Der spätnachmittägliche Berufsverkehr hatte eingesetzt, die Fahrt ins Büro zog sich. Elly fuhr zivilisiert, sie hatte auch keine andere Wahl. Die Autolawinen auf den Ausfallstraßen schoben sich in beide Richtungen zeitweise im Schritttempo voran.

Annabelle drückte eine Schnelltaste ihres Handys. »Bist du noch im Büro?«, fragte sie.

Alex am anderen Ende der Leitung schwieg einen Augenblick, dann fragte er zurück: »Jedes Mal, wenn du im Büro anrufst und wissen willst, ob ich noch im Büro bin, ist irgendetwas passiert. Also, mein Schatz, wo brennt's? Ich habe auch Neuigkeiten für euch.«

***

Feiner Kaffeeduft zog durch den Flur des Büros. Elly schnupperte begeistert. »Der Mann weiß, wann was gebraucht wird.«

In diesem Augenblick erschien Alex in der Tür der Teeküche mit dem vollen Kaffeetopf in der Hand. Er stockte, starrte Elly und Annabelle an und brach in lautes Gelächter aus.

»Wenn ich mir die Bemerkung erlauben darf, ihr seht herrlich ramponiert aus. Es muss ein ereignisreicher Nachmittag gewesen sein.«

»Hör auf mit dem geschwollenen Geschwätz«, sagte Elly, »gib uns lieber Becher, damit wir trinken können.«

»Alles vorbereitet«, sagte Alex und komplimentierte sie in Ellys Büro, wo auf dem Schreibtisch alles bereitstand: die Sahne, der Zucker, die Tassen, die Champagnertrüffeltüte und – eine Flasche französischer Cognac.

»Wie bist du an die Trüffel gekommen?«, fragte Elly scharf. »Und wo ist der Cognac her?«

»Der Cognac ist aus meinen Beständen, und die Trüffeltüte habe ich aus der Schublade geholt, rechte Seite, dritte von oben. Zufrieden?«

Elly grunzte und setzte sich umständlich in ihrem weißen Schreibtischsessel aus weißem Antilopenleder zurecht.

Annabelle zog eine Grimasse. Dann lächelte sie Alex an. »Du hast Neuigkeiten?«

***

Ordentlich geparkt, als wäre nichts geschehen, als wäre er nie gestohlen worden, stand Annabelles alter Skoda, stumpfrot und ungeniert rostig, denn der Lack hatte sich im Laufe der vielen Jahre überall sichtbar verabschiedet, in der kleinen Seitenstraße hinter dem Büro.

»Ich habe ihn vor zwei Stunden entdeckt, als ich zum Zigarettenautomaten ging«, sagte Alex.

Annabelle streichelte die schäbige Kühlerhaube mit ihren Roststrändern. »Mein Auto, mein kleines Auto, wie ich dich …«

Den Rest des Satzes schaffte sie nicht mehr. Der Asthmaanfall kam so plötzlich, dass sie meinte, ersticken zu müssen. Hektisch suchte sie in ihrer Jackentasche nach dem Spray und sog das rettende Gemisch ein.

Sie war leichenblass geworden, doch ihr Atem ging jetzt wieder fast normal. Mit einer Kopfbewegung deutete sie auf ihr Auto. »Ich muss hier weg. Irgendetwas ist mit dem Wagen.«

Zu Alex gewandt, der sich taktvoll abgewandt hatte, sagte sie: »Der Wagen ist gewaschen worden, ist das nicht sonderbar?«

»Vorsicht, nichts anfassen. Wirf einen Blick hinein.« Alex trat dicht an die Seitenscheiben und deutete mit dem Finger auf einen großen Fleck auf dem Beifahrersitz. »Blut, würde ich sagen.«

Die schmächtige Spätnachmittagssonne hatte mittlerweile im Kampf gegen die Wolken in der fünften Runde nach Punkten verloren, es fing wieder an zu regnen.

Alex klang nachdenklich. »Wer klaut ein Auto, wäscht es und stellt es dann quasi vor die Tür des Besitzers?«

Annabelle schüttelte den Kopf. »Verstehe ich auch nicht.«

»Ich habe Lehner eben angerufen. Er müsste gleich hier sein. Er wusste übrigens nicht, dass dein Auto geklaut worden war.«

»Das kann nicht sein. Wohlgemuth hat doch Lehner den Überfall gepetzt, obwohl ich ihn gebeten hatte …«

»Den Diebstahl des Autos hat er ihm offensichtlich verschwiegen.«

»Seltsam.« Annabelle blickte zu Boden.

In der linken Jackentasche von Alex brummte diskret sein Handy.

»Moment«, sagte er und blickte auf das Display. Wortlos steckte er das Handy wieder ein.

»Wer war das?«, fragte Annabelle.

»Weiß nicht«, murmelte Alex, ohne sie anzusehen.

»Hast du immer schon so schlecht gelogen?«

Leichte Röte stieg vom Kragen aufwärts zum Kinn und weiter hinauf bis zu Alex' Augenbrauen. Er schwieg.

Es hätte Annabelle Vergnügen bereitet zu sticheln, bis ihr Kollege die Nerven verlor und preisgab, mit wem er in ihrer Gegenwart nicht telefonieren wollte. Denn wenn es um Alex ging, mischte sich seit Neuestem in ihre angeborene Neugier ein beunruhigender Hauch von Eifersucht.

Doch Annabelle kam nicht dazu, weiterzubohren. Ein zweiter Asthmaanfall brauchte keine Sekunde, um ihr die Luft abzuschnüren. Panisch kramte sie in den Tiefen ihrer Jacke.

»Lass mich«, sagte Alex ruhig, zog den Spray aus der Tasche und reichte ihn ihr. Höflich wandte er sich erneut ab und wartete, bis Annabelle sich beruhigt hatte.

In diesem Augenblick hielt Kriminalrat Lehners grauer BMW neben ihnen.

»Soso«, sagte er mürrisch statt einer Begrüßung, als er ausgestiegen war, »und diese Rostmühle soll gestohlen worden sein?«

Er beugte sich in seinen Wagen und kramte aus einer Schachtel Einmalhandschuhe. »Sie haben doch nichts berührt?«

Alex schwieg. Annabelle zögerte. »Doch, ich habe die Kühlerhaube gestreichelt.«

Lehner sah sie verständnislos an.

»Ich hänge an meinem Auto. Ich habe während des Studiums abends Büros geputzt, um es kaufen zu können.«

Ein schwerer Seufzer entfuhr Kriminalrat Lehner. Anschließend wandte er sich an Alex: »Seit wann steht das Auto hier?«

»Ich weiß nicht«, sagte Alex, »bemerkt habe ich es, als ich vor etwa zwei Stunden zum Zigarettenautomaten da vorne lief.« Er deutete auf die nächste Ecke.

»Schlüssel?«, fragte Lehner kurz und zog am Türgriff.

Er wartete die Antwort nicht ab. Die Fahrertür ging auf. Er ließ sie geöffnet und ging nach hinten zum Kofferraum.

Annabelle und Alex hörten seine Stimme hinter dem aufgestellten Kofferraumdeckel: »Kommen Sie nicht nach hinten. Das hier ist kein schöner Anblick.«

»Was ist?«, fragte Annabelle und dachte, während sie fragte, dass es Frau Kehlmann sein musste, die im Kofferraum lag.

***

»Warum haben Sie mir nichts von dem angeblichen Mordanschlag auf Frau Kehlmann an der Straßenbahnhaltestelle erzählt?«

»Haben Sie mir etwa haarklein erzählt, was Sie …«

Sie saßen im Besprechungszimmer der Agentur Heimroth, Winter & de Groot und warteten darauf, dass der unvermeidliche Wohlgemuth und die Spurensuche eintreffen würden.

»Beruhige dich, wir sind alle nervös, und Kriminalrat Lehner meint es nicht so«, sagte Alex besänftigend.

Doch dessen Miene strafte seinen Schlichtungsversuch Lügen.

»Wenn ich Sie daran erinnern darf, dass wir Ihnen jede Menge Lebensläufe aus dem Internet gezogen haben, an die Sie sonst niemals …«

Es klingelte. Alex verließ den Besprechungsraum. Annabelle und Lehner fixierten sich feindselig. Schließlich brachen beide gleichzeitig ihr Schweigen: »Ich … Sie …« sagte Annabelle. »Ich … Sie …«, sagte Kriminalrat Dr. Lehner.

»Sie haben mir ein paarmal sehr geholfen«, sagte Annabelle.

»Wahrscheinlich wäre nichts zu verhindern gewesen, auch wenn wir früher gewusst hätten, dass etwas im Busch ist«, sagte Lehner, »die Sache ist die …«

Doch er kam nicht dazu, den Satz zu beenden. Seine Leute waren eingetroffen.

»Werden Sie mir trotzdem hin und wieder einen kleinen Tipp

geben, wenn ich ihn brauche?«, fragte Annabelle, als er schon fast aus der Tür war.

Ohne sich nochmals umzudrehen, nickte er. Dann war er weg.

»Wo ist eigentlich Elly?«, fragte Annabelle. Sie war aufgestanden und zur Tür gegangen, durch die gerade Alex trat. »Warum ist sie nicht mit uns zum Auto gegangen?«

Alex antwortete nicht. Er schloss die Tür hinter sich und deutete auf einen der Stühle. »Setz dich. Ich frage dich jetzt etwas Ernstes. Bitte weiche nicht aus.«

War er also plötzlich da, der Augenblick, auf den Annabelle gewartet hatte seit dem Tag, an dem sie in die Agentur eingetreten war? Würde Alex jetzt die gefürchteten Fragen stellen?

»Ich weiß, was du fragen willst«, sagte sie hastig, weil sie ihm zuvorkommen, die Worte nicht aus seinem Mund hören wollte.

Doch der sagte nur vorsichtig: »Ich sehe, wie du dich quälst. Vielleicht kann ich dir helfen.«

»Niemand kann mir helfen«, sagte Annabelle schroff, »lass es gut sein. Wo ist Elly?«

»Sie musste zum Flughafen. Buenos Aires kommt. Die beiden machen es sich auch nicht gerade einfach.«

Er ging um den Tisch und strich sanft über Annabelles verkrampfte Schulter. »Mach es dir nicht so schwer. Deine Mutter hat mir schon vor Wochen vom Selbstmord deines Vaters erzählt.«

»Du hast keine Ahnung«, sagte Annabelle, »aber danke für deine Fürsorge.«

Alex hatte Annabelles Schulter losgelassen und war ans Fenster getreten. »Es dämmert schon. Du warst acht und wurdest von der Schule zum Arzt gebracht, weil du im Musikunterricht plötzlich steif wie ein Brett wurdest und an deinem ersten Asthmaanfall beinahe erstickt wärst.«

»Ich muss mit Lehner reden«, sagte Annabelle und ging erneut zur Tür.

»In dem Augenblick, als du beinahe erstickt bist, hat sich dein Vater im Keller eures Hauses erhängt. Warum hat er das getan?«

Annabelle fuhr herum. Sie war kreideweiß im Gesicht geworden. »Macht es dir Spaß, in meiner Vergangenheit herumzubohren? Wo ist der Kick für dich dabei? Zu sehen, dass es mir wehtut? Ist es das?«

»Nein«, sagte Alex ruhig. Er stand immer noch am Fenster und blickte hinaus in die Dämmerung. »Ganz bestimmt nicht.«

»Dann lass mich in Ruhe mit diesen Dingen«, sagte Annabelle scharf und verließ den Raum.

»Mit diesen Dingen«, echote Alex leise und schüttelte den Kopf.

***

Die kleine Seitenstraße um die Ecke war in der Zwischenzeit komplett verstopft von mehreren quer stehenden Streifenwagen, in denen die Spurensuche gekommen war, einem Bestattungswagen, und dem Wagen von Lehner, der sich nicht die Mühe gemacht hatte, ordnungsgemäß am Straßenrand zu parken.

»Wo ist Ihr schlecht gelaunter Mitarbeiter?«, fragte Annabelle.

»Müssen Sie das wissen?« Lehner war trotz des Friedensschlusses immer noch aufgebracht.

»Das war nur so dahingefragt«, log Annabelle. Sie wunderte sich, wo Wohlgemuth steckte, auch wenn sie den Grund für ihre Verwunderung nicht hätte erklären können.

Dass Carlotta Kehlmann am frühen Nachmittag, ungefähr zu der Zeit, als Elly und Annabelle die Leiche der Haushälterin in ihrem gelben Auto entdeckten, in der Agentur angerufen hatte, schien Lehner kaum zu interessieren. Er stand neben dem Auto und beobachtete konzentriert, wie vier Leute von der Spurensicherung den Körper von Eugen Kehlmann mit äußerster Vorsicht aus dem Kofferraum hievten und im Schalensarg verstauten.

Annabelle erstarrte. »Sie haben doch gesagt, die Leiche von Frau Kehlmann sei im Kofferraum.«

»Sie taugen doch nicht als Detektivin. Zumindest nicht mehr als der untere Durchschnitt. Hören Sie nicht genau zu? Ich habe gar nichts gesagt.«

Es war mittlerweile so dunkel geworden, dass die Scheinwerfer der Streifenwagen eingeschaltet werden mussten, um Annabelles Auto zu beleuchten.

»Wo bleibt der Abschleppwagen?«

Lehner tippte eine Nummer ins Handy und bellte: »Seid ihr eingeschlafen?« Er lauschte, lief rot an und brüllte: »Hornochsen, ein bisschen plötzlich, wenn's geht.«

Er drehte sich einmal um seine eigene Achse vor Zorn. Nur langsam beruhigte er sich. »Wann hat Frau Kehlmann in Ihrem Büro angerufen?«

»Das muss so zwischen zwei und drei gewesen sein.«

»Und was genau wollte sie?«

»Soweit ich weiß, hat sie die Verbindung gleich wieder abgebrochen. Aber fragen Sie Herrn de Groot am besten selbst. Er hat den Anruf entgegengenommen.«

Lehner brummte etwas Unverständliches. Nicht böse, aber genervt.

***

Einmal Harlaching und zurück im Taxi – sie würde die teure Fahrt nicht über die Agentur abrechnen können. Aber den kleinen Gefallen war sie Herrn Beckmann schuldig.

»Fahren Sie von hier an bitte in Schrittgeschwindigkeit«, bat Annabelle und starrte ins Dunkel der Straße, die zu dem griechischen Lokal führte.

Der Fahrer, ein freundlicher Afghane, drosselte schweigend die Geschwindigkeit und rollte fast geräuschlos im zweiten Gang die kleine Kastanienallee entlang. Nur wenige Autos standen am Straßenrand. Die meisten Häuser hatten Garagen, wahrscheinlich parkten nur Hausangestellte oder Gäste auf der Straße. Ein Porsche war nicht dabei.

Nachdem sie die kurze Strecke zweimal abgefahren waren, ließ sich Annabelle zurück in die Stadt bringen.

Sie würde Herrn Beckmann Bescheid geben, dass seine Befürchtung, der Porschefahrer sei seinethalben frühmorgens in der Nähe des Griechen gewesen, wohl berechtigt gewesen war.

***

Miranda Winters Altbauwohnung in der Schwabinger Elisabethstraße lag im sechsten Stock und hatte nach Norden hin ein großes Atelierfenster.

»Gott, Kind, was ist denn? So spät am Abend. Warum hast du nicht angerufen?« Der Ton ihrer Mutter ließ keinen Zweifel, dass ihre Tochter nicht willkommen war.

Das grün und orange gemusterte Kleid, die unzähligen Ketten und Armbänder, die kunstvoll in Unordnung gebrachten roten Locken und der Duft des teuren Parfüms sprachen eine deutliche Sprache. Miranda Winter hatte Besuch. Sie wollte Annabelle nicht einlassen. »Sag rasch, was du willst. Ich habe im Augenblick keine Zeit für dich.«

Annabelle hatte Mühe, ihren Zorn in Zaum zu halten. »Hast du Alex von Vaters Tod erzählt?«

Miranda Winters große Augen wurden noch größer. »Um das zu fragen, störst du mich nachts um halb zwölf? Bist du verrückt geworden?«

»Hast du oder hast du nicht?«

Mit großer Geste schwang Miranda Winter eine Falte ihres weiten Glockenrockes. »Nein, das brauchte ich nicht. Er wusste schon alles.«

»Warum ist er dann zu dir gekommen?« Im Hintergrund war eine männliche Stimme zu hören: »Was ist, Miranda?«

»Der Mann klingt aber nicht nach Professor Hadermann, Mutter.«

»Dies, mein liebes Kind, geht dich gar nichts an. Dein Alex kam vor einer Ewigkeit, um sich von mir bestätigen zu lassen, dass seine Informationen richtig waren. Ich habe Ja gesagt. Nur dieses eine Wort. Nicht mehr. Ich weiß doch, wie empfindlich du bist.«

Sie hatte begonnen, langsam, Zentimeter für Zentimeter, die Tür zu schließen. Wieder rief die männliche Stimme im Hintergrund nach ihr. Sie zuckte entschuldigend mit den Schultern und murmelte: »Nie würde ich …« Der Satz blieb unvollendet.

Annabelle blieb vor der geschlossenen Tür stehen und versuchte, ihre wirren Gedanken zu ordnen.

Hatte sie nicht immer gejammert, wenn Elly ihr den soundsovielten firmeninternen Diebstahl in irgendeinem Unternehmen zugewiesen hatte, »ach, ich hätte so gerne wenigstens einmal einen schönen Mord«?

Leichtsinnig hatte sie sich eine Leiche gewünscht, vier hatte sie bekommen. Und was Frau Kehlmann und den mysteriösen Herrn von Strux anbelangte, war es keineswegs sicher, dass nicht auch sie bereits ermordet waren.

Von wem und warum? Sie kam nicht dazu, sich in mögliche Antworten auf diese Fragen zu vertiefen. Fast geräuschlos stieg jemand die Treppe hoch. Sie hörte die Schritte nur am wiederkehrenden Knarren des Holzes.

Kikis Schritte waren laut, seine Schuhe knallten auf den Stufen. Er hatte Eisen unter den Sohlen. Dieser hier trug Schuhe mit weichen Gummisohlen und wollte anscheinend nicht gehört werden.

Sie wagte kaum zu atmen. Wo war ihr Handy? Alex musste sofort kommen und sie aus der Falle befreien. Mirandas Wohnung befand sich unter dem Dach. Ein zweites Mal würde sie die Tür nicht öffnen. Eine andere Fluchtmöglichkeit gab es aber nicht.

Herrgott, sie war nicht abgebrüht, woher auch? Ihr Leben war nicht ausgerichtet auf Mördersuche. Nicht einmal einen Pfefferspray zur Selbstverteidigung hatte sie. Und wie benutzte man den überhaupt? Sie hatte keine Ahnung.

Noch ehe sie die Umhängetasche geöffnet hatte, um das Handy herauszuholen, fiel ihr ein, dass sie es zum Aufladen im Büro auf den Tisch im Besprechungszimmer gelegt hatte. Damit sie es später nicht vergaß.

»Alex, wo bist du? Das ist gut, ich bin nur eine Straße weiter bei meiner Mutter. Kannst du sofort kommen? Sehr gut. Es ist dringend.«

Annabelle sprach laut, aber nicht zu laut. Wer immer dabei war, sich heraufzuschleichen, sollte nicht merken, dass sie das Telefonat nur simulierte.

Der Unbekannte hatte den vierten Stock erreicht. Er stockte, dann hörte Annabelle eine empörte männliche Stimme: »Etwas mehr Rücksicht auf Bewohner, die schlafen wollen, bitte. Wie oft soll ich das noch sagen!«

Eine Tür wurde aufgesperrt und kurz darauf von innen geschlossen. Dann kehrte Stille im Hausflur ein.

Annabelle wartete minutenlang, doch kein neues Geräusch störte die nächtliche Ruhe. Also stieg sie, so leise sie auf ihren hochhackigen Schuhen konnte, langsam die Treppe hinab.

Unten auf der Straße zog sie die kalte Nachtluft tief in die Lungen ein und wischte sich mit dem Handrücken die winzigen Schweißperlen von der Oberlippe. Ihre Nerven fingen an, ihr Streiche zu spielen. Nie wieder durfte sie ihr unter Umständen lebensrettendes Handy irgendwo liegen lassen. Obwohl gerade in diesem Fall …

***

Taxi – wer bezahlte eigentlich ihre Taxirechnungen, jetzt, da das Auto beschlagnahmt war? Doch hoffentlich die Polizei.

Das Croissant vom Bäcker schmeckte nicht. Der Taxichauffeur beobachtete sie im Rückspiegel und murmelte während der ganzen Fahrt unfreundliche Kommentare, das hörte sie an seinem Ton. Wahrscheinlich schimpfte er wegen der Krümel, die sie mit Schwung von der Jacke auf das Polster der Rückbank gewischt hatte.

Nichts als enttäuschende Stille schlug ihr entgegen, als sie die Bürotür aufschloss. Kein Alex, der ihr mit frisch gebrühtem Kaffee einen guten Morgen wünschte. Keine Elly, die morgenmuffelig vor sich hin schimpfte. Es war nach neun Uhr und das Büro der Detektivagentur Heimroth, Winter & de Groot immer noch kalt und unbesetzt.

Annabelle machte das Fenster in ihrem Zimmer auf und gleich wieder zu. Der Himmel war verhangen, die Temperatur auf wenige Grad über null gefallen, der Begriff Wonnemonat für diesen Mai ein schlechter Witz.

Draußen auf dem Schreibtisch von Alex klingelte hartnäckig das Agenturtelefon. Hatte Alex den Anrufbeantworter nicht eingeschaltet?

Fluchend lief sie zum Telefon und meldete sich: »Agentur für diskrete Ermittlungen, Heimroth, Win…«

»Lass den Unsinn«, herrschte ihre Mutter sie an, »du musst sofort kommen. Sofort.«

Annabelle verwünschte sich dafür, den Hörer abgehoben zu haben.

»Annabelle, Kiki ist im Salon und hat sich eingeschlossen. Er spielt seit sieben Uhr früh. Ich bin kurz davor, den Verstand zu verlieren.« Ihre Stimme überschlug sich vor Empörung. »Außerdem habe ich noch Besuch«, schloss sie nüchtern.

Annabelle schwieg.

»Bitte, Schätzchen, bitte!«

Miranda Winter herrschte sie nicht mehr an, sie flehte und schmeichelte. »Sei ein Schatz. Du bist die Einzige, die Kiki dazu bringen kann, die Tür aufzumachen.«

»Wozu eigentlich? Er spielt doch ganz ausgezeichnet.«

»Ich kann das Wohltemperierte Klavier aber nicht ausstehen. Seit einem halben Jahr spielt er immer nur dieses eine verdammte Stück.« Jetzt weinte Annabelles Mutter tatsächlich.

»Ich komme. Aber du machst Kiki keine Vorwürfe, versprichst du mir das?«

Die plötzliche Stille am anderen Ende der Leitung war fast greifbar. Endlich stöhnte Miranda Winter in den Hörer: »Das ist eine Zumutung.«

***

»Ist sie weg?«

»Mit ihrem Lover. Sie sind frühstücken gegangen.«

»Okay.«

Ein Schlüssel wurde ohne Hast zweimal im Schloss umgedreht, Annabelle lächelte. Kiki, ihr exzentrischer, wunderbarer Bruder, öffnete die Tür des Erkerzimmers einen schmalen Spalt und lugte heraus.

»Sie ist gegangen, mein Ehrenwort.«

Jetzt ging die Tür weit auf, und im nächsten Moment stand der Assistenzarzt Dr. Philip Winter vor ihr. Jedes Mal, wenn sie ihren Bruder sah, durchzuckte es sie. Viele Male hatte sie die Fotos ihres Vaters, die sie alle in ein eigenes Album geklebt hatte, betrachtet. Kiki sah aus wie sein Vater kurz nach der Hochzeit mit ihrer Mutter.

Kiki grinste. »Wie hast du das geschafft?«

»Ich habe ihr gesagt …«

»Lass, ich will es nicht wissen. Das ist mein Flügel, Papa hat ihn mir vermacht. Solange ich noch keine eigene große Wohnung habe …« Aufgebracht fuhr sich Kiki mit der Hand durch seine schwarzen Locken.

»Ist ja gut«, sagte Annabelle eilig. Ihr Bruder sah mager und überarbeitet aus. »Unsere Mutter spinnt ein bisschen. Ist doch nichts Neues.«

Kiki entspannte sich etwas. Er fuhr mit dem Finger zärtlich Annabelles Nasenrücken entlang. »Du siehst auch nicht gerade aus wie das blühende Leben.«

Sie lachten beide. Schon als Halbwüchsige hatten sie dieses Spiel gespielt. Annabelle dachte etwas, das mit Kiki zusammenhing, und er antwortete darauf. Oder umgekehrt. Es klappte immer noch.

»Übrigens, dein Kollege ist vorgestern in der Klinik aufgetaucht und wollte mit mir über die Familie sprechen. Fand ich komisch.«

»Hast du ihm etwas gesagt?« Annabelles Stimme war kaum mehr als ein angespanntes Flüstern.

Ihr Bruder schüttelte den Kopf. »Ich habe ihm gesagt, er soll dich fragen.«

»Und?«

»Er hat traurig genickt und ist gegangen. Netter Kerl. Warum willst du nicht darüber reden?«

»Unser Vater hat sich deswegen erhängt.« Annabelle flüsterte noch leiser. Ihr Bruder sollte nicht merken, dass ihr die Luft wegblieb.

Kiki sah seine Schwester liebevoll an. »Das glaubst du. Sicher ist es nicht. Hör auf, dich zu quälen.«

Ihr Handy klingelte.

»Geh dran, ich spiele ohnehin noch weiter«, sagte Kiki Winter und verschwand im großen Salon.

Es war Herr Beckmann, der vor Aufregung kaum sprechen

konnte. »Ich habe doch geschrien, als ich die Tüte neulich Nacht beim Griechen aufgemacht hab. Deshalb konnte ich mich erst nicht erinnern. Aber der Porsche ist währenddessen weggefahren. Ich habe das Geräusch im Hintergrund gehört. Also war da doch jemand, der mich beobachtet hat.«

Ohne genau zu wissen, warum, sagte Annabelle: »Sprechen Sie mit niemandem darüber. Tun Sie mir den Gefallen. Mit absolut niemandem. Ich bin spätabends dort gewesen. Kein Porsche.«

Am anderen Ende der Leitung war es einen Augenblick lang still, dann sagte Herr Beckmann zögernd: »Ich habe … oh, ich muss Schluss machen, da kommt mein Freund.« Dann brach die Verbindung ab.

Annabelle blieb nachdenklich im Flur stehen. Herr Beckmann hatte irgendjemandem von seinem Erlebnis erzählt. Hoffentlich nur einem seiner Kumpel unter der Brücke. Dennoch – wohl war ihr auch bei diesem Gedanken nicht. Vielleicht hatte er ja sogar den Fahrer des Porsches gesehen und würde sich auch daran noch erinnern. Sie nahm sich vor, gegen Abend zur Brücke zu fahren.

***

Obwohl sie die genaue Adresse vergessen hatte, war die kleine Seitenstraße mit den drei gleichen Mietshäusern am Rande von Harlaching leicht zu finden. Der Taxifahrer verlangte zwanzig Euro Anzahlung, weil er warten sollte. Erst gestern habe ihn ein Fahrgast um den Fahrpreis geprellt, sagte er brummig.

Schnellen Schrittes ging Annabelle auf das erste Haus in der Reihe zu. Doch auf keinem der zwölf Klingelschilder stand der Name Milic. Unsicher blickte sie sich um. Hatte sie sich im Haus vertan?

»Ich bin ein Trottel«, sagte sie halblaut zu sich selbst, machte dem wartenden Taxifahrer ein Zeichen weiterzuwarten und schritt zum nächsten Haus.

Der Hausmeister Zvolko Milic wusste viel über die Menschen, die ermordet worden waren, davon war Annabelle überzeugt. Sie würde versuchen, den ruppigen Kerl etwas ausführlicher zum

Reden zu bringen. Auch wenn die Auftraggeber tot und verschwunden waren – war es nicht eine Frage der Agentur-Ehre, den verknoteten Fall zu lösen?

Zvolko Milic hatte wahrscheinlich eine Affäre mit der falschen Frau Weber, der Haushälterin der Kehlmanns, gehabt und im Laufe der Wochen und Monate dies und das erfahren. Wenn Kriminalrat Lehner und seine Leute den Hausmeister Zvolko Milic allerdings bereits verhört hatten, war für sie nicht mehr viel zu holen. Trotzdem wollte sie es auf einen Versuch ankommen lassen.

Es war kein Irrtum gewesen – Svolko Milic hatte im ersten Haus gewohnt. Annabelle sah bei näherer Prüfung, dass eines der Klingelschilder für den zweiten Stock neuer war als die übrigen.

»Herr Milic? Ja, der ist letzte Woche ausgezogen.« Nach ein paar vergeblichen Klingelversuchen hatte Annabelle die Hausmeisterin der Anlage ausfindig gemacht.

»Sind Sie eine Freundin von ihm?« Scharfe braune Augen musterten Annabelle neugierig und ein wenig argwöhnisch. Die geblümte Kittelschürze in rosa und blauen Tönen spannte über üppigen Formen und ließ zwischen den Knöpfen ein matt glänzendes, blasslila Jerseyunterkleid aufblitzen.

Annabelle schüttelte den Kopf. »Nein, mir ist an der Tankstelle mein Personalausweis aus der Tasche gefallen, und er hat ihn gefunden. Ich wollte ihn abholen und mich bedanken.«

Die Hausmeisterin entspannte sich. »Ach, das ist ein Pech. Der ist über Nacht ausgezogen. Ganz komisch. Ich habe es zufällig gesehen, weil ich abends noch mal raus bin.«

Immer noch beobachtete sie Annabelles Reaktion. Als sie nichts als gleichmütiges Bedauern sah, wurde sie zutraulicher.

»Was genau der Herr Milic gemacht hat, weiß ich nicht. Wohin er gezogen ist, weiß ich auch nicht. Einfach weg. Puff.«

»Hatte er denn seine Wohnung möbliert gemietet?«

»Ja, Hauptmieter ist eine Firma. Die bringen da ihre Leute von außerhalb unter, hat der Herr Milic gesagt. Er hat bloß drei Monate drin gewohnt.«

»Ach ja? Wie hieß die Firma?«, fragte Annabelle so beiläufig wie möglich.

Der Hausmeisterin entfuhr ein bedauernder Seufzer. »War irgendwie ein guter Typ insgesamt. Nur so verschlossen. Wie die Firma hieß? Warten Sie. Einen komplizierten Namen hatte die.«

Sehr merkwürdig, dachte Annabelle. Der Hausmeister Zvolko Milic hatte auch mit seiner Hausmeisterin, wie es schien, näheren Kontakt gepflegt. Dass er drei Straßenbahnhaltestellen weiter wie sie als Hausmeister arbeitete, hatte er ihr aber offenbar nicht erzählt.

»Jetzt weiß ich es wieder«, stieß die Frau in der Kittelschürze hervor, »jawohl, ›Verband für Sicherheit und Stabilität e.V.‹ heißt die Firma.«

Annabelle murmelte ein »Danke« und verabschiedete sich eilig.

Wer war Zvolko Milic? Der Verband für Sicherheit und Stabilität war eine Tarnfirma. Dahinter verbarg sich der Verfassungsschutz. Zwei Jahre zuvor hatte die Agentur Heimroth, Winter & de Groot zu Beginn eines lukrativen Überwachungsauftrages für ein Elektronikunternehmen in Franken, das im Irak Geschäfte machen wollte, zwei unangenehme Begegnungen mit genau dieser Firma gehabt und war von höchster Stelle zurückgepfiffen worden.

Elly hatte getobt, weil sie gezwungen wurden, den Auftrag zurückzugeben. Es hatte nicht einmal eine Entschädigung für entgangenes Honorar gegeben. Und jetzt kam ihr dieser Verband wieder unter. Ausgerechnet im Zusammenhang mit einer zwielichtigen Gestalt wie Zvolko Milic.

***

»Wo zum Teufel warst du? Hier läuft alles heiß, und du tauchst unter. Bist du völlig durchgeknallt?«

Alex de Groots Stimme war kalt und zornig.

»Was regst du dich auf? Du warst auch nicht pünktlich im Büro.« Annabelle eilte auf das Besprechungszimmer zu und öffnete die Tür. Der Konferenztisch war leer. Kein Handy.

»Hast du mein Handy weggenommen?«

»Hör zu, Annabelle, du kannst nicht einfach weglaufen und die

Eingangstür zur Agentur sperrangelweit offen lassen. Bei allem Verständnis für deine Zerstreutheit, das geht zu weit.«

Alex war Annabelle zum Besprechungsraum gefolgt. Annabelle war auf der Schwelle stehen geblieben.

»Hast du mein Handy genommen, verdammt?«

Alex de Groot verdrehte die Augen gen Himmel. »Nein, was sollte ich damit?«

»Wer hat es dann genommen? War Elly im Büro?«

»Nein, Elly ist gestern mit Buenos Aires vom Flughafen aus in die Berge gefahren. Sie hat eine Nachricht auf Band gesprochen.«

Annabelle starrte Alex an. »Du musst mir glauben. Als ich heute Morgen um neun gekommen bin, war alles wie immer. Ich bin nur ein paar Minuten geblieben. Beim Weggehen habe ich abgeschlossen, ich schwöre es.«

Alex de Groot schien nicht mehr der sanfte, liebevolle Freund zu sein.

»Ich rufe jetzt einen Kumpel an, der untersuchen wird, ob jemand an dem Schloss herumgemacht hat. Gnade dir Gott, wenn er nichts findet.« Seine Stimme war eisig.

Zu erschrocken, um sich zu wehren, ließ Annabelle sich in einen der Sessel im Flur fallen und schloss die Augen. Sie hatte nicht vorgehabt, ein weibliches Druckmittel einzusetzen, aber die dicken Tränen, die unter ihren Lidern die Wangen hinabkullerten, hätten einen Stein erweicht.

Einen Augenblick lang betrachtete Alex de Groot seine Kollegin schweigend und mit unbewegtem Gesicht. Dann setzte er sich hinter dem Empfangstresen an seinen Schreibtisch und telefonierte.

Dreißig Minuten später war der Spezialist da, ein freundlicher dicklicher Mann im Monteuranzug mit einem schweren Koffer, der an Pilotengepäck erinnerte.

Er brauchte kaum drei Minuten, das Schloss auszubauen. Dann zerlegte er es in seine Einzelteile und legte sie auf eine Filzunterlage, die er auf dem Parkett ausgebreitet hatte. Er schraubte ein tragbares Mikroskop zusammen, dessen Bestandteile in dem Koffer waren, und prüfte jedes Stück eingehend.

Nach einer knappen halben Stunde war die Aktion beendet.

Klaus Meyer, wie Alex ihn Annabelle vorgestellt hatte, stand auf und sagte zu Annabelle, die das Geschehen von ihrem Sessel aus äußerlich unbeteiligt verfolgt hatte: »Da hatten Sie aber einen guten Riecher, Gnädigste. Profiarbeit.«

Er packte seine Gerätschaften sorgfältig wieder in den Koffer.

»Ein bisschen genauer, bitte«, sagte Alex ungeduldig.

»Seit wann brauchst du Einzelheiten?«, fragte der andere überrascht zurück.

Er blickte zu Annabelle und murmelte: »Ach so, na gut. Jemand hat ein Ding angesetzt, das nicht viel größer ist als ein mittlerer Schraubenzieher. Damit kann man buchstäblich jedes noch so todsichere Sicherheitsschloss öffnen und auch wieder verschließen. Spuren sind nur zu sehen, wenn das Schloss ausgebaut wird.«

»Wer hat solche Geräte?« Annabelle dachte, dass sie sich hätte räuspern sollen. Sie klang heiser, so als hätte sie Angst. Hatte sie?

»Top-Profis«, sagte der Mann, der mit Sicherheit in Wirklichkeit nicht Meyer hieß, und zuckte mit den Schultern. »So ein Apparat kostet über hunderttausend. Das kann sich nicht jeder leisten.«

Er öffnete die Tür und sagte abschließend über die Schulter: »Braucht auch nicht jeder.«

Schweigend standen sich Annabelle und Alex gegenüber. Sie merkte, wie ihr Herz wild klopfte. Er hatte ihr nicht geglaubt. Sollte er doch zuerst etwas sagen.

Das durchdringende Klingeln des Telefons befreite beide aus der misslichen Lage.

»Lehner. Für dich«, sagte Alex kurz und verschwand in Richtung Teeküche.

»Ganz schön sorglos gehen Sie mit Ihren Sachen um, Frau Winter«, hörte Annabelle Kriminalrat Lehner spötteln.

»Wieso?«

»Vermissen Sie Ihr Handy?«

Etwas in Annabelles Hinterkopf leuchtete auf wie eine kurze Stichflamme. Eine Erinnerung, ein Gedanke, etwas, das sie gehört hatte. Es war weg, ehe sie es in den abrufbaren Teil ihres Gedächtnisses locken konnte.

»Sind Sie noch da?« Lehner schrie fast.

»Ich bin nicht schwerhörig«, sagte Annabelle leise, »allerdings vermisse ich mein Handy, es ist …«

Sie wollte sagen »gestohlen worden«. Aber sie stockte, sagte stattdessen: »Ich muss es irgendwo verloren haben.«

»Unsere Spezialisten von der Spurensicherung haben es vor drei Stunden am Gartenzaun um die Ecke gefunden, neben der Stelle, wo Ihr Auto stand. Sollen wir es Ihnen …«

»Vielen Dank, aber ich komme gleich vorbei und hole es mir ab.«

»Noch besser«, sagte Lehner aufgeräumt, »dann trinken wir zusammen einen Becher von unserem lauwarmen Turbokaffee.«

Er lachte und legte auf.

»Warum hast du ihm nicht die Wahrheit gesagt?«

Annabelle fuhr herum. Sie hatte nicht gehört, dass Alex aus der Teeküche zurückgekehrt war und hinter ihr stand. Sein Blick durchbohrte sie.

»Ich … dir sage ich heute gar nichts mehr. Und überhaupt, wenn du noch ein einziges Mal meine Mutter oder meinen Bruder auszuhorchen versuchst …« Sie hielt inne und wusste nicht weiter.

»Was dann? Willst du mich vierteilen, deinen Job aufgeben oder Elly petzen, dass ich Bescheid wissen will, wen ich da zu heiraten gedenke?«

***

Die Taxifahrt zum Präsidium war wieder teuer. Mit zu großem Trinkgeld noch teurer. Elly würde im Quadrat springen. Annabelle seufzte, stopfte die Quittung in ihre Tasche und stieg aus.

Ein Mann im Anzug schritt vom hinteren Trakt her über den Hof des Präsidiums dem Tor entgegen. Er war noch zu weit weg, aber etwas an ihm machte Annabelle stutzig.

Sie beschleunigte ihre Schritte. Der Mann kam ihr bekannt vor. Sie kniff die Augen zu, fixierte die Gestalt und erkannte sie plötzlich: Es war der Grünwalder Hausmeister Zvolko Milic. Was tat der im Polizeipräsidium? Sie wusste nicht, warum, war sich aber sicher, dass er sie ebenfalls gesehen und erkannt hatte.

Sie ging noch schneller. Vor der Torbogendurchfahrt wandte er sich nach rechts und entschwand ihrem Blick.

Als sie den Torbogen durchquert hatte, blickte sie nach links. Doch da war niemand. Kein zweiter Eingang, nichts, nur ein paar Stufen, die abwärts zu einer Kellertür führten.

Ein blitzschneller Rundumblick zeigte Annabelle, dass in diesem Moment niemand im Hof auf sie zu achten schien. Mit zwei Sätzen war sie bei den Stufen, sprang sie hinab und rüttelte an der Klinke. Die Kellertür war verschlossen. Wohin war der Mann verschwunden?

»Was tun Sie da? Wer sind Sie? Kommen Sie sofort herauf!« Die entrüstete Stimme eines Polizeibeamten ließ sie vor Schreck zusammenfahren. Sie hatte nicht gehört, dass er sich genähert hatte.

»Ach, ich … mein Bällchen ist da runtergerollt.« Annabelle stotterte und sah geflissentlich an dem Polizisten vorbei.

»Ihr Bällchen, aha! Deswegen müssen Sie versuchen, die Tür aufzumachen. Ihre Papiere möchte ich sehen. Und schön langsam die Tasche öffnen.«

Der Beamte war blutjung, unsicher und hielt sie anscheinend für eine Terroristin. Oder eine Wahnsinnige. Was sie irgendwie ja auch war. Hätte sie nicht eine bessere Ausrede finden können als ein weggerolltes Bällchen? Was war nur in sie gefahren?

»Wissen Sie, ich habe so ein ganz kleines amerikanisches Hartgummibällchen, mit dem ich spiele, wenn ich mich konzentrieren … ehm, meine Papiere?«

Während sie in ihrer Umhängetasche nach der Brieftasche kramte, rief der Beamte über Funk Verstärkung. Die Sache begann unangenehm zu werden.

»Ihre Papiere«, mahnte der Beamte angespannt und hielt die Rechte an dem Pistolenhalfter, der an seinem Gürtel hing.

»Ich, ich fürchte, ich habe alles im Büro in der anderen Tasche gelassen.« Annabelle verfluchte sich innerlich.

»Dann kommen Sie mit. Wir müssen Sie überprüfen.« Der hinzugerufene Beamte war wesentlich älter und wesentlich abgebrühter als sein junger Kollege.

»Bitte rufen Sie Kriminalrat Dr. Lehner an, er erwartet mich.«

Der Versuch, ihrer Stimme professionelle Entschlossenheit zu verleihen, schlug kläglich fehl, sie piepste beinahe.

Der Jüngere sah sie zweifelnd an. Der Ältere zog sein Handy aus dem Etui und fixierte Annabelle. »Wenn Sie das jetzt erfunden haben, dann bekommen Sie echten Ärger.«

Seine Augen bohrten sich drohend in ihr Gesicht.

***

Zehn Minuten später stand Annabelle Kriminalrat Lehner gegenüber. Sie hatte gehofft, er würde den kleinen Zwischenfall heiter nehmen, doch das Gegenteil war der Fall.

»Was wollten Sie an der Kellertür?«, fragte er gereizt und ohne jede Verbindlichkeit.

»Ich habe den Hausmeister Zvolko Milic über den Präsidiumshof laufen gesehen. Was tut der hier?«

»Sie haben meine Frage nicht beantwortet. Was wollten Sie an der Kellertür?«

Annabelle wurde heiß vor Entrüstung. »Hören Sie mir nicht zu? Der komische Hausmeister der Kehlmanns ist hier über den Hof gegangen. Vor einer Viertelstunde.«

Kriminalrat Lehner hatte sich umgedreht und war zu seinem Schreibtisch gegangen. Er schien Annabelle nicht zuzuhören. Aus einer Schublade zog er ihr Handy und legte es vor sich auf die Schreibplatte. »Will Ihnen jemand Angst einjagen?« Er hielt den Kopf gesenkt, statt sie anzusehen.

»Wieso? Ich habe doch gesagt …«

»Ich weiß, was Sie gesagt haben.« Die Stimme von Lehner klang jetzt müde und besorgt.

»Ich habe Ihnen auch gesagt, dass Sie mich nicht belügen sollen. Sie tun es trotzdem.«

»Ich …«

»Lassen Sie das«, sagte Lehner, »und vergessen Sie diesen Herrn Milic. Der ist längst in Kroatien. Sie haben irgendjemand anderen gesehen. Machen Sie keinen Aufstand deswegen.«

Er log. Das war offensichtlich.

Annabelle starrte ihn an.

»Schauen Sie nicht so. Ich rate Ihnen gut, sich aus unserer Arbeit rauszuhalten.«

Kriminalrat Lehner ließ sich zurückfallen und wippte mit der Rückenlehne, jeder Zoll genervte Abweisung.

»Ihr Auftraggeber ist tot. Seine Frau verschwunden. Hören Sie auf, sich in Angelegenheiten zu mischen, die Sie nichts mehr angehen. Die Sache ist eine Nummer zu groß für Sie.«

»Aber …«

Wieder unterbrach Lehner sie: »Das ist ein guter Rat von mir. Den sollten Sie endlich beherzigen. Und jetzt entschuldigen Sie mich, ich habe zu tun.«

Ehe Annabelle etwas erwidern konnte, öffnete sich die Tür, und Wohlgemuth trat mit einem Ordner unter dem Arm ein. Als er Annabelle sah, verzogen sich seine schmalen Lippen zu der Andeutung eines Grinsens. Er grüßte sie nicht, ging an ihr vorbei zum Schreibtisch und legte den Ordner vor Lehner.

Der ergriff schweigend den Ordner, schlug ihn auf, blätterte und sah dann auf. »Da fehlen mindestens sechzig Seiten. Wo sind die?«

Wohlgemuth zuckte gleichgültig mit den Schultern. »Keine Ahnung. So ist der Ordner von drüben gekommen.«

Lehner hatte schon zum Telefon gegriffen. »Den Huber vom LKA. Ich brauche ihn. Es eilt. Er soll sofort herfahren«, bellte er in die Sprechmuschel.

Erst jetzt fiel ihm auf, dass Annabelle noch an der Tür stand.

»Ja, was ist? Haben wir uns nicht verabschiedet? Auf Wiedersehen, Frau Winter, machen Sie die Tür hinter sich zu, wenn Sie draußen sind.«

***

Polizeiobermeister Mehler saß im verdunkelten Fond einer großen Limousine, die gen München rauschte, und versuchte, der wirren Gedanken, die kreuz und quer durch seinen Kopf schossen, Herr zu werden.

Was wollte man von ihm? Ein Glück, dass er sich am Vorabend noch die Haare von seinem Kumpel aus dem Taubenzüchterverein hatte schneiden lassen. Jetzt gab es kein dünnes graublondes Kringeln mehr hinter seinen Ohren. Allerdings war es auch sonst ziemlich luftig geworden auf seinem Kopf. Egal. War ihm etwa ein schwerer dienstlicher Fehler unterlaufen? Nein, dann hätten sie wohl nicht eine Riesenlimousine mit abgedunkelten Scheiben geschickt. Hatte man ihn gekidnappt? Kaum. So verblödet konnte doch kein Verbrecher sein.

Mehler beugte sich nach vorne. Eigentlich hatte er sich neben den Fahrer setzen wollen. Der aber hatte den Kopf geschüttelt und die hintere Tür geöffnet. Man dürfe ihn, Mehler, nicht sehen.

Irgendwie ungemütlich fühlte sich der Passauer Polizeiobermeister auf seiner weichen, ledergepolsterten Rückbank. Wenn er wenigstens ein kleines bisschen verstehen würde, was das alles zu bedeuten hatte.

Erst eine Dreiviertelstunde war es her, dass der Pförtner vom Passauer Polizeipräsidium ihn rausgerufen hatte. Um neun Uhr dreißig. Gerade als er in die Frühstückspause gehen wollte. Da sei einer aus München für ihn. Dringend.

Am Eingang stand dann der Kollege aus München, zeigte freundlich seinen Ausweis, er war Polizeiobermeister wie er selbst, und sagte ihm, sie würden beide nach München fahren. Sofort. Anordnung von oben.

Er konnte gerade noch die Uniformjacke aus seinem Büro holen. Mehr nicht. Wegen seiner Mütze, die er vergessen hatte, durfte er nicht nochmals umkehren. Weil alles eilig und streng geheim sei. Bescheid sagen dürfe er auch niemandem. Absolut niemandem.

Zum zweiten Mal fragte Mehler den Kollegen am Steuer laut, was eigentlich der Grund für die geheimnisvolle Fahrt sei. Doch der antwortete gleichbleibend einsilbig, das könne er nicht sagen. Er wisse es selbst nicht.

***

Kriminalrat Manfred Lehner wippte mit seinem Stuhl vor und zurück und dachte angestrengt nach. Die Seiten aus dem Aktenordner mit den unbekannten Leichen und den Vermissten mussten in großer Eile entfernt worden sein, denn das Deckblatt eines Berichtes aus Passau war noch da. Der Bericht selbst fehlte. Der Kollege aus dem Vermisstendezernat hatte geschworen, niemand außer ihm selbst habe die Akte angerührt.

Beinahe übertönten Lehners Gedanken das Schrillen des Telefons.

»Ja, schicken Sie ihn rauf«, sagte er in den Hörer.

Die rasante Entwicklung der Ereignisse beunruhigte ihn. Er war noch nicht so weit, brauchte mehr Zeit, um die Dinge in seinem Kopf zu ordnen.

Als es klopfte, sprang er auf und öffnete die Tür. »Polizeiobermeister Mehler, grüß Gott!«, sagte der Ankömmling mit strammer Stimme.

»Ist schon recht«, sagte Lehner, »danke, dass Sie gekommen sind. Nehmen Sie Platz. Kaffee?«

»Bin so frei«, sagte Mehler und ließ sich auf dem Rand des Besucherstuhles nieder. Oft war er noch nicht im Münchner Polizeipräsidium gewesen.

Während Mehler Milch und Zucker in seinen Kaffee rührte, bat Lehner um Entschuldigung für die Geheimniskrämerei und Entführung. »Glauben Sie mir, es ist zu Ihrem eigenen Schutz, auch telefonieren war mir zu unsicher.«

Dass der Passauer Polizeiobermeister kein Wort verstand, war zu sehen.

Lehner seufzte und stellte etwas vage eine umfassende Aufklärung in Aussicht. Mehler nickte höflich und verstand immer noch nichts.

Drei Stunden später saß er, erschöpft und ausgequetscht wie eine Zitrone, wieder im Fond der Limousine, die zurück nach Passau raste. Gerade eine Butterbrezel hatte er zu essen bekommen. Und dazu immer weiter den furchtbaren lauwarmen Kaffee. Die Kollegen in München waren nicht zu beneiden. In keiner Hinsicht.

Er, Mehler, hatte Auskunft geben sollen über den armen Teufel aus der Donau, den, der keine Hände und keine Füße mehr hatte. Und auch keinen Kopf. Um den ging es, nur um den.

Ja freilich hatte er einen ausführlichen Bericht geschrieben.

Gehörte sich doch so, oder? Aber warum tat der Kriminalrat so geheimnisvoll?

Auf die hochinteressanten Tätowierungen an den Oberarmen und auf der Brust war er in seinem Bericht natürlich ausführlich eingegangen. Da kannte er sich bestens aus. Mitteilungen in Form von Tätowierungen waren schließlich sein Steckenpferd.

Der Kriminalrat hatte sich alles erzählen lassen und aufmerksam zugehört, Fragen gestellt, keine dummen Fragen, weiß Gott. Aber warum ihn die Leiche dermaßen interessierte, wollte er ihm einfach nicht sagen.

Am Schluss war ihm dann noch etwas so wichtig gewesen, dass er es zweimal wiederholt hatte. Ihn, Lehner, solle Mehler auf keinen Fall anrufen. Wenn ihm noch etwas einfalle, das wichtig sein könnte, dann, leider, müsse er eben noch einmal persönlich nach München kommen.

Überhaupt: Schweigen solle er über seinen Ausflug nach München. Zu keinem Menschen ein Sterbenswörtchen sagen. Nicht zur Frau, nicht zur Geliebten. Was, Geliebte? Woher wusste der denn das jetzt wieder? Dabei waren sie doch so vorsichtig, er und seine Mausi.

Eine komische Geschichte, das Ganze. Dass es gefährlich für ihn werden konnte, wenn er den Mund nicht hielt, das hatte Winfried Mehler schnell begriffen. War ja nichts dabei, ein bisschen still zu sein. Zu Hause übte er das schließlich schon fast dreißig Jahre. Und wer weiß, vielleicht konnte ihn der sympathische Kriminalrat noch einmal brauchen? Er war bereit.

***

Es war dieselbe teure Blondine, die Annabelle die Tür zur ALTA-Immobilien GmbH schon einmal geöffnet hatte. Wieder fragte sie hochnäsig, ob sie einen Termin habe. Und wieder wurde sie unsicher, als Annabelle durch sie hindurchsah und darauf bestand, Herrn Werner zu sprechen. Sofort.

Annabelle lächelte und sah ihr nach, wie sie auf schwindelerregend hohen Absätzen quer durch die Halle schwankte. Von hinten sah ihr Gang aus wie der einer Ente auf Schlittschuhen.

Herr Werner, der aalglatte Enddreißiger, war beinahe schneller in der Halle, als die Blondine Zeit gehabt haben konnte, ihn zu informieren.

»Frau Winter, ich erinnere mich. Was führt Sie heute zu uns? Immer noch das Haus in der Kopernikusstraße?«

An den Schläfen des Immobilienmaklers zuckte ein widerspenstiger Nerv. Annabelle beobachtete ihn fasziniert. Der smarte Herr Werner war nervös.

»Bei Ihnen war doch auch Herr Kehlmann Kunde, ein Nachbar der ermordeten Frau Cornelius, wenn ich nicht irre.«

Weich und schmeichelnd ruhte Annabelles Blick auf dem zuckenden Nerv.

Herr Werner fuhr zusammen. »Ich … ehm, ähh, wir … ich … gehen wir in mein Büro.«

Er ging nicht, er rannte fast. Annabelle folgte ihm, langsam, darauf bedacht, auf dem spiegelnden Parkett nicht auszurutschen.

Mit einer schwachen Handbewegung deutete Herr Werner Annabelle an, sich zu setzen. Er selbst ließ sich auf seinen Schreibtischstuhl fallen, als wären ihm die Beine weggezogen worden.

»Ich kenne keinen Herrn Kehlmann«, sagte er ungeschickt und räusperte sich. Herr Werner log miserabel. Seine Kehle schien ausgetrocknet zu sein. »Wieso fragen Sie mich?«

»Sie haben aber ein Bürogebäude in der Nähe der Messestadt, das Sie vermieten wollen, nicht wahr?«

Herr Werner fasste sich langsam. »Na und?«, fragte er frech, »wollen Sie eine Etage mieten?«

»Nein«, sagte Annabelle leise, »Herr Kehlmann hat von Ihnen eine möblierte Etage für ein oder zwei Tage gemietet.«

Neben dem zuckenden Nerv auf Herrn Werners Stirn schwoll gerade eine vorwitzige Ader.

Annabelle lächelte Herrn Werner auffordernd an. »Ich könnte Ihnen eventuell helfen. Wir würden eine Vereinbarung treffen«, sagte sie sanft.

»Ich verstehe kein Wort«, sagte Herr Werner grob und stand auf, »was wollen Sie?«

»Weniger als Sie«, sagte Annabelle vage. »Ich will nur gewisse Informationen von Ihnen – vor der Polizei.«

»Wieso Polizei? Was reden Sie da?«

»Ihr Kunde, Herr Kehlmann, der Kovalenko heißt, ist gestern erschlagen und erdrosselt in einem Kofferraum gefunden worden.«

Der smarte Herr Werner wurde aschfahl. Er sank wieder auf seinen Stuhl. »Aber ich habe … ich meine, ehrlich: Ich kenne keinen Herrn Kehlmann … der war doch gar nicht …« Er schnaufte heftig, ein Ruck ging durch seinen Oberkörper. »Da war nur die Frau.«

»Was für eine Frau?«

»Ich weiß nicht, wie sie heißt. Sie hat enorm viel Geld auf den Tisch gelegt. Damit wir ein repräsentatives Büro arrangieren.«

»Wozu?«

»Sie sagte, dass ihr Mann und sie repräsentative Büroräume bräuchten, weil sie kein Büro hätten und einen Tag lang einem zukünftigen Geschäftspartner zeigen müssten, dass es seriös bei ihnen zugeht. Vielleicht hieß die Frau Kehlmann, ich weiß es nicht mehr.«

»Wie sah die Frau aus?«

Herrn Werner war die Rolle des frech überheblichen Immobilienexperten abhandengekommen, er war nur noch eine schlotternde Seele in lächerlich modischer Aufmachung. Annabelle fühlte beinahe Mitleid mit ihm.

Er beschrieb Carlotta Kehlmann einschließlich ihrer himbeerroten Krokodilledertasche von Hermès. Dann stockte er. »Das Geld, das die Frau bezahlt hat …«

»Was ist damit?« Annabelle verstand nicht.

»Ich habe es schwarz angenommen. Wenn mein Chef erfährt, was ich da gemacht habe, bin ich geliefert.« Flehend sah er sie an. »Sie haben gesagt, Sie helfen mir.«

»Wer ist Ihr Chef?«

Herr Werner zögerte. »Ich will nichts mit Mord zu tun haben. Ich meine, ich kann doch nichts dafür. Woher soll ich ahnen, dass der Ehemann von der Frau umgelegt wird?«

Annabelle wurde ungeduldig. »Wer ist Ihr Chef?«

Den Blick auf die Tischplatte gesenkt, murmelte der junge Immobilienmakler: »Ich kann es mir nicht leisten …«

»In einen Mordfall verwickelt zu sein, ist nicht unbedingt eine Empfehlung.«

Plötzlich straffte Herr Werner sich. »Wissen Sie was? Ich sage Ihnen gar nichts. Sie können ja raten.«

Annabelle war die ganze Zeit über vor dem Schreibtisch stehen geblieben. Jetzt trat sie näher und beugte sich über den Tisch zu ihm. »Ich brauche nicht zu raten. Ihr Chef heißt Subkow. Borys Subkow. Er tritt auf als Herr von Strux. Als ich das letzte Mal hier war, haben Sie behauptet, einen Mann dieses Namens nicht zu kennen. Und ich soll Ihnen helfen?«

Ohne nachzudenken, hatte Annabelle den Namen genannt.

Herr Werner wurde abwechselnd rot und bleich. Er umklammerte die Armlehnen seines Stuhls. »Ich …«

»Bleiben Sie sitzen, ich finde alleine hinaus«, sagte Annabelle kalt, »guten Tag.«

***

Wieder regnete es. Das Thermometer hatte sich mittlerweile auf sechs Grad Celsius eingependelt. Es war mit Sicherheit einer der kältesten und feuchtesten Maimonate der letzten hundert Jahre.

Dank des lächerlich großen Angebots an Taxis in der Stadt gelang es Annabelle sogar, an der Ausfallstraße einen Wagen zu ergattern.

Das Innere des Taxis roch sauer. Der Fahrer, ein älterer Mann, nahm es offensichtlich mit der Körperhygiene nicht so genau. Ekelhaft, dachte Annabelle, sie sollte wieder aussteigen. Doch sie rümpfte nur die Nase, atmete durch den Mund und blieb sitzen.

Die Strecke nach Grünwald war kompliziert und zog sich. Eine direkte Verbindung existierte nicht. Der Mann hinter dem Steuer schien die Fahrt zu genießen und überschritt die zulässige Geschwindigkeit um keinen Meter.

Annabelle auf dem Rücksitz begann auf leiser Flamme zu kochen. Der Geruch im Wagen war von Minute zu Minute schwerer auszuhalten.

»Wo fahren Sie eigentlich hin?«, fragte sie gereizt. »Ich will nach Grünwald, in die Kopernikusstraße.«

Der Umweg, den sie Annabelles Meinung nach machten, war enorm. Doch erstaunlicherweise hielt sich am Schluss der Fahrpreis in Grenzen.

»Warten Sie, ich komme gleich wieder«, sagte Annabelle und wollte aussteigen.

»Zahlen müssen Sie trotzdem bis hierher«, sagte der Alte knapp. Er drehte sich nicht einmal um.

Wortlos zog Annabelle einen Fünfzig-Euro-Schein aus dem Portemonnaie. »Sie warten!«, wiederholte sie.

***

Das Haus der Kehlmanns stand kalt und nichtssagend in seiner Rasenwüste. Das Gartentor war verschlossen und versiegelt. Annabelle blickte durch die Streben des Tores auf die cremeweiße Kiesauffahrt, deren Ton mit der Hausfassade korrespondierte.

Wer immer Kehlmann alias Kowalenko gewesen war – er tat ihr leid. Sie hatte ihn gemocht, diesen kleinen, muskulösen Mann, der sich bemüht hatte, keine Emotionen zu zeigen, und doch verzweifelt geliebt hatte – einen Mann, der gefährlicher war als ein gereizter Puma.

Er hatte Schutz von der Agentur Heimroth, Winter & de Groot erbeten und viel Geld dafür bezahlt. Weder sie noch Elly oder Alex hatten ihm Glauben geschenkt. Jetzt war er tot, und sie hatte das Gefühl, ihm etwas schuldig zu sein. In Gedanken schickte sie ein halbes Versprechen über die Gartenmauer. Zumindest würde sie versuchen, seinen Mörder zu finden.

Annabelle seufzte tief. Dann drehte sie den Kopf. Nebenan bei den Eigners, den Nachbarn, die verreist gewesen waren, tat sich etwas. Das Oberlicht eines Fensters war schräg gestellt. Am Tag zuvor war es noch geschlossen gewesen. In der Einfahrt stand eine schwere Audi-Limousine vor der Garage.

Ohne sich zu überlegen, was sie tat, marschierte Annabelle in die Einfahrt, vorbei an der Limousine zur halb geöffneten Gartenpforte. Ihre Schritte knirschten auf dem Kies. Die Klingel an der Haustür war so diskret angebracht, dass Annabelle sie beinahe übersehen hätte.

Es dauerte eine Weile, dann hörte sie im Haus Schritte, die sich näherten. Die Tür ging auf, und ein schmaler, gebräunter Endvierziger, ein Typ wie aus einer Zahnpastareklame, sah sie fragend an.

»Entschuldigen Sie die Störung, wissen Sie zufällig, was mit Ihren Nachbarn ist? Ich sollte etwas abholen, aber niemand macht auf.«

Der Mann musterte die Besucherin aufmerksam mit eisig blauen Augen. »Was sollten Sie abholen?« Seine Stimme hatte einen weichen östlichen Akzent.

Annabelle ignorierte seine Frage. »Ans Telefon geht auch niemand. Sind Ihre Nachbarn verreist?«

»Ich weiß nichts«, sagte der Mann.

Annabelle versuchte, an ihm vorbei einen Blick ins Haus zu werfen, doch die Tür war nicht weit genug geöffnet.

»Ja dann«, sagte sie, »kann man nichts machen. Nochmals Entschuldigung für die Störung.«

Der Mann schwieg. Sie hatte sich schon zum Gehen gewandt, als er sie zurückhielt. »Was war es, das Sie abholen sollten?«

»Ein Gewehr«, sagte Annabelle, »nur ein Jagdgewehr.«

Sie erschrak. Warum hatte sie das gesagt? »Sind Sie Herr Eigner?«, fragte sie.

Der Mann blickte sie nur leer an.

»Ich meine nur, Frau Kehlmann von nebenan hat so nett von ihren Nachbarn gesprochen«, log Annabelle, »ich mache mir Sorgen, wo sie nur sein könnte. Darf ich mir Ihre Handynummer einspeichern und Sie nochmals anrufen?«

Sie zückte ihr Handy. Doch sie erhielt keine Antwort mehr.

Fast geräuschlos schloss sich die Haustür.

»Heute ist nicht mein Tag«, sagte sie laut, als sie wieder auf der Straße stand.

Plötzlich hatte sie das Gefühl, beobachtet zu werden. Doch als sie sich umdrehte, war niemand zu sehen. An den offenen Fenstern im ersten Stock der Eigner-Villa stand auch niemand. Wer tiefer im Raum stand, konnte von unten allerdings nicht bemerkt werden.

Auch das Taxi war unsichtbar geworden, einfach weggefahren.

Zusammen mit der hohen Anzahlung. Mochte der Taxifahrer auch alt und ungewaschen sein, betrügen konnte er. Nicht einmal eine Quittung hatte sie. Und ihr Schirm lag im Taxi.

Annabelle fluchte lautlos vor sich hin. Hatte der Mann, der wahrscheinlich Herr Eigner war, gewusst, dass das Kehlmann-Haus komplett leer war? Hatte er das Polizeisiegel an der Haustür und dem Gartentor gesehen? Wenn ja, dann wusste er, dass sie ihm ein Märchen aufgetischt hatte. In dem Fall war aber auch erwiesen, dass er kein argloser Nachbar war. Denn sonst hätte er das Siegel erwähnt.

Sie schaltete ihr Handy ein. Drei Anrufe, zwei Nachrichten. Die Anrufer hatten nicht auf die Mailbox gesprochen. Zweimal Alex, einmal unbekannt.

In der stillen Straße hörte sie das Röhren eines Sportwagens, der mit Höchstgeschwindigkeit fuhr. Das Röhren wurde lauter, mehr zufällig drehte sie den Kopf.

Ein schwarzer Porsche näherte sich von hinten, raste genau auf sie zu. Das Gesicht des Fahrers war unter einer schwarzen Gletschermütze verborgen.

Die rechten Räder des Porsche waren bereits auf dem Gehsteig, der Boden des Wagens kreischte an der Kante des Bordsteins entlang, es fehlten nur noch Bruchteile von Sekunden, bis sie von dem Auto zerschmettert werden würde.

Mit einem einzigen Sprung, so instinktiv und schnell ausgeführt, dass sie ihn selbst kaum wahrnahm, hing sie am Zaun. Der Porsche quetschte ihr linkes Bein, das sie nicht mehr rechtzeitig hatte hochziehen können, Sekunden später war der Spuk vorbei. In der Ferne wurde das Röhren des Sportwagens leiser.

Annabelle ließ sich fallen. Das gegen den Zaun gequetschte Bein befand sich noch im Schockzustand, schmerzte kaum. Der Porschefahrer hatte versucht, sie umzubringen. Er musste derselbe sein, der versucht hatte, Alex und sie in der Prinzregentenstraße seitlich in einen schweren Lastwagen zu drängen.

Das Handy war ihr bei dem Sprung aus der Hand gerutscht. Zitternd griff sie danach. Wie durch ein Wunder hatten die breiten Sportwagenräder es nicht überfahren.

War sie auf dem Display in die falsche Zeile gerutscht? Statt

Alex an seinem Handy meldete sich Elly im Büro. Sie war unüberhörbar wütend. »Was willst du?«

»Ich bin verletzt, jemand hat versucht, mich zu überfahren.«

»Bist du neuerdings eine Ein-Frau-Firma, die sich um nichts und niemanden zu kümmern braucht?« Ellys eisiger Ton kippte, ihre Stimme überschlug sich vor Zorn. »Wir sitzen hier, halb verrückt vor Angst um dich, du blödes Huhn. Du weißt doch gar nicht, wo du da rumstocherst.«

Aufzustehen war nicht möglich. Das Bein verweigerte den Dienst.

»Elly, bitte. Ich habe Schmerzen.«

***

Ein sonderbares Gefühl, vor einem fremden Grundstück auf dem Gehsteig zu sitzen wie eine Säuferin, die es nicht mehr auf den Beinen hielt. Was für ein Segen, dass die Straße so gut wie verkehrsfrei war, dass außer den Anwohnern niemand vorbeikam. Die Quetschung begann, massiv zu schmerzen.

Der Wagen näherte sich so leise, dass Annabelle ihn erst hörte, als sie ihn sah. Kommissar Wohlgemuth war allein in einem Streifenwagen unterwegs. Sie erkannte ihn hinter der Windschutzscheibe, als er anhielt. Sie sah sein schiefes Grinsen und, wie er langsam, ohne Eile, fast genussvoll ausstieg.

»Was, Sie wieder! Hat man Ihnen wieder eins über den Schädel gehauen?« Er lachte leise über seinen eigenen Witz und fixierte sie dabei. »Und überhaupt, was suchen Sie hier? Ist Ihr Auftrag nicht längst erledigt?« Breitbeinig stand er vor ihr und blickte auf sie herunter.

Annabelle antwortete nicht. Im Regen auf der Straße sitzen zu bleiben, bis Alex kam, war keine attraktive Option. Nicht, solange der feixende Kommissar vor ihr stand.

Mit äußerster Anstrengung zog sie sich am Zaun hoch, der Schmerz der Quetschung war fast unerträglich.

»Ich bin hingefallen«, sagte sie, ohne zu wissen, warum sie den Kommissar belog. »Knöchel verrenkt. Nicht so schlimm.«

»Soll ich Sie irgendwohin bringen?«, fragte Wohlgemuth. Seine blassen Augen forschten in ihrem Gesicht. »Was wollten Sie denn hier? Sie haben nicht geantwortet auf meine Frage.«

»Muss ich das?«, fragte Annabelle schnippisch und erklärte dann: »Ich warte auf meine Leute, sie müssen gleich da sein.«

»Bitte schön, wie Sie wollen. Aber versiegelte Häuser bleiben versiegelt, verstanden?« Sein Ton war schneidend, geradezu gehässig. Er konnte sie nicht leiden.

Ich dich auch nicht, dachte Annabelle und ließ sich wieder auf den Gehsteig sinken. So war das Warten bequemer.

Wohlgemuth knallte mit der Fahrertür, als er einstieg, und fuhr scharf an. Sie hatte ihn geärgert.

Kein weiterer Verlehrsteilnehmer störte die friedhofsartige Ruhe der Straße. Als Elly mit quietschenden Reifen neben ihr hielt, war Annabelle bis auf die Haut durchnässt und nieste.

»Wenn ich Idiotin dich nicht zu meiner Partnerin gemacht hätte, würde ich dir jetzt fristlos kündigen, verstehst du?«, sagte Elly und zog Annabelle hoch. »Wir fahren in die Klinik zum Röntgen, du blödes Huhn, du kopfloses.«

***

Nichts war gebrochen, es würde keine bleibenden Schäden geben, die Quetschung am linken Unterschenkel war weniger schlimm, als die Schmerzen vermuten ließen. Wie um Himmels willen das passiert sei, wollte der Arzt in der Klinik wissen.

Elly murmelte etwas von Garagenwand und rollendem Auto, eine haarsträubende Geschichte, die der Röntgenologe mit leicht hochgezogenen Augenbrauen quittierte. Letzten Endes schien es ihm egal, wie seine Patienten zu ihren Verletzungen kamen.

***

»Ich dachte, du bist in den Bergen«, sagte Annabelle, um sich abzulenken. Elly fuhr wie üblich rücksichtslos, verboten schnell, ungeduldig, nervös, gefährlich.

»Alex hat das gesagt«, schob Annabelle nach, als Elly nicht antwortete.

»Was hast du mit den Fotos gemacht?«

Elly drückte sich unmittelbar vor einem Mercedes in die rechte Spur. Hinter ihnen wurde wütend gehupt.

»Schnarch zu Hause«, schimpfte Elly in den Rückspiegel und drückte aufs Gas. Annabelle schloss die Augen.

»Sag schon«, Ellys Stimme war immer noch zornig, »was hast du mit den Fotos gemacht?«

»Mit welchen Fotos?«

»Als du das erste Mal in der Gärtnerei warst, hast du mit dem Handy fotografiert. Die Frau, den angeblichen Bruder und so weiter. Hast du mir erzählt. Wo sind die Fotos?«

Annabelle schluckte. Sie hatte die Fotos vollkommen vergessen.

»Hast du sie nicht auf den Computer geladen?« Plötzlich stieß Elly einen fast wütenden Seufzer aus. »Verdammt, was macht die Trulla denn, die sollte Leiterwagen fahren, nicht Porsche.«

Bei dem Wort Porsche wachte Annabelle aus ihrer schuldbewussten Absenz auf. Aufgeregt rief sie: »Elly, das ist er.«

»Jetzt wird sie auch noch blind. Heiliger Himmel. Da sitzt eine Frau drin, kein Mann.«

»Elly, bitte, geh auf die andere Spur. Ich meinte, das ist der Porsche, der mich um ein Haar überfahren hat. Ich bin ganz sicher, dass er das ist. Und die Frau …«

Sie kam nicht dazu weiterzusprechen.

Mit aggressivem Aufjaulen schoss Ellys silbergraues Coupé auf die linke Spur, setzte sich vor einen braven Bürger, der in seinem VW Passat beinahe einen unverschuldeten Auffahrunfall verursachte, und zog neben den Porsche.

Doch die Fahrerin hatte das Manöver bemerkt. Sie schirmte mit der linken Hand ihr Gesicht so ab, dass es von der Seite nicht erkennbar war, schoss ihrerseits nach vorne, schwenkte unter Missachtung geltender Verkehrsregeln auf den Fahrradstreifen und verschwand in der nächsten Seitenstraße.

»Das war …«

»Nein, war es nicht«, sagte Elly, »es war nicht Frau Kehlmann. Das war ein Mann mit Frauenperücke.«

»Wie kommst du denn darauf?«

Elly ließ das Steuer los und gestikulierte wild.

»Bitte bring uns nicht um«, flehte Annabelle. Der Abstand zu dem vor ihnen fahrenden Wagen wurde immer kleiner. Sie schloss die Augen.

»Hast du nicht die Hand der Frau gesehen? Knochig, sehnig, groß. Deine Frau Kehlmann hatte kleine, weiche Hände. Möchte wissen, wo du immer deine Augen hast.«

»Wenn ich mit dir fahren muss, schon halb im Grab«, sagte Annabelle schwach. »Im Übrigen war die Dame nicht allein im Auto.«

»Was?« Elly schwenkte abrupt erneut auf die rechte Spur, wieder wurde hinter ihnen scharf und lautstark gehupt und gebremst. »Sag das noch mal.«

Annabelles Bein schmerzte. »Neben der Frau, von der wir nicht wissen, ob sie eine ist, habe ich einen Schatten gesehen. Auf dem Beifahrersitz saß ein Mann.«

»Wer?«

Mit leisem Aufstöhnen versuchte Annabelle ihr gequetschtes Bein im Fußraum auszustrecken. »Es ging zu schnell. Aber irgendetwas kam mir bekannt vor.«

Lehner war nicht im Präsidium, sein Handy abgeschaltet. Annabelle fluchte, und Elly schimpfte, weil Alex das Büro verlassen hatte, ohne Bescheid zu geben. Außerdem hatte sie anscheinend eine Nachricht von Buenos Aires erwartet, die jedoch ausgeblieben war.

»Heute ist Dienstag«, sagte Annabelle, »dienstags hat Alex doch seine Psychogruppe, das hast du nur vergessen.«

Elly stürmte in ihr Büro, ließ sich in ihren weißen Ledersessel fallen und wippte gereizt vor und zurück.

»Wir sollten uns die Eigners noch einmal vornehmen«, fügte Annabelle, die ihr gefolgt war, vorsichtig hinzu, »wenn wir zu zweit auftreten, lassen sie uns vielleicht herein.«

»Kommt nicht in Frage.«

Elly war so aufgebracht, dass sie die Tüte mit den Champagnertrüffeln, die sie aus der Schublade geholt hatte, mit Wucht auf den Schreibtisch knallte. Die Tüte ging auf, und mehrere Trüffel kullerten auf den Boden.

Als hätte sie nichts bemerkt, wütete Elly weiter: »Unsere Auftraggeber haben uns benutzt, manipuliert und hinters Licht geführt. Jetzt ist Kehlmann tot und Schluss. Ich will nicht mehr. Zu riskant.«

»Du meinst, wir kümmern uns um nichts mehr?«

»Genau das.« Elly stand auf, ging um ihren Schreibtisch herum, trat auf einen Champagnertrüffel, blieb wie angewurzelt darauf stehen und starrte Annabelle an.

Endlich seufzte sie schwer. »Ich bin heute in keinem guten Zustand. Sieh es mir nach, Kleines.«

***

Vor dem Haus stand Kriminalrat Dr. Manfred Lehner an den Kotflügel seines BMW-Dienstwagens gelehnt. Er schien auf Annabelle gewartet zu haben.

Sie stutzte. »Ich hatte ein Taxi bestellt. Haben Sie es weggeschickt?«

Lehner sah sie aufmerksam an. Dann löste er sich vom Kotflügel und machte drei Schritte in ihre Richtung. »Begrüßen Sie Ihre Mitmenschen gelegentlich, oder haben Sie solche Formalitäten aus Ihrem Vokabular gestrichen?«

Annabelle stöhnte. »Es gibt Momente, in denen will man nicht grüßen müssen. Ich hatte eine Auseinandersetzung mit meiner Partnerin, außerdem tut mein Bein weh. Ich will nach Hause.«

»Gut«, sagte Kriminalrat Lehner munter, »ich fahre Sie.«

»Nein, nicht das auch noch. Lassen Sie mich in Frieden. Rufen Sie ein neues Taxi.«

»Steigen Sie ein«, sagte Lehner scharf und öffnete die Beifahrertür, »Sie werden mich nicht los. Ihre Partnerin hat mich angerufen. Sie wollte zwar nicht sagen, was passiert ist, aber sie meinte, ich soll mich um Sie kümmern.«

Er wusste, wo sie wohnte. Natürlich. Die Polizei weiß alles, dachte sie. Die ganze Fahrt über schwiegen sie. Annabelle, weil das Bein fast unerträglich schmerzte, Lehner, weil er keine Lust zu haben schien, mit ihr zu sprechen.

Der Kriminalrat bestand darauf, mit ins Haus zu gehen. Annabelles Schmerzen waren mittlerweile so stark geworden, dass ihr alles egal war. Nur ein Glas Wasser und die Schmerztablette. Nicht eine. Zwei. An mehr konnte sie nicht denken.

Schweigend betraten sie den Aufzug. Lehner sagte kein Wort. Schweigend fuhren sie nach oben in den fünften Stock, und schweigend stiegen sie aus.

Als sie um den Mauervorsprung bogen, der vom Aufzug aus die Sicht auf ihre Wohnungstür versperrte, drehte sich Annabelle zu Lehner. »Danke, dass Sie mich hergefahren haben. Auf Wiedersehen.«

Ungerührt erwiderte der Kriminalbeamte: »Schließen Sie auf.«

Sich auf eine Diskussion einzulassen, hätte bedeutet, die Einnahme der Schmerztabletten zu verzögern. Also kramte Annabelle den Haustürschlüssel aus ihrer Umhängetasche und schloss auf.

Starr vor Entsetzen blieb sie in der offenen Tür stehen. Ein Bild der Verwüstung bot sich. Der kleine Biedermeiertisch vor dem Spiegel war umgeworfen, die Schubladen herausgezogen, ihr Inhalt auf den Boden gekippt. Annabelles Regenmantel, die wattierte gelbe Jacke und der Lodenumhang waren von den Garderobehaken an der Kammertür heruntergerissen und lagen mit nach außen gekehrten Taschen im ganzen Flur verstreut.

Der Lilienstrauß in der Vase, die auf dem Biedermeiertisch gestanden hatte, war samt dem Blumenwasser einfach auf das Parkett ausgegossen und dann zertrampelt worden.

Lehner ging mit unbewegter Miene an Annabelle vorbei. Er hatte plötzlich eine Dienstpistole in seiner Rechten. »Bleiben Sie stehen, wo Sie sind«, sagte er und verschwand im Wohnzimmer. Nach wenigen Sekunden erschien er wieder im Flur. Ohne Annabelle etwas zu erklären, bewegte er sich zielsicher auf das Schlafzimmer zu. Auch hier hielt er sich nur Sekunden auf.

»Balkon?«, fragte er.

Annabelle schüttelte den Kopf. Für Augenblicke hatte sie den Schmerz im Bein vergessen. Die Tür der winzigen Küche stand offen. Teile des Geschirrs waren wahllos durcheinander in den Flur geworfen worden, einundzwanzig zerbrochene Teller und Gläser lagen halb unter Töpfen und Pfannen.

Lehner stieg über das Chaos und warf nicht mehr als einen halben Blick in die Küche.

»Noch ein Raum?«

»Die Kammer«, flüsterte Annabelle und schämte sich, dass ihre Stimme klein und dünn geworden war.

Auch in der Kammer hielt sich niemand versteckt.

Lehner schob seine Pistole wieder in den Halfter unter seiner Jacke.

»Was hat der Einbrecher gesucht?«, fragte er hart. »Verwahren Sie hohe Geldbeträge oder teuren Schmuck in der Wohnung?« Sein Ton ließ keinen Zweifel daran, dass er eine knappe Antwort erwartete.

Annabelle krächzte ein schwaches »Nein«.

»Hier hat ein Profi gezielt nach etwas gesucht. Also bitte, Frau Winter!«

Hilflos schüttelte Annabelle den Kopf. »Es muss ein Irrer gewesen sein. Ich habe nichts und verstecke auch nichts.«

»Im Laufe meines Berufslebens habe ich schon einige Privatdetektive erlebt. Aber eine wie Sie ist mir noch nicht untergekommen.«

Kriminalrat Dr. Manfred Lehner baute sich breitbeinig vor Annabelle auf.

»Sie haben auch noch nie eine so spektakulär erfolgreiche Detektivin erlebt«, sagte Annabelle kühl und versuchte, sich an ihm vorbeizudrücken.

»Ehe die Spurensicherung nicht da war, können Sie nicht wieder rein. Morgen Mittag, würde ich sagen. Ich bringe Sie zu Ihrer Mutter«, sagte Lehner. Nachdrücklich schob er sie hinaus ins Treppenhaus. »Und da wir schon beim Plaudern sind, was ist jetzt mit Ihrem Handy?« Sein Sarkasmus klang bitter.

»Was soll sein? Mein Gott, Sie nerven.«

»Sie haben Ihr Handy nicht verloren. Es wurde entwendet und dann in der Nähe Ihres Büros weggeschmissen. Ein bisschen mehr Ehrlichkeit täte Ihnen und vor allem mir gut.«

Aufgebracht zog Annabelle ihr Handy aus der Umhängetasche. »Da. Ich …« Sie unterbrach sich und sah den Kriminalrat mit aufgerissenen Augen an. »Es tut mir leid, das hatte ich vergessen.

Elly hat auch schon gefragt. Ich hatte Fotos gemacht mit dem Handy, als ich das erste Mal in der Gärtnerei war.«

»Darf ich noch erfahren, was Sie alles fotografiert haben?« Lehner kochte vor Wut. Sein gewohnt blasses Gesicht hatte eine kräftige Hochdruckrötung angenommen.

»Die falsche Frau von Strux, ihren angeblichen Bruder, den Eingang, das meiste eben«, sagte Annabelle knapp. »Ich habe im Fotoladen Papierabzüge bestellt.«

»Sie wissen schon, dass ich kurz davor bin, Sie zu erwürgen«, erwiderte Lehner gepresst. »Als Detektivin und Frau sind Sie eine Zumutung. Die Adresse des Fotoladens schreiben Sie hier und jetzt sofort auf.«

Es zog sie magisch nach Grünwald, in die Kopernikusstraße, zum Anwesen der Eigners. Sobald Lehner sie vor dem Haus von Miranda Winter abgesetzt hatte, rief sie ein Taxi.

Am Bahnhof mietete sie einen grauen VW Passat. Jetzt saß sie auf der Rückbank und beobachtete die Villa durch die abgedunkelten Scheiben. Sie selbst war nicht zu sehen.

Es wurde dämmerig, dann langsam dunkel. Hinter den Fenstern brannte kein Licht.

Ihr Verlangen, auszusteigen und sich auf dem Grundstück umzusehen, wurde von Minute zu Minute stärker. Sie hatte schon die Hand auf dem Griff der Tür, als sich ein Auto näherte. Der schwere Mercedes rollte in die Einfahrt vor der Garage, eine Hand schob eine Chipkarte in den Türöffner, dann verschwand der Wagen fast geräuschlos in der Garage.

Aus. Sie würde nicht erfahren, wer darin gesessen hatte. Das Bein fing wieder an zu schmerzen. Annabelle kramte in ihrer Tasche nach den Tabletten, als sich ein zweiter Wagen von hinten näherte.

Später hätte sich Annabelle nicht erklären können, warum sie sich blitzartig von der Bank fallen ließ, mit einer Hand noch ihre Tasche herunterzog und so, eingeklemmt zwischen Vordersitze und Rücksitz, atemlos wartete.

Der Wagen stoppte mitten auf der Straße, direkt neben ihrem Auto. Sekundenlang war Stille, dann hörte sie Schritte. Mit einer Taschenlampe wurde in das Innere geleuchtet, die Schritte umkreisten das Auto, blieben eine kleine Weile am Kofferraum stehen, dann wurde von der anderen Seite hereingeleuchtet. Aber sie war nicht zu sehen, man hätte eine Tür öffnen müssen, um ihrer ansichtig zu werden.

Endlich entfernten sich die Schritte. Kurz darauf fuhr der Wagen rückwärts wieder an, das hörte sie am Motorengeräusch. Sie zählte bis zehn, dann richtete sie sich vorsichtig auf und spähte durch die Heckscheibe.

Der Wagen, ein silbergrauer Renault, war in die Einfahrt des Eigner-Anwesens gebogen und verschwand gerade in der Doppelgarage. Jemand im Haus musste sie per Fernbedienung geöffnet haben.

Ein weiteres Fahrzeug näherte sich in der sonst totenstillen Straße relativ leise, aber mit hoher Geschwindigkeit und bremste neben ihr. Alex sprang aus seiner BMW-Luxuskarosse, machte sich minutenlang an ihrem Kofferraum zu schaffen und lehnte sich dann mit dem Rücken an die verdunkelten Scheiben. Vorsichtig, kaum zu sehen, griff er hinter sich und öffnete die rückwärtige Beifahrertür einen Spalt.

»Annabelle, fahr sofort weg. Sofort. Und schmeiß dein Handy in den nächsten Abfalleimer. Es ist manipuliert worden.«

»Treffen wir uns im Büro?«, fragte sie.

»Nein, bei dem Italiener, wo wir neulich waren. Wir essen.«

Mit einem fast geräuschlosen Plopp schloss Alex die Wagentür und stieg in sein eigenes Auto.

***

Sorgenvoll beobachtete Alex von einem rückwärtigen Ecktisch aus die Tür. Als Annabelle auf ihn zukam, lächelte er sie erleichtert an.

Sie lächelte zurück. Zwei Minuten später wusste sie, warum Alex besorgt ausgesehen hatte. Wer immer der Fahrer des fremden Autos gewesen war, der mit der Taschenlampe in ihren Wagen geleuchtet hatte – er hatte fast unsichtbar einen Minisender an ihrem Kofferraum angebracht. Alex hatte ihn gefunden und unter

Annabelles Mietwagen auf das Pflaster gelegt. Aber es war nicht auszuschließen, dass es noch einen zweiten Sender an ihrem Mietauto gab.

Als sein Handy sich leise meldete und er mit dem Hörer am Ohr hinausging, lehnte sich Annabelle zurück. Plötzlich fühlte sie sich so erschöpft und ausgelaugt, dass auch die Wanze an ihrem Auto sie nicht bleibend erschüttern konnte. Sie hatte den ganzen Tag nichts gegessen und nichts getrunken.

»Pizza pane, Signora?«, fragte der Kellner.

Noch ehe sie nicken konnte, hörte sie Alex' Stimme.

»Wir müssen weg«, sagte er, »morgen kommen wir wieder.«

Energisch zog er Annabelle vom Stuhl und hielt ihren Arm fest, während er zum Ausgang eilte.

»Bist du total übergeschnappt?« Annabelle war so wütend, dass sie kaum sprechen konnte.

»Wir fahren zu Lehner. Du sollst jemanden identifizieren.«

***

»Wer ist der Mann?«

Lehner, noch blasser als am frühen Abend, legte Annabelle die etwas undeutliche Aufnahme eines Mannes vor. »Haben Sie ihn schon einmal gesehen?«, fragte er.

Annabelle schluckte. Ihr Herz schlug bis zum Hals. »Ja, heute. Das ist Herr Eigner, der Nachbar der Kehlmanns.«

Unvermittelt schlug Lehner mit der flachen Hand so hart auf die Tischplatte, dass Annabelle zusammenfuhr.

»Könnten Sie Ihre Temperamentsausbrüche vielleicht etwas mäßigen? Außerdem hätte ich gerne ein Glas Wasser.«

Lehner hörte sie nicht. »Ich hab's gewusst. Warum hört der Mensch nicht auf seine innere Stimme?« Aufgewühlt sprang er auf, setzte sich wieder und stützte stöhnend den Kopf in die Hände. »Sind Sie sicher, hundertprozentig sicher, dass der Mann auf dem Foto Eigner ist?«

»Ja, ich war heute bei ihm, das heißt, er hat mich nicht hereingelassen, wir haben nur auf der Türschwelle ein paar Worte gewechselt.«

»Sie waren wo?« Mit einem Ausdruck blanken Entsetzens sah der Kriminalbeamte auf.

»Bei den Eigners, ich wollte mit ihnen über die Kehlmanns reden«, antwortete Annabelle genervt.

Lehner schien kurz davor zu platzen. »Halten Sie Ihre Kollegin aus diesem Fall raus«, wandte er sich an Alex, der stumm neben Anabelle saß, »zur Not mit Gewalt. Sie hat ganz offensichtlich keine Ahnung, mit wem sie es hier zu tun hat.«

Alex lächelte schwach und strich begütigend über Annabelles Knie. Verärgert stieß sie seine Hand weg.

»Ich bin nicht geistig behindert«, sagte sie leise, »darf ich erfahren, warum das Morddezernat plötzlich so erpicht darauf ist, Informationen über Herrn Eigner einzuholen?«

Sie stand auf und ging zur Tür.

»Wo wollen Sie hin?«, rief Lehner.

»Sie haben doch sicher eine Kantine, die auch nachts geöffnet ist, oder einen Getränkeautomaten. Ich brauche Wasser.«

»Warum haben Sie das nicht gleich gesagt?«

Lehner stand auf, ging an einen der Büroschränke und holte eine Flasche Mineralwasser heraus, die er vor sie auf den Schreibtisch stellte. »Ist ohne Kohlensäure.«

»Gut«, sagte Annabelle, »vielleicht noch ein Glas?«

»Frauen«, seufzte Lehner, trottete zurück zu dem Schrank und zog drei Gläser heraus, »dann trinken wir eben alle.«

Es war ein guter Vorschlag. Das Mineralwasser verdünnte die allgemeine Gereiztheit.

»Wer hat Ihnen das Foto von Eigner gegeben?«, fragte Annabelle und sah Lehner zum ersten Mal an diesem Abend offen an.

»Sie«, antwortete er trocken, »wir haben Ihre Handyfotos aus dem Laden abgeholt. Schauen Sie sich diese Aufnahme genau an. Was sehen Sie?«

Er schob ihr das Foto über den Tisch, und sie erkannte es sofort. Es war das Foto, das sie bei ihrem ersten Besuch in der Gärtnerei von dem angeblichen Bruder der Ehefrau von Strux bei Verlassen des Gewächshauses gemacht hatte.

Nachdem sie es eingehend betrachtet hatte, reichte sie es Alex, und gemeinsam kamen sie zu dem Schluss, dass im Hintergrund undeutlich ein Schatten zu sehen war.

»Genau«, sagte Lehner, »wir haben den Schatten rausgefiltert. Da haben Sie unserer Meinung nach Ihren Herrn von Strux. Eigner und er sind dieselbe Person.«

»Das kann nicht sein«, sagte Annabelle, »die Eigners waren zu diesem Zeitpunkt doch noch in Afrika.«

»Angeblich.«

»Was wollen Sie damit sagen?«

Lehner zog von einem ungeordneten Stoß Papiere den obersten Bogen zu sich heran und las laut vor: »Borys Subkow, achtundvierzig Jahre, Fahndung läuft. Mord, Waffenhandel, Drogenhandel, Zuhälterei, Menschenhandel.«

»Das haben Sie mir schon einmal vorgelesen«, sagte Annabelle ungeduldig.

Lehner legte das Papier beiseite. »Das stimmt. Da ging es nur um Herrn von Strux. Jetzt sprechen wir von Herbert Eigner.« Er lehnte sich zurück.

»Und Frau Kehlmann … wie heißt sie in Wirklichkeit?«

»Wissen wir noch nicht genau. Es sieht so aus, als wären die Eltern Russlanddeutsche gewesen.«

Er ging zu dem kleinen Tisch neben der Tür, wo die Thermoskanne mit dem ewig kalten Kaffee auf einem mit Kaffeeflecken übersäten Deckchen stand.

»Mist«, stöhnte er, »leer. Das hat mir noch gefehlt.«

»Warum tritt dieser Borys Subkow als Klaus Eigner auf?«, Annabelle schüttelte verständnislos den Kopf. »Was hat er davon?«

Lehner lachte unfroh auf. »Subkow ist vorsichtig. Er hat die Villa schon vor Jahren als Rückzugsmöglichkeit kaufen und dazu verbreiten lassen, dass die Besitzer im Ausland sind und nur sporadisch herkommen.«

»Bevor Kehlmann die Villa daneben gekauft hat?«

»Kowalenko alias Kehlmann hat seine Villa von der Global Elite Investment Corporation gemietet, damit er sich unauffällig in der Nähe von Subkow/Eigner aufhalten kann.«

»Was hat ihn so an Subkow interessiert? War er immer schon in ihn verliebt?«

Annabelle war aufgestanden. Ihr Bein schmerzte. Sie fluchte lautlos. Als Lehner stumm blieb, fragte sie weiter: »Und Beliajew?«

»Der angebliche Bruder der angeblichen Frau von Strux? Ich habe es Ihnen schon einmal gesagt. Ein Mörder, genauer, ein Auftragskiller. Tötet jeden, wenn das Honorar stimmt. In letzter Zeit scheint er mehrmals hohes Honorar erhalten zu haben. Zusätzliches Zerstückeln kostet mehr als einfaches Erschießen.« Mit einer Handbewegung, die seine Ausführung unterstrich, lehnte sich der Kriminalbeamte weit zurück.

Annabelle griff nach ihrer Tasche. »Wozu das alles? Wozu die Gärtnerei? Wozu die Villen? Wozu der enorme Aufwand?«

Lehner sah sie milde lächelnd an. »Was soll ich sagen? Am besten, Sie lassen uns unsere Arbeit machen. Ich denke, wir stehen kurz vor einem Durchbruch.«

Immer weiter lächelnd sah er Annabelle nach, die zur Tür strebte.

Auch Alex war aufgestanden. »Wo willst du hin?«

»Weg«, sagte Annabelle. »Ach, können Sie mir bitte Kopien von den Fotos mitgeben, Beliajew und Subkow?«

Zu diesen Worten drehte sie sich um und schenkte Lehner ein schmeichelndes Lächeln.

***

Miranda Winter war besorgt. Ihr orangefarbenes Hauskleid aus Crepe de Chine flatterte um sie herum wie die Flügel eines nervösen Schmetterlings, ihre ungezählten Ketten und Armreifen klimperten aufgeregt. Nie hätte sie es zugegeben, aber allein die Tatsache, dass sie ihre Tochter ohne Murren mitten in der Nacht bei sich aufnahm, zeigte ein für ihre Verhältnisse fast hysterisches Maß an Mutterliebe.

»Hast du dich unvernünftig verhalten, Kind?«, fragte sie mit einer dünnen, kleinen Stimme, die Annabelle so an ihr noch nie gehört hatte. Dabei streifte sie ungeschickt einen frischen Überzug über die Daunendecke des Gästebettes.

»Wieso bist du heute Nacht alleine, Mutter?«, fragte Annabelle zurück. »Du lässt nach!«

»Das ist eine Unverschämtheit, aber ich verzeihe dir. Es ist der Neid, der aus dir spricht. Sage mir lieber, was los ist.«

Erleichtert atmete Annabelle tief ein. Ihre Mutter war wieder die Alte. Bevor sie antworten konnte, klingelte es an der Wohnungstür.

»Erwartest du Besuch?«

Stumm schüttelte Annabelles Mutter den Kopf.

»Wir machen nicht auf«, sagte Annabelle, »hörst du, Mutter, nicht aufmachen!«

»Mir brauchst du das nicht zu sagen. Wer ohne Anmeldung um diese Zeit klingelt, hat keine Manieren.«

Wieder klingelte es. Lang anhaltend.

Vielleicht würde Kiki seine Mutter und seine Schwester morgen mit durchgeschnittener Kehle im Flur liegend finden. Annabelle fröstelte.

Miranda fasste die Hand ihrer Tochter und hielt sie fest. »Liebling, deine Hand ist eisig. Ich bin doch bei dir. Es wird schon nichts geschehen.«

Annabelle blickte ihre Mutter verblüfft an, sank auf die Kante des Bettes und fing an zu lachen.

Miranda betrachtete ihre lachende Tochter einen Augenblick lang nachdenklich und lächelte schließlich. »Machst du dich über mich lustig?«, fragte sie gutmütig.

Wieder klingelte es. Lang anhaltend, drängend.

Annabelle wischte sich eine Lachträne ab. »Weißt du was, frag nach, wer da klingelt. Wenn niemand antwortet, dann schimpfe, dass du die Polizei holst. Mach das, Mutter. Bitte.«

Seufzend schritt Miranda den Flur entlang zur Sprechanlage an der Tür. Selbst in dieser Situation war ihr Hüftschwung unnachahmlich.

Wie befürchtet erhielt sie als Antwort auf ihre wiederholten Fragen nur erneutes Klingeln. Erst als sie mit der Polizei drohte, hörten sie und Annabelle, die neben sie getreten war, ein meckerndes Lachen und den Ausruf: »Hier ist die Polizei.«

»Wohlgemuth«, sagte Annabelle, »sicher hat Lehner ihn geschickt.«

Doch noch ehe Miranda den Öffner betätigte, war auch die

Stimme von Alex durch die Sprechanlage zu hören. »Kommissar Wohlgemuth, was tun denn Sie hier?«

Undeutliches Gemurmel, die Stimmen entfernten sich. Annabelle und Miranda sahen sich ratlos an. Erneutes Klingeln.

»Hallo?«, rief Annabelle.

»Ich bin's«, Alex hörte sich ungeduldig an, »mach auf, bitte.«

***

Er musste die fünf Stockwerke heraufgerannt sein. Miranda sah durch den Spion, dass er jeweils drei Stufen auf einmal nahm, und öffnete die Tür. »Ob das gesund ist?«, sagte sie statt einer Begrüßung und blickte ihn vorwurfsvoll an.

Er hörte sie nicht. Wütend packte er Annabelles Arm. »Warum hast du mir verschwiegen, dass deine Wohnung durchsucht worden ist?«

Annabelle wurde rot. »Du warst doch in deiner Psychogruppe.«

Wie zwei Kampfhähne standen sie sich gegenüber im Flur von Miranda Winters eleganter Altbauwohnung.

»Wollen wir im Flur bleiben?«, fragte Miranda betont vorsichtig. Sie schien die fast greifbare Spannung entschärfen zu wollen.

»Du benimmst dich wie eine verzogene Göre, begreifst nicht, dass du heute Abend hättest zu Tode kommen können?« Der ruhige, besonnene Alex war außer sich. »Hast du es immer noch nicht kapiert? Du bist in Lebensgefahr.«

»Findest du nicht, dass du enorm übertreibst?«

Annabelle senkte den Blick, bemerkte einen kleinen Fleck auf dem Saum ihres roten Seidenrockes und wusste plötzlich, was ihr vage durch den Kopf geschossen war, als Alex sie in der Nähe des Polizeipräsidiums an der Stelle abgeholt hatte, wo ihr Auto verschwunden war. Sie hatte den Gedanken nicht ins Bewusstsein holen können, jetzt war er plötzlich da, aufgestiegen aus den Tiefen des Unbewussten: das Geräusch der Absätze auf den Platten des Gehsteigs hinter ihr.

»Ich glaube, er macht mit. Er war es wahrscheinlich, er ist nicht von vorne gekommen, sondern schon da gewesen«, sagte sie atemlos, »er kam erst von hinten und danach von vorne.«

»Von wem sprichst du? Lenk nicht ab, hörst du?« Alex packte Annabelle am Ellbogen und zwang sie, ihn anzusehen, »keine Spielchen, verstehst du?«

»Wohlgemuth, du hast ihn doch eben getroffen. Hat Lehner ihn geschickt?«

Als Alex nicht gleich antwortete, riss Annabelle sich los. »Was hat er gesagt, eben, als du ihn unten an der Tür getroffen hast?«

»Was soll er gesagt haben? Wollte nachsehen, ob alles in Ordnung ist.«

»Und warum bist du hier?«

»Aus dem gleichen Grund«, sagte Alex knapp.

Wortlos wandte Annabelle sich ab.

***

Nach Luft ringend schritt sie widerstrebend, Stufe für Stufe, eine helle Marmorfreitreppe hinauf zu ihrer Hinrichtung. Auf dem ersten Absatz stand Elly und sah ihr mit unbewegter Miene entgegen. Ein Telefon klingelte so aufdringlich laut, dass die marmorverkleideten Wände des Treppenhauses das Klingeln zurückwarfen.

Mit einem Ruck wachte sie auf und fuhr hoch. Ihre Haare klebten schweißnass an ihrem Kopf. Es dauerte einen Augenblick, bis sie begriff, wo sie sich befand.

Das Telefon klingelte immer noch. Durch die Tür hörte sie Miranda laut schimpfen: »Wer zum Teufel ruft um diese Schlafenszeit an?«

Annabelle tastete nach ihrer Armbanduhr, die sie auf das Tischchen neben dem Bett gelegt hatte. Acht Uhr dreißig. Nicht direkt Nacht, aber ihre Mutter ging selten vor drei Uhr morgens ins Bett. Wer sie kannte, nahm Rücksicht und meldete sich nicht vor Mittag.

Acht Uhr dreißig. Sie sprang aus dem Bett und griff nach dem Handy. Alex meldete sich beim ersten Klingelton: »Guten Morgen, hast du gut und ruhig geschlafen? Deine Mutter hat mich gerade aus der Leitung geschmissen. Wollen wir uns heute verloben? Was denkst du?«

»Woher weißt du, dass ich es bin?«

»Weil du mein Handy angerufen hast. Was gibt es? Hat man dich wieder beinahe um die Ecke gebracht?« Alex klang mit einem Mal spöttisch und distanzierter als sonst.

Als sie ihm das sagte, seufzte er. »Du rufst an, um mir zu sagen, dass du heute Vormittag unterwegs bist, richtig?«

Annabelle grinste. »Genau.«

»Und du willst mir nicht sagen, wohin du fährst, richtig?«

»Genau.«

»Aber ich soll Elly, falls sie fragt, hinhalten. Richtig?«

»So ist es.«

Annabelle unterbrach die Verbindung und schaltete ihr Handy aus.

***

Kurz nach neun, Lehner hatte den dritten Becher Morgenkaffee noch nicht ganz ausgetrunken, brachte der Hausbote eine Eilakte von der Vermisstenstelle.

Lustlos schlug er die Akte auf und blätterte. Der Austausch zwischen der Mordkommission und den Leuten vom Vermisstendezernat war gut. Leichen oder Leichenteile unklarer Herkunft waren schon mehr als einmal durch enge Zusammenarbeit der beiden Stellen identifiziert worden. Dann sah er das Foto. Die Tätowierung auf dem Oberarm war deutlich erkennbar. Eine exakt gleiche hatte die Passauer Wasserleiche gehabt. Elektrisiert starrte er das Foto an, blätterte zurück und las den Bericht so konzentriert, dass er seinen Kaffee vergaß.

Als er fertig war, griff er nach dem Telefon, wählte und wartete. »Wo ist Wohlgemuth? Das heißt nein, lassen Sie. Den Fahrerdienst brauche ich. Sofort. Fahrt über Land.«

Es war nur eine Ahnung. Einen Augenblick lang überlegte Annabelle, ob sie den Mietwagen gegen ein anderes Modell umtauschen sollte, um nicht sofort wiedererkannt zu werden. Dann verwarf sie den Gedanken. Zu umständlich.

»Deine Unruhe macht mich ganz krank«, sagte Miranda, die

mit einer fett glänzenden Crememaske auf dem Gesicht aus dem Badezimmer trat, als Annabelle die Wohnungstür öffnete. »Wo willst du denn schon wieder hin?«

Als ihre Tochter nicht antwortete, rief sie ihr hinterher: »Pass auf dich auf.«

Leise fiel die Tür ins Schloss.

***

Annabelle schaltete den Motor aus und zögerte. Auf dem Anwesen jenseits des Zauns befand sich die Antwort auf die Frage, warum vier Menschen, vielleicht sogar fünf, ermordet worden waren. Sie gab sich einen Ruck und stieg aus.

Es herrschte Totenstille. Kein Lüftchen wehte, kein Ast bewegte sich, kein Laub raschelte. Fast obszön laut klangen ihre eigenen Schritte auf dem Kiesschotter.

Die Gattertür stand einen winzigen Spalt offen. Verlassen und verloren wie die Tage zuvor lag vor ihr die Anlage, die eine Zeit lang als Gärtnereikulisse gedient hatte. Nicht einmal eine der fetten Grünwalder Katzen ließ sich blicken. Unschuldig spielte die Vormittagssonne mit den Blättern der großen Buche neben dem Wohnhaus.

Leise öffnete Annabelle die Tür des Glashauses mit den geputzten Fenstern. Die drei langen Pflanztische standen unberührt, nackt glänzend. Und doch war etwas anders.

Den Gang links zwischen zwei Tischen hatte sie schon fast ganz abgeschritten und die Augen vergeblich wandern lassen. Sie wusste nicht, was sie suchte, aber sie wusste, dass sie etwas finden würde.

Dann sah sie ihn. Am Ende des Gewächshauses. Halb verdeckt von mehreren Töpfen stand unter dem linken Tisch, tief nach hinten an die Wand geschoben, ein kleiner schmutzig brauner Karton, den jemand aufgerissen hatte. Dicht daneben lag, zur Seite gekippt, ein großer Pflanztrog, in dessen Erde der Karton wahrscheinlich versteckt gewesen war.

Annabelle bückte sich und zog den Karton nach vorne. Er war leicht. Sie klappte ihn auf und stieß einen Pfiff aus. Der Karton war gefüllt mit europäischen Pässen. Sie griff nach dem obersten und schlug ihn auf. Er war ausgestellt auf Dieter Rohloff, laut Geburtsdatum achtundvierzig, wohnhaft in Essen, Friedrich-Lüft-Straße 17. Das Foto fehlte. Ein zweiter Pass lautete auf den Namen Reinhold Klein, der dritte auf Gerhardt Köhler. Unauffällige deutsche Namen.

Nach einem kurzen Blick in Richtung der Eingangstür, die sie hinter sich geschlossen hatte, als sie das Glashaus betrat, hob sie den Karton auf den Pflanztisch und kippte den Inhalt aus. Insgesamt vierunddreißig Pässe zählte sie, zwanzig deutsche, vierzehn österreichische, nur zwei davon waren auf weibliche Namen, Karin Schröder und Gisela Beil, ausgestellt. Beide hatten dasselbe Geburtsjahr, wonach sie sechsundfünfzig Jahre alt waren. Carlotta Kehlmann? Frau Weber? Auch in diesen Pässen fehlten die Fotos.

Plötzlich spürte Annabelle im Nacken einen Luftzug. Fast gleichzeitig hörte sie ein Geräusch, so leise, dass sie nicht unterscheiden konnte, ob es ein Klirren oder ein Klappern war. Sie erstarrte. Doch nichts geschah. Kein weiterer Luftzug, der das Eintreten einer Person angezeigt hätte, kein noch so kleines Geräusch, nichts.

Rasch steckte sie je einen Pass für einen Mann und einen für eine Frau in ihre Umhängetasche. Eine kleine Gabe für Kriminalrat Lehner, dessen Leute die Provenienz der Pässe untersuchen würden und herausfinden, wer vierunddreißig Pässe benötigte.

Als sie in die Knie ging, um den Karton mit den Pässen zurück an seinen Platz zu schieben, ließ sie ihre Augen unter die restlichen Pflanztische wandern, um zu prüfen, ob sich nahe der Tür jemand unter einem der Tische versteckt hielt. Doch wie es aussah, war das Glashaus bis auf sie selbst menschenleer. Hatte sie sich geirrt, hatte ihr die Nervosität einen Streich gespielt?

Durch die Reihen der leeren Tische, die sie mit ihren nackten Metallplatten plötzlich an überlange Leichenbahren in der Rechtsmedizin erinnerten, hastete sie zur Tür, darauf gefasst, dass von irgendwo unten eine Hand nach ihrem Bein griff und sie zu Fall brachte.

Als sie zur Tür kam, stellte sie fest, dass sie jetzt nur angelehnt war. Jemand musste sie geöffnet haben. Daher der Luftzug.

Ihr Herz klopfte hart gegen die Rippen. Doch sie war noch nicht fertig mit ihrer Recherche in der verlassenen Gärtnerei.

Der Kies knirschte unter ihren Schritten, als sie um die Ecke des Wohnhauses bog. Wohin mochte derjenige verschwunden sein, der die Tür zum Gewächshaus geöffnet hatte? Wäre er über den Kies gegangen, hätte sie die Schritte gehört.

Der Pflanztrog, der zuletzt neben der Haustür des Wohnhauses gestanden hatte, war verschwunden. Annabelle schlug einen Bogen um das Haus und ging weiter durch eine ungepflegte Wiese in Richtung des zweiten Gewächshauses, das sich am hinteren Rande des Geländes befand.

Warum interessierte sie der Terrakotta-Trog überhaupt? Sie suchte nach ihm, ja, dachte sie, ich habe so ein Gefühl. Ein ungutes Gefühl. Verdammt, mein Instinkt ist in Ordnung, ich bin nicht verrückt.

Ihr Herz klopfte hart gegen die Rippen, je näher sie dem verwahrlosten Glashaus hinter der ungemähten Wiese kam. Dann sah sie ihn. Ein Orangenbäumchen war darin gewesen, als sie das zweite Mal die Gärtnerei besucht hatte. Bei ihrem nächsten Besuch war das Bäumchen entfernt gewesen, und nun stand der schwere quadratische Trog halb verborgen hinter der Ecke des Gewächshauses. Wer in diesem verlassenen Anwesen schleppte einen Pflanzenkübel hin und her? Vor allem: warum?

Annabelle trat näher. Mit einem abgebrochenen kleinen Ast stocherte sie in der Erde des Kübels. Die Erde war locker und dunkel. Jemand musste sie vor kurzer Zeit bewegt haben. Der Ast stieß auf Widerstand. Zwei, drei Male stocherte sie, dann fasste sie mit der Hand hinein.

Plötzlich fühlte sie Plastik zwischen den Fingern. Sie tastete in der Erde weiter. Etwas lag in der Erde, es war in Plastikfolie eingewickelt. Nicht rund, aber auch nicht oval. Als hätte sie in eine Steckdose gefasst, schrie sie leise auf und zog ihre Hand zurück.

Dass sie rannte, merkte sie erst, als sie ohne Luft und fast ohnmächtig – ihre Bronchien hatten zugemacht, der Spray lag in ihrer Tasche, aber sie musste, wollte nur weg von dem Pflanztrog – kurz vor der Haustür des Wohnhauses war. Da ging es nicht mehr, sie musste stehen bleiben, kramte mit letzter Kraft nach dem Spray und atmete das rettende Gemisch ein.

Die Versuchung war groß, weiterzulaufen zum Auto und loszufahren, nur weg, weg, nur nicht daran denken, dass unter der Erdschicht in dem großen Blumentopf wahrscheinlich ein in Plastik gewickelter menschlicher Kopf lag.

Annabelle atmete ein paarmal tief ein und aus, dann waren die gehorsamen Bronchien wieder offen.

Wie erwartet antwortete niemand auf ihr Klingeln. Sie klingelte dreimal, dann sah sie, dass die Haustür nur angelehnt war. Sie stieß sie mit der Hand auf.

Vor ihr öffnete sich die vollkommen leere Diele und gab den Durchblick frei in einen großen, offensichtlich ebenfalls leeren Raum. Nur einen Wimpernschlag lang zögerte sie, ehe sie eintrat, durch die Fenster des großen Wohnraumes sah sie das vordere Gewächshaus.

Die Räume des Hauses machten den Eindruck eines vor Jahren verlassenen Objekts, das keinen Käufer gefunden hatte. Die abblätternde Farbe der Wände unterstrich den Eindruck von Trostlosigkeit. Modriger Geruch hing in der abgestandenen Luft. Es war nicht lange her, dass die falsche Frau von Strux an der Tür gewesen war und sie nicht eingelassen hatte. Was hatte die Ukrainerin überhaupt in dem leeren Haus gemacht?

Zwei Räume weiter fand Annabelle die Antwort: Auf dem vom Dreck schwarzgrau verfärbten Parkett lag eine Luftmatratze, daneben ein kleiner, unordentlicher Haufen Pullover, Hosen, weibliche Unterwäsche. Ein rosa Büstenhalter lag halb auf einem alten schwarzen Telefon, das am Kopfende der Matratze stand.

Annabelle suchte das Badezimmer. Auf einem schmutzverkrusteten Waschbeckenrand lag eine Zahnbürste. Sonst nichts. Kein Handtuch, keine Seife, nichts.

Ihre Schritte hallten auf dem nackten Holzboden. Drei kleine Zimmer gab es außer dem großen Wohnraum, die einstige Küche war am Wasseranschluss in der Mitte der Wand und den schwarzweiß gewürfelten Kacheln auf dem Boden erkennbar.

Alles Mobiliar war entfernt worden, Schmutzumrandungen an der Wand zeigten an, wo etwas gestanden hatte. Borys Subkow alias Herr von Strux alias Herbert Eigner hatte das Haus jedenfalls nie bewohnt.

Annabelle starrte auf die Küchenwand. Irgendetwas befand sich in dem Haus, das ihr den entscheidenden Hinweis auf die Hintergründe der Grünwalder Mordserie geben konnte, da war sie sicher. Nur wusste sie nicht, wo sie suchen sollte. Vielleicht im Keller. Es musste einen Keller geben. Alle Häuser besserer Bauart hatten einen Keller.

Langsam ging Annabelle zurück in die Diele und überlegte gerade, wo der Kellereingang sein könnte, als sie ein Geräusch hörte. Es kam von unten. Wahrscheinlich aus dem Keller, dessen Eingang sie suchte. Das Geräusch klang wie ein Pressluftbohrer mit Schalldämpfer.

Nein, flüsterte sie, nein, alleine mache ich das nicht.

So leise sie konnte, verließ sie das Haus, versuchte, bis zum Zaun auf Gras zu gehen, den verräterischen Kies zu meiden und sich gleichzeitig so im Schutz der Bäume am Rande des Grundstückes zu halten, dass sie nicht auf Anhieb gesehen werden konnte.

Sie schwitzte, obwohl es immer noch kühl war. Die Gatterpforte, durch die sie gekommen war, stand jetzt weit offen. Jemand war nach ihr gekommen.

***

»Weiß Ihre Tochter, dass Sie auch …«

»Nein, es genügt, dass sie nicht mit der Familiengeschichte ihres Vaters fertig wird, also …«

»Sie hätten es ihr längst sagen müssen.«

»Bei aller Sympathie, die ich für Sie habe, es geht Sie nichts an, was ich meinen Kindern sage und was nicht.«

Miranda Winter und Alex de Groot standen sich in dem riesigen Flur von Mirandas Wohnung gegenüber und wussten nicht, wie sie sich aus der unerquicklichen Lage befreien sollten, in die Alex sie mit seinen Fragen gebracht hatte.

»Ich weiß, Sie lieben sie. Und wollen ihr Bestes. Ich liebe sie auch, sie ist meine Tochter. Ich bin ein bisschen verrückt, sie ist es auch. Auf andere Weise. Ich nehme Rücksicht darauf.«

Ein halbes Dutzend Armreifen klapperten leise, als Miranda sich durch die rote Lockenmähne fuhr. Eine einzelne Träne löste sich und rollte langsam ihre Wange hinab.

Alex sah auf die zierliche Person hinunter, die ihrer Tochter die eigene Herkunft verschweigen wollte.

Annabelles Vater stammte aus einer uralten Henkersfamilie, deren Stammbaum bis ins 12. Jahrhundert reichte. Die allgemein bekannte Berufskrankheit der Henker war Schwermut oder auch Melancholie. Henker und Scharfrichter durften im Mittelalter und bis ins späte 18. Jahrhundert hinein nicht innerhalb der Stadtmauern leben. Sie galten als unrein und durften nur die Töchter Unreiner, wie zum Beispiel Pferdeabdecker oder anderer Henker, freien. Ab dem späten 18. Jahrhundert erhielten die Henker die Erlaubnis, auch als Bader, später dann als Ärzte zu arbeiten. Sie galten als besonders kundig, weil sie traditionsgemäß viel über die menschliche Anatomie wussten.

Arnulf Winter war die sechste Ärztegeneration der ehemaligen Henkersfamilie gewesen, deren älteste Söhne sich seit Menschengedenken vor ihrem sechzigsten Geburtstag erhängten.

Die Melancholie der Ausgestoßenen vererbte sich von Generation zu Generation immer weiter. Annabelles Bruder Kiki, Arzt wie sein Vater, hatte dessen Schwermutanfälle geerbt. Mutter und Tochter wechselten sich ab in ihrer Angst, er könne sich etwas antun, wie sein Vater, sein Großvater, sein Urgroßvater.

Dass ausgerechnet Miranda, die quirlige Kunststudentin, in die sich der angehende Arzt Arnulf Winter verliebt hatte, selbst aus einem der wenigen noch existierenden ehemaligen Henkersgeschlechter stammte, gehörte zu jenen bizarren Einfällen, die das Schicksal den Menschen gelegentlich wie einen nicht besonders guten Witz zumutet.

»Ja, ich liebe sie, und ich habe vor, sie zu heiraten«, sagte Alex so trocken, als spreche er vom angepeilten Börsengang eines IT-Unternehmens.

Mirandas Augen waren zu Schlitzen geworden. »Dann frage ich jetzt Sie: Warum haben Sie Annabelle nicht gesagt, dass Sie der Erbe des Seiger Pharmakonzerns sind?«

Einen Augenblick lang blickte Alex unbewegt ins Leere. Dann

fragte er leise: »Woher haben Sie die Information? Die Familie taucht nirgendwo auf, weder auf Internetseiten noch in irgendwelchen Zeitungsartikeln.«

Mit einem schlauen Seitenblick von unten herauf zupfte Miranda ein nicht vorhandenes Haar vom Aufschlag seines Tweedjacketts.

»Ich warte«, sagte Alex. Seine Stimme hatte sich in Eis verwandelt.

»Meine Güte, schnappen Sie nicht gleich über. Herr Kehlmann hat mich darauf angesprochen, als ich ihn zum Tee traf. Warum genau sind Sie eigentlich hergekommen?«

»Ich suche Annabelle.«

»Wissen Sie, wenn Annabelle zur Abwechslung in einen komfortablen Ehehafen einlaufen würde, wäre ich weiß Gott froh.«

»Was heißt zur Abwechslung?«

»Na, ihre erste Ehe mit diesem französischen Musiker, diesem Rick Sharp, war eine Katastrophe. Nie Geld, nur Streit. Er war ein Alptraum, hat sie geschlagen und weiß Gott was.«

»Rick Sharp? *Der* Rick Sharp?«

Ungeduldig schob sich Miranda an Alex vorbei und öffnete die Wohnungstür. »Ich dachte, Sie wissen schon alles. Ja, *der* Rick Sharp. Aber damals war er ein mittelloser Widerling, der meine Tochter gequält hat. Ich habe jetzt zu tun.«

Sie hielt die Tür weit auf und sah Alex auffordernd an. »Noch was?«

»Wohin wollte Annabelle, als sie ging?«

Miranda stöhnte. »Woher soll ich das wissen? Irgendwohin. Nach Grünwald, glaube ich.«

Wortlos drehte Alex sich um und sprang in großen Sätzen die Treppe hinunter.

»Noch so ein Verrückter«, murmelte Miranda und schloss die Tür, »bei uns geht es wohl nicht anders.«

***

Langsam bog sie in die Tankstelle ein, wo sie vor einer gefühlten Ewigkeit nach dem Weg zur Gärtnerei gefragt hatte.

Der Tankwart erkannte sie sofort. »Ah, die Dame mit den roten Haaren! Was darf's denn heute sein?«

Annabelle lächelte ihn einschmeichelnd an. »Mein Buchsbaum kränkelt. Ich brauche den Gärtner. Haben Sie ihn in den letzten Tagen zufällig gesehen?«

»Der ist doch weg«, sagte der Tankwart und strich mit den Augen über ihre Haare, »die Polizei war letzte Woche schon da und hat gefragt.«

»Ach ja?«, sagte Annabelle so gleichmütig wie möglich. »Wahrscheinlich der große Dünne mit dem grauen Anzug, stimmt's?«

»Nein, hübsche Frau, jetzt haben Sie danebengetippt.« Er dachte einen Augenblick nach. »Aber komisch, dass Sie fragen. Gerade heute früh habe ich einen Mann gesehen, der sah dem Gärtner so was von ähnlich, direkt zum Verwechseln!«

»Wo haben Sie den Mann denn gesehen?«

Der Tankwart schnalzte mit der Zunge durch eine kleine Zahnlücke. »Da kommt ein Mercedes, heraus steigt derselbe Polizist, der vorige Woche nach dem Gärtner gefragt hat, tankt, und wer, glauben Sie, sitzt neben ihm?«

»Haben Sie den Polizisten gefragt, ob der Gärtner im Auto sitzt?«

Nachdenklich fuhr sich der Tankwart mit der flachen Hand über seinen Bürstenkopf. »Nein, habe ich nicht.« Er starrte Annabelle an und fügte hinzu: »Wahrscheinlich war es gar nicht der Gärtner, der im Auto saß.«

Er hat Angst gehabt, dachte Annabelle. Sie fühlte das nachträgliche Unbehagen des Tankwarts fast körperlich.

»Wissen Sie, ich war froh, als der Mercedes wieder weg war. Weiß nicht, warum.« Er schüttelte den Kopf. »Ist auch egal.« Dann grinste er. »Sie sind dafür recht angenehm. Wie wär's, hätten Sie Lust, Sie wissen schon?«

»Danke für das Angebot!« Annabelle ging zur Tür. Dort drehte sie sich um. »Dieser Polizist, der getankt hat – war es der mit der randlosen Brille?«

»Ja genau. Wohl ein Kollege von Ihnen?«

***

Sie rumpelte mit dem Auto über Maulwurfshügel und bloß liegende Wurzeln auf das verwilderte Baugrundstück, dessen Zaun nur noch an den Ecken existierte. Zum ersten Mal fiel Annabelle auf, dass es in der Kopernikusstraße außer dem Cornelius-Haus, dem Kehlmann-Anwesen und der Eigner-Villa nur noch ein Haus gab. Gegenüber dem Cornelius-Grundstück befand sich der leer stehende Bungalow, für dessen angeblichen Kauf Kehlmann dem falschen Herrn von Strux viel Geld gegeben hatte. Immer vorausgesetzt, dass Kowalenko/Kehlmann ihr kein Märchen aufgetischt hatte. Was mittlerweile durchaus möglich schien.

Am Ende der Straße, hinter dem Eigner-Grundstück, begann eine große Wiese, an deren Rand zwei große Tafeln von bevorstehenden Bauvorhaben kündeten. Mehr Leben war nicht.

Auf der anderen Straßenseite wiederum lag ein Park, der zu einer nicht sichtbaren Villa in einer Parallelstraße gehörte. Eine ideale Gegend, um ungesehen zu kommen und zu gehen.

Welcher der Hauseigentümer hatte vor allem ungesehen bleiben wollen? Drei waren ermordet worden, Kehlmann, seine Haushälterin und Frau Cornelius. Nur Eigner alias Strux alias Subkow lebte noch. Und Frau Kehlmann, die allerdings verschwunden war.

Dass die Grundstücke der Ermordeten nebeneinanderlagen und das des zwielichtigen Subkow sich gegenüber befand, war kein Zufall. Nichts in dieser blutigen Geschichte war Zufall. Irgendjemand zog die Fäden.

Der Zaun des Cornelius-Anwesens war niedrig, die Ligusterhecke dahinter schmal. Sie blickte sich um, niemand war da, dem ihr Tun hätte auffallen können. Das gequetschte Bein tat weh, doch der Zaun hatte eine schmale Querverstrebung, sodass sie mit einem Riss in ihrer Jacke und einem kurzen Stechen im Bein Zaun und Hecke überwand.

Hinter dem Haus der ermordeten Frau wucherte der Garten noch ungehemmter als vorne.

Sie blieb stehen. Jemand war kürzlich vor ihr durch das hohe Gras gegangen. Die Spur der umgeknickten Halme war deutlich. Die Person hatte denselben Weg genommen, den sie jetzt ging:

in Richtung zur anderen Hecke, die schon zum Anwesen der Kehlmanns gehörte.

Das niedergetrampelte Gras endete an einer schmalen Pforte, die das Cornelius-Grundstück mit dem der Kehlmanns verband. Die Pforte war von der Polizei nicht versiegelt worden. Auch nicht verschlossen. Warum nicht? Oder hatte jemand die Versiegelung entfernt?

Jenseits der Pforte war die Suche nach Spuren von Schritten nicht möglich. Der Rasen im Garten der Kehlmanns war zu kurz geschnitten.

Annabelle tastete nach dem Spray und gönnte sich vorsorglich zwei Stöße des Sprühgemisches. Ein leichter Schauer lief über ihren Rücken.

Was kann schon sein?, dachte sie, hier ist doch niemand. Doch die Atmosphäre war dunkel aufgeladen. Sie spürte es deutlich. Vorsichtig öffnete sie die Pforte, wandte sich nach links und lief an der Innenseite des Zauns entlang, vorbei am Kehlmann-Haus, bis sie eine Stelle fand, von der aus sie das große Panoramafenster der Eigner-Villa im Nachbargrundstück beobachten konnte.

Die Lamellen der bis zum Boden reichenden Jalousien waren so gestellt, dass das Tageslicht nicht gedämpft wurde. Doch dadurch war der Raum dahinter von außen einsehbar. Was mit Sicherheit nicht beabsichtigt war.

Zwei Gestalten bewegten sich dort. Verdammt, dachte Annabelle und zog hektisch an ihrem kleinen Fernglas, das sich in der Jackentasche verhakt hatte. Schließlich hielt sie das Glas in der Hand und riss es nach oben an die Augen. Wieso sah sie nichts? Ach so, die Kappen der Linsen. Zittrig vor Nervosität zog sie die Kappen ab, drehte an der Schärfeeinstellung, und dann sah sie deutlich und klar: Eine hochgewachsene, magere Frau mit großen Brüsten in einem weißen Rollkragenpullover über einem roten Glockenrock stand eng umschlungen mit einer Gestalt. Wer war die Frau, wer war der Mann?

Die Gestalt löste sich, es war der Hausmeister Milic. Die Frau schleuderte ihre hochhackigen Schuhe von sich, die Füße waren knochig, breit und riesig. Mann und Frau küssten sich leidenschaftlich. Dabei nestelte die Frau am Hosenbund der Jeans von

Milic. Der packte die Frau an den Schultern und drehte sie so, dass sie mit dem Rücken zu ihm stand.

Sie schien zu wissen, was kam, beugte sich tief über die Lehne eines Sessels. Milic hob ihren Rock und zog den Reißverschluss seiner Hose auf. Weiter kam er nicht.

Jemand störte das Schäferstündchen. Milic drehte sich um, wollte die Hose wieder schließen, stockte und hob stattdessen die Hände.

Annabelle erkannte an seinen Mundbewegungen, dass er sprach.

Der Störenfried stand so, dass sie ihn nicht sehen konnte. Auch die Frau hatte sich aufgerichtet und umgewandt. Sie sprach ebenfalls, ungehalten, ihr hartes Gesicht verzog sich zu einer verdrossenen Miene. Annabelle hatte sie schon einmal gesehen, dessen war sie sich sicher.

Gebannt starrte sie durch das Fernglas. Die Diskussion nahm an Schärfe zu. Plötzlich begann die Frau zu lachen. Annabelle hörte es nicht, sah nur, wie die Frau mit einer verächtlichen Bewegung den Kopf in den Nacken warf. Dabei geriet ihre Lockenfrisur ins Rutschen, die Frau lachte und lachte, ohne auf ihre Haare zu achten, und schließlich fiel die Perücke zu Boden.

Die Frau war ein Mann, und Annabelle wusste nun, warum sie das Gefühl gehabt hatte, ihr schon begegnet zu sein. Es war Eigner alias Strux alias Subkow.

Er lachte immer noch. Angestrengter nun, wie es Annabelle schien. Milic hielt die Hände über dem Kopf, er redete, wollte einen Schritt nach vorne tun, wurde anscheinend daran gehindert, schüttelte den Kopf.

Eigner hob nun auch die Hände. Annabelle fiel die Hand der Porschefahrerin ein, die Elly und sie Tage zuvor rechts überholt hatte. Elly hatte gemerkt, dass die Hand am Steuer zu groß und zu kräftig für eine Frau war.

Milic und Eigner. Kehlmann und Eigner. Kehlmann und Milic? Wer gehörte zu wem und warum?

Schüsse fielen. Annabelle hörte sie durch die Mauern hindurch. Sieben, acht Schüsse. Milic schwankte, ging in die Knie und sackte zur Seite. Erneut wurde geschossen. Eigner trafen die Schüsse frontal in den Kopf. Er fiel nach hinten über die Sessellehne.

Sie hatte den Schützen nicht gesehen. Er musste dort stehen, wo sie die Tür vermutete. Annabelle ließ das Fernglas sinken, drehte sich um und rannte wie besinnungslos zurück zur Pforte und ins Cornelius-Grundstück.

Wenn der Mörder merkte, dass jemand die Szene beobachtet hatte, dann war sie verloren.

Plötzlich lag eine Hand auf ihrem Mund, gleichzeitig wurde sie zu Boden gerissen.

Das war's also, dachte sie noch, während sie auf dem Bauch lag, die Arme in einem eisernen Klammergriff, was für ein idiotischer Tod. Der kalte Rasen, der Angreifer auf ihr. Ihr Mörder. Wenigstens einmal sehen wollte sie ihn, sie wand sich, versuchte angestrengt, sich umzudrehen, als eine vertraute Stimme in ihr Ohr flüsterte: »Still!«

Ihr Herz, das bei der Attacke aufgehört hatte zu schlagen, hämmerte jetzt einen Trommelwirbel gegen die Rippen. »Du, du, du …«, wollte sie sagen, aber seine Hand lag noch immer auf ihrem Mund.

Still lagen sie auf dem nassen Gras dicht am Zaun. Alex streichelte mit der freien Hand ihre roten Haare.

»Füchsin«, flüsterte er kaum hörbar.

Annabelle fand, dass es sich, abgesehen von der Nässe des Rasens, grundsätzlich ganz gut so lag. Alex auf ihr war eine neue Erfahrung. Vielleicht könnte man sie irgendwann wiederholen. Ohne dass er ihr den Mund zuhielt.

Von der Straße vor der Eigner-Villa her drang Stimmengewirr zu ihnen, sie meinte, die von Lehner herauszuhören. Alex nahm die Hand von ihrem Mund, er hob den Kopf, lauschte.

»Wir müssen noch warten. Bin nicht sicher, dass sie ihn geschnappt haben«, flüsterte er.

»Woher wusstest du, wo ich …«

»Still!«

In diesem Augenblick hörten sie eilige Schritte, die sich näherten. Direkt vor ihnen stockten sie, dann entfernten sie sich auf der anderen Seite des Zauns in Richtung Straße.

Annabelle und Alex wagten kaum zu atmen. Minuten lang lagen sie reglos auf dem feuchten Rasen, Alex nicht mehr auf ihr, sondern neben ihr.

Die Stimmen, die sie von der Straße her gehört hatten, drangen jetzt aus dem Eigner-Grundstück zu ihnen.

Plötzlich hob Alex den Kopf. Durch die Zähne pfiff er eine dünne Zwei-Ton-Sequenz.

Die Stimmen im Eigner-Garten verstummten für einen Augenblick. Dann Schritte, dann die halblaute Stimme von Lehner, der sich der Stelle näherte, wo sie lagen. »Wo bist du?«

Wieder pfiff Alex. Leiser dieses Mal, auch nur einen einzigen, hohen Ton.

»Darf ich fragen, was Sie hier machen?«

Über Zaun und Hecke beugte sich Kriminalrat Lehner. Seiner Miene nach unterdrückte er mühsam einen Tobsuchtsanfall.

»Sprechen Sie mit mir?«, flüsterte Annabelle.

»Allerdings.«

»Ich habe einen Doppelmord beobachtet.«

»Und?«

»Was und?«

»Den Täter! Sie haben doch den Täter gesehen!«

Annabelle schüttelte bedauernd den Kopf. »Nein, er stand hinter den Vorhängen.«

»Bravo«, sagte Lehner und zog seinen Kopf zurück.

»Er ist in Richtung Straße gelaufen«, sagte Alex. Er stand auf, zog Annabelle hoch, »aber wir konnten nicht erkennen, wer es war.«

Lehner hatte sich vom Zaun abgewandt und sprach leise in sein Handy.

»Wieso sind Sie eigentlich hier?«, fragte Annabelle. »Ich meine, Sie hätten …«

»Mein …« Lehner klappte das Handy zu und räusperte sich. »Herr de Groot hat mich verständigt.« Wieder räusperte er sich. »Sie wurden vermisst, Frau Winter.«

Etwas ging zwischen Lehner und Alex vor sich, das sie nicht wissen sollte. Was für ein Geheimnis hatten die beiden? Sie hatten einen Erkennungspfiff. Lehner war auf den Pfiff hin über den

Rasen gekommen. Warum duzte er Alex? Denn er hatte ihn gemeint, ganz klar, als er fragte »Wo bist du?«. Sie kannten sich privat. Warum durfte sie das nicht wissen?

Während sie noch überlegte, wie sie fragen sollte, um überhaupt eine Antwort zu bekommen, fielen erneut Schüsse. Dieses Mal aus Richtung des Cornelius-Hauses.

»Sie bleiben hier, verstanden«, rief Lehner, dann fing er an zu laufen, er nahm dieselbe Route, die der Mörder zuvor gelaufen war.

***

Elly Heimroth hatte keinen Grund, ärgerlich zu sein. Mehr als drei Monate waren durch die großzügige Honorierung des unheimlichen Ehepaares Kehlmann finanziell solide abgesichert. Dank Annabelle. Und der Kontakt zur Kripo war noch nie so intensiv gewesen. Ebenfalls dank Annabelle. In beiden Fällen hatte Annabelle nicht unbedingt bewusst auf das Ergebnis hingearbeitet. Aber das spielte eigentlich keine Rolle. Eigentlich.

Doch da Ellys Herzensmann am Vorabend zurück nach Buenos Aires geflogen war und sie sich, wie immer ganz kurz vor seiner Abreise, entsetzlich gestritten hatten, war da der übliche Aggressionsstau. Annabelles Alleingänge waren ideal für einen erleichternden Abfluss von Gift und Galle.

Sie saßen in Ellys Büro. Annabelle und Alex vor, Elly hinter ihrem Schreibtisch. Sie hatte einen Soßenfleck auf der Brust ihres orangefarbenen Zeltkleides und wippte mit der Lehne ihres weißen Chefsessels. Beides keine guten Zeichen.

»Darf ich erfahren, warum dein Handy den ganzen Tag ausgeschaltet war?«

Annabelle schwieg. Zu antworten hatte wenig Sinn. In solcher Stimmung hörte Elly nie zu, sondern fuhr erfahrungsgemäß in ihrer Brandrede fort.

Auch dieses Mal.

»Darf ich dich ein weiteres Mal daran erinnern, dass du keine einsam durch feindliche Wälder streifende Wölfin bist, sondern Juniorpartnerin in meiner Agentur.«

Sie fixierte Annabelle. »Noch ein solcher Tag und du fliegst hier raus. Egal, was es kostet.«

Alex blinzelte zur Seite. Ellys Streit mit dem Freund musste ungewöhnlich heftig gewesen sein. Sie war gerade zu weit gegangen. Das würde nicht gut gehen.

Annabelle stand auf und stieß dabei so heftig ihren Stuhl zurück, dass er nach hinten kippte, ehe Alex ihn festhalten konnte.

»Du musst nicht auf ein nächstes Mal warten. Du kannst das sofort haben. Ich kündige.«

Alex versuchte, Annabelle am Arm festzuhalten, doch sie riss sich los und stürmte aus dem Raum. Sekunden später schlug die Eingangstür des Büros mit einem lauten Knall zu.

»Es wäre deine Aufgabe gewesen, dieses überempfindliche Huhn zurückzuhalten«, schnauzte Elly Alex an, »wofür bezahle ich dich eigentlich?«

»Nicht für das Ausbügeln deiner Schnitzer, das ist sicher«, sagte Alex friedlich, »aber wenn du so weiterredest, brauchst du mich auch nicht mehr zu bezahlen.«

Elly Heimroth war blass geworden. Mit zusammengekniffenen Lippen und gesenkten Augen schnaufte sie, als wäre sie im Laufschritt vier Stockwerke hinaufgelaufen.

Außer ihrem keuchenden Atem war es still im Raum. Alex blieb ruhig sitzen und wartete. Die Minuten verrannen.

Endlich blickte Elly auf, zwei Tränen platzierten sich neben den Soßenfleck auf ihrem Busen.

»Ich habe Angst um die Kleine gehabt. Sie ist unvorsichtig.«

»Deine Art, Besorgnis auszudrücken, ist, milde ausgedrückt, exzentrisch.« Alex beugte sich über den Schreibtisch und griff nach ihrer Hand, die eiskalt war. »Er kommt wieder, er kommt doch immer wieder.«

»Nein«, flüsterte Elly, »dieses Mal ist endgültig Schluss, ich will auch nicht mehr.«

»Das sagst du auch jedes Mal. Seit ich dich kenne.«

Elly straffte ihren Rücken und entzog ihm mit einem Ruck ihre Hand. »Da wir gerade dabei sind – es wird Zeit, dass du Annabelle reinen Wein einschenkst.«

Alex wurde steif. Seine Stimme klang kalt. »Wie darf ich das verstehen?«

»Das Kind muss wissen, wer du bist.«

»Wovon redest du?«

»Herrgott noch mal«, Elly schlug mit der flachen Hand auf die Schreibtischplatte, dass das Teegeschirr klirrte. »Annabelles Mutter hat mich schon darauf angesprochen. Woher sie es hat, weiß ich nicht. Sie hat mich angerufen.«

»Was soll ich denn Annabelle sagen, deiner Meinung nach?«

»Mir ist es egal, wer du bist, glaub mir. Ein Spinner, der gute Arbeit macht. Bitte schön. Aber Annabelle ... also, ich weiß nicht.«

»Ich hoffe, du überlässt es mir, mit Annabelle zu reden. Und zwar zu einem Zeitpunkt, den ich selbst bestimme.«

»Ach, mach doch, was du willst«, schnauzte Elly, »lass mich jetzt alleine. Ich muss trauern und toben.«

***

Wutentbrannt war Annabelle aus dem Haus gerannt. Im Vorgarten hielt sie einen Augenblick lang inne und holte Luft. Warum fiel sie jedes Mal wieder auf Elly herein? Nicht sie und ihr eigenmächtiges Handeln waren das Problem. Die Quelle von Ellys unerträglich schlechter Laune, ihrer Depressionen und Ausbrüche von Verzweiflung war der argentinische Lebensgefährte. Er schien sich ein Fest daraus zu machen, Elly zum Toben zu bringen.

Annabelle seufzte und wurde ruhiger. Wo zum Teufel war ihr Leihwagen?

Dann fiel ihr ein, dass Alex sie in seinem Auto zurückgefahren hatte. Lehner und seinem Team war der Todesschütze anscheinend durch die Lappen gegangen. Was fast unglaublich schien angesichts des Polizeiaufgebotes rund um die drei Grundstücke. Die Spurensicherung war mit sechs Mann am Tatort eingetroffen. Den Leichenwagen und den Gerichtsarzt hatten Alex und sie nicht mehr abgewartet.

Von ihrer entsetzlichen Entdeckung im hinteren Teil der

sogenannten Gärtnerei wusste er noch nichts. Auch nicht von den Geräuschen aus dem Keller des Wohnhauses. Sie hatte im Durcheinander der Ereignisse vergessen, ihm davon zu erzählen.

Finanziell gesehen hatte Elly natürlich recht. Der Auftrag war ausgeführt, die Suche nach den Buchsbaumfiguren abgeschlossen, die Auftraggeberin verschwunden, der Ehemann, der bezahlt hatte, um zu erfahren, wer ihm nach dem Leben trachtete, ermordet. Mehr Geld würde es also nicht geben.

Nachdenklich wanderte Annabelle die Straße entlang. Der nächste Taxistand war weit entfernt. Der Fußmarsch würde ihr guttun. Sie hatte eine Fährte aufgenommen. Sie würde die Spur verfolgen, egal wie dringend Elly und Alex sie davon abzuhalten versuchten.

Wieder seufzte sie. Sie hatten miteinander zu tun, die Grünwalder Morde und die erschlagene Prostituierte im Wald, daran bestand kein Zweifel. Sie sollte sich noch einmal das leere Haus gegenüber dem Cornelius-Grundstück vornehmen. Es war nur so ein Gefühl. Aber vielleicht fand sich im Haus irgendein erleuchtender Hinweis.

Ein leiser, dumpfer Knall, ein unvermittelt brennender Schmerz am linken Oberarm – erst als Blut aus ihrem Ärmel lief, wurde Annabelle bewusst, was geschehen war. Man hatte auf sie geschossen. Von hinten.

Entsetzt drehte sie sich um, sah aber nur Gärten, die sich gepflegt und menschenleer links und rechts der Straße aneinanderreihten. Einige hatten dichte Hecken, andere einsehbare Vorgärten. Es hatte keinen Sinn, den Schützen zu suchen. Wichtiger war, dass sie sich in Sicherheit brachte.

Das Gartentor in der Hecke fast direkt neben ihr war offen. Annabelle schickte ein Dankgebet zum Himmel und schlüpfte in den Garten.

Mit zitternden Fingern zog sie ihr Handy heraus. Alex war sofort am Apparat. »Wo bist du? Ich komme sofort.«

Zwei Minuten später hörte sie das Geräusch seines Wagens, er fuhr langsam, sie sprang aus der Deckung, riss die Beifahrertür auf und ließ sich auf den Sitz fallen. Alex gab Gas, der Wagen schoss nach vorne.

Er war blass um die Nase, das sah sie aus dem Augenwinkel. Trotz des brennenden Schmerzes musste sie innerlich grinsen. Der überlegene Alex!

»Ein Profikiller war der Schütze jedenfalls nicht.«

Annabelles kleiner Scherz wurde überhört.

Mit einem Seitenblick auf ihren blutenden Arm trat Alex weiter auf das Gaspedal, mit weit mehr als hundert Stundenkilometern rasten sie durch die Straße.

»Wo fährst du hin?«, fragte Annabelle und betrachtete mit Abscheu das blutdurchtränkte Papiertaschentuch, das sie gegen den Oberarm gehalten hatte. »Mist. Es hört nicht auf zu bluten.«

Mit steinerner Miene überfuhr Alex eine rote Ampel, kurz darauf eine zweite.

»Willst du uns umbringen? Wohin fährst du?«

»Wohin schon? Zum Arzt.«

Alex war immer noch leichenblass, seine liebenswürdige Gelassenheit war kalter Härte gewichen.

»Was verschweigst du?«, fragte er, und der Ton seiner Stimme verhieß nichts Gutes.

Es hatte keinen Zweck auszuweichen. Also holte sie tief Luft und begann zu erzählen.

Alex hörte konzentriert zu, ohne sein Tempo zu drosseln. Als Annabelle geendet hatte, waren sie in Nymphenburg am Schlosskanal. Alex bremste vor einer Jugendstilvilla.

Er hatte die ganze Zeit über kein Wort gesagt. Fragend sah Annabelle ihn an. »Und?«

»Steig aus«, sagte er, »hier ist der Arzt. Du willst doch keine Narbe zurückbehalten.«

»Kommst du nicht mit?«

»Nein. Wenn du fertig bist, rufst du ein Taxi, fährst nach Hause und rührst dich nicht mehr raus. Verstehst du mich?«

»Und du?«

»Ich habe zu tun«, sagte Alex kurz und fuhr an.

***

»Kind, was machst du für Sachen?« Miranda Winter war ausnahmsweise nicht beleidigt, sondern ehrlich besorgt. So zumindest klang ihre Stimme durch die Leitung. Sie wartete keine Antwort ab. »Ich komme zu dir und bleibe. Dein elitärer Kollege hat gesagt, du sollst nicht alleine bleiben. Auf mein Baby zu schießen … mir wird ganz schlecht.«

»Nein«, schrie Annabelle, »nicht kommen. Bitte nicht, Mutter. Mir geht es gut.«

»Schrei nicht so«, sagte Miranda, jetzt doch hörbar beleidigt, »ich dachte nur, du brauchst …« Sie stockte und fuhr fort: »Wie du willst. Ich dränge mich nicht auf. Es hat übrigens jemand nach dir gefragt.«

»Bei dir?«

»Ja, bei mir. Du mit deiner Geheimnummer bist ja nicht zu erreichen. Ein Herr Werner.«

»Woher wusste er, dass du meine Mutter bist?«

»Keine Ahnung«, sagte Miranda genervt, »wahrscheinlich hast du ihm von mir erzählt.« Die Unterhaltung verlief nicht so, wie sie es sich vorgestellt hatte. »Aber ich komme jetzt, ich habe es deinem Alex versprochen.«

Annabelle unterbrach die Verbindung. Fünf Minuten später saß sie im Taxi. Der Mietwagen würde noch immer auf dem verlassenen Grundstück in Grünwald stehen, wo sie ihn geparkt hatte. Doch zuvor würde sie an der Brücke einen Zwischenstopp einlegen und nach Herrn Beckmann sehen.

***

Drei von Herrn Beckmanns Kumpeln saßen unter der Brücke nebeneinander an den Brückenpfeiler gelehnt. Es roch streng nach alten Kleidern und noch älterem Schweiß.

Annabelle atmete durch den Mund, grüßte und fragte nach der »Stoppuhr«.

Einer der Kumpel, die Annabelle von früheren Besuchen her kannten, hielt ihr einladend die Rotweinflasche hin. Sie lachte, schüttelte den Kopf und fragte nochmals.

Keiner von ihnen hatte ihn seit dem Vormittag des Vortages gesehen, sie sahen sich erstaunt an, als fiele ihnen erst jetzt seine Abwesenheit auf. »Stoppuhr« sei aufgeregt gewesen, habe telefonieren gehen und einen Freund treffen wollen. Sie hätten sich gewundert, nuschelte der zahnlose Kumpel, weil »Stoppuhr« doch nie Freunde gehabt habe. Und plötzlich hatte er einen. Und noch einen. »Außer Ihnen natürlich«, nuschelte er und grinste. Seitdem sei er nicht mehr aufgetaucht.

Gedankenvoll stieg Annabelle in ihr wartendes Taxi. Sie würde am nächsten Morgen wieder zur Brücke fahren. Wer waren die neuen Freunde von Herrn Beckmann?

***

Fast bedauerte Annabelle, nicht zu Hause auf ihre Mutter gewartet zu haben. Die Dämmerung war fortgeschritten. Den Einbruch in das leere Haus gegenüber dem Cornelius-Grundstück würde sie auf den nächsten Tag verschieben müssen.

Was wollte Herr Werner von ihr? Nicht dumm, sie über ihre Mutter ausfindig zu machen. Nur – woher wusste er, dass Miranda Winter ihre Mutter war? Es gab dreißig Winters im Telefonbuch. Zweimal hatte sie dem Büro der ALTA-Immobilien GmbH einen Besuch abgestattet. Zweimal hatte Herr Werner einen bemüht kompetenten, aber doch verheerend unbedarften, fast ein wenig verschreckten Eindruck gemacht.

»Vierundzwanzig achtzig. Quittung? Oder wollen Sie noch weiter?«

Von Weitem drang die Stimme des Taxifahrers an ihr Ohr. Sie war so tief in Gedanken, dass sie ihn nicht gehört hatte. Er musste den Preis bereits mindestens einmal laut verkündet haben, denn er klang leicht gereizt.

»Entschuldigen Sie.« Schuldbewusst kramte Annabelle in ihrer Tasche nach dem Portemonnaie. »Behalten Sie den Rest.«

Verdutzt blickte Annabelle auf und sah, wie Alex dem Taxifahrer gerade dreißig Euro durchs Fenster streckte.

»Ihr Kerl?«, fragte der Taxifahrer und drehte sein zerklüftetes Gesicht feixend zu Annabelle.

Trotz des aufsteigenden Ärgers, dass Alex ihr nicht traute, sie kontrollierte und offensichtlich vorhatte, sie nicht mehr allein zu lassen, musste Annabelle lachen. »Woher kommen Sie?«

»Bayerischer Wald«, sagte der Taxifahrer, nun etwas zögernd.

»Und wieso kommen Sie auf die Idee, mein Kollege könnte …«

Der Taxifahrer hatte sich wieder nach vorne gedreht und zuckte die Schultern. Die Unterhaltung war für ihn beendet.

Kopfschüttelnd stieg Annabelle aus dem Wagen.

»Was ist?«, fragte Alex und fasst sie am Ellbogen.

»Ach nichts. Was tust du hier?«

»Dich vor unüberlegtem Handeln bewahren.«

»Das kann nicht dein Ernst sein. Wo ist mein Auto?«

»Die Mietwagenfirma hat es abgeholt.«

Annabelle wurde heiß vor Ärger.

»Das heißt, du hast die Mietwagenfirma hierherbestellt und ihnen vorgelogen, dass du den Schlüssel verloren hast?«

»Nein, ich hatte ihn dir vorher weggenommen.«

»Sag das noch einmal.«

Alex de Groot hob die Schultern. »Irgendwie muss ich dich doch davon abhalten, weiter dauernd in aufgeklappte Messer zu rennen.«

Annabelle stöhnte auf und blickte hilfesuchend um sich. Doch die Straße lag da wie fast alle Grünwalder Straßen, elegant, ruhig und sehr still, im Augenblick in leichten Bodennebel gehüllt.

»Kannst du nicht verstehen, dass ich mich verpflichtet fühle, dem Schicksal von Frau Kehlmann nachzugehen?«

Alex' Stimme war schneidend: »Versuch nicht, die Angelegenheit auf ein höheres moralisches Niveau zu heben. Du wirst von Neugier getrieben, das ist alles.«

Er hatte recht. Und auch nicht.

Schweigend und wütend standen sie sich gegenüber, die beiden Privatdetektive der Agentur Heimroth, Winter und de Groot.

Annabelles Stimme war heiser. »Deswegen sind wir Detektive oder etwa nicht?«

Plötzlich grinste er. Dann sagte er ernst: »Ich kann ja verstehen, dass es dich auf die Dauer langweilt, den Lügen von Jobbewerbern nachzuspüren oder Betrügereien in Firmen aufzudecken.« Versöhnlich fasste er nach Annabelles Arm.

Sie wich aus. »Du verstehst gar nichts.«

»Oh doch. Ich verstehe immer besser, dass du keine Ahnung hast, worum es hier geht.«

Annabelle holte tief Luft. »Aber du weißt es. Natürlich.«

»Ja, leider. Du hast etwas, das jemand unbedingt haben will. Überlege genau. Es müssen die Kehlmanns gewesen sein. Entweder er oder sie. Wer hat dir etwas gegeben?«

»Wie kommst du darauf?«

Ungeduldig hob der ruhige Alex die Augenbrauen. Er war wieder der andere, der Dominante, schnell Gereizte, den sie erst vor Kurzem kennengelernt hatte.

»Wach auf, Mädchen, das hier ist eine Nummer zu groß für dich.«

Annabelle war das Blut zu Kopf gestiegen, er fühlte sich an, als würde er jeden Moment platzen.

»Was fällt dir eigentlich ein, du aufgeblasener Kerl? Bist du noch bei Trost? Willst du mir unterstellen, ich wär auf einem Egotrip? Du bist …«

Alex unterbrach sie. »Es ist der falsche Augenblick für Empfindlichkeiten. Du hast etwas, und jemand will es um jeden Preis haben.«

»Aber ich weiß doch nicht …« Annabelle unterbrach sich und schlug sich mit der flachen Hand an die Stirn. »Doch, du hast recht. Da gibt es wirklich was. Frau Kehlmann hat an einem Abend, als ich in ihrer Straße war, vor der Garage ein Handy abgelegt, das ich an mich nehmen sollte.«

»Ja und?«

»Sie hat gesagt, ich soll gut darauf aufpassen und es ja nicht verlieren.«

»Was weiter?«

»Nichts.« Annabelle kramte in ihrer Jackentasche. »Sie hat sich nie gemeldet. Der Akku war sowieso leer.« Sie zog die Hand aus der Tasche. »Siehst du, da ist es. Ich schleppe es immer mit mir herum. Man weiß ja nie.«

»Allmächtiger.« Alex starrte Annabelle ungläubig an und griff nach dem Handy. Es war ein uraltes Nokia-Modell, das es nicht mehr im Handel gab. »Hast du nie das Gefühl gehabt, dass etwas faul ist mit dem Handy? Eine reiche Frau mit so einem alten Ding – du musst doch …«

Sein Handy klingelte. Er hielt es ans Ohr und lauschte. Endlich sagte er: »Was tun die? Dürfen die das? Okay, ganz ruhig, Elly, wir sind gleich da. Ich bin mit Annabelle in Grünwald. Jaja, in fünfzehn Minuten.«

Er griff nach Annabelles Arm. »Los, steig ein. Es eilt.«

»Was ist passiert?«

»Hausdurchsuchung. Die Leute von Lehner durchsuchen seit zehn Minuten zu fünft die Agentur. Elly ist außer sich. Schöne Bescherung.«

***

»Ich habe die Faxen dick. Auf meine Hilfe brauchen Sie nie mehr zu zählen.«

Kriminaldirektor Lehner musterte Annabelle von oben bis unten. Endlos lange, schien ihr.

»Geben Sie mir Ihre Tasche«, herrschte er sie an.

Wortlos reichte Annabelle ihm den Lederbeutel.

Elly stand mit aufgebracht wogendem Busen am Tresen des Empfangs und durchbohrte Annabelle mit ihrem Blick.

»Ich habe niemanden umgebracht«, sagte Annabelle trotzig. Es war nicht sicher, ob ihre Worte an Lehner oder Elly gerichtet waren.

Lehner antwortete nicht. Er reichte die Tasche einem der Mitarbeiter, die Latexhandschuhe trugen. »Durchsuchen.«

Der Mann stellte den Beutel auf den Tresen und leerte den Inhalt aus.

Annabelle blickte Lehner an. »Darf ich fragen, was Sie hier suchen?«

»Das habe ich schon Ihrer Kollegin gesagt. Einer oder eine von Ihnen hat vermutlich wichtiges Beweismaterial in einem Mordfall unterschlagen.«

Alex trat dicht an Lehner heran und zog ihn beiseite.

»Du spinnst«, hörte Annabelle ihn sagen, »das kannst du doch nicht machen.«

»Und ob ich kann«, sagte Lehner laut und machte zwei Schritte in Richtung des Tresens. »Wer kriminalpolizeiliche Ermittlungen mutwillig behindert, macht sich strafbar.«

Elly hatte sich mittlerweile gefasst. Ihre Stimme klang voll und drohend. »Wie kommen Sie zu dieser unsinnigen Beschuldigung?«

Breitbeinig baute sich Lehner vor Elly auf. »Das will ich Ihnen sagen, liebe Frau Heimroth. Auf Ihre Mitarbeiterin ist geschossen worden. Da wird jemand einen Grund gehabt haben. Frau Winters Mutter hat uns angerufen.« Er drehte sich zu Annabelle. »Einer der beiden Männer in Grünwald heute Vormittag hat noch ein paar Minuten gelebt. Er sagte aus, Sie hätten etwas an sich gebracht, wonach alle suchen.«

Alex und Annabelle wechselten einen kurzen Blick.

»Geschossen?«

Elly deutete mit dem Zeigefinger auf Annabelle. Der Finger zitterte vor Empörung. »Was verschweigst du noch?«

»War doch nur …«, versuchte Annabelle sie zu beruhigen.

»Sei still. Man hat mir verschwiegen, dass auf meine Geschäftspartnerin geschossen worden ist? Ich bin stinksauer.«

Mit für ihre Fülle geradezu tänzerisch zornigem Schwung, der ihr orangefarbenes Zeltkleid in wellenartige Bewegung versetzte, wandte sie sich um und verschwand schweigend in Richtung ihres Büros.

***

Die Beamten fanden nichts. Was hätten sie auch finden sollen?

»Was suchen Sie eigentlich?«, fragte Annabelle, als der kleine Trupp in weiße Ganzkörper-Schutzanzüge gehüllter Kripobeamter kopfschüttelnd wieder bei Lehner im Flur angelangt war.

»Das wissen Sie ganz genau.«

Lehner wirkte müde, resigniert und schlecht gelaunt. Er tat Annabelle leid.

»Ach übrigens, in der Gärtnerei haben wir einen Kopf in einem Pflanztrog gefunden. Da Sie Ihre Nase schon überall reingesteckt haben, wissen Sie vielleicht auch, wem der Kopf gehört. In den nächsten Tagen werden Sie ihn sich ansehen müssen.«

Mechanisch wühlte Annabelle nach dem Spray in ihrer Jackentasche. Ihre Finger umklammerten die Plastikkappe. Nur nicht zeigen, dass ihr plötzlich die Luft wegblieb. Warten. Warten, bis die Kripo weg war. »Ach«, sagte sie. Zu mehr reichte der Atem nicht.

Lehner schien mit der Wirkung auf seine Mitteilung unzufrieden. Er herrschte seine Leute an, sich zu beeilen.

***

Fünf Minuten später war der Spuk vorbei.

»Wo hast du das Handy von Frau Kehlmann hingetan?«

»Gut verwahrt«, sagte Alex leise. Dann rief er laut: »Elly, wir gehen essen. Kommst du mit?«

Sie hörten nichts. Kein Ton drang aus Ellys Büro.

»Lassen wir sie«, sagte Alex schließlich, »wenn sie schmollen will …«

»Nein, will sie nicht«, sagte Elly. Sie hatte die Lippen frisch nachgezogen und eine gelbe Strickjacke über den Soßenfleck drapiert.

»Natürlich komme ich mit. Alex zahlt.«

»Kommt nicht in Frage.« Annabelle hielt Elly am Ellbogen zurück. »Wir zahlen wie immer, die Rechnung geteilt durch drei.«

»Ich verabscheue Gutmenschen«, sagte Elly scharf und wogte an Annabelle vorbei, »kommt endlich. Wir haben viel zu besprechen. Und ich bin hungrig.«

***

Keiner von ihnen hatte Lust zu plaudern. Alex fuhr sie schweigend in die Innenstadt, parkte vor dem Hotel »Bayerischer Hof«, gab dem Portier die Wagenschlüssel und einen Geldschein und ging voraus ins Restaurant. Schweigend. Selbstsicher.

Annabelle dachte, dass Alex eine hochstaplerische Ader haben müsse. Sie kannte ihn so nicht. Er hatte sich im Laufe dieses Falles dramatisch verändert. Ihr bescheidener, leicht esoterisch angehauchter Kollege, der ehemalige Philosoph, der Mann am Schreibtisch und begnadete Buchhalter, den sie seit einem halben Jahr kannte, er hatte sich in Luft aufgelöst. Wer war der Mann, der die Führung übernommen hatte? Und Elly fügte sich. Das war das Rätselhafteste. Elly folgte ihm wie ein Lamm.

»Guten Abend, Herr de Groot. Ihre Frau Mutter hat schon vor zwei Stunden gespeist. Einen Tisch für drei?«

Alex nickte. »Wir haben etwas zu besprechen.«

Der Restaurantchef nickte wissend. »Ich verstehe.«

Beflissen komplimentierte er sie zu einem ruhigen Ecktisch.

Als sie saßen, sagte Annabelle: »Alex, du …«

Elly unterbrach sie: »Erst die Speisekarte.«

»Wir nehmen das kleine Menü«, sagte Alex, »oder wollt ihr sechs Gänge?«

***

Es war weit nach Mitternacht, als sie das Restaurant verließen. Alex schüttelte dem Oberkellner, der als Letzter die Stellung gehalten hatte, die Hand, und Annabelle sah, dass ein Schein unauffällig den Besitzer wechselte.

Elly setzte vorsichtig einen Fuß vor den anderen. Sie hatte viel teuren Rotwein trinken müssen. Sehr viel.

»Du schläfst bei mir«, sagte sie über die Schulter und mit ziemlich schleppender Stimme zu Annabelle. »Nach Hause darfst du nicht, solange ein Mörder hinter dir her ist.«

Langsam erreichten sie die Halle.

»Sie übernachtet hier. Bei meiner Mutter.«

Annabelle blieb stehen. »Alex, was ist los mit dir? Du hast eine Mutter, die in einem der zwei teuersten Hotels der Stadt wohnt? Und ich soll zu ihr ins Bett?«

Kühl entgegnete Alex: »Keineswegs. Sie bewohnt eine Suite. Wir werden ihr Mädchen umquartieren, dann kannst du in deren Zimmer schlafen. Es ist allerdings klein.«

»Wer bist du, Alex de Groot? Sag es. Lüg mich nicht an. Du duzt dich mit Kriminalrat Lehner. Warum?«

»Wir kennen uns von früher.«

»Von woher?«

Alex seufzte. »Müssen wir das mitten in der Nacht erörtern? Das ist eine lange Geschichte. Für heute Nacht zu lang.«

»Und wieso kannst du uns einfach so hier ins Restaurant einladen? Außerdem kennt man dich hier. Alex, wer bist du?«

»Bitte, Annabelle, du bist im Augenblick gereizt und ziemlich nervtötend. Ich habe ein bisschen Geld, das ist alles.«

»Ein bisschen Geld? Sehr witzig«, sagte Elly und rülpste diskret, »er ist der Erbe von Seiger Pharma.«

»Macht doch, was ihr wollt«, sagte Annabelle, die Ellys Bemerkung nicht gehört hatte. Sie steuerte auf die gläserne Drehtür zu, hinter der am Straßenrand eine lange Reihe wartender Taxis zu sehen war.

»Das tun wir«, sagte Alex knapp und bekam gerade noch ihre Hand zu fassen, ehe sie durch die Drehtür verschwunden war, »ich habe keine Lust, morgen deine Leiche zu suchen.«

Annabelle sah ihn böse an. »Du machst dich gerade nicht beliebt bei mir.«

»Jaja, Liebe tut weh«, sagte Alex und schob sie, ihre Hand fest im Griff, auf den Rücksitz des ersten Taxis.

»Rutsch ein bisschen, wir fahren meinethalben zu dir, und ich übernachte auf dem Sofa. Du bist eine anstrengende Frau, das kann ich dir sagen.«

***

Das Telefon und die Türklingel schrillten gleichzeitig los.

Alex fuhr hoch und kippte um ein Haar vom Sofa. Es war noch dunkel. Irgendwo musste seine Uhr liegen. Suchend tastete er nach dem Schalter der Couchlampe.

Drei Uhr neunundfünfzig. Wieder schrillte die Türklingel. Das Telefon klingelte weiter.

Annabelle erschien im Türrahmen und sah Alex fragend an.

Er deutete auf das Telefon und ging zur Tür. »Wer ist da?«, fragte er in die Sprechanlage.

Undeutlich hörte er eine Stimme unten an der Haustür: »Expresspaket!«

»Expresspaket«, murmelte Alex, dann rief er laut in den Hörer: »Geben Sie es beim Hausmeister ab.«

Wieder klingelte es.

»Was ist noch?«

»Hausmeister nicht da«, tönte es von unten.

»Dann kleben Sie einen Abholzettel an die Haustür. Wir holen das Paket morgen von der Post.« Alex hängte den Hörer der Sprechanlage ein und drehte sich um.

Annabelle stand mit vor Schreck geweiteten Augen neben dem Telefon. »Bei Elly hat vor einer halben Stunde ein Paketbote geklingelt. Sie hat ihre Pistole aus dem Wandtresor geholt und sitzt jetzt mit gespanntem Hahn im Bett. Sie wollte, dass wir das wissen.«

Mit kleinen Schritten tapste Annabelle barfuß zum Sofa. »Ich bleibe bei dir.«

Dass sie zum Schreien komisch aussah in ihrem schief hängenden gelben Flanellpyjama mit großen grauen Punkten, schien ihr nicht bewusst zu sein. »In Ordnung«, sagte Alex.

»Lachst du mich aus?«

»Nein, ich denke nur …«

»Was?«

»Ein Becher Kaffee täte uns gut, was meinst du?«

***

Wie erwartet klebte an der Haustür kein Abholschein für ein Paket. Annabelle atmete tief durch. Die Luft war morgenfrisch. Die ersten Kinder trotteten mit bunten Schulrucksäcken an ihr vorbei zur Schule um die Ecke. Oben in der Wohnung schlief Alex im Sessel wahrscheinlich immer noch tief und fest. Der Kaffee hatte wie ein Schlafmittel auf ihn gewirkt. Nicht auf sie.

Die Aufklärung der Mordfälle stand bevor. Das fühlte sie.

***

Morgendunst hing über der Isar. Annabelle fröstelte. Herr Beckmann saß in seinen Regenmantel gewickelt auf einem Steinabsatz und blickte über das Wasser.

»Ich dachte, Sie schlafen noch«, sagte Annabelle, »ich habe Sie gestern gesucht. Wen haben Sie getroffen?«

»Ohne Kaffee mache ich keine Aussage«, sagte Herr Beckmann und stand auf. »Wir gehen rauf zum Kiosk.«

Fünf Minuten später standen sie mit Pappbechern an der kleinen Theke des Kioskes.

»Ihre Freunde unter der Brücke meinten, Sie hätten einen Freund getroffen?«

»Ja, ein sehr netter Mann«, sagte Herr Beckmann und nahm vorsichtig einen Schluck, »er hat mich aufgesucht und mir ein faires Geschäft vorgeschlagen.«

»Was für ein Geschäft?«, fragte Annabelle alarmiert. »Herr Beckmann, machen Sie keinen Blödsinn, wer ist der Mann?«

»Erstens mache ich keinen Blödsinn«, Herr Beckmann war sichtlich beleidigt, »und zweitens brauche ich ihm nur zu berichten, was ich über den Porsche und den Ukrainer von früher weiß.«

»Wer ist der Mann?«

»Das darf ich nicht sagen.«

»Na bravo, ich suche nachts Harlaching nach Ihrem schwarzen Porsche ab, der übrigens nicht da war, und währenddessen … also wirklich!«

»Nicht böse sein«, sagte Herr Beckmann, »das geht schon in Ordnung.«

»Ich hoffe es für Sie«, sagte Annabelle und seufzte.

***

Der Grünwalder Tankwart sah Annabelle durch die Scheibe aus dem Taxi steigen und grinste breit, als sie den Verkaufsraum betrat. »Sie schon wieder. Haben Sie es sich überlegt? Sie hätten doch kein Taxi nehmen müssen. Ich hätte Sie schon abgeholt.«

Annabelle reckte das Kinn und klimperte kokett mit den Augendeckeln. »Können Sie mir einen Gefallen tun?«

»Kommt drauf an«, feixte der Tankwart immer noch grinsend und lehnte sich einladend über seine Theke.

»Wenn ich spätestens in einer Stunde nicht wieder hier bin,

rufen Sie bitte eine dieser beiden Nummern an«, sagte Annabelle und schob ihm einen Zettel hin.

Ernüchtert richtete sich der Mann auf. »Und was krieg ich dafür? Ärger wahrscheinlich. Wo wollen Sie denn hin in der Zeit?«

Auf seinem Gesicht war zunehmende Ablehnung zu lesen, denn Annabelle ignorierte seine Frage. »Es ist wichtig.«

»Für Sie vielleicht. Für mich schaut das irgendwie komisch aus.«

Annabelle merkte, dass der Tankwart nicht mehr wollte.

»Okay, wenn ich wieder da bin, dann reden wir über Ihren Vorschlag.«

Die Züge des Tankwarts hellten sich ein wenig auf. Vorsichtig sagte er: »Ehrlich, ich weiß nicht.«

»Sie schaffen das«, versicherte Annabelle und wandte sich zum Gehen.

»Halt«, rief er ihr hinterher, »was ist, wenn keine der Nummern antwortet?«

»Kann nicht sein«, rief Annabelle über die Schulter, »die Festnetznummer ist die Kripo.«

Mit offenem Mund starrte der Tankwart ihr nach.

***

Vor dem verwilderten Grundstück in der Kopernikusstraße ließ Annabelle den Taxifahrer halten. Er war ein freundlicher Türke, sein Wagen roch nach Frische und diskretem Orangenaroma.

»Warten Sie auf mich. Nicht wegfahren. Es kann eine gute halbe Stunde dauern.«

Der Taxifahrer sah sie prüfend an. »Sie kommen wieder? Bestimmt?«

»Ich habe mir Ihre Nummer aufgeschrieben und lege hundert Euro auf den Sitz, als Einsatz sozusagen«, sagte Annabelle, »nicht wegfahren, hören Sie?«

***

War es Einbildung, oder bewegte sich eines der fast ganz herabgelassenen Rollos um eine Winzigkeit nach oben?

Annabelle fröstelte, obwohl der Morgen überraschend warm geworden war. Wenn sie ehrlich zu sich selbst war, und warum sollte sie nicht, musste sie zugeben, dass sie, seit sie das Grundstück betreten hatte, ein ungutes Gefühl nicht loswurde.

Das Haus stand leer, das wusste sie von der Putzfrau der Immobilienfirma. Je näher sie kam, desto mulmiger wurde ihr. Die Ausstrahlung des Hauses war nicht die eines verlassenen Hauses. Im Gegenteil.

An der Haustür sah Annabelle sich kurz um. Weit und breit war niemand zu sehen. Sie beugte sich vor. Das Türschloss sah nicht kompliziert aus.

In der Woche vor ihrer Hochzeit hatte Rick ihr »ein Geschenk« gemacht. Er hatte ihr beigebracht, wie man mit geringstem Aufwand an Mitteln, Kraft und Zeit Türschlösser aufbrach. Annabelle stellte damals verblüfft fest, dass der Mann, den sie liebte, täglich mehr als eine Stunde mit einer Reihe von Musterschlössern übte, »um meine Finger und meinen Tastsinn geschmeidig zu halten«.

Sie hatten während der »Unterrichtsstunden« Tränen gelacht. Annabelle fragte, woher er die Schlösser habe. Aber Rick wich aus, lobte stattdessen die wache Schülerin, die in kürzester Zeit die Fähigkeit erwarb, nahezu jedes Schloss zu knacken. Ihr »Gesellenstück« legte sie an der Tür ihrer eigenen Wohnung ab. Siebzehn Komma drei Sekunden, und das angeblich sichere Schloss war auf.

Durch einen Zufall entdeckte Annabelle wenig später, dass ihr launischer Musiker-Ehemann heroinabhängig gewesen war und sich den Stoff immer wieder mit Einbrüchen finanziert hatte.

Als seine Karriere als Rockpoet ein Jahr nach ihrer Heirat mit einem einzigen Song über Nacht wie eine Rakete nach oben schoss, lebten sie schon monatelang getrennt. Die Scheidung ging schnell und geräuschlos über die Bühne. Sein Anwalt übernahm auch ihre Kosten. Sie sahen sich nie wieder. Was übrig blieb von einer misslungenen Ehe, waren eine zweimal gebrochene Nase und die Fertigkeit, Schlösser aufzubrechen.

Annabelle wühlte in ihrem Beutel nach einem der kleinen

Spezialdrähte, die sie in einem ausrangierten Brillenetui immer bei sich trug, und steckte den Draht in das Schloss. Eine winzige Drehung, und die Tür konnte geöffnet werden.

Ein kahler Flur, drei geschlossene Glastüren, mehr war auf den ersten Blick nicht zu sehen.

Während sie noch zögerte, ob sie die Räume des Hauses begehen sollte, schien sich etwas hinter der Milchglasscheibe der mittleren Tür zu bewegen. Sie wagte kaum zu atmen. Es mochte ein Irrtum im Halbdunkel der halb geschlossenen Jalousien des Hauses sein.

Doch nach ein paar Sekunden gab es wieder Bewegung hinter der Scheibe. Dieses Mal bestand kein Zweifel, jemand hielt sich in dem Raum auf.

Annabelle wartete einen Atemzug lang, dann drückte sie leise die Klinke der Glastür. Vor ihr öffnete sich ein großer Raum, wie ein Lager vollgestellt mit Möbeln, Polstern, Kissen und Vorhängen, die über Stuhllehnen geworfen waren, das meiste in Weiß und Rosa. Frau Kehlmanns gesamte Boudoir-Einrichtung.

Vorsichtig machte sie einen Schritt vorwärts, bedacht, nirgendwo anzustoßen und sich ja mit keinem Geräusch zu verraten. Was absurd war, denn mitten in dem Durcheinander musste sich jemand befinden, jemand, der sich vor ihr versteckte, die Bewegung hinter der Tür war eindeutig gewesen. Dieser Jemand beobachtete sie, sie spürte es.

»Langsam zu dem Sessel geradeaus und hinsetzen.«

Annabelle erschrak so stark, dass der Pistolenlauf, der sich plötzlich in ihren Rücken bohrte, ein wenig abrutschte.

Dann saß sie auf dem kleinen Sessel mit rosa Veloursbezug und Fransen.

Endlich sah sie die Person, deren Anwesenheit sie gespürt hatte. Die blonde, kinnlange Föhnfrisur war streichholzkurzen schwarzen Haaren gewichen. Ohne Make-up und in einem konturenlosen graubraunen Trainingsanzug statt der engen Röcke und noch engeren Pullover war die Frau, die Annabelle mit undurchsichtiger Miene musterte, eine Unbekannte. Und doch handelte es sich um Carlotta Kehlmann.

»Wo ist mein Handy?«

Annabelle rutschte auf der Sesselkante nach vorne. »Ich habe es nicht mehr. Die Polizei hat eine Durchsuchung in unserem Büro gemacht und das Handy mitgenommen.«

»Das stimmt nicht. Sie lügen«, herrschte Carlotta Kehlmann sie an.

Fieberhaft überlegte Annabelle, woher die Frau das wissen konnte und wie sie sie hinhalten sollte. Wer immer Carlotta Kehlmann in Wirklichkeit war, sie wirkte eiskalt und entschlossen.

Muskel für Muskel spannte Annabelle an, um aufzuspringen. »Sitzen bleiben«, bellte Carlotta Kehlmann. »Wenn Sie mir nicht sagen, wo das Handy ist, kommen Sie hier nicht mehr lebend raus.«

Carlotta Kehlmann stand unter Druck. Ruhelos wie ein Raubtier ging sie vor Annabelle auf und ab.

»Die Kripo hat das Handy, glauben Sie mir.« Zeit schinden, dachte Annabelle, ich muss eine Stunde lebend überstehen. »Warum haben Sie mir das Handy überhaupt gegeben?«

Carlotta Kehlmann musterte sie kalt. »Das geht Sie nichts an. Das Handy! Wo ist das Handy? Ich weiß, dass die Polizei es nicht hat.«

»Sie wussten auch, dass der angebliche Herr von Strux der abwesende Nachbar Eigner war und in Wirklichkeit Borys Subkow hieß, stimmt's?«

Um Carlotta Kehlmanns Mund zuckte ein Nerv. Vielleicht würde ihre eisige Fassade schmelzen.

Annabelle legte nach: »Er wurde erschossen. Zusammen mit dem Hausmeister Milic. Was sagen Sie dazu?«

»Das perverse Schwein.«

Annabelle beobachtete Carlotta Kehlmann. Die Erwähnung von Subkow hatte sie stark erregt. Ohne Annabelle aus den Augen zu lassen, ging sie zu einem Beistelltisch und nahm aus einer Whiskyflasche einen großen Schluck. Dann zog sie eine Zigarette aus einem aufgeklappten Etui. Auf der Suche nach dem Feuerzeug zerstreute sich ihr Blick für den Bruchteil eines Augenblicks.

Annabelle erkannte die Chance und ließ sich vom Stuhl fallen. Carlotta Kehlmann schoss sofort. Zwei Mal. Eine Kugel durchbohrte die Lehne des kleinen Sessels.

»Stehen Sie auf oder ich töte Sie«, hörte Annabelle Carlotta Kehlmann kreischen.

Sie war angetrunken. Was die Situation noch gefährlicher machte. Bloß nicht in rosa Kitschmöbeln sterben, dachte Annabelle und kroch hinter das Boudoir-Sofa. Jetzt erwies sich als vielleicht lebensrettend, dass das Möbeldurcheinander im Raum ein rasches Durchkommen unmöglich machte.

»Ich mache Sie fertig.« Carlotta Kehlmanns Stimme überschlug sich vor Wut. Annabelle hörte, dass sie über etwas stolperte. Der Beistelltisch schien zu fallen. Mit ihm die Flasche. Glas splitterte. Wieder schoss Carlotta Kehlmann. Sie fluchte in einer Sprache, die Annabelle nicht kannte.

Unvermittelt entstand ein Augenblick der Stille. Eine weitere Person hatte den Raum betreten und Carlotta aufgehört zu schimpfen. Ein weiterer Schuss fiel, etwas oder jemand stürzte zu Boden, riss, dem Geräusch nach zu urteilen, eine Lampe mit sich. Dann entfernten sich die Schritte ruhig und gemessen.

Annabelle wagte kaum zu atmen. Eine gefühlte Ewigkeit verging.

Im Zeitlupentempo kroch sie geräuschlos zwischen den Möbeln in Richtung der Stelle, wo etwas passiert war.

Die Vorsicht war überflüssig. Es war sonst niemand mehr im Raum, der ein Geräusch hätte hören können. Erst sah sie die Beine in der graubraunen Trainingshose. Einer der Sportschuhe war beim Sturz vom Fuß gerutscht. Dann sah sie den Körper. Er war halb zur Seite gedreht. Rund um den Kopf Scherben der zerbrochenen Flasche. Es stank nach Whisky.

In Carlotta Kehlmanns Schläfe klaffte ein sauberes Loch. Die Arbeit eines Profis. Sie musste sofort tot gewesen sein.

In diesem Augenblick, noch ehe Annabelle sich aufrichten konnte, ging hörbar die Haustür auf, und sie schrak zusammen.

Der Killer war zurückgekommen! Aber sie würde ihm nicht die Arbeit erleichtern. Kampflos würde er sie nicht kriegen. Nicht sie, das war sie ihren Ahnen schuldig.

Lautlos rutschte sie auf allen vieren zurück hinter das schützende Sofa.

Schritte näherten sich. Hätte sie mehr Zeit gehabt, wäre es

vielleicht gelungen, der Toten die Pistole aus der Hand zu nehmen. So musste sie darauf hoffen, dass der Killer vor das Sofa trat und sie es ihm in die Kniekehlen rammen könnte. Er würde fallen, und sie konnte …

»Hätte mich doch sehr verstimmt, wenn dir auch etwas zugestoßen wäre.«

Annabelle, die eben dem Sofa den entscheidenden Stoß versetzen wollte, blickte auf, direkt in das ausdruckslose Gesicht ihres Kollegen, der sich über das Sofa beugte.

***

»Es gibt hier eine Leiche.«

Alex klappte das Handy zu und verstaute es in der Innentasche seines Tweedjacketts. Ohne zu fragen, senkte er die Hand in Annabelles lederne Umhängetasche und zog den Spray heraus. »Inhalier ein bisschen. Du siehst blass aus.«

Sie standen vor dem Haus und warteten auf Lehner mit seinem Tross. Annabelles Knie zitterten noch, sie hielt sich am Ärmel von Alex fest.

»Wie bist du auf die Idee gekommen, in dieses Haus zu gehen?«

»Meine Liebe, das ist eine Frage, die ausschließlich dir gestellt werden sollte. Der Tankstellenbesitzer hat mich angerufen.«

»Und dann?«

»Muss ich dir das wirklich einzeln auseinandersetzen?«

Annabelle runzelte die Stirn. »Er hat dich also sofort angerufen anstatt nach einer Stunde, wie ich gebeten hatte.«

Sie hörten die Streifenwagen. Sie bogen mit quietschenden Reifen in die Kopernikusstraße und rasten im Höchsttempo bis vor das Gartentor.

»Sag mal, fliegen die seit Neuestem, oder haben sie an der nächsten Ecke gewartet?«, fragte Annabelle. Sie erhielt keine Antwort.

Kriminalrat Lehner sprang aus dem Wagen. Der graue Anzug schlotterte noch ausgebeulter als sonst, die Art, wie er ihnen entgegenstürmte, verhieß nichts Gutes, der Mann war die verkörperte schlechte Laune. Hinter ihm, ebenfalls in Zivil, ging federnden Schrittes ein Beamter, den Annabelle noch nie gesehen hatte.

»Ich nehme an, es ist reiner Zufall, dass die Privatdetektive Winter und de Groot immer da auftauchen, wo Tote herumliegen.« Lehners Stimme triefte vor Sarkasmus.

»Dadrin liegt Frau Kehlmann«, sagte Annabelle, »jemand hat sie erschossen, als sie dabei war, mich zu erschießen.«

»Ach, was Sie nicht sagen! Sie spazieren also durch die Straßen und beobachten Morde. Wenn Sie mir jetzt noch sagen, dass Sie nicht gesehen haben, wer …«

Annabelle unterbrach ihn. »Nein, ich habe den Mörder nicht gesehen. Ich hatte mich hinter dem Sofa versteckt.«

»Hätte ich mir denken können. Wusste ich doch, dass das nicht klappen kann. Sie haben es versaut, Gnädigste.«

»Wovon redet er?« Annabelle wandte sich an Alex.

»Gleich, Frau Kollegin«, sagte er. Dann griff er Lehner hart am Arm und zog ihn zur Seite. Die beiden Männer stritten sich, der Wortwechsel war kurz und heftig, so leise, dass Annabelle nur Fetzen wie »Idiot« und »unverantwortlich« mitbekam.

Endlich entwand sich Lehner unauffällig dem Klammergriff von Alex und trat zu Annabelle. Sein hageres Gesicht war stark gerötet, die Stimme belegt. »Sind Sie sicher, dass die Frau, die im Haus liegt, Frau Kehlmann ist?«

Annabelle zuckte mit den Schultern. »Sie war unsere Klientin. Ihre Frisur und die Haarfarbe sind jetzt anders. Aber ansonsten ist es eindeutig Frau Kehlmann.«

Lehner seufzte und winkte dem Beamten, ihm ins Haus zu folgen.

***

Mario, der Besitzer der Trattoria da Mario, begrüßte sie wie verloren gegangene Kinder: »Vorne Fisch, Mitte Fisch und hinten Zabaione ohne Eis, richtig?«

Annabelle lächelte, und Alex sagte: »Bravo, Vincenzo. Genau so.«

Sie aßen schweigend. Tranken den offenen Gavi mit Wasser

gemischt und vermieden jeden Augenkontakt. Sie waren die letzten Gäste vor der nachmittäglichen Pause.

»Wir müssen Elly Bescheid geben«, sagte schließlich Alex.

»Um ihr was zu sagen? Du hast mit Lehner meinetwegen gestritten. Ich habe es gehört. Deshalb denke ich …«

»Eben, du denkst. Leider. Immer wenn du denkst … ja, Lehner und sein Team haben hinter der Ecke auf mein Zeichen gewartet.«

»Und ihr habt über mich …«

Wütend knallte er seine Serviette auf den Tisch. Annabelle hatte ihn so noch nie gesehen. Sie erschrak.

»Ich dachte …«

»So, du dachtest. Dein beruflicher Instinkt ist großartig, aber dein Denkapparat auf Hilfsschülerniveau, scheint mir.«

Annabelle schob brüsk ihren Teller weg. Ihre Stimme hatte einen metallischen Klang. »Also doch. Ihr wolltet mich von allen Informationen ausschließen.«

Alex lehnte sich zurück, nippte schweigend an seinem Wein und fasste dann über den Tisch nach Annabelles Hand.

»Jetzt denk doch mal nach, warum sollten wir das tun? Das wäre doch unsinnig.«

Annabelle senkte den Kopf. »Du hast recht. Verzeih.«

»Wenn Lehner und seine Leute nicht gekommen wären, hätte der Mörder noch uns beide erledigt. Wahrscheinlich auf dem Weg zum Auto.«

»Du lieber Himmel. Mein Taxifahrer. Der steht vielleicht immer noch an der Ecke in Grünwald …«

»Reg dich nicht auf. Ich habe ihn weggeschickt.«

»Merkwürdig, wie du neuerdings immer hinter mir herräumst«, sagte Annabelle und hielt ihm ihr leeres Glas hin, »gib mir noch einen Schluck.« Nachdenklich trank sie. »Du warst so schnell nach den Schüssen im Haus. Du müsstest mit dem Mörder fast zusammengestoßen sein.«

Alex schüttelte den Kopf. »Aus der Haustür kam aber niemand.«

Plötzlich durchfuhr Annabelle ein Gedanke. »Wo ist eigentlich Hauptkommissar Wohlgemuth?«

Mit einem gleichgültigen Achselzucken tat Alex ihre Frage ab. »Keine Ahnung.«

»Aber er war vorhin nicht dabei. Da war ein anderer Beamter. Wo ist Wohlgemuth? Kannst du Lehner nicht fragen?«

Sie sah Alex flehend an. »Bitte. Tu mir den Gefallen. Ich glaube, es ist wichtig.«

Seufzend holte Alex sein Handy aus der Jackentasche. Noch während er es aufklappte, bimmelte es.

Dreißig Sekunden später saßen Alex und Annabelle im Auto und rasten über den Ring nach Bogenhausen.

»Irgendetwas ist passiert. Ich fühle es. Was genau hat sie gesagt?«

Alex überfuhr wieder eine rote Ampel, ein kleiner Ford musste eine Vollbremsung machen und kam einen Zentimeter vor dem Zusammenstoß zum Stehen. Empört hupte der Fahrer ihnen hinterher.

»Wenn wir tot sind, nützt uns die Eile nichts.«

»Das ist richtig. Aber du sagst, da stimmt was nicht, also müssen wir schnell sein.«

»Bitte, Alex, wiederhole noch einmal, was Elly gesagt hat.«

»Sie hat gesagt ›Du musst sofort …‹. Dann brach die Verbindung ab.«

»Hat sie vom Handy aus angerufen?«

»Nein. Vom Apparat im Büro.«

»Und wie klang sie?«

»Anders als sonst. Gepresst.«

»Meinst du, dass jemand sie daran gehindert hat weiterzusprechen?«

»Möglich.«

***

In fast allen Gärten blühten Fliederbüsche. Wolken von Duft hingen in den Straßen von Bogenhausen. Die Sonne, die sich endlich durchgesetzt hatte, vollbrachte überall kleine Blumenwunder.

Alex parkte den Wagen um die Ecke und wartete, dass Annabelle ausstieg.

»Ich gehe durch den Garten«, sagte sie und fügte hinzu, »von hinten.«

»Du gehst nirgendwo von hinten rein, und schon gar nicht allein«, sagte Alex scharf und griff nach ihrem Ellbogen, »hast du immer noch nicht genug?« Er hielt kurz inne. »Aber du hast recht. Wir gehen am besten hinten rein. Sicher ist sicher.«

Die kleine Gartenpforte an der Ecke war nicht als solche zu erkennen, und einen Weg gab es nicht. Nur Gras. Die Hintertür war verschlossen. Annabelle zückte ihren Schlüssel, doch er griff nicht.

»Das ist eigenartig. Elly lässt doch nie den Schlüssel von innen stecken.«

»Und jetzt?«

»Ich mache die Tür anders auf.«

Annabelle hob die Mundwinkel zur Andeutung eines Grinsens und holte das Etui mit den Drähten aus der Tasche.

Alex blickte auf die Drähte, die nebeneinander in dem Brillenetui ruhten. »Was ist das?«

Annabelle antwortete nicht.

»Mist. Warum geht der denn nicht?« Weder der erste noch der zweite Draht passte.

Sie bückte sich und führte nach kurzer Überlegung einen dritten Draht, dessen flach geklopfter Schlüsselbart noch kleiner war als die anderen, behutsam in das Schloss ein.

»Ahhh, das ist er, braver Junge!«, murmelte sie und drehte den Draht im Schloss.

»Mach auf«, sagte sie und wandte sich zu Alex.

Mechanisch drehte er den Knauf. Sie waren drin.

»Woher weißt du …«, fragte er leise.

Annabelle drückte ihm ihren Zeigefinger auf den Mund. Beide lauschten. Kein Laut war zu hören. In der Agentur herrschte Totenstille. Kein Telefon klingelte, kein Fax surrte, keine Absätze klapperten, kein schlampig abgelegtes Handy lärmte vor sich hin. Nichts. Vor allem keine Elly, deren Anwesenheit niemals lautlos stattfand.

Sie wagten kaum zu atmen, aus Angst, irgendein Geräusch zu verpassen. Doch es gab keines.

Und dann, als sie sich gerade ratlos ansahen, gab es doch ein Geräusch: halblautes Fluchen. Von Elly.

Alex eilte voraus. Er brauchte keine Tür aufzustoßen, die Stimme war aus dem Empfangsbereich gekommen, wo sein Schreibtisch stand. Dort saß die Seniorchefin der Agentur Heimroth, Winter & de Groot auf seinem Drehstuhl hinter dem Schreibtisch, nein, sie thronte, denn Zeit, den Stuhl auf ihre Größe herunterzudrehen, war offensichtlich nicht gewesen.

Ihr gelbes Seidenkleid hatte sich wie ein Zelt um sie ausgebreitet. In ihrer Rechten hielt sie einen Revolver. Er zielte auf einen Mann, der zwei Meter vor ihr, zur Seite gedreht, auf dem Fußboden lag. Blut lief aus einer Wunde an seiner Schläfe über den Nasenrücken und das linke Auge auf das Parkett, wo sich bereits eine kleine Lache gebildet hatte.

»Donnerwetter! Wie hast du denn das gemacht?«, sagte Alex und beugte sich interessiert vor, um das Gesicht des Verletzten besser zu sehen.

»Das ist doch …«, sagte er, und seine Stimme drückte eine Mischung aus Erstaunen und Entsetzen aus.

Stöhnend versuchte Hauptkommissar Wohlgemuth sich aufzurichten. »Das ist ein Missverständnis, ein schreckliches. Ich …«

»Nichts da, hinlegen!«, bellte Elly. Wohlgemuths Oberkörper sank zurück.

Ohne den Kopf nach Annabelle und Alex zu drehen, schimpfte sie weiter: »Stunden habt ihr gebraucht. Verrecken hätte ich können, ich sitze hier …«

»Elly, was ist passiert? Du …«

Ungerührt unterbrach sie Annabelle. »Was passiert ist? Er wollte mich abknallen, der saubere Herr Kommissar.«

»Was?«

Annabelle schrie vor Schreck auf.

»Er hat etwas von einem Handy gefaselt und gedroht, dass er mich umbringen würde, wenn ich es ihm nicht gebe. Gut, dass ich eine Nahkampfausbildung habe. Sonst wäre ich jetzt tot.«

Alex hatte, während sie sprach, eine Schnellwahltaste auf seinem Handy gedrückt.

»Ein Notfall«, sagte er, »in der Agentur.« Mehr sagte er nicht.

»Wen hast du angerufen?«, fragte Annabelle, obwohl sie instinktiv wusste, dass er nur mit Lehner gesprochen haben konnte.

Er antwortete nicht. Schweigend standen sie vor Elly und dem blutenden Hauptkommissar zu ihren Füßen. Elly hatte mit einem Schlag des Revolverknaufs wahrscheinlich nicht nur Hauptkommissar Wohlgemuth, sondern auch die Agentur für diskrete Ermittlungen Heimroth, Winter & de Groot erledigt. Das war der Stand der Dinge. Kein Polizeiapparat der Welt konnte zulassen, dass irgendwelche Privatdetektive das Mitglied einer ermittelnden Sonderkommission niederschlugen, egal wie gut die Begründung auch sein mochte.

Ellys Aktion war ein Alptraum, der schlimmste anzunehmende Fall, der einer privaten Ermittlerin zustoßen konnte. Sie musste durchgedreht sein.

Endlich setzte Annabelle an, etwas zu sagen. Doch Alex kam ihr zuvor. »Lehner muss gleich da sein. Geh doch schon raus und bereite ihn vor. Damit der Schock nicht so groß ist.«

»Nein«, sagte Annabelle, »wenn du willst, dass ihn jemand therapeutisch einstimmt, dann geh selbst. Ich muss mir Wohlgemuth näher ansehen.«

***

»Sei bloß vorsichtig«, sagte Alex und ging zur Tür.

»Wenn Sie sich nur einen Zentimeter rühren, schießt meine Kollegin. Sie hat eine Scharfschützenausbildung«, sagte Annabelle streng, »haben Sie mich verstanden?«

Der Verwundete nickte kaum merklich. Er sah erbarmungswürdig aus. Das Blut floss jetzt langsamer, bildete über der Augenbraue und auf dem Lid bereits eine Kruste.

Annabelle kniete sich so neben Wohlgemuth, dass sein Körper ihr den Rücken zuwandte. Sie hielt ihre Nase dicht an seinen Hinterkopf und schnüffelte, dann schnüffelte sie an seinem Rücken.

»Bist du verrückt? Was machst du da?« Elly blickte entsetzt auf ihre Juniorpartnerin herunter.

Annabelle stand auf. »Ich muss schnell weg, ich erkläre es dir später.«

»Wohin?«, rief Elly ihr nach. Doch Annabelle war schon den Gang nach hinten zur Gartentür gelaufen.

Als einen Augenblick später Alex und Lehner das Büro betraten, war Elly mit Wohlgemuth alleine.

»Wo ist sie?«, fragte Alex.

»Fort. Und nein, sie hat mir nicht gesagt, wohin.«

Elly sprach lauter als notwendig. Sie war so wütend auf Annabelle, dass sie hätte schreien mögen. Außerdem stand ihr ein unangenehmes Verhör bevor, sie wusste es und bereitete ihre Angriffsverteidigung vor. Annabelles Verschwinden bot einen Augenblick lang eine willkommene Ablenkung.

Kriminaldirektor Lehner war zur Salzsäule erstarrt. Sein Blick ging zwischen Elly und ihrem auf dem Boden liegenden Opfer hin und her. Eine gefühlte Ewigkeit lang.

Endlich blieb sein Blick an Hauptkommissar Wohlgemuths blutender Kopfwunde hängen. »Warum wurde kein Arzt verständigt? Der Mann ist verletzt.« Seine Stimme, die weich und einschmeichelnd sein konnte, klirrte wieder einmal vor Kälte. »Wer hat das getan? Ihre Kollegin, die offensichtlich das Weite gesucht hat?«

Er gab einem Streifenbeamten, der hinter ihm an der Eingangstür stehen geblieben war, ein Zeichen. Der Beamte verschwand nach draußen.

Lehner fixierte Elly. »Also?«

Sie fing an zu sprechen. Lehner hörte konzentriert zu. Alex begann, sich unmerklich rückwärts zur Eingangstür zu bewegen. Er hatte schon fast die Klinke in der Hand, als Lehners scharfe Stimme ihn zurückhielt. »Sie bleiben hier.«

Von draußen drang die Sirene eines sich nähernden Krankenwagens herein.

»Er darf nicht ohne Aufsicht bleiben, ich warne Sie«, sagte Elly, als die Sirene vor dem Haus zum Stillstand kam, und deutete mit einer Kopfbewegung in Richtung von Hauptkommissar Wohlgemuth, der begonnen hatte, laut zu stöhnen.

***

Vor der alten Villa, dem Sitz der ALTA Immobilien GmbH in der Plinganserstraße, versperrten mehrere weiße Kleinlaster den Gehweg und die Einfahrt. Annabelle parkte den BMW von Alex hinter einem der Kastenwagen und eilte auf das Haus zu. Wenige Meter vor der Villa stockte sie. Die Eingangstür stand weit offen, und ein intensiver Geruch nach Farbe schlug ihr entgegen. Die Halle war leer, der Parkettboden mit Plastikplanen abgedeckt.

»Was ist denn hier los?«, fragte sie einen jüngeren Mann, der in farbbespritzter Malermontur nach draußen trat.

Er blieb stehen, blickte sie ausdruckslos an und zuckte mit den Schultern.

»Können Sie mir sagen, was hier vor sich geht?«, fragte sie nochmals.

Aus dem Halbdunkel im Haus löste sich eine Gestalt und kam auf sie zu. Dieser Mann trug einen grauen Anzug und wirkte gepflegt. Einen Wimpernschlag lang dachte sie, ihn schon einmal gesehen zu haben. Aber das war unmöglich. Sicher spielte ihr die Phantasie einen Streich.

»Ich möchte zu Herrn Werner von den ALTA-Immobilien. Ist die Firma umgezogen?«

Der Mann lächelte freundlich. Er sprach gebrochen Deutsch, sein starker Akzent war aus dem Osten. Polnisch, russisch? – Sie hätte es nicht sagen können. »Nix Immobilien. Hier Film. Jetzt Schluss Film. Fertig. Jetzt putzen.«

Schon wieder Filmarbeiten? Fiel den Leuten nichts anderes ein? Wer in dieser verworrenen Geschichte war der Drahtzieher für die unheimlichen Spurenbeseitigungen überall? Kehlmanns Büro – angeblich ein Filmset. Alles leer geräumt und sauber geputzt. Kehlmanns Haus – nach seiner Ermordung über Nacht leer geräumt und so sauber geputzt, dass den Spezialisten kaum Hoffnung blieb, auch nur eine einzige brauchbare Spur zu finden. Das Wohnhaus der Gärtnerei war von Anfang ein leer stehendes Gebäude gewesen. Nun also auch die Villa der ALTA-Immobilien.

»Wo finde ich die Filmleute?«, fragte Annabelle den schwarzhaarigen Mann, der immer noch lächelte und sie keinen Zentimeter ins Innere des Hauses lassen würde.

Versuchsweise machte sie einen Schritt, um an ihm seitlich vorbeizugehen. Schon schob er sich vor sie. Lächelnd.

»Nix wissen«, sagte er.

Er drehte sich um und wollte zurück ins Haus.

»Warten Sie«, rief Annabelle, »wer ist Ihr Auftraggeber?«

»Nix wissen«, wiederholte der Mann, der stehen geblieben war, über die Schulter. Er klang nicht mehr freundlich, sondern abweisend.

»Verdammt«, sagte Annabelle leise vor sich hin, »ich hätte es wissen müssen. Verdammt, verdammt.«

Die fünf Kleinlaster hatten deutsche Nummernschilder, allerdings aus verschiedenen Städten und Bezirken. Annabelle ging auf den am weitesten vom Haus entfernten zu und versuchte, die hintere Ladetür zu öffnen. Sie war nicht versperrt. Doch als sie gerade die Tür aufziehen wollte, griff über ihre Schulter eine eisenharte Hand nach der ihren und zog sie vom Griff.

»Was machen?«, fragte der freundliche Mann, der nicht mehr freundlich war. Er sah sie drohend an. »Nix gut. Gehen. Verstehen?«

Jetzt lächelte Annabelle freundlich.

»Firma?«, fragte sie, »Name von Filmfirma?«

Der Mann setzte zu einer Antwort an. Doch im selben Augenblick stockte er, sein Blick wurde starr. Etwas hinter Annabelle zog seine Aufmerksamkeit auf sich.

Sie drehte sich um und sah einen schwarzen Porsche. Er fuhr Schrittgeschwindigkeit und wollte offensichtlich parken. Wieder sah Annabelle nicht, wer am Steuer saß.

Plötzlich jedoch gab der Fahrer Gas, der Wagen schoss aufheulend vorwärts und war auch schon verschwunden. Nur der röhrende Motor war noch zu hören.

Hatte der Mann hinter ihr dem Porsche ein Zeichen gegeben?

»Kennen Sie den Fahrer des Wagens?«, fragte sie und spürte, dass sie ins Leere sprach. Der Mann war zurück zum Haus gegangen.

»Warten Sie«, rief Annabelle und lief ihm hinterher. So leicht ließ sie sich nicht abwimmeln. »Warten Sie«, rief sie nochmals, lauter dieses Mal. Er hörte nicht. Das Halbdunkel der Eingangshalle hatte ihn verschluckt.

Angestrengt versuchte sie, einen Blick von dem zu erhaschen, was im Inneren vor sich ging.

Doch es gab nichts weiter zu sehen. Intensiver Geruch nach Ölfarbe drang nach draußen. Offensichtlich hatten die Arbeiter die Türen gestrichen.

Sie war zu spät gekommen. Der Vogel hatte das Nest verlassen, und seine Spuren wurden gerade beseitigt.

Widerstrebend kehrte sie um und ging zurück zum Wagen. Einen Meter davor blieb sie abrupt stehen. Etwas stimmte nicht. Die Fahrertür stand einen winzigen Spalt offen.

Sie war sich sicher, den Wagen nach dem Aussteigen abgeschlossen zu haben. Niemals hätte sie die Tür offen gelassen.

Und jetzt? Hatte jemand eine Bombe platziert? Oder nur das Auto durchsucht? Was dachte er zu finden?

Alex anzurufen kam nicht in Frage. Sie hatte sein Auto genommen, ohne ihn zu fragen. Schlimmer noch, sie hatte den Schlüssel heimlich von seinem Schreibtisch stibitzt. Noch nie hatte sie etwas Derartiges getan. Sie würde es auch nicht noch einmal tun. Nur, in diesem Fall …

»Willst du ewig stehen bleiben? So gemütlich ist es hier auch nicht!«

Annabelle machte einen Satz vorwärts. Die Wagentür ging einen Zentimeter weiter auf, eine abwehrende Hand bedeutete ihr, nicht zu stürmisch zu sein.

»Tu, als ob du den Wagen aufschließt. Dann steig ganz ruhig ein. Du wirst beobachtet. Fahr langsam rückwärts auf die Straße.

Annabelles Knie zitterten, ihr Herz schlug in der Halsschlagader, als wolle es sich durch die Aderwand durchboxen. Stumm stieg sie ein und würgte als Erstes den Motor ab.

Von hinten kam begütigendes Gemurmel. »Ganz ruhig, ganz ruhig.«

»Wenn du das noch einmal sagst, steig ich wieder aus«, sagte Annabelle halblaut, dabei entging sie nur um Millimeter einem Betonpfosten, der eigentlich hätte verhindern sollen, dass Autos auf dem Gehweg parkten.

Ohne den Blick nach rechts zur Villa und den Kleinlastern zu wenden, brauste sie stadtauswärts.

»Jetzt rechts«, dirigierte Alex, »der Wagen steht dir übrigens gut. Du solltest ihn immer fahren.«

Nach hundert Metern ließ er sie anhalten. »Ab hier fahre ich weiter.«

»Wie hast du herausgefunden, wohin ich wollte?«

Annabelle stieg aus und ging um den Wagen herum zur Beifahrertür. Alex war bereits hinter das Steuer gerutscht.

»Neuste Technik. Ich habe dein Handy gepeilt.«

»Du hast was?« Annabelle starrte ihn mit weit geöffneten Augen von der Seite an.

Alex antwortete nicht. Konzentriert blickte er auf einen kleinen Bordcomputer, den Annabelle auf ihrer Fahrt zum Büro der ALTA Immobilien GmbH gar nicht beachtet hatte.

Plötzlich gab Alex Gas, ein leises Sirren, nicht mehr, der Wagen rauschte geräuschlos an der Landschaft vorbei.

»Wohin fährst du?«

»Dem Porsche hinterher. Grünwald. Alle wollen, wie es scheint, nach Grünwald und in die von dir so geliebte Gärtnerei.«

Mit einem halben Lächeln wandte er für die Dauer eines Wimpernschlages den Kopf zu Annabelle. »Was wolltest du eben in der Villa?«

»Aus diesem Fuzzi von Immobilienheini vielleicht doch noch den Namen seines Chefs herauszerren.«

Jetzt lächelte Alex breit. Schweigend beschleunigte er.

***

Spätnachmittagssonne beleuchtete festlich das junge Grün der Bäume und Büsche. Der fette rote Kater stolzierte selbstbewusst und aufreizend langsam über den Kies und würdigte die Ankömmlinge keines Blickes.

Der schwarze Porsche stand vor der offenen Gartentür. Daneben parkte ein silberner Ford Fiesta.

»Auch ein Leihwagen«, sagte Alex halblaut und dann mit einem Seitenblick auf den Ford: »Wir gehen ins Haus.«

»Woher weißt du …«, begann Annabelle und stockte. Alex war ihr unheimlich geworden.

Sie hatten das Haus fast erreicht, als aus dem seitlich gelegenen Glashaus mit den blank geputzten Scheiben unterdrücktes Stöhnen zu ihnen drang.

»Ich sehe nach«, sagte Alex leise.

Annabelle beobachtete, wie er die Tür zum Glashaus öffnete, einen Schritt machte und auf die Knie ging. Wieder hörte Annabelle Stöhnen, dieses Mal lauter, schmerzverzerrt.

Mit drei Sätzen war sie bei Alex. Er kniete neben einem Mann, der sich in einer riesigen Blutlache krümmte. Das Blut sprudelte geradezu aus einer Schusswunde in seinem Bauch. Die Kugel musste eine Hauptader getroffen haben.

»Ich wollte … ich dachte, Sie … er hat mir versprochen … das Schwein … er ist …«

Herr Werner, der junge Immobilienmakler, hustete, sein Atem ging stoßweise und flach, er setzte an, noch etwas zu sagen, seine weißen Lippen bewegten sich, doch die Stimme versagte.

»Wer?«, flüsterte Annabelle in sein Ohr. »Wer hat auf Sie geschossen?«

Herr Werner hörte sie nicht mehr. Er war tot. Sie richtete sich auf. Alex war ein paar Schritte zur Seite gegangen und telefonierte. »Die sind alle im Keller meiner Meinung nach.«

»Mit wem telefonierst du? Mit Lehner?«

Keine Antwort.

»Wer ist im Keller?« Annabelle schrie fast. Sie spürte, wie ein tief sitzender Zorn in ihr nach oben stieg. »Der Porschefahrer?«

»Wir warten hier«, sagte Alex leise.

»Neben dem Toten?«

»Ja, neben dem Toten. Auch seine Seele braucht Gesellschaft, ehe sie den Körper verlässt.«

»Wo ist der Porschefahrer? Sein Auto parkt doch vor dem Zaun.«

Wieder keine Antwort.

Annabelle versuchte sich zu beherrschen und schwieg. Es ging Alex schlecht, das war nicht zu übersehen.

Warum er sich plötzlich in diesem Zustand befand, war ihr rätselhaft. Er kannte Herrn Werner nicht. Vielleicht hatte er noch nie ein Mordopfer gesehen, Sie zwar auch erst vor Kurzem, aber zu ihrem eigenen Erstaunen ertrug sie den Anblick.

Schweigend standen sie vor der riesigen Blutlache.

Eine Ewigkeit verging, die in Wahrheit wahrscheinlich nur wenige Minuten dauerte.

Dann kamen sie. Mit vier Streifenwagen und drei Zivilfahrzeugen. Ohne Sirene.

»Das ist ja …«, sagte Annabelle, als die Beamten ausgestiegen waren und auf sie zukamen, »wie ist das möglich?«

Er trug nur ein Pflaster über dem Auge. Hauptkommissar Wohlgemuth, das griesgrämigste, unfreundlichste Mitglied der Sonderkommission zur Aufklärung der ungelösten Mordserie an ukrainischen und deutschen Bürgern, murmelte etwas Unverständliches, in der Art von »Das wird ein Nachspiel haben«. Dann verschwand er nach einem Blick auf Herrn Werner, der ihn nicht sehr zu interessieren schien, in Richtung Wohnhaus.

Alex ergriff Annabelles Hand und wollte sie ins Freie ziehen. »Die machen jetzt ihre Arbeit.«

»Aber …«, sagte Annabelle betäubt, »er wollte doch Elly umbringen.«

»Später«, sagte Alex leise, »später werde ich dir …« Er unterbrach sich. Im Haus fielen Schüsse. Erst einer, dann eine ganze Salve. Nach einer kurzen Pause folgte ein letzter Schuss. Dann war Stille.

Unfähig, auch nur einen weiteren Schritt zu tun, starrte Annabelle auf das Haus. »Was ist dadrin los?«

»Keine schöne Geschichte«, sagte Alex rau.

Bestürzt sah Annabelle, dass er mehrmals hintereinander schwer schluckte. »Komm«, sagte er, »wir haben hier nichts mehr verloren.«

Annabelle versuchte, sich aus seinem Griff zu befreien. »Du erklärst mir jetzt auf der Stelle, was hier gespielt wird.«

Er schüttelte den Kopf. »Kann ich noch nicht.«

»Wie du meinst.« Annabelle riss sich los, stürmte ins Freie und rannte auf das Haus zu. Noch ehe einer der Beamten, die das Gelände überwachten, sie aufhalten konnte, war sie schon im Inneren verschwunden.

Nur Sekunden später erschien sie wieder, im Klammergriff des grimmigen Hauptkommissars Wohlgemuth.

»Hier ist Ihr Flohweibchen«, sagte er zu Alex, »passen Sie auf sie auf. Die ist wie Dynamit.«

Hinter ihm tauchten zwei Beamte auf, die je einen Mann in Handschellen aus dem Haus schoben, armselige Gestalten, unrasiert, ins Tageslicht blinzelnd.

»Die haben wir als Einzige im Keller gefunden. Mit fünf geladenen Pistolen.«

»Was haben sie da gemacht?«

Es war Annabelle egal, dass ihre Frage unbedarft und dümmlich klang. Aus dem Augenwinkel sah sie, wie Alex sich versteifte.

Doch zu ihrem Erstaunen antwortete Wohlgemuth: »Mein Kollege hat den einen befragt, der ein bisschen Deutsch kann. Ursprünglich waren sie zu fünft. Wo die anderen drei geblieben sind, wissen sie nicht.« Er hob anerkennend die Augenbrauen. »Das war schon alles perfekt durchorganisiert.«

»Durchorganisiert wofür? Was haben die Männer gemacht? Warum sind drei von ihnen verschwunden?«

Dieses Mal antwortete Wohlgemuth nicht auf Annabelles Fragen. Stattdessen musterte er sie missmutig. »So eine hübsche Frau sollte besser auf ihr Leben aufpassen. Da ist ein gefährlicher Mann auf der Flucht.«

»Wer ist der Mann?«, fragte Annabelle. »Kenne ich …«

In diesem Augenblick klingelte ihr Handy.

»Kind, dein Kripomann hat vor zwei Stunden angerufen und nach dir gefragt. Er braucht dich, hat er gesagt. Dringend. Ruf ihn an. Er hatte es sehr eilig.«

»Welcher Kripomann, Mutter?«

»Na dieser, dieser … mir fällt der Name nicht ein.«

»Meinst du Lehner?«

»Ja, der. Ein sehr netter Mann am Telefon. Ruf ihn an, sonst denkt er, ich hätte dir nichts von seinem Anruf gesagt.«

Miranda Winter unterbrach die Verbindung.

Verdutzt starrte Annabelle auf ihr Handy.

»Stellen Sie sich vor …«, begann sie.

Wohlgemuth unterbrach sie rüde: »Deswegen werde ich mit Ihnen nicht warm. Hier brennt alles, und Sie telefonieren in aller Seelenruhe.«

»Aber ich wollte Ihnen doch gerade …«, sagte Annabelle.

»Stören Sie unsere Ermittlungen nicht und gehen Sie aus dem Weg, verstanden?«

Der Kommissar schien kurz davor zu explodieren. Annabelle musste fast schreien, um zu ihm durchzudringen. »Herr Lehner hat meine Mutter angerufen und nach mir gefragt. Wissen Sie, warum?«

Wohlgemuth, der sich bereits abgewandt hatte, schwang wie elektrisiert herum. »Was sagen Sie?«

Annabelle wiederholte, was ihre Mutter gesagt hatte.

Ein kurzer forschender Blick, dann wandte sich Hauptkommissar Wohlgemuth schroff an einen Mitarbeiter: »Wo bleibt die Spurensuche?«

***

»Alex, ich bitte dich, was ist hier los? Warum sieht mich Wohlgemuth an, als wollte er prüfen, ob ich zu viel weiß? Zu viel wovon? Rede mit mir.«

Annabelle drehte sich flehend zu ihrem Partner und erschrak bei seinem Anblick. Sein Gesicht hatte eine aschgraue Schattierung, auf seiner Stirn standen Schweißperlen.

»Fahr du, ich kann jetzt nicht«, sagte er tonlos.

»Was ist denn los?«

»Frag nicht. Wir fahren ins Büro. Ich muss etwas Starkes trinken.«

Wortlos, was selten vorkam, setzte Annabelle sich hinter das Steuer. Aus dem Augenwinkel sah sie, dass seine Augen feucht glänzten.

Bis zur Grünwalder Straße schaffte sie es, stumm zu bleiben, also etwa eine Minute. Dann konnte sie nicht mehr.

»Alex, noch einmal frage ich dich: Was geht hier vor sich? Wer ist nicht im Keller gewesen? Du weißt doch, wer Wohlgemuth entwischt ist. Warum verschweigst du es mir?«

Aus dem Handschuhfach holte Alex eine Schachtel Marlboro und ein Billigfeuerzeug. Seine Hände zitterten.

»Ich warte«, sagte Annabelle, »antworte mir.«

Er rauchte in schnellen, tiefen Zügen und blickte starr nach vorne.

Entlang der Isar, in der Widenmayerstraße, kamen sie nur schrittweise vorwärts. Bauarbeiten versperrten die halbe Straße. Annabelle sah, dass Alex sich an der nur zu einem Drittel gerauchten Zigarette die nächste anzündete. Er ist außer sich, dachte sie erschrocken, mein Partner hat vollkommen die Fassung verloren.

Der Stau war noch nicht zu Ende, als sich Polizeisirenen näherten. Annabelle sah im Rückspiegel, dass die Fahrzeuge hinter ihnen sich mühten, Platz zu schaffen. Drei Zivilfahrzeuge mit Blaulicht auf dem Dach rasten an ihnen vorbei.

»Da sitzt ja Wohlgemuth drin«, rief Annabelle aus, als der zweite Wagen auf ihrer Höhe war.

Alex reagierte nicht. Er starrte weiter geradeaus und zog an der Zigarette.

Als Annabelle die Eingangstür zum Büro öffnete, sah sie Elly, die gerade ihre üppigen Formen aus den Tiefen unter Alex' Schreibtisch hochhievte – mit seiner Flasche französischem Cognac in der Hand.

»Hättet ihr nicht zwei Minuten später reinkommen können?«, scherzte Elly, schenkte sich ein und wurde nach einem Blick auf Alex sofort ernst. »Wartet«, sagte sie, bückte sich wiederum unter den Schreibtisch und kam mit zwei weiteren Kognakschwenkern wieder zum Vorschein.

Sie schenkte ein und reichte Alex ein Glas. Er kippte den Inhalt ohne abzusetzen in einem Zug herunter.

Annabelle wollte ablehnen, doch dann trank sie auch. Der Cognac tat gut und löste ein paar verspannte Muskeln in der Seele.

Sie hatte nicht mehr an Frau Kehlmanns Handy gedacht, seit Alex es im Auto gerade noch rechtzeitig an sich genommen hatte, vor Lehners vergeblichem Versuch, es mit einer Hausdurchsuchung in seinen Besitz zu bringen.

Keiner sprach. In die, wie sie fand, angespannte Stille hinein fragte Annabelle nach dem Verbleib des Handys.

»Wo ist es jetzt?«

Weder Elly noch Alex reagierten, hatten sie vielleicht nicht einmal gehört. Das alte Handy, das so wichtig war, dass wahrscheinlich vier Menschen seinetwegen hatten sterben müssen, schien mit einem Mal nicht mehr interessant zu sein.

Elly und Alex stritten schweigend. Es war spürbar. Sie maßen ihre Kräfte in einem wortlosen Duell der Blicke und würden Annabelles Abwesenheit erst später bemerken. Langsam drehte sie sich um, ging zur Tür und verließ das Büro.

Niemand hielt sie auf.

***

»Für Sie«, sagte Kriminalmeisterin Annemarie Wimmerer heiser und reichte den Hörer über den Tisch.

Zwei Apparate waren nicht drin gewesen. Die Passauer Polizei musste sparen. Was Polizeiobermeister Mehler immer aufs Neue verbitterte. Gleich würde er wieder eine seiner Lieblingstiraden loslassen.

Und richtig, Wort für Wort hätte Annemarie Wimmerer mitreden können: »Da schmeißen sie zig Millionen in die Isar, die Münchner, um ein Flussbett aus Beton zu bauen. Und nach ein paar Jahren schmeißen sie noch mehr Millionen raus, um die arme Isar wieder so herzurichten, wie sie vorher war. Aber wir, wir kriegen keinen zweiten Apparat auf den Schreibtisch.«

Weil Frau Wimmerer ihrem neuen Freund am Vorabend drauf gekommen war, dass er sie mit seiner Ex betrog, war sie an diesem Morgen so unglücklich, dass sie genau hinhörte, als Mehler den Hörer ergriff und ein grimmiges »Mehler« hineindonnerte.

Frau Wimmerer in ihrem Zustand akut virulenten Liebeskummers sah neidvoll, wie die Züge ihres Chefs plötzlich weich wurden, dabei strahlte der ganze unscheinbare Mann.

»Aha«, sagte er, »ja, das ist eine Überraschung. Und schriftlich kriege ich es auch noch? Da sage ich doch Dankeschön. Sehr freundlich. Na so was!«

Mehler zerrte an der Schnur, bis sie sich wie ein Wäscheseil über den Schreibtisch spannte. Er hatte sich mit seinem Stuhl umgedreht, sodass er Frau Wimmerer den Rücken zukehrte.

»Mausilein, hast du das veranlasst? Nein? Aber lieb haben tust du mich schon noch, gell?« Er wollte aufstehen, sichtlich, um sich weiter vom Schreibtisch zu entfernen. Doch die Schnur riss ihn zurück auf den Stuhl.

»Ehrlich, so klasse haben die das gefunden? Das freut mich aber sehr.« Seine Stimme war jetzt so leise, dass Kriminalmeisterin Wimmerer sich anstrengen musste. Dennoch verstand sie gut, was er sagte. »Sehen wir uns heute Abend? Am üblichen Platz? Ist gut. Bussi!«

Mehler drehte sich wieder um. Polizeimeisterin Wimmerer saß tief gebeugt über eine Akte.

»Sie, Frau Wimmerer, ich habe eine offizielle Belobigung bekommen. Weil die Mordserie in München, also die Opfer, das waren alles Knastis aus Russland und der Ukraine. Wie unsere Wasserleiche.«

Frau Wimmerer rutschte unruhig auf ihrem Stuhl hin und her. Sie hoffte, dass ihr Chef nicht noch einmal näher auf die Leiche ohne Hände und Füße und Kopf einging.

Doch Mehler hatte einen größeren Zusammenhang im Sinn: »Tätowierungen in russischen und ukrainischen Gefängnissen sind doch mein Spezialgebiet. Ich habe den Münchnern aus Spaß ein bisschen was von meinen Nachforschungen geschickt. Und dann auch erzählt, als ich zweimal …« Er stockte, schwieg einen Augenblick und fuhr dann etwas lahm fort, »und bingo. Hat gepasst.«

»Donnerwetter«, murmelte Frau Wimmerer, »ich gratuliere.« Dass ihr Vorgesetzter sich offensichtlich beinahe versprochen hätte, merkte sie nicht.

Für Annemarie Wimmerer war dieser Mehler ein Verlierertyp. So hatte sie bis eben gedacht. Falsch gedacht. Ein ganz ausgekochter war er, wahrscheinlich sogar ein richtiges Schlitzohr. Schmerzhaft wurde ihr bewusst, dass sie noch viel würde lernen müssen. Auf allen Ebenen.

***

Laut digitaler Anzeigetafel im Erdgeschoss befand sich der Aufzug im fünften Stock. Noch war Zeit, das Haus wieder zu verlassen und zurück in die Agentur zu fahren. Oder … oder was? Einsam fühlte sie sich. Und irgendwie nutzlos. Niemand brauchte Annabelle Winter. Am besten ging sie ins Bett und zog die Decke über den Kopf.

Bravo, dachte sie. Darauf habe ich gewartet. Noch ein bisschen mehr Selbstmitleid und ich breche zusammen. Einfach so. Aus Solidarität mit mir selbst.

Das war der Stand der Dinge. Und jetzt auch noch Atemnot. Großartig.

Wütend zerrte Annabelle ihren Spray aus der Tasche. Im eigenen Haus keine Luft bekommen. Und dazu aus heiterem Himmel dieses gewisse Gefühl … Wenn das so weiterging, würde sie doch noch den Gedanken an eine Therapie …

Einen winzigen Augenblick lang zögerte Annabelle, als die Aufzugtür sich öffnete, dann trat sie ein, drückte auf die Taste für den fünften Stock und nahm zwei kräftige Spraystöße.

Irgendetwas musste sie unbewusst erwartet haben, denn sie war nicht überrascht: Morgens, wenn sie denn morgens die Wohnung verließ, schloss sie die Tür doppelt ab. Noch nie hatte sie es vergessen. Jetzt brauchte der Schlüssel nur eine halbe Drehung, um das Schloss zu öffnen. Jemand war in der Wohnung gewesen oder noch dort.

Er saß in dem Sessel, in dem Alex übernachtet hatte.

Als sie im Türrahmen zum Wohnraum stehen blieb, machte er eine einladende Bewegung.

»Die sensible Frau Winter. Hat gefühlt, dass ich auf sie warte.«

Annabelle sah, dass eine Pistole auf dem Beistelltisch neben dem Sessel lag.

»Sie sind schneller gewesen, als ich gedacht hatte«, sagte er. »Instinkt haben Sie, meine Hochachtung.«

Annabelle schwieg.

»Wer ein so gefährliches Objekt in seinem Besitz hat, sollte übrigens sehr vorsichtig sein«, sagte er, »es am besten der Polizei übergeben, meinen Sie nicht?« Er lächelte sie an. Das dünne dunkle Tuchjackett hing an seinen Schultern wie an einer Vogelscheuche. Er sah eingefallen und grau aus.

Annabelle bewegte sich nicht, sah ihn unverwandt an.

»Hat es Ihnen die Sprache verschlagen, weil ich hier bin? Nur zu Ihrem Schutz, glauben Sie mir.«

Als keine Reaktion von ihr kam, stand er auf, griff nach der Pistole und ging langsam auf sie zu.

Es sind seine Augen, dachte Annabelle, seine Augen glühen, als stünde er unter Drogen.

»Seien Sie vernünftig, Frau Winter. Sie selbst können nichts damit anfangen, es ist wertlos für Sie.«

»Warum hat mein Kollege Alex de Groot Ihretwegen beinahe geweint?«

»Meinetwegen geweint?«

Kriminalrat Manfred Lehner blieb stehen und lachte freudlos auf. »Wie absurd, jetzt sentimental zu werden.«

Schritt für Schritt kam er näher. Er ließ Annabelle nicht aus den Augen. »Geben Sie mir das Handy, dann können Sie gehen und meinen alten Schulfreund«, er betonte das Wort spöttisch, »von mir grüßen.«

»Schulfreund?« Annabelle wich einen Schritt zurück in den Flur.

Lehners Augen verengten sich zu Schlitzen. »Hat er es Ihnen verschwiegen? Das sieht ihm ähnlich. Ihr Kollege ist mein ältester Schulfreund. Wir waren zusammen auf dem Internat.«

Annabelle ließ die Pistole nicht aus den Augen. »Auf welchem Internat?«

Lehner zögerte und tat einen weiteren Schritt nach vorne. Zwischen ihm und Annabelle blieb nicht mehr viel Raum. »Auf einem sehr teuren. Er war reich und ich Stipendiat. Alle wirklich feinen Internate geben Stipendien für arme, begabte Kinder aus. Ich war so eines.«

Er zielte mit dem Lauf auf Annabelles Herz. »Keine Angst. Wenn ich das Handy habe, verschwinde ich sofort.«

Plötzlich fror Annabelle. Entkommen konnte sie nicht mehr. Nur das Handy finden und es ihm aushändigen. Aber es befand sich nicht mehr in ihrem Besitz. Alex hatte es. Würde Lehner sie töten?

Der Leiter der Mordkommission II, Kriminalrat Manfred Lehner, war nicht wiederzuerkennen. Sie meinte, Irrsinn in seinen flackernden Augen zu sehen. Und niemand wusste, wohin sie gegangen war.

Hinter ihr im Flur klingelte das Telefon auf dem schmalen Tisch vor dem Spiegel. Sie machte einen halben Versuch, sich umzudrehen.

»Nein, Frau Winter. Sie drehen sich nur um, wenn ich es Ihnen sage.«

Das Telefon klingelte weiter. Schließlich war es still.

»Also, das Handy!«

Zeit gewinnen, dachte Annabelle, ihn reden lassen, vielleicht würde er … nein, würde er wahrscheinlich nicht. Dazu waren zu viele Verbrechen geschehen.

Lehner stand jetzt so nahe vor ihr, dass sie noch einen Schritt zurückwich. Weiter ging es nicht. Sie stand mit dem Rücken an der Flurwand.

»Ja, gnädige Frau, hier ist Ende«, sagte Lehner. Ein dürres Lächeln erschien auf seinem Gesicht. Geben Sie mir das Handy.« Er packte ihren Arm und drückte die Pistole an ihre Stirn. »Das Handy!«

»Und wenn es doch nicht da ist?«, stotterte Annabelle.

»Sie werden suchen, bis Sie es finden.« Lehners Ton ließ keinen Zweifel daran.

»Ich habe hier unter einer Parkettplanke …«, ohne den Kopf zu bewegen, deutete Annabelle wahllos auf eine Stelle neben dem Telefontisch. Hoffentlich merkte er nicht, was sie gerade erfunden hatte.

»Machen Sie sie auf!« Lehner wurde gereizt. »Machen Sie das Parkett auf.« Er schrie fast. »Heben Sie die verdammte Planke hoch.«

»Warum musste der arme junge Mann aus der Immobilienfirma sterben?«

»Armer junger Mann? Der hatte mehr Strafen als Jahre auf dem Buckel. Ein ganz linkes Knastwürstchen. Dass einer wie er früh sterben würde, war vorgezeichnet.«

Sie klemmte. Die Planke wollte sich nicht bewegen. Wie auch? Es war altes, solides Parkett, das seit hundert Jahren nicht gelockert worden war.

Annabelle kniete auf dem Boden. Sie hob den Kopf zu ihm.

»Ich brauche ein Werkzeug, ein Messer oder einen breiten Schraubenzieher zum Aufstemmen.«

Es war dieser eine Augenblick, in dem Lehner in seiner Jackentasche nach einem Taschenmesser wühlte und unaufmerksam war. Ihr ganzer Körper flog nach vorne, die Arme umfassten seine Knöchel, ihr Kopf rammte Lehner zwischen den Beinen. Er schrie auf, sie zog an den Knöcheln, er fiel, und im Fallen ließ er die Pistole los.

Sie konnte nicht sehen, wohin die Pistole gerutscht war, versuchte aufzustehen, doch jetzt war er es, der sie festhielt. Der Schlag, der auf ihren Hinterkopf krachte, fuhr wie ein weißer Blitz durch ihr Gehirn. Das ist das Ende, dachte sie noch. Dann stürzte sie ins Dunkel.

***

»Und was haben wir davon? Einen schlappen Händedruck von wem auch immer.«

Weit weg, in großer Entfernung, sprach eine leise Stimme mit Empörung, dann schien sie langsam näher zu kommen, denn sie wurde lauter. Es war Elly.

»Es hätte sie das Leben kosten können.«

Jetzt war Ellys Stimme klar und deutlich. Annabelle hielt eisern die Augen geschlossen.

»Alles war perfekt vorbereitet, da konnte nichts schiefgehen.«

Das war Alex.

»Trotzdem …«

»Wo ist meine Tochter? Wo ist mein Baby?«

Das war Miranda Winter.

Eine Parfümwolke, dann ein zarter Kuss auf ihre Wange. Ihre Hand wurde gestreichelt.

»Wer hat das getan? Wer hat mein Baby überfallen?«

»Die große Vase in ihrem Flur. Die ist ihr auf den Kopf gefallen.«

Das war wieder Elly.

»Reden Sie keinen Unsinn. Wie soll die Vase Annabelle denn

auf den Kopf gefallen sein? Also wirklich …« Alle Weichheit war aus Mirandas Stimme gewichen.

»Sie hat mit Manfred Lehner gekämpft. Und dabei ist die Vase vom Tisch auf ihren Kopf gefallen.«

»Mit dem reizenden Kripobeamten gekämpft? Um Himmels willen, ist sie verrückt geworden?«

»Nein, er.«

Das war Alex.

Annabelle öffnete die Augen. »Wirklich? Ist er verrückt?«

»Kind, wie geht es dir? Du machst Sachen.«

Miranda Winter wartete keine Antwort ab. Anklagend wandte sie sich zu Elly um. »Sie hatten mir in die Hand versprochen, dass meiner Tochter nie etwas passiert.«

Annabelle versuchte, den Kopf zu drehen. »Mutter, bitte!« Ihr Kopf schmerzte. Abwehrend hob sie die Hand. Sie war dick verbunden.

»Was ist das?«

»Du hast in eine Scherbe der Vase gefasst, und er ist dir auf die Hand getreten, als wir kamen.«

»Was?«

»Ja. Er tobte wie ein tollwütiges Tier. Du musst ihn an einer sehr empfindlichen Stelle getroffen haben. Da ist bei ihm …«

Ellys Stimme glitt zurück in einen weit entfernten Hintergrund. Annabelles Kopf schmerzte jetzt unerträglich. »Woher willst du wissen, dass er …«

Sie erwartete keine Antwort. Müde schloss sie wieder die Augen. Einen Augenblick herrschte Stille. Sie hörte das Öffnen einer Tür, dann befahl eine strenge Stimme: »Verlassen Sie sofort das Krankenzimmer. Wie sind Sie überhaupt hereingekommen?«

Elly sagte etwas, das wie Protest klang, die fremde, strenge Stimme wurde lauter. »Sie sind hier auf der Intensivstation. Raus!«

***

Jedes Zeitgefühl war verloren gegangen. Halb aufrecht saß Annabelle in ihrem geblümten Krankenhauskittel im Bett und drehte den Kopf weg, als der junge Arzt den Verband ihrer linken Hand aufrollte.

»Sie können ruhig hinschauen, die Wunde sieht gut aus. Morgen ziehen wir die Fäden.«

Er sprühte etwas Kühles auf ihre Hand und verband sie neu. Im Gehen wandte er sich an Alex. »Sie sind der Verlobte von Frau Winter, habe ich verstanden. Sie muss sich noch sehr schonen. Die Prellung um das linke Auge herum gefällt mir gar nicht.«

Als er die Tür hinter sich geschlossen hatte, blieb es lange still im Raum. Annabelle senkte ihren Blick in die beiden Blumensträuße, die auf dem Tisch gegenüber dem Bett standen. Wahrscheinlich waren die Rosen von Elly und der große, wilde Frühlingsstrauß von Alex. Ihre Mutter verschenkte niemals Blumen.

Alex hatte sich mit dem Rücken zum Zimmer ans Fenster gestellt und blickte in den Krankenhausgarten.

»Wie lange bin ich schon hier?«

»In diesem Zimmer seit gestern. Auf der Intensivstation warst du acht Tage. Wir hatten verdammte Angst um dich.«

»Wieso hast du …?«

»Weil man mir sonst keine Auskunft über deinen Zustand gegeben hätte.«

Annabelle machte eine abwehrende Bewegung. »Das meine ich nicht, ich will wissen, warum du und Elly mir verschwiegen habt, dass du Lehner seit Jahrzehnten kennst. Das ist sehr merkwürdig, findest du nicht?«

Annabelle versuchte, Alex in die Augen zu sehen, doch er wich ihr aus und betrachtete angelegentlich die Blumen.

»Was willst du eigentlich?« Alex hieb mit der flachen Hand auf die Fußlehne des Bettes.

»Wo ist dein Kumpel jetzt? In Untersuchungshaft?«

Aus dem kleinen Rosenstrauß zog Alex einen Stiel, trat ans Bett und legte ihn Annabelle auf die Bettdecke.

»Nein, er ist nicht in U-Haft. Die Streifenbeamten haben einen Krankenwagen kommen lassen. Manfred wurde in die Psychiatrie gebracht. Er hatte noch in der Wohnung versucht, Wohlgemuth in die Halsschlagader zu beißen.«

Annabelle ergriff die Rose und betrachtete sie konzentriert. »Dass du mich gern hast, glaube ich dir. Ich fühle es. Aber du hörst einfach nicht auf, mir Märchen zu erzählen.«

Alex ergriff die Lehne des Besucherstuhls, der neben einem kleinen Tisch an der Wand stand, und stellte den Stuhl ans Fußende von Annabelles Bett. Sein Gesicht war leer und ausdruckslos.

Annabelle hob die Hand. »Nein, setz dich nicht mehr. Die Sache ist die: Du schweigst nicht, du verschweigst. Was nur eine etwas andere Form von Lüge ist.« Sie hielt inne und wartete. Doch Alex machte keine Anstalten zu reden.

Der Kloß in Annabelles Hals machte ihre Stimme heiser. »Die Geschichte von dem durchgedrehten Verbrecher Lehner stimmt nicht. Dieser Mann ist kein Krimineller. Das weiß ich einfach.«

»Gut. Dann behalte dein Wissen vorläufig noch für dich. Das ist alles, worum ich dich bitte.«

Er wandte sich zum Gehen. »Es macht mir keinen Spaß, dich zu belügen, das kannst du mir glauben. Aber ich tue es, um dich zu schützen.«

Die Tür schloss sich hinter ihm.

Annabelle warf die Rose in Richtung der Tür, dann brach sie in Tränen aus. »Scheißkerl«, schluchzte sie, »Scheißjob.«

***

Sie hatte in der Klinik viel Zeit nachzudenken. Und sie begann, sich zu wundern, dass es einen Punkt gab, der ihr im Trubel der Ereignisse nicht ein einziges Mal aufgefallen war. Es war aber ein wichtiger Punkt und ein entscheidendes Detail: Bis auf die Frauenleiche im Ebersberger Forst war keiner der Mordfälle in den Zeitungen behandelt worden. Nicht einmal Drei-Zeilen-Meldungen hatte es gegeben.

Wie war es möglich gewesen, eine vollkommen lukendichte Informationssperre um die Todesfälle zu errichten? Wer hatte sie veranlasst? Und warum?

Als sie vier Tage später aus dem Krankenhaus entlassen wurde, holte Elly sie ab. Alex habe zu tun, er sei unterwegs.

Annabelle nickte und bemühte sich, ihre Enttäuschung hinunterzuschlucken. Der Mann, der vorgab, sie heiraten zu wollen, hatte sich unsichtbar gemacht.

Was soll's?, dachte sie, war ja nur ein Witz gewesen. Etwa nicht?

Elly benahm sich auch sonderbar, fuhr vorsichtig, rücksichtsvoll, fluchte nicht und redete die ganze Fahrt über kein Wort. Irgendetwas war im Busch.

Miranda Winter hatte signalisiert, dass sie keinen Wert auf Besuch legte und auch keinen abzustatten beabsichtigte. Stattdessen hatte sie einen Tag zuvor ihre polnische Haushaltshilfe in die Wohnung der Tochter geschickt.

Als Annabelle die Wohnungstür öffnete, schlug ihr ein intensives Duftgemisch aus Parkettpolitur, Badreiniger und Putzessig entgegen.

»Donnerwetter«, sagte Annabelle laut, stellte die Reisetasche im Flur ab und machte auf dem Absatz kehrt. Hinter ihr klingelte das Telefon.

***

Elly beim Friseur, Alex unterwegs – Annabelle hatte nicht erwartet, jemanden im Büro anzutreffen. Im Konferenzzimmer die Füße auf den Tisch legen und die Gedanken wandern lassen – danach hatte sie Verlangen. Das klappte eigentlich immer, also würde es auch dieses Mal funktionieren. Das Verhalten von Alex war auffällig. Einerseits schien er ernsthaft verliebt in sie zu sein, andererseits entzog er sich jeder Nachfrage nach seinem Leben. Seine Bemerkung, sie kenne ihn besser, als sie wisse, wenn sie ihr Wissen nur zulasse, fiel ihr ein. Etwas stimmte nicht mit dem Mann. Sie musste es herausfinden.

Die Eingangstür der Agentur war nicht abgeschlossen, aus dem Besprechungsraum drangen Stimmen. Enttäuscht blieb sie im Flur stehen.

»Wir müssen uns hundertprozentig absichern, weil …«, hörte Annabelle eine fremde Männerstimme durch die geschlossene Tür.

»Ich weiß, Sie kriegen gerade kalte Füße. Aber wir machen

es so, wie ich sage, oder gar nicht.« Das war ein aufgebrachter Alex.

»Ich muss schließlich mit meinem Kopf dafür …«, zeterte der Unbekannte.

Alex de Groot, der Mann mit der höflichen, leisen Stimme, wurde laut und unmissverständlich: »Bayern wird wohl kaum ein Interesse daran haben, publik zu machen, dass …«

Der andere unterbrach ihn: »Drohen Sie mir?«

Alex war hörbar genervt. »Sie wollen äußerste Diskretion und Geheimhaltung, aber wenn es schiefgeht, waren Sie es nicht, stimmt's?«

Die fremde Männerstimme jammerte: »Wenn die Öffentlichkeit erfährt, dass sogar einer unserer eigenen IT-Spezialisten … Und mindestens drei Banken … ich darf gar nicht daran denken! Es ist furchtbar!«

Alex wechselte die Tonlage und sprach jetzt so einfühlsam und beruhigend, wie er es vermutlich in seinem Dienstags-Meditationskurs gelernt hatte. Durch die geschlossene Tür war er infolgedessen schlechter zu verstehen.

»Das haben … auch … besprochen. … müssen das alleine durchziehen. Niemand, absolut … niemand informiert …«

Die Stimme des Fremden vibrierte vor Anspannung. »Kein Polizeischutz für Ihre Partnerin?«

»Ganz recht, die Polizei muss außen vor bleiben«, sagte Alex nüchtern und wieder etwas lauter, »wir wollen ja den Skandal vermeiden. Aber Sie und ich werden vor Ort sein und sie schützen.

»Wäre es nicht besser, wenn ich so lange hierbliebe und …« Annabelle hörte in dem halb aggressiven, halb ausweichenden Ton des Fremden deutlich Angst mitschwingen.

Alex reagierte ungeduldig und zornig. »Herrgott noch mal, das habe ich Ihnen auch schon fünfmal erklärt. Sie und ich. Allein kann ich sie auch nicht zuverlässig schützen. Nur so funktioniert die Falle.«

»Sagen Sie, sollten wir das Ganze nicht besser abblasen und dem BKA überlassen?«

Alex de Groot stöhnte hörbar auf. »Wenn alle im bayerischen

Verfassungsschutz so risikofreudig und mutig sind wie Sie, dann wundert mich nichts mehr …«

Mit einem Ruck riss Annabelle die Tür zum Besprechungsraum auf.

»Störe ich?«

So forsch, wie sie gerade auftrat, fühlte Annabelle sich nicht. Ob ihrer Mutter, der Meisterin des großen Auftritts, dabei auch gelegentlich mulmig zumute war?

Alex war aufgesprungen. »Vor zwanzig Minuten habe ich dich angerufen, aber du hast nicht geantwortet. Es gibt Arbeit.«

In seiner Stimme schwang unterschwellig ein bittender Ton mit, den Annabelle als »Mach, wenn's geht, keine Szene« interpretierte.

Alex drehte sich halb zu seinem Gesprächspartner, der ebenfalls aufgestanden war. »Herr Müller; meine Partnerin in der Agentur, Frau Winter.«

Herr Müller, ein teiggesichtiger Endvierziger mit schütterem graublondem Scheitelschnitt, deutete eine Verbeugung an und setzte sich wieder. Wortlos.

»Herr Müller und ich arbeiten zusammen«, fuhr Alex fort.

Annabelle lächelte ihn an. »Ach ja? Ein neuer Auftrag? Soweit ich weiß, haben sich durch den Tod beider Auftraggeber die Verpflichtungen unseres letzten Falles erledigt.«

Alex ging auf ihre Ironie nicht ein. »Nein, kein neuer Auftrag. Ich konnte dich nur vorher nicht informieren. Wir sind auf eine Gruppe von Ukrainern aufmerksam geworden, die sich von Stadt zu Stadt bewegt …«

»Wer ist wir?«

Annabelle atmete tief ein. Nur jetzt nicht nervös werden und es womöglich auch noch zeigen.

Alex zögerte. »Das erkläre ich dir, wenn alles vorbei ist.«

»Wenn was vorbei ist? Nein, Partner. Du erklärst mir alles hier und jetzt.«

Annabelle hatte Mühe, ihre Stimme in Zaum zu halten. In letzter Zeit flüchtete sich Alex immer wieder in diese nebulösen Allgemeinplätze und löste damit dieses ohnmächtige Gefühl von Gereiztheit bei ihr aus.

Jetzt seufzte Alex tief und schwer. Er blickte zu Müller, doch der war in die Betrachtung der Tischplatte vertieft.

»Also gut. Diese Ukrainer kaufen und verkaufen in großem Stil. Alles. Immobilien. Firmen. Teure Autos, Schmuck, vor allem Brillanten. Kostbare Pflanzen.« Alex zwinkerte mit dem linken Auge. »Illegal natürlich. Mit schmutzigem Geld aus Drogenhandel, Menschenhandel, Waffen …«

Annabelle fixierte Herrn Müller, der sich jedoch für nichts zu interessieren schien, was sich oberhalb der Tischplatte befand.

»Halt mir keine Vorträge. Ich weiß selbst, wie Geldwäsche funktioniert. Sie verkaufen das Zeug wieder, und der Erlös ist sauberes Geld. Und ich weiß auch, dass Kehlmann und Konsorten genau das hier gemacht haben. Du hast mir nur noch nicht gesagt, wer ›wir‹ ist.«

Wieder seufzte Alex und blickte hilfesuchend zu Müller, dessen Blick weiter von der Maserung der Tischplatte gefesselt wurde. »Es gibt einen Mann, der glitschig ist wie ein Stück Seife. Er ist der Boss der Ukrainer und uns immer wieder entglitten. Wir müssen ihn ausschalten. Deshalb haben wir mehrere Szenarien aufgebaut, um ihn in Sicherheit zu wiegen. Jetzt wird er in die Falle gehen.«

Herr Müller sagte immer noch kein Wort und hielt eisern den Kopf gesenkt.

Auch Alex senkte den Blick. Es war, als wolle er den schweigsamen Herrn Müller zwingen, sich zu äußern. Doch der schwieg eisern weiter.

»Drei Behörden waren bisher an unserer Operation beteiligt, das Bundeskriminalamt, das Landeskriminalamt und der Verfassungsschutz. Leider hat unser Mann überall Zuträger. Was alles sehr erschwert. Er schmiert die Leute, dem Anschein nach, mit enorm viel Geld. Deshalb werden wir ihn jetzt in einer streng geheimen Aktion zur Strecke bringen.«

Annabelle bewegte sich rückwärts in Richtung der Tür. »Interessant. Was hat das alles mit dir zu tun? Wer ist ›wir‹? Antworte oder ich gehe.«

Hilfesuchend wandte sich Alex an Müller: »Ich muss es ihr sagen, es geht nicht anders.«

Keine Reaktion von Herrn Müller.

»Also gut. Ich bin für den Inlandsgeheimdienst tätig, mein Arbeitsgebiet ist organisierte Kriminalität, Schwerpunkt Geldwäsche. Zufrieden?«

»Und dein Job in der Agentur?«

»Ist meine Tarnung. Aber ich habe gekündigt. Wenn dieser Fall abgeschlossen ist, werde ich ausschließlich in der Agentur arbeiten.«

»Hast du Elly …?«

Alex nickte. »Gestern.«

»Du kannst dir denken, dass ich vorhin im Flur so einiges mitgehört habe. Wofür kriege ich keinen Polizeischutz?«

Mit sanfter Gewalt wurde Annabelle auf einen Stuhl gedrückt. »Schau«, sagte Alex, »es ist ein allein auf dich zugeschnittener Job. Du sollst unser Lockvogel sein. Wir haben keine Wahl. Aus mehreren Gründen.«

Annabelle wurde heiß vor Zorn. »Du willst mich …«

»Es klingt schlimmer, als es dann sein wird. Niemand …«

»Du hast keine Eier, mein Lieber«, sagte Annabelle erbost, »bist zu feige, mir zu sagen, was wirklich Sache ist.«

Alex tat, als hätte er nichts gehört, und sah Annabelle durchdringend an. »Wir brauchen dich wirklich. Ein anderer Mensch könnte das, was du tun sollst, nicht machen, das ist das Problem. Ich erkläre dir jetzt, wie wir genau vorgehen werden.«

***

Ein trügerisches Gefühl von Sicherheit durchströmte Annabelle für Minuten in der schweren Limousine von Alex, die geräuschlos und geschmeidig durch den Verkehr glitt. Es würde alles gut gehen. Und wenn nicht?

Kurz vor der Wittelsbacher Brücke fiel ihr Herr Beckmann ein. Mit einem Manöver, das Elly alle Ehre gemacht hätte und einen hinter ihr scharf bremsenden Kleinlaster gefährlich schwanken ließ, fuhr sie halb auf den Randstein und parkte den Fußgängerstreifen zu.

Unten, unter der Brücke, saß nur einer von Herrn Beckmanns Kumpeln, der Zahnlose.

»Wo ist Herr Beckmann?«, rief Annabelle ihm aus einigem Abstand zu, denn näher zu treten verbot der Gestank der Örtlichkeit.

Ohne sie eines Blickes zu würdigen, setzte der Angesprochene eine Schnapsflasche an den Mund und trank.

»Wann ist Herr Beckmann weggegangen?«, versuchte Annabelle es noch einmal.

Doch der Inhalt der Flasche hatte offensichtlich schon ganze Arbeit geleistet. Leere, glasige Augen folgten Annabelle, als sie die Bleibe der Brückenkumpel verließ.

Die Sache mit den neuen Freunden, von denen Herr Beckmann gesprochen hatte, rumorte in ihrem Hinterkopf. Was für Freunde, um Himmels willen?

Auch der Kioskbesitzer, oben am Brückenanfang, wusste wenig. Hatte ihn seit Tagen nicht gesehen. Zweimal war Herr Beckmann direkt vor dem Kiosk von der Polizei kontrolliert worden. Ja, zweimal. Wie die Polizisten ausgesehen hatten? Es war nur einer. Genau, eine randlose Brille hatte er gehabt. Er hatte mit Herrn Beckmann ein paar Worte gewechselt und ihn dann in Ruhe gelassen. Danach war Herr Beckmann beide Male ganz euphorisch gewesen und hatte dem Kioskbesitzer erzählt, er würde ihm demnächst den Kiosk abkaufen. So ein Kauz, dieser Typ. Eigentlich ein netter Kerl. Aber eben doch einer, der sich insgesamt schon ziemlich das Hirn weggesoffen hatte, meinte der Kioskbesitzer.

Annabelle war alarmiert. Was wollte Wohlgemuth von Herrn Beckmann? Herausfinden, wie viele Gestalten aus der ukrainischen Mafiaszene Herr Beckmann kannte? Sie versuchte, Alex anzurufen, aber sein Handy war abgestellt.

Als sie zum Auto zurückkam, hatte in der Zwischenzeit jemand die Scheibe der Fahrertür bespuckt. Eine lange Bahn Speichel zog sich fast bis zum Türgriff. Selbst schuld, dachte Annabelle und machte sich daran, die schleimige Substanz mit dem Taschentuch abzuwischen. Im Grunde war sie über den kleinen Zwischenfall froh, wenn er auch nicht gerade appetitlich war. Er lenkte sie ab von der Angst, die ihr im Nacken saß wie ein hackender Geier.

***

Dieses Mal fuhr sie nicht das verlassene Baugrundstück an und betrat das Grundstück auch nicht unbemerkt seitlich durch den Cornelius-Garten.

Sie parkte direkt vor der Kehlmann-Villa. Die Tatortversiegelung am Gartentor war entfernt worden. Mit einem ihrer Drähte das verschlossene Tor zu öffnen, dauerte kaum drei Sekunden.

Wenn Alex recht hatte, würde der Mann bald auftauchen. Hoffentlich auch Alex selbst und sein ominöser Herr Müller. Wer war er überhaupt, dieser Herr Müller? Ein hohes Tier in der Hierarchie des Verfassungsschutzes? Wohl kaum. Oder vielleicht doch? Egal. Ein Hasenherz schien er jedenfalls zu haben. Die Vorstellung, dass er zu ihrem Schutz agieren sollte, war keine beruhigende.

Langsam schritt sie über die kahle Rasenfläche in Richtung der zugeschütteten Pflanzlöcher von ehemals zwei jeweils fast zwei Meter großen Bären aus Buchsbaum. Angesichts ihres Preises von einhundertzwanzigtausend Euro pro Bär wahrscheinlich nur Objekte der Geldwäsche.

Über beiden ehemaligen Pflanzlöchern rechts und links des schmiedeeisernen Gartenpavillons war die Erde zu kleinen Erhebungen aufgeschüttet, so als ob demnächst Rosenstöcke in ein Hochbeet eingesetzt werden sollten.

Als sie den Garten zusammen mit der falschen Haushälterin besichtigt hatte, waren die Löcher noch nicht aufgefüllt gewesen. Kurz danach hatten alle, die Interesse an dem Garten haben konnten, ihr Leben verloren. Die Buchsbäume waren vergessen worden.

Ruhig, ganz ruhig, versuchte Annabelle sich zuzureden. Nur jetzt kein Asthmaanfall.

Der Impuls, zum Gartentor zurückzulaufen, war fast übermächtig. Ihre Nackenhaare stellten sich auf, die Atmosphäre in dem Garten verschlechterte sich von Sekunde zu Sekunde.

Sie kniete neben dem linken aufgefüllten Pflanzloch. Es war unberührt, die Erde krümelig und angetrocknet.

Auf der anderen Seite des Pavillons bot sich das gleiche Bild. Doch etwas war anders. Wieder und wieder umrundete Annabelle das ehemalige Pflanzloch, kniete und spähte, bis sie das

Gefühl hatte, jede einzelne Erdkrume in Augenschein genommen zu haben, doch sie konnte nicht entdecken, was sie alarmierte. Immer wieder drehte sie sich um, keine Menschenseele war zu sehen.

Plötzlich blieb ihr Blick an einer Winzigkeit hängen. Ein kleines Stück schmutzig beigefarbener Bindfaden lag am Rand der Erdfläche im Gras. Wer hatte ihn fallen gelassen? Sie ging in die Knie und versuchte, ihn aufzuheben. Er hing in der Erde fest.

Annabelle zog. Sie brauchte Kraft. Endlich brach die Erde auf, und sie hielt einen kleinen Gefrierbeutel mit Reißverschluss in der Hand. Er war mit dem Bindfaden umwickelt, an dessen Ende sie gezogen hatte.

Sie spürte ihn in ihrem Rücken, noch bevor er sich bemerkbar machte.

***

Annabelle richtete sich auf, drehte den Kopf und sah die auf sie gerichtete Pistole. Dann blickte sie in sein Gesicht. Es hatte sich verändert, war eine Maske aus Hass und Gier.

Halblaut herrschte er sie an: »Sie geben mir jetzt das Päckchen, das Sie da aus der Erde gezogen haben, und gehen hinüber zur Hecke, den Weg kennen Sie ja. Und schön langsam.« In seiner Stimme schwang eine Befriedigung mit, die Annabelles Blut in den Adern gefrieren ließ.

Etwas zu erwidern, fiel ihr nicht ein, sie war so perplex, dass sie stumm tat, was er ihr befohlen hatte.

Für den Bruchteil einer Sekunde zuckte er zusammen, griff sich an den Oberarm und rieb ihn. Dann befühlte er das kleine Paket und steckte es in die Hosentasche. »Im Finden sind Sie nicht schlecht. Alle Achtung. Ich wusste, dass ich nur auf Sie zu warten brauche. Los, zurück zur Hecke.«

Er schien sein Vorgehen genau geplant zu haben.

»Aufmachen«, herrschte er sie an, als sie an der kleinen Pforte in der Hecke angelangt waren.

»In dem Beutel ist nur ein altes Handy.« Sie war stehen geblieben und sprach über die Schulter.

Er lachte auf. »Sind Sie so dumm oder tun Sie nur so?«

»Wie meinen Sie das?«

»Los, weiter«, fuhr er sie an. Annabelle öffnete die Pforte.

»Die falsche Frau Kehlmann hat es mir gegeben, und dann war es plötzlich weg, das Handy.«

»Alles, was die interessiert hat, war die SIM-Karte. Die wollte sie zurückhaben. Dabei war die längst mit dem Handy im Beutel und in der Erde.«

»Wer hat den Beutel eingegraben?«

»Das wissen Sie, nicht ich. Also erzählen Sie mir keine Märchen.«

»Wieso dachte Frau Kehlmann, ich hätte das Handy noch?«

Er wurde wütend. »Entweder Ihr sauberer Kollege oder Sie selbst haben es eingegraben. Deshalb sind Sie doch hergekommen.«

»Ich wusste nicht genau, wo ich suchen sollte. Es war nur ein Versuch. Mein Kollege hat mich darum gebeten.«

Annabelles Herz klopfte zum Zerspringen. Wo war Alex? Wie lange würde sie die Rolle des Dummchens noch glaubhaft durchhalten? Fünf Minuten, hatte Alex versprochen. Dann würde alles vorbei sein. Aber fünf Minuten waren längst vergangen.

»Schon in Ihrer Wohnung hätte ich Sie erschießen sollen.«

Annabelle hielt die Pforte immer noch in der Hand und überlegte fieberhaft, wie sie die Situation lebend überstehen sollte.

Er stach Annabelle den Lauf der Pistole in den Rücken und bellte: »Zum Haus. Langsam!«

»Was ist denn auf der SIM-Karte drauf?«, fragte Annabelle und drehte sich dabei halb um.

»Sie schauen geradeaus und gehen schön langsam.«

Plötzlich schoss in Annabelle unkontrollierbare Wut hoch. Er war es gewesen, der sie vor dem Polizeipräsidium niedergeschlagen hatte. Wahrscheinlich war auch er es gewesen, der in der Straße vor der Agentur auf sie geschossen hatte.

Mit einem Ruck drehte sie sich um, sodass sie ihm frontal ins Gesicht sah. »Ich möchte lieber im Freien sterben. Ich will nicht ins Haus.«

Einen Augenblick lang starrte er die zornbebende Frau an und wusste offensichtlich nicht, was er tun sollte.

»Und vorher erklären Sie mir, was für Daten auf der verdammten SIM-Karte drauf sind. Wenigstens informiert will ich sterben.«

Immer noch starrte er sie an. Endlich erwachte er aus seiner Starre. »Sie wissen nicht, was auf der Karte drauf ist? Scheiße. Jetzt muss ich Sie wegen nichts und wieder nichts erschießen. Ich kann Sie doch nicht laufen lassen.«

Jetzt hab ich ihn, schoss es Annabelle durch den Kopf. »Alle suchen Sie. Mich zu töten macht Ihre Lage nur schlimmer.«

»Wer soll mich suchen? Die Polizei? Ich bin die Polizei. Außerdem habe ich niemanden ermordet. Ich nicht.« Er lachte auf. Unsicher zum ersten Mal.

»Den Kehlmann-Nachbarn Eigner, der den Landschaftsgärtner gespielt hatte und in Wahrheit Subkow hieß, den und den verdeckten Ermittler Milic, die haben Sie aber beim Liebesspiel erschossen, ich habe Sie doch gesehen.«

Sein Gesicht war jetzt eine farblose Maske. Stumm entsicherte er seine Pistole. »Milic hat auf schwul markiert und hätte aus Subkow auch noch die letzten Transferrouten rausgeholt.«

»Transferrouten wofür?«

Wieder lachte er. »Die Frau weiß nicht, worum es geht. Und so was arbeitet als Privatdetektivin.«

»Dann machen Sie mich doch schlau.« Das schrie sie heraus, so laut sie konnte. So viele Tote, bald würde sie eine von ihnen sein. Und wofür?

Er starrte sie stumm an. Sekundenlang. Er machte den Mund auf, um zu sprechen, aber kein Ton kam heraus. Ein Ausdruck grenzenlosen Erstaunens lag in seinen Augen. Die Pistole fiel ihm aus der Hand. Dann sackte er zusammen, fiel auf die Knie und vornüber zu ihren Füßen.

Von vorne hörte Annabelle gedämpfte Schritte auf dem Rasen, die aus der Richtung des Cornelius-Hauses näher kamen, dann leise Stimmen. Endlich Arme, die sie umfingen, die Spannung löste sich, endlich brach sie in Tränen der Erleichterung aus.

»Du, du Heldin, du«, flüsterte Alex und streichelte ihr Haar, »großartig hast du das gemacht. Aber so darf es nicht weitergehen.«

»Doch«, sagte Annabelle noch halb schluchzend und befreite sich aus seinen Armen. »Du hast nicht zufällig Asthmaspray dabei?«

***

Zwei Tage vergingen, ohne dass Annabelle von ihren beiden Partnern in der Agentur auch nur die Schatten gesehen hätte. Sie waren vom Erdboden verschwunden, die Räume der Agentur wie ausgestorben.

Alex' Handy war auf Mailbox geschaltet, Ellys Handy sogar abgeschaltet.

Annabelle wusste nicht einmal, woran Wohlgemuth gestorben war und wer ihn erledigt hatte. Erschossen worden war er nicht. Das hätte sie gesehen. Also Gift? Nur, wer hatte es ihm auf welche Weise injiziert? Müller? Es konnte nicht Alex gewesen sein. Oder etwa doch? Solche Fragen mussten beantwortet werden.

Sicher, alles war in größter Eile vor sich gegangen. Überhastet hatte sie von dem Grundstück verschwinden müssen, Müller hatte sich schon vorher in Luft aufgelöst.

»Sei ganz ruhig, ich melde mich, es kann ein paar Tage dauern«, hatte Alex ihr noch hinterhergerufen, ehe er die Ambulanz rief.

Dann saß sie im Auto und rauschte auf Schleichwegen, die er ihr genannt hatte, nach Hause, denn sie sollte dem Notarztwagen nicht begegnen. Alles eine Sache von wenigen Minuten.

Dass Elly sich nicht um ihre Agentur kümmerte, konnte nur mit Buenos Aires zusammenhängen und war nicht weiter ungewöhnlich. Aber dass Alex ihr nicht wenigstens eine kleine Nachricht zukommen ließ, schmerzte.

Ich lebe und arbeite unter Irren, dachte sie und musste trotz wehem Herz und unbefriedigter Neugier innerlich grinsen. Sie war ja selbst eine Irre.

Sie klappte das Spesenabrechnungsbuch zu und griff nach Spiegel und Lippenstift. Sollten sich die anderen beiden darum kümmern, dass das Telefon besetzt war. Sie würde in die Stadt fahren und im Wäschegeschäft nachfragen, ob es zu ihrem neuen Spitzen-BH einen passenden Slip gab.

***

»Herztod eines Kriminalbeamten im Garten von Selbstmörderin«, »Ermittler der Polizei tot im Garten von Selbstmörderin zusammengebrochen«, »Herzstillstand vor dem Haus von attraktiver Selbstmörderin – war das Herz des Kriminalers gebrochen?«

An diesem Morgen gab es sonst keine Sensationen. Die drei führenden Boulevardzeitungen der Stadt brachten den plötzlichen Herztod des Kriminalkommissars Heriberth Wohlgemuth groß raus, mit eingehenden Berichten über die personelle Unterbesetzung der Polizei, die Überlastung der Beamten und die emotionale Beanspruchung von Ermittlern bei schweren Fällen.

»Wer weiß, vielleicht hat er was mit ihr gehabt und ist vor lauter Kummer gestorben?«, sagte die blasse Verkäuferin aus Sachsen frühmorgens beim Bäcker zu Annabelle und lächelte dabei resigniert sehnsuchtsvoll, während sie ihr drei Croissants und drei Apfeltaschen einpackte. »Also mein Alter, der stirbt nicht an gebrochenem Herzen, wenn ich mich im Schrebergarten aufhänge. Der rennt höchstens stracks zur Nachbarin.«

Sie seufzte nochmals. »Na ja, das tut er ja sowieso. Auch ohne dass ich tot bin. Aber Sie, Sie schauen jetzt wieder besser aus.« Neugierig schob sie die Tüte über den Glastresen. »Möchte wetten, es ist die Liebe, dass Sie so strahlen, stimmt's?«

Als Annabelle nicht antwortete, nur stumm lächelnd einen Schein auf den Tresen legte, murrte die Verkäuferin, sichtlich enttäuscht: »Ich mein ja nur, weil, man nimmt schließlich Anteil, oder …?«

***

Alex war wieder nicht in der Agentur, Elly saß hinter verschlossener Tür in ihrem Büro, was früh um halb neun noch nie vorgekommen war und nichts Gutes verhieß. Wahrscheinlich stritt sie sich mit Buenos Aires und wollte das Telefonat nicht über ihren Privatanschluss laufen lassen. Elisabeth Gertrude Agneta Heimroth war ein wenig geizig.

Annabelle legte Apfeltaschen und Croissants in der Teeküche ab und überlegte kurz, ob sie Kaffee kochen sollte.

In diesem Augenblick öffnete sich Ellys Tür, und die Agenturchefin segelte über den Flur zu ihr in die Teeküche.

»Guten Morgen, mein mutiges Mädchen, ich fliege vielleicht nächste Woche für zehn Tage nach Buenos Aires.«

Ehe Annabelle erfreut Zustimmendes murmeln konnte, fügte Elly Heimroth zufrieden hinzu: »Die Gruber AG hat angerufen. Zwanzig Paletten mit Geräten sind spurlos aus dem Lager verschwunden. Jemand klaut da in großem Stil. Ich habe unser Höchsthonorar gefordert, und sie haben akzeptiert. Es eilt ihnen.«

Elly drehte sich um und segelte zurück in ihr Büro. Über die Schulter rief sie: »Du packst das für den Anfang sehr gut alleine. Kannst ja deinen Obdachlosen für Observierungen dazunehmen.«

Und was ist mit Alex?, wollte Annabelle zurückrufen. Doch sie schluckte die Frage herunter.

Als hätte sie gehört, was Annabelle nicht gefragt hatte, rief Elly, die Klinke ihrer Bürotür schon in der Hand: »Noch drei, vier anstrengende Tage für Alex, dann ist er wieder voll einsatzfähig.«

Nach einer winzigen Pause: »Für uns.«

»Weißt du etwas?« Das war aus Annabelle herausgeplatzt, und sie hätte es gern sofort zurückgenommen. Denn Elly verschwand stumm in ihrem Büro.

***

Morgens war Wohlgemuths plötzlicher Tod noch eine prominente Nachricht in den regionalen Zeitungen gewesen. Doch schon mittags versprach die Festnahme eines Geistlichen, der Mitglied eines pädophilen Kinderpornorings war, für die nächsten Tage spannende Sexualenthüllungen aus dem Kirchenmilieu. Wohlgemuth sackte ab in die Bedeutungslosigkeit eines beliebigen Todesfalls.

***

Den Gruber-Auftrag ohne Elly, ohne Herrn Beckmann und ohne Alex durchzuführen, würde nicht ganz einfach werden. Aber irgendwie würde sie es hinkriegen, musste sie es hinkriegen. Schon allein um Alex zu zeigen, dass er weiß Gott nicht unentbehrlich war.

Gedankenverloren bat Annabelle beim Bäcker: »Nein, heute nur eine Apfeltasche und ein Croissant bitte, ich frühstücke alleine.« Die sächsische Verkäuferin platzte beinahe vor Neugier. Zu gerne hätte sie gewusst, ob »in der Liebe« etwas schiefgegangen war seit gestern.

Annabelle kramte gerade in ihrem Portemonnaie nach Kleingeld, als sich ihr Handy meldete. Die Verkäuferin wandte sich enttäuscht ab, sie hatte Luft geholt, um eine winzige indiskrete Frage zu stellen.

»Frau Winter? Spreche ich mit Frau Winter?« Es war eine weibliche, geschäftsmäßig klingende Stimme.

Annabelle zögerte einen Atemzug lang. »Wer spricht da?«

»Sind Sie Frau Winter?« Die Stimme insistierte schärfer.

»Wer zum Teufel sind Sie?«

So früh am Morgen und zudem ungefrühstückt war eine von diesen Werbetussis, die sich mit einer angeblichen Institutsumfrage einschleichen wollten, das Letzte, was sie brauchte.

»Lassen Sie das. Ich will nichts kaufen, ich nehme auch an keiner Umfrage teil, und was Sie da tun, ist im Übrigen ungesetzlich.«

Annabelle drückte den Unterbrechungsknopf.

Zwei Sekunden später meldete sich das Handy wieder. Es war dieselbe Person, doch erheblich verbindlicher, um nicht zu sagen, kleinlaut.

»Frau Winter, nicht auflegen bitte. Hier ist das Polizeipräsidium. Mein Name ist Groß, drittes Morddezernat. Ich rufe im Auftrage von Kriminalrat Dr. Lehner an, der ein paar Tage krank war. Wir haben Sie schon gestern Abend zu Hause zu erreichen versucht, aber Sie waren nicht da. Sie möchten, wenn es Ihnen möglich ist, gegen elf im Präsidium sein.«

Im Auftrag von Dr. Lehner? Aber der war doch …

Wie konnte er …?

Betäubt fragte Annabelle: »Wohin soll ich denn im Präsidium?«

Frau Groß schien leicht irritiert. »Ja, zu Dr. Lehner. Er sagt, Sie waren schon mehrmals bei ihm.«

»Jaja«, sagte Annabelle, »ich dachte nur …«

»Dann richte ich Dr. Lehner aus, dass Sie um elf bei ihm sind«, sagte Frau Groß, nun wieder sehr energisch.

»Halt, Ihr Croissant und Ihre Apfeltasche«, hörte Annabelle hinter sich die Stimme der Verkäuferin rufen. Am liebsten hätte sie zurückgerufen: »Sie haben ja keine Ahnung, Sie wissen ja gar nicht, was alles los ist.«

Dasselbe Zimmer 401, im dritten Stock, auf dem Gang derselbe Geruch nach Aktenstaub und gebohnertem Linoleum – der Polizeibeamte, der Annabelle von der Pforte nach oben begleitet hatte, klopfte, öffnete die Tür und meldete Annabelle an. Mit einem höflichen Gruß verschwand er.

Kriminalrat Dr. Manfred Lehner war aufgestanden. Er trug denselben grauen Anzug, den er vor seinem Abtransport in die Psychiatrie getragen hatte; schlecht gebügelt wie eh und je schlotterte er um seine magere Gestalt.

Fast schien es, als wäre niemals etwas geschehen. Der Schreibtisch war unaufgeräumt und mit viel zu vielen Akten bedeckt, der Computer immer noch das Modell aus der Postkutschenzeit, der Papierkorb ein graues Plastikungetüm, in dessen Seitenwand sich irgendjemand, vielleicht ein zorniger Delinquent, mit einem Zigarettenbrandloch verewigt hatte. Nur die Kaffeemaschine rechts neben der Tür glänzte neu und größer als die alte.

Lehner eilte Annabelle entgegen. Er wirkte verlegen.

»Ich, ehm, diese Sache in Ihrer Wohnung tut mir außerordentlich leid. Es war nicht geplant, dass Ihnen eine Vase auf den Kopf fällt.«

Annabelle lächelte ihn an. »Ich wollte Ihnen auch nicht wirklich den Kopf in die Eier rammen.«

Lehner wurde rot. »Dass wir es mit einer Wildkatze zu tun haben würden, war so nicht vorauszusehen.«

»Wie meinen Sie das?«

»Der Auftritt in Ihrer Wohnung wurde inszeniert, um Wohlgemuth ein sicheres Gefühl zu vermitteln.«

In Annabelles Kopf drehten sich die Gedanken wie ein betrunkener Kreisel. »Dann sind Sie nicht …?«

»Nein, ich war nicht in der psychiatrischen Klinik, sondern zehn Tage in Österreich. Die Mutter meines Schulfreundes Alex hat dort einen Besitz auf dem Land.«

»Merkwürdig«, sagte Annabelle, »ich kenne einen Mann, der ein bisschen abgerutscht ist und auf der Straße lebt. Er ist von Alex auch nach Österreich gebracht worden.«

»Sie meinen Herrn Beckmann? Ich habe mich oft mit ihm unterhalten. Er war auch da. Ein origineller Mann. Alex' Mutter hat geradezu einen Narren an ihm gefressen.«

»Was? Die Mutter von Alex? Herr Beckmann ist bei Alex' Mutter?«

»Ja, eine großzügige und bemerkenswert frei denkende Frau.«

»Aber deshalb haben Sie mich nicht hergebeten.« Der Kreisel in Annabelles Kopf drehte sich immer schneller.

»Nein«, sagte Lehner. »Vor allem möchte ich mich im Namen meiner Behörde bei Ihnen bedanken. Sie haben uns, teilweise ohne es selbst zu wissen, wertvolle Hinweise und Informationen geliefert.«

Er schwieg. Suchte er nach Worten? Fast schien es, als wolle er etwas fragen.

Annabelle lächelte ihn an. »Und?«

»Wie meinen Sie?«

»Sie wollten noch etwas sagen.«

Lehner stammelte verlegen: »Ach ja, richtig. Mein Freund Alex hat mich gebeten, mit Ihnen zu reden und Ihnen ein Bild der Lage zu geben.«

Er ging zur Kaffeemaschine. »Viel Milch, viel Zucker?«

Stumm nickte Annabelle und beobachtete, wie steif er einen Fuß vor den anderen setzte. Als hätte er zwei Besenstiele verschluckt.

Mit dem gefüllten Becher deutete Lehner auf einen Stuhl. Dann stellte er den Becher vor sie hin.

»Irgendwo in der Behörde hat jemand unsere Polizeistruktur

für kriminelle Zwecke genutzt. Das wussten wir schon lange. Aber wir konnten denjenigen nicht ausfindig machen. Jeder Mitarbeiter wurde wieder und wieder gecheckt. Natürlich ohne Ergebnis. Dann tauchten Sie auf mit Ihrer unvoreingenommenen Neugier.«

»Wie hat Frau Kehlmann eigentlich unsere Agentur gefunden? Es gibt mehr als sechzig im Münchner Adressbuch, und wir stehen im Alphabet nicht vorne.« Annabelle hatte sich die Frage schon Dutzende Male gestellt: Warum hatten die Kehlmanns ausgerechnet Heimroth, Winter & de Groot engagiert?

Lehner lachte leise. »Erinnern Sie sich? Sie haben den Hausmeister Milic erkannt, als er hier über den Hof ging. Gut beobachtet von Ihnen. Sehr unangenehm für uns. Milic war ein Knasti, ein ziemlich schwerer Junge. Und unser V-Mann im Grünwalder Ukrainer-Kreis. Er hat Frau Kehlmann über die Haushälterin Ihre Agentur empfohlen.«

»Warum überhaupt eine Detektei, wenn die Kehlmanns selbst die Büsche ausgegraben haben?«

Der erste Schluck des Kaffees zeigte, dass die neue Maschine an der Qualität des Getränks nichts verbessert hatte. Annabelle verzog den Mund.

Lehner bemerkte es. »Ja, er ist nicht besonders. Wäre er besser als der meiner Kollegen, kämen sie aus allen Zimmern gerannt, um sich ihren Kaffee bei mir zu holen.«

»Um auf Ihre Frage zurückzukommen: Frau Kehlmann hatte schon eine ganze Zeit lang Sand in das gut geölte Getriebe des ukrainischen Apparates gestreut.«

»Wie meinen Sie das?« Annabelle verstand kein Wort.

»Ganz einfach. Jahrelang funktionierte das Abrechnungssystem perfekt. Das alte unverfängliche Handy mit den Nummern der Konten und den jeweiligen Kontoständen wurde reihum gereicht. Wer ein großes Geschäft gemacht, also dreckiges Geld gewaschen hatte, zahlte auf eines der Konten ein. Und gab das Handy weiter. So kontrollierten sie sich gegenseitig.«

»Warum hat Wohlgemuth das Handy nicht selbst verwahrt?«

Auf Lehners Gesicht breitete sich ein trauriges Lächeln aus. »Wohlgemuth war schlau. Die Ukrainer haben ihren Boss und

Strippenzieher in Deutschland nie persönlich getroffen. Er kommunizierte ausschließlich über Telefon mit ihnen, und sie …«

Lehners Telefon auf dem Schreibtisch hatte sich schon eine Weile bemerkbar gemacht. Eine neue Anlage, wie Annabelle feststellte. Bei ihrem letzten Besuch war es noch ein Apparat aus den mutmaßlich frühen Siebzigern gewesen.

Er hob entschuldigend die Schultern, griff nach dem Hörer, lauschte, sagte hier ein »Ja«, dort ein »Gut« oder ein »In Ordnung« und legte auf.

Bedauernd sah er Annabelle an. »Er will Ihnen nun doch selbst alles erklären. Hat grünes Licht von oben bekommen. Also brechen wir unsere Unterhaltung hier ab.«

»Von wem zum Teufel reden Sie?«, fragte Annabelle. Und wusste doch genau, wer am anderen Ende der Leitung gewesen war.

***

Elly nicht im Büro, Alex nicht da – Annabelle saß am Schreibtisch, starrte vor sich hin und lauschte, ob die Eingangstür vielleicht aufging.

Irgendwann führte sie ein lustloses Telefonat mit dem Vertriebschef der Firma Gruber. Selbstverständlich, sie würde das Aufladen der Geräte im Verladehof beobachten lassen. Auch nachts würde das Gelände unauffällig observiert werden. Wann? Sobald der Mitarbeiter, der die Observierung durchführen wird … und so weiter.

Der Gruber-Mann war zufrieden und legte auf.

Weiter im Büro zu sitzen, kam nicht in Frage. Also fuhr Annabelle nach Hause und musste feststellen, dass ihr auch dort die Decke auf den Kopf fiel.

***

Bis zum Haus, in dem Miranda Winter wohnte, waren es nur drei Straßen. Annabelle rannte den ganzen Weg. Der Lauf tat ihr gut, er lüftete ihr aufgewühltes Inneres. Beim ungefähr zehnten

Klingeln hörte sie Mirandas erboste Stimme in der Sprechanlage: »Wer ist da?«

»Ich«, rief Annabelle, »lass mich rein, bitte!«

Eine kurze Pause entstand. Dann rief ihre Mutter scharf: »Weißt du eigentlich, wie spät es ist?«

»Ja, halb drei Uhr nachmittags.«

»Du kannst trotzdem nicht raufkommen, ich habe Besuch.«

Im Hintergrund war eine Männerstimme zu hören, die etwas sagte. Wieder entstand eine kleine Pause.

»Bist du noch da?«, fragte Miranda endlich in die Sprechanlage hinein, leidend und schlecht gelaunt.

»Ja«, flüsterte Annabelle.

»Also gut, dann komm in Gottes Namen rauf.«

***

Miranda Winter sah wundervoll zerzaust aus, das musste der Neid ihr lassen. Die üppige rote Lockenmähne umrahmte ihr kunstvoll ungeschminktes Gesicht, als wäre es einem italienischen Renaissanceporträt entstiegen. Entsprechend anbetend stand er halb hinter der Geliebten, den weißen Bademantel straff um den Körper geschlungen.

Nach ihrem Dauerlauf war Annabelle die fünf Stockwerke auch noch hinaufgesprintet. Ein wenig rang sie oben nach Luft.

»Wie siehst du denn aus? Das ist ja schauerlich.« Miranda Winter musterte ihre Tochter mit sichtlichem Abscheu.

Professor Hadermann, der seine Geliebte um mehr als eine Kopfgröße überragte, griff an ihr vorbei und zog Annabelle in die Wohnung. »Unsinn. Sie sehen wunderbar aus. Wie wäre es mit einem beruhigenden Kräutertee?« Zu Miranda gewandt, fragte er: »Du hast doch sicher so etwas in deiner Zauberküche?«

Wenige Augenblicke später saßen sie zu dritt am Küchentisch, der Wasserkocher summte, und in der Teekanne warteten drei Beutel organischer »Ruhe-Tee« auf den großen Guss.

»Möchten Sie etwas essen?«, fragte Mirandas Liebhaber und stellte, ohne ihre Antwort abzuwarten, den Brotkorb mit mehreren Scheiben, den Butterteller und ein Brett mit einer ganzen

Salami auf den Tisch. Annabelle war so verblüfft, dass sie für Sekunden Schmerz und Zorn vergaß. Ihre Mutter, die überzeugte Vegetarierin, ließ eine Salami in ihrer Küche zu?

Heiko Hadermann schnitt die Salami auf, goss den Tee in drei Becher, bestrich drei Scheiben Brot mit Butter, belegte sie mit Salami und reichte eines Miranda. Sie wird es ihm aus der Hand schlagen, dachte Annabelle, zumindest die Wurstscheiben in den Müll werfen.

Wie selbstverständlich biss Miranda Winter in das belegte Brot, eine Scheibe Salami verschwand in ihrem Mund.

Annabelle starrte ihre Mutter an.

»Als Frau muss man flexibel bleiben«, sagte Miranda kauend und nahm einen Schluck Tee.

***

Nach einer Weile, während der Professor Hadermann die Tochter seiner Geliebten aufmerksam beobachtet hatte, fragte er sanft: »Sie machen sich Sorgen wegen Alex de Groot, vermute ich? Es geht ihm gut, glauben Sie mir. Er muss den Fall nur mit der Behörde abwickeln. Das dauert.«

Annabelle trank einen Schluck Tee und dachte, dass dieser Professor Hadermann ziemlich großartig war.

»Ihre Mutter hat mich vor einiger Zeit schon gebeten, Ihnen bei Ihrem hochgefährlichen Fall zu helfen. Das heißt, Sie zu schützen, indem ich mein Wissen und meine Erfahrung mit Alex de Groot teile.«

Annabelle sah ihn groß an. »Sie waren über alles, was vorgefallen ist, informiert?«

Hadermann nickte. »Ihr Alex ist ein hervorragender Mann. Ohne ihn wäre Karl Stall vielleicht niemals aufgeflogen. Wobei ich ja immer noch der Überzeugung bin, dass er nicht alleine war. Da muss es noch jemanden gegeben haben. Ein Überhirn, das …«

»Karl Stall?«

Ein leises Lächeln und ein weicher Blick Hadermanns fuhren streichelnd über das Gesicht seiner Geliebten. »Stört es dich, wenn ich deiner Tochter einiges erzähle?«

Miranda Winter seufzte. »Wenn sie schon da ist, dann soll sie auch erfahren …«

»Heriberth Wohlgemuth war der Sohn einer verwitweten Verkäuferin aus Bremen. Er starb an Bauchspeicheldrüsenkrebs. Vor einundvierzig Jahren.«

Verwirrt fragte Annabelle: »Was reden Sie da?«

Hadermann wiegte den Kopf. »Unser Hauptkommissar Wohlgemuth hatte falsche Papiere. Von der Geburtsurkunde bis zum Abiturzeugnis, der Bescheinigung über geleisteten Wehrdienst – alles falsch. Hervorragende Fälschungen übrigens. Ich werde sie in meinen Vorlesungen gelegentlich verwenden. So ist er zur Polizei gekommen.«

Annabelle verschluckte sich am Tee und hustete.

»Karl Stall, so lautete sein richtiger Name, war Schwarzmeerdeutscher. Das heißt, die Familie lebte seit Anfang des 20. Jahrhunderts in der Ukraine. Diese Leute, Handwerker und Bauern, waren dorthin geholt worden, um die Ukraine wirtschaftlich voranzutreiben.«

»Das heißt, Wohlgemuth war Aussiedler?«

Hadermann nickte. »Seiner Mutter gelang das Kunststück, die Aussiedlungspapiere sauber zu halten.«

»Wieso? War sie kriminell?«

»Nein. Sie nicht. Ihr Sohn. Bis zu ihm war es eine unauffällige, gesetzestreue Familie. Aber seine Strafakte in Odessa umfasste bereits zwei Aktenordner, als er mit sechzehn nach Deutschland kam. Ein hochintelligenter Bursche, der mit zwölf zum ersten Mal einen Menschen getötet hatte.«

»Wieso ist er dann ausgerechnet zur Polizei gegangen?«

»Weil er hochintelligent war. Er hatte begriffen, dass er vom Inneren eines Polizeiapparates aus am effektivsten und sichersten seine Projekte realisieren konnte.«

»Wann hat man das herausgefunden?«

Hadermann seufzte wieder. »Die Zusammenarbeit zwischen Polizei und Verfassungsschutz ist traditionell nicht die beste, milde ausgedrückt. Zu viel Rivalität auf höherer Ebene. Alex de Groot hatte schon früh einen Verdacht. Ich auch. Wobei mein Verdacht weitergehend war. Ich war immer der Meinung, dass hinter Wohlgemuth noch jemand …« Er hielt einen Augenblick inne und fuhr dann fort: »Als dieser Kehlmann, Kowalenko hieß er wohl in Wirklichkeit, und die Haushälterin ermordet wurden, war ich mir sicher, dass hinter Wohlgemuth, der das Ehepaar umgebracht hat, noch jemand stehen muss. Jemand, dessen Gier unersättlich ist.«

»Ehepaar?«

»Wussten Sie das nicht? Kowalenko war in Wirklichkeit mit der Haushälterin Weber verheiratet. Aber weil sie mit ihrem Bordell in Bonn schon aktenkundig geworden war, haben sie diese Prostituierte in München seine Frau spielen lassen.«

»Hätte Alex nicht auf eigene Verantwortung …?«

Hadermann lachte kurz auf. »Sie kennen die Strukturen nicht, sonst würden Sie so etwas nicht sagen. Er durfte seine Tarnung nicht gefährden. Es war schwer für ihn zuzusehen, wie eine Gelegenheit nach der anderen versäumt wurde. Auch ohne Sie hätte er jetzt beim Verfassungsschutz aufgehört.«

Annabelle schenkte sich Tee nach. Sie hörte, wie angespannt ihre Stimme klang: »Wie meinen Sie das?«

Der Professor für Kriminalistik griff nach ihrer Hand. »Er liebt Sie. Für Sie würde er den Nobelpreis ausschlagen, wenn er dadurch Ihre Liebe gewinnen könnte.«

Annabelle fühlte, wie ihr Herz gegen die Halswand schlug. »Aber ich hätte nie …«

»Ich weiß«, sagte Hadermann leise, »Sie haben nichts von ihm verlangt. Aber er will weder Sie noch sich selbst ein weiteres Mal in Lebensgefahr bringen. Er will Sie heiraten. Die Szene mit Wohlgemuth im Garten von Kehlmann war ein Schock, auch für ihn.«

Froh, endlich das Thema anschneiden zu können, das sie am meisten umtrieb, fragte Annabelle schnell: »Wer hat Wohlgemuth getötet? Alex? War es Gift?«

Hadermann, der sich ihr zugeneigt hatte, um Auge in Auge mit ihr sprechen zu können, lehnte sich zurück.

Plötzlich umgab ihn professionelle Kälte. Am Küchentisch ihrer Mutter saß der berühmte Professor der Kriminologie, der Vertrauliches vertraulich behandelte und eine offizielle Erklärung abgab: »Alex de Groot ist ein Ehrenmann. Karl Stall, alias Hauptkommissar Wohlgemuth, starb an einem Herzanfall.«

Annabelle war so verblüfft, dass sie stotterte. »Ja, ja, ist ja gut. Aber wo ist Alex jetzt?«

Ohne Übergang war Hadermann wieder der zugewandte, liebenswürdige Ratgeber. »Meine liebe Annabelle, ich darf Sie doch mit Vornamen ansprechen, er wird sich bei Ihnen melden. Vielleicht heute noch.«

***

Er hatte recht, der Geliebte ihrer Mutter. Annabelle war dabei, ihre Wohnung aufzuschließen, als ihr Handy randalierte. Es war Alex.

»Hör zu, Mutter meiner zukünftigen vier Kinder …«

Reflexartig schrie Annabelle: »Was? Gleich vier?«

Er lachte. »Akzeptiere das bitte. Sonst mache ich sechs draus.« Dann wurde er ernst: »Reserviere einen Tisch für uns bei dem kleinen Franzosen, du weißt schon.«

Annabelles Mund war mit einem Mal so ausgetrocknet, dass sie kaum sprechen konnte. »Für wann?«

»Jetzt ist es fünf. Mein Flieger kommt um kurz vor acht an. Neun Uhr, wenn dir das nicht zu spät ist.«

Einen Moment lang war Stille in der Leitung. Dann sagte er: »Fast hätte ich es vergessen: Manfred, das heißt Lehner, hat mich angerufen. Er braucht das Handy, ich weiß zwar nicht, wofür, aber bitte.«

Wieder hörte Annabelle sein Lachen durch die Leitung. Es klang befreit und fröhlich: »Tu mir den großen Gefallen, gib das Handy auf dem Weg ins Lokal beim Pförtner im Präsidium ab. Dann hat Lehner es gleich morgen früh.«

»Wo ist das Handy?«

Er zögerte. Ganz leicht, aber sie nahm es wahr. »Vor deiner Wohnung im Treppenhaus, auf dem Sicherungskasten, ganz hinten an der Wand.«

***

Sie saß schon, als er kam. Insgesamt brauchten sie jeder zwei Gläser Champagner, ehe sich die Anspannung zwischen ihnen etwas löste.

»Ich habe heute Morgen mit meinem alten Philosophieprofessor gesprochen. Er hat mir trotz der langen Pause zugeraten. Ich werde mich habilitieren.«

Annabelle verschluckte sich fast. Neuerdings verschluckte sie sich dauernd. »Braucht man dafür nicht einen Doktortitel?«

»Das ist richtig, meine Schöne. Ich bin im Besitz eines solchen Titels. Ich habe ihn nur nicht benutzt, weil er bei meiner Tätigkeit hinderlich war.«

Schon wieder machte sich ihr Herz mit einem Satz bemerkbar. »Und was ist mit der Agentur?«

Alex lächelte verbindlich. »Ich habe etwas dagegen, gemeinsam mit meiner Frau dem gleichen Broterwerb in derselben Firma nachzugehen.«

Annabelle sah ihn mit aufgerissenen Augen an. »War das … ich meine, was hast du da gerade … ach, was weiß ich …«

Sie verhaspelte sich, fing sich wieder und starrte auf das Tischtuch.

Endlich hob sie den Blick und sah ihn an. »Ich habe so viele Fragen zu dem Kehlmann-Fall. Bitte antworte mir.«

Alex seufzte nachsichtig. »Frag.«

»Seit wann hattest du Wohlgemuth in Verdacht?«

»Als er Elly in der Agentur zwingen wollte, ihm das Handy zu geben, das sie nicht hatte, und sie ihn zu Boden gestreckt hat. Erinnerst du dich?«

Annabelle nickte.

»Du hast dich neben ihn gekniet und an ihm gerochen und warst enttäuscht, weil du einen anderen Geruch erwartet hattest.«

»Ja, ich weiß. Ich dachte, er wäre derjenige, der mich vor dem Präsidium niedergeschlagen hat.«

Alex nickte zustimmend. »Und du hattest recht. Damals roch er so auffällig, weil er vorher den stark parfümierten Leichnam von Kehlmann in dein Auto gelegt hatte. Außerdem hatte ich einen Informanten bei den Ukrainern, der mir Hinweise gab.«

Annabelle beugte sich vor. »Wer war es? Kehlmann?«

»Nein, Subkow.«

Fassungslos ließ sie das Glas sinken, aus dem sie gerade trinken wollte. »Subkow alias Herr von Strux alias Herr Eigner war dein Informant?«

»Er wollte aussteigen und mit Milic ein neues Leben beginnen.«

»Was? Mit dem Muskelprotz, dem Informanten von Lehner?«

»Er hatte sich unsterblich verliebt. Die Kehlmanns kamen ja auch nicht der Büsche halber. Sie haben uns engagiert, weil sie Angst hatten, Subkow, das heißt zu der Zeit Herr von Strux, wäre der geheimnisvolle Bandenchef und wollte sie umbringen.«

»Aber warum? Sie waren doch alle ein Team.«

»Scheinbar, nur hatte Kehlmann Subkow das Handy gestohlen, das ihm dann wiederum von Frau Kehlmann gestohlen wurde, die in Wahrheit eine Prostituierte aus dem Rheinland war. Sie schaffte es genauso wenig wie er, den Sicherheitscode zu knacken.«

»Was war mit der Gärtnerei, in der keine Pflanzen waren?«

»Ein Geschäftsmodell, das nicht funktionierte. Die Bande hatte sich viel davon versprochen. Teure Pflanzen, die gestohlen und dann noch einmal gekauft werden müssen. Die Kehlmanns machten den Anfang mit den Bären. Ausgegraben, versteckt und wieder gekauft. Halbe Million sauber gewaschen. Aber dabei blieb es.«

»Und der schwarze Porsche, der überall auftauchte?«

»Gehörte Subkow. Dein Herr Beckmann hat nachts beim Griechen gehört, wie ein Porsche wegfuhr, und dabei hat er sich an seinen früheren Klienten aus der Ukraine erinnert, der einen Porsche fuhr. Es war Subkow. Der Porsche sollte nur Angst einjagen. Ziemlich pubertär.«

Annabelle protestierte. »Er wollte mich am Zaun vor der Eigner-Villa mit dem Porsche zerquetschen.«

Alex schüttelte den Kopf. »Hätte er dich töten wollen, hätte er es getan.«

»Wozu dann die Aktion? Er hat mir das Bein gequetscht.«

»Um dir Angst zu machen. Ich sage ja, kindisch.«

»Warum hat Wohlgemuth die Mitglieder seiner Bande töten

lassen, zum Teil auch selbst getötet? Warum? Sie funktionierten doch ganz gut.«

»Eben nicht. Zwei Tage vor ihrem Tod hat Frau Cornelius Kontakt mit Lehner aufgenommen. Sie wollte wahrscheinlich aussteigen. Die Gruppe war auseinandergebrochen.«

»Tod den Verrätern«, sagte Annabelle leise und hielt Alex auffordernd ihr leeres Glas hin.

Er goss nach und hielt einen Augenblick lang inne. »Erbarmen kannte Karl Stall nicht. Er …« Alex unterbrach sich. »Was habe ich eben gesagt?«

»Du sprachst davon, wie die Gruppe …«

»Nein, wie hab ich angefangen?«

»Mit Frau Cornelius.«

Elektrisiert sprang Alex auf.

»Genau. Annabelle, du nimmst dir ein Taxi nach Hause. Ich muss noch etwas erledigen.«

Er griff in die Jackentasche und warf ein Bündel Geldscheine auf den Tisch. »Sei ein Schatz und bezahle du. Ich liebe dich, tu bitte, was ich sage, fahre nach Hause, ich komme dann.«

Er ging nicht, er rannte aus dem Lokal. Entgeistert sah Annabelle ihm nach. Als er verschwunden war im Dunkel des späten Abends, setzte sie das volle Glas an die Lippen und trank es in einem Zug aus.

***

Sie stieg hinten ins Taxi ein und dachte nach. Was war Alex so Dringendes eingefallen, dass er sie mitten im Essen, mitten in der Unterhaltung, einfach sitzen ließ und wegrannte? Buchstäblich rannte.

Was war es gewesen, das ihn an Frau Cornelius so aufregte? Sie war tot, ihr Selbstmord nie als Mord deklariert worden, obwohl … – richtig, warum hatte es nie einen Mordfall Sonja Cornelius gegeben? Sie, Annabelle, hatte doch gespürt, dass in dem Haus etwas vor sich gegangen war.

Annabelle fiel ihr Asthmaanfall im Garten des Cornelius-Anwesens ein.

In das wilde Knäuel ihrer sich überschlagenden Gedanken und Erinnerungen drang von weit weg ein anhaltendes Räuspern. Schließlich die laute Stimme des Taxifahrers: »Sie müssen mir schon sagen, wo Sie hinwollen.«

Es war keine weite Strecke, knappe fünfzehn Minuten mit dem Auto. Aber von Minute zu Minute wurde sie kurzatmiger. Panisch kramte sie den Spray aus der Tasche und inhalierte gierig zwei lange Stöße des Dampfgemisches. Dann bemerkte sie, dass der Wagen angehalten hatte.

»Warum fahren Sie nicht weiter?«

»Junge Frau, wir sind schon lange da. Soll ich trotzdem weiterfahren?«

Annabelle sah aus dem Fenster. »Stimmt«, sagte sie, »wir sind da, entschuldigen Sie.«

Als sie auf der Straße stand, dachte sie, es konnte doch nicht sein, dass sie schon wieder Atemnot hatte. Aber es war so. Schlimmer noch als im Cornelius-Garten und als in der unheimlichen Attrappe einer Gärtnerei.

Laut fluchend holte sie den Spray heraus und die Haustürschlüssel. Plötzlich sagte eine Stimme hinter ihr: »Ich warte seit Stunden auf Sie.«

Sie fuhr herum und ließ dabei den Schlüssel fallen. »Dr. Lehner, haben Sie mich erschreckt. Was tun denn Sie hier?«

Er bückte sich und hob den Schlüssel auf, ohne ihn ihr zurückzugeben. »Wie ich schon sagte, ich habe auf Sie gewartet. Wo ist Ihr Kollege?«

Eine merkwürdige Frage, dachte Annabelle, nachts um kurz nach zwölf.

»Keine Ahnung«, sagte sie kühl, »geben Sie mir bitte meinen Schlüssel.«

»Ich schließe für Sie auf«, sagte er liebenswürdig und steckte den Schlüssel ins Schloss.

Annabelle lief ein Schauer über den Rücken.

»Sie wollten mich doch nicht etwa so spät am Abend besuchen?«

Wieder lächelte er und hielt dabei die Tür auf. »Nach Ihnen, Frau Winter.«

Sie zögerte. »Ach, ich glaube, ich mache noch einen Abendspaziergang. Könnten wir uns nicht für morgen verabreden?«

»Ich fürchte, das geht nicht«, sagte Lehner. Sein Gesicht war leer geworden. Es war ein anderes Gesicht, eines, das sie noch nie gesehen hatte. Seine Stimme hatte einen fast tonlosen Klang. »Sie gehen ins Haus, wie ich Sie gebeten habe.« Er ergriff ihren Arm, eine enorme Kraft drückte sie in den Hausflur.

»Was fällt Ihnen ein? Lassen Sie mich los«, rief sie.

»Halten Sie den Mund, sonst erschieße ich Sie gleich hier.« Plötzlich hatte er eine Pistole in der Hand, die auf sie gerichtet war. »Schalldämpfer«, ergänzte er.

Annabelle hatte das Gefühl, dass nicht nur die Luft, sondern auch das Blut aus ihrem Körper wich. Der Mann meinte es ernst. War er doch wahnsinnig?

»Was soll das, Dr. Lehner? Was in Dreiteufelsnamen soll das?«

Er stieß sie die wenigen Stufen zum Vorraum hoch und drückte auf den Aufzugknopf.

»Sie dumme Person Sie, überall mussten Sie herumtappen, überall Ihre dämliche Nase hineinstecken. Ohne Ihre Schnüffeleien würde ich jetzt über hundertsechzig Millionen verfügen und säße im Flugzeug nach Kanada.«

Die Szene war irrwitzig, surreal und auch komisch. Der fabelhafte Kriminalrat Dr. Manfred Lehner spielte Theater. Es konnte nicht anders sein. Wenn nur die Atemnot nicht wäre.

»Ich wusste nicht, dass Sie ein so begabter Schauspieler sind. Toll. Einen Augenblick lang dachte ich tatsächlich …«

Er schlug kurz und scharf zu. Sie spürte den Schmerz auf der Wange und an der Nasenwand. Die Wucht des Schlages ließ ihre Schläfe mit hoher Geschwindigkeit gegen die Mauerkante vor dem Aufzug prallen. Etwas Warmes lief ihr ins Auge und aus der Nase in den Mund.

»In den Aufzug. Schnell. Halten Sie die Hand ans Gesicht. Ich will hier keine Blutflecken.«

»Ich … was wollen Sie …?«

»Halten Sie den Mund. Sie werden Opfer eines Raubmordes gewesen sein.«

Der Mann, der gestern noch der freundliche Dr. Lehner gewesen war, hielt die Pistole nun an ihre Schläfe. Ein Ausweichen war unmöglich. Oben gab er ihr den Schlüssel und ließ sie die Wohnungstür öffnen.

»War das Ihre Idee? Oder hat Ihr sauberer Kumpan Alex das gedeichselt?«, fragte Lehner.

Wie bizarr, dachte Annabelle plötzlich, sie sah sich in der gleichen Szene wie vor Wochen, nur war das Spektakel damals eine raffinierte Inszenierung für Wohlgemuth gewesen. Was, wenn innerhalb des Spektakels, von niemandem wahrgenommen, doch ein ernster Kampf mit Lehner stattgefunden hatte?

»Wovon sprechen Sie?«, flüsterte Annabelle.

Sie standen im Flur, die Pistole war nicht mehr auf ihre Schläfe, sondern auf ihren Unterleib gerichtet.

Unerwartet ruhig sagte Lehner: »Die SIM-Karte im Handy ist ausgewechselt worden. Es ist nicht mehr die ursprüngliche Karte. Der Code greift nicht. Wo ist die richtige Karte?«

»Ich weiß nicht …«, sagte sie. Im selben Augenblick fiel ihr ein, dass Alex die SIM-Karte noch im Auto aus dem Handy herausgenommen hatte, als sie es ihm ausgehändigt hatte. Lange her. Eine Ewigkeit, schien ihr.

Lehner fixierte sie stumm und entsicherte die Pistole.

»Es war nicht Wohlgemuth, der Subkow und Milic erschossen hat, das waren Sie.«

Sein mageres Gesicht verzog sich zu einem zynischen Grinsen. »Da hat der Idiot doch tatsächlich etwas auf sich genommen, um mich zu schützen. Tragisch. Aber dann doch zu dämlich, um zu überleben.«

Annabelle machte unmerklich einen winzigen Schritt rückwärts in Richtung der Wohnungstür.

»Wollen Sie damit sagen, Sie haben mit Wohlgemuth zusammengearbeitet?«

Professor Hadermanns Überzeugung, dass noch ein zweiter Mann im Hintergrund … fiel ihr ein.

Ein schwaches Lächeln erschien auf den Lippen des Kriminalrates. »Was ich im Sinn hatte, sprengte den intellektuellen Vorstellungshorizont eines Heribert Wohlgemuth alias Karl Stall. Ich habe ihn schon vor langer Zeit enttarnt.«

Noch ein nicht wahrnehmbarer Schritt rückwärts in Richtung Tür.

»Warum haben Sie Milic und Subkow getötet?«

»Milic wollte mich erpressen. Mich, den Leiter der dritten Mordkommission. Er hatte mich gesehen, wie ich vom Cornelius-Grundstück kam.«

»Sie waren es, der Sonja Cornelius ...?«

»Auch ein Kriminalrat macht Fehler. Wohlgemuth war schlauer. Er hat mir geholfen und ist nach hinten in den Garten verschwunden.«

Wieder ein unmerklicher Schritt rückwärts.

»Wenn Sie tot sind, kommt Alex dran, mein Leben ist ohnehin zu Ende. Hundertsechzig Millionen. Die waren für mich. Das wusste ich sofort. Wohlgemuth dachte, wir teilen. Wie gesagt, letzten Endes war er doch ein Idiot.«

Annabelle vernahm ein kaum hörbares Kratzen an der Tür in Höhe des Schlosses.

Hoffentlich hatte Lehner nichts gehört.

Laut sagte Annabelle: »Und haben Sie ...«

Dann passierte alles gleichzeitig in einem einzigen Augenblick. Die Tür flog mit Getöse auf, und Annabelle, die direkt an der Tür gestanden hatte, schleuderte gegen Lehner, noch ehe er schießen konnte. Jemand anders schoss, Lehner fiel zur Seite, sein Blut bespritzte Annabelle, mehrere Männer in schussfesten Westen und schwarzen Tarnanzügen standen über Lehner gebeugt.

Alex zog Annabelle hoch, fragte wie besinnungslos immer wieder: »Bist du verletzt?«, und drückte sie an sich. Es war vorüber.

***

Annabelle konnte nicht einschlafen.

Alex hatte sie in dem Hotel einquartiert, in dem seine Mutter, wenn sie in München war, eine Suite bewohnte. Alex kannte die Rezeptionisten beim Namen, Annabelle bekam die Suite neben der seiner Mutter.

»Bleib bei mir«, bat sie, »ich fürchte mich.« Ihre Nase war heftig geschwollen, ihre ebenfalls geschwollene linke Wange begann, sich dunkelblau zu verfärben. Sie war frisch geduscht und lehnte im weißen Hotelbademantel gegen die üppigen Kissen des viel zu breiten Bettes. »Bleib bei mir«, wiederholte sie, »ich will jetzt nicht allein sein.«

Die Frage, ob er gewusst hatte, dass Lehner vor ihrem Haus auf sie gewartet hatte, hing wie eine dunkle Wolke im Raum. Sie kannte die Antwort. Und sie wusste jetzt auch, dass Alex zusammen mit Hadermann im Hintergrund Lehner beobachtet hatte.

Alex lehnte in einem der kleinen Boudoir-Sessel. »Ich bin doch da. Keine Sorge, ich gehe nicht weg.«

»Dann komm näher.« Annabelle klopfte auf den Bettrand neben sich. »Setz dich dahin.«

Langsam stand Alex auf, blieb einen Moment ruhig stehen und sah sie an. Dann wandte er sich stumm in Richtung Badezimmer.

»Wo gehst du hin?«

»Rasieren.«

***

Alex verließ sie nach dem Frühstück. Dass nach allem, was passiert war, mit blaurot geschwollener Backe und dicker Nase die Liebe so schön sein konnte …

Annabelle seufzte glücklich und rief Elly an, die überraschend streng in den Hörer posaunte: »Den Gruber-Fall musste ich ganz alleine durchziehen. Die Nacht habe ich mir um die Ohren geschlagen, um die Täter beim Aufladen zu filmen. Immerhin, ich habe es geschafft. Gedenkst du, dich heute an deinem Arbeitsplatz …«

»Ich …«

»Ich weiß, Annabelle. Alex hat mir alles erzählt. Nicht alles. Das tust du dann später. Musste mir nur Luft machen. Geh zum Arzt, lass deine Nase anschauen und komm irgendwann nachmittags.«

Nur Minuten später meldete sich die Rezeption mit der Nachricht, Dr. de Groot habe einen Koffer für sie abgegeben.

Sofort rief Annabelle Alex an. Ja, er hatte aus der versiegelten

Wohnung Wäsche, Kleider und Schuhe für sie geholt. »Mit deinem Einverständnis.«

»Kommst du auch nachmittags in die Agentur?«, fragte sie.

»Ich bin schon da, zukünftige Mutter meiner vier bis sechs Kinder. Vielleicht haben wir das erste ja schon gepflanzt, was meinst du?«

»Sei nicht so indiskret«, sagte Annabelle, weil ihr keine schlagfertige Antwort einfiel.

***

Sie ging nicht zum Arzt. Eine gebrochene Nase kann man nicht schienen und auch nicht in Gips legen. Wozu also einen Arzt?

Aber: Man konnte Maßnahmen ergreifen. Sie wusch sich die Haare, schminkte und frisierte sich sorgfältig, zog den sahnehimbeerfarbenen Kaschmirpullover an und eine puderfarbene Seidenhose.

Sie lächelte sich im Spiegel an. Das Leben war schön. Sehr, sehr schön. So schön, dass sie die vielen Toten der vergangenen Wochen fast vergessen hätte. Und Dr. Lehner, der so gerne reich sein wollte.

Annabelle schluckte. Sie war noch wackelig in der Seele. Besser ein bisschen verdrängen, was einem die Eingeweide umdrehen würde, ließe man nur die Gedanken zu.

***

Alex und Elly saßen bei Kaffee und obligatorischer Tüte Champagnertrüffel im Besprechungsraum.

Bei Annabelles Anblick brach Elly in haltloses Gelächter aus. Sie war kaum zu beruhigen und sah ungewöhnlich zerrupft aus, was ihr aber nach einer durchwachten Nacht auch zustand. Endlich wischte sie sich die Lachtränen von der Backe. »Lädiert, aber den Gegner in der dritten Runde final zu Boden geschickt. Oder so ähnlich. Jedenfalls sportliche Anerkennung, Partnerin.«

»Wer hat jetzt eigentlich die ursprüngliche SIM-Karte?«, fragte Annabelle, nachdem sie Elly noch ein paar Einzelheiten der beinahe tödlichen Begegnung mit Kriminalrat Dr. Lehner gegeben hatte.

»Die Behörde hat sie. Mehr darf ich dazu nicht sagen.«

»Das vergrabene Handy im Kehlmann-Garten war leer?«

»So ungefähr. Ich hatte eine andere SIM-Karte eingesetzt.«

»Was für eine absurde Geschichte. Wie viele Menschen sind gestorben, sechs, sieben, acht? Und wofür?«

Minutenlang schwiegen die drei. Annabelle brach das Schweigen: »Nur etwas muss ich noch wissen: Wie wird ein Philosoph mit beginnender Universitätskarriere zum Agent des Inland-Geheimdienstes?«

Alex senkt den Kopf, dann hob er ihn und blickte Annabelle in die Augen. »Ein Manager der mittleren Ebene im Unternehmen meiner Familie hat versucht, die chemischen Formeln von zwei sehr spektakulären Medikamenten zu stehlen, die kurz vor der Zulassung standen. Das ist knapp zwanzig Jahre her.«

»Was hat das mit deiner geheimdienstlichen Tätigkeit zu tun?«

»Der Verfassungsschutz beobachtete damals Ende der Achtziger eine Reihe von sowjetischen Banden, hauptsächlich aus Russland und der Ukraine, die sich an Manager von Firmen heranmachten und ihnen sagenhafte Deals anboten. Hohe sechsstellige Beträge für die chemische Zusammensetzung eines neuen Medikaments zum Beispiel.«

Die Erinnerung erregte Alex immer noch. Er suchte in seiner Jackentasche nach Zigaretten. Als er eine angezündet hatte, fuhr er ruhiger fort: »Damals haben zwei Verfassungsschutzagenten den Diebstahl bei uns verhindert. Mein Vater regte sich während der ganzen Sache so auf, dass er einen Infarkt bekam und starb. Hätten die Russen Erfolg gehabt, wären fünfzehn Jahre Forschung umsonst gewesen und die Firma fast bankrott.«

»Und aus Dankbarkeit …?«

Alex drückte die halb gerauchte Zigarette energisch aus. »Nein, ich war auf der Uni und habe an nichts gedacht als an Philosophie.«

Er lachte auf: »Eines Tages sprachen sie mich an, fragten, ob ich nicht mithelfen wollte, Wirtschaftsspionage aufzudecken. Du weißt, dass der deutschen Wirtschaft durch interne Spionage jedes

Jahr zig Milliarden flöten gehen. Ich habe zugesagt und wurde ausgebildet.«

»Aber Geldwäsche ist etwas anderes.«

»Das ist richtig. Aber in gewissen Fällen gehört sie mittlerweile auch zum Tätigkeitsbereich des Inlands-Geheimdienstes. Das weiß nur kaum jemand. Und es soll auch niemand wissen. Die Herrschaften Geldwäscher sollen sich nicht beunruhigen.«

Elly hatte schweigend zugehört, jetzt richtete sie sich steil auf. »Ich hatte auch noch Fragen. Aber jetzt weiß ich nicht mehr, was ich eigentlich erklärt haben will. Noch so ein Fall, und wir landen alle in der Klapse. Kommt, wir gehen essen.«

Sie stand auf. »Los, Kinder.«

»Wo ist Buenos Aires jetzt?«, entfuhr es Annabelle.

»Siehst du, weil du so widerlich neugierig bist, sind wir in den ganze Schlamassel reingerasselt. Also geht ihr jetzt mit essen oder nicht? Ich habe Hunger.«

Sie zog Annabelle am Ärmel. »Kommt, ihr beiden. Nur von Liebe kann niemand leben. Alex zahlt, wir müssen anständig essen.«

Annabelle räusperte sich: »Woher …«

Elly lachte und knuffte sie in die Seite. »Meint ihr, ich bin blind?«

Danksagung

Ich danke allen Freunden, die meine teilweise sagenhaft schlechte Laune während des Dichtens liebevoll ertragen haben, und ebenso allen Fachleuten, die mir mit ihrem Spezialwissen zur Seite gestanden haben.